COLD CASES

Vergessene Morde gibt es nicht

Rache

Die Vergangenheit spricht mit der Gegenwart

Eiskalter Kriminalroman
von
H. Peter Duhm

Titelbild: Frank van Nuenen
Herausgeber: Malte Temmen

Der Autor

H. Peter Duhm schreibt über sein aufregendes Leben und über Verbrechen aus der Nachkriegszeit. In seiner neuen Heimat, Elten, Ortsteil von Emmerich am Rhein schreibt und recherchiert er. Neue, interessante Themen lassen sich überall finden. Man muss sehen und hören können. Auch am Niederrhein, der ihn seit Jahren begeistert.

Sport und Arbeit haben ihn lebenslang motiviert, sich nicht unterkriegen zu lassen.

1942 in Hamburg geboren, überlebte er die Vernichtungsangriffe der britischen und amerikanischen Bombenangriffe. Das Trauma dieser Bombennächte blieb. Vielleicht ist er deshalb jahrzehntelang in der Modebranche tätig gewesen, weil er dort seine Kreativität und Reiselust, seinen Drang nach Neuem, insbesondere während der zahlreichen und ausgedehnten Auslandsreisen, die häufig zu asiatischen Bekleidungsherstellern führten, ausleben konnte. Der Hamburger Modemacher und Professor für Fashion-Management gab nie auf Neues zu entdecken.

Sein Schreibstil ist kurz und direkt, sein Auftreten überzeugend. In seinen weiteren Büchern vereint er sorgfältige Recherche und Tatsachen mit einem prägnanten Schreibstil.

Das zeichnet alle seine Bücher aus.

Er selbst bezeichnet diesen neuesten Roman als ein Feature, als eine Reportage.

Elten am Niederrhein im Juli 2020

Bibliografische Informationen der Deutschen Nationalbibliothek

Die Deutsche Nationalbibliothek verzeichnet diese Publikation

in der Deutschen Nationalbibliografie, detaillierte bibliografische

Daten sind im Internet über dnb.dnb.de abrufbar

TWENTYSIX

Eine Marke der Books on Demand GmbH

Herstellung und Verlag:

BoD – Books on Demand, Norderstedt

ISBN: 9783740781880

PROLOG

In Hamburg werden im Jahre 1946 innerhalb von zwei Wochen vier uniformierte Leichen im Hafenbereich des alten Elbtunnels und in Teufelsbrück, also innerhalb des Bereichs des sogenannten Hamburger Fischmarkts, entdeckt. Die getöteten Soldaten der britischen Besatzungstruppen trugen einen niederen militärischen Rang. Einer von ihnen war jedoch ein untergeordneter Offizier. Da die äußerlichen, schweren Verletzungen der Toten nicht für die Öffentlichkeit bestimmt waren, wurde die Angelegenheit innerhalb der militärischen Zuständigkeit geregelt.

Die an der Untersuchung beteiligten hohen Offiziere veranlassten, dass die Taten ungesühnt blieben. In Mitten des Nachkriegschaos war die Sache seinerzeit schnell vergessen. Überall wurden Tote geborgen. Die Trümmer der zerstörten Stadt bargen so manche unbekannte Leiche. Hauptkommissar Gunnar Hansen wurde im Januar 2019 zu einem Toten im Teufelsbrücker Museumshafen in Hamburg gerufen. Die männliche Leiche hing mit dem Kopf nach unten an einer Duckdalbe, die von der Kaimauer leicht zu erreichen war. Mit einem Seil befestigt, dem leichten Auf und Ab der Wellen des grauen Hafenwassers folgend, schaukelte der Körper hin und her. Zwischen der Kaimauer und einem historischen Schlepper hing der Körper dicht über der Wasseroberfläche. Dr. Werner von Schimmelmann, als zuständiger Gerichtsmediziner, untersuchte den Toten Routine gemäß einige Zeit später in seinem Institut.

Sein Bericht löst Entsetzen aus.

Kurz darauf wird in der historischen Hamburger Speicherstadt eine männliche Leiche unter einem alten Kran, auf den Planken eines Arbeitsbootes liegend, gemeldet. Wieder keine offenen, auf den ersten Blick sichtbaren Verletzungen zu entdecken. Der Bericht des Gerichtsmediziners bringt erneut unglaubliche Grausamkeiten ans Tageslicht. Es stellt sich heraus, dass diese beiden Morde der Schlüssel zu einer Mordserie sind, die im Jahre 1946 ihren Anfang in Hamburg nahm. Es beginnt eine Zeitreise durch die Jahrzehnte in und um Hamburg. Anhand der Indizien und Hinweise stellt Frau Dr. Nicola Köhner, die biologische Anthropologin, Psychologin, mit ihrer Kollegin aus den USA, Vanessa Fagin, als von der Hamburger Mordkommission hinzugezogene Profilerin, ein Profil des vermeintlichen Täters zusammen. Diese Tötungsart klassifizierte sie später als Übertötung. Der erste tote Mann war gefoltert und misshandelt, mehrfach tödlich verletzt worden. Beide Profilerinnen gehen sogar so weit, den nächsten Mord in Hamburg, wieder im Hafengebiet, nach seiner Art der Ausführung, vorherzusagen. Es beginnt eine Jagd, ein Showdown, im Hafengebiet auf St. Pauli. Das

Ergebnis des Puzzles aus den unterschiedlichsten Ermittlungen ist so überraschend, dass sogar Hauptkommissar Gunnar Hansen und das amerikanische FBI zugeben müssen, in die falsche Richtung recherchiert zu haben. Frauen denken eben anders als Männer. Auch bei Aufklärung von Mordfällen.

Letztendlich erleichtert, fällt den Kommissaren nur dieses Klischee ein.

Orte der Handlung:

Hamburg im Bereich des Hafengebietes auf der Stadtseite, von der Speicherstadt bis Teufelsbrück

Es ist der Bereich des Hamburger Fischmarktes.

Mit seinen Hafenkneipen, den Huren und Zuhältern, dem Straßenstrich und dem schnellen Sex im Taxi.

Hamburg und sein Polizeihochhaus, der Universitätsklinik, seinem pathologischen Institut, sowie der Rechtsmedizin.

Historischer Hintergrund:

Unaufgeklärte Todesfälle im Hamburger Nachkriegsgeschehen bilden den Hintergrund zu den nachfolgenden Verbrechen.

Zu dieser Zeit verübten Besatzungssoldaten, Flüchtlinge, ehemalige Häftlinge und heimatlose Soldaten Übergriffe auf Frauen. Auch und besonders in den Trümmern der zerbombten Häuser am Fischmarkt der Hansestadt und in den Katakomben im Elbehang, gegenüber dem alten Elbtunnel und in den Trümmern der Speicherstadt ereigneten sich diese Verbrechen.

Der Mord aus Leidenschaft beginnt hier.

Ein Blick, einige wenige Sekunden. Der Puls rast, ohnmächtiges Verlangen durchströmt uns. Schon ist der Augenblick wieder vorbei. Aber nicht die Gedanken, die kreisen noch lange, tagelang, wochenlang was sein könnte. Wie man es bewerkstelligen könne. Dann kommt er, dieser winzige Moment, als klar ist: Es wird wahr, das finale Erlebnis von Lust. In welcher Art auch immer. Tötungen von Menschen sind Verbrechen. Und dennoch, manchem bisher unbescholtenem Bürger bereitet Mord aus Rache Macht. Lust auf mehr...

Es ging ihm nicht gut. Er fühlte sich ehrlich gesagt richtig bescheiden. Ihm war übel, sehr übel sogar.

„Mensch Happel", brüllte er seinen jüngeren Kollegen kreideweiß an, „das Kopfsteinpflaster, fahr langsam. Meine Güte!"

Gunnar Hansen, Hauptkommissar der Hamburger Mordkommission war am Dienstag vor zwei Tagen aus Gerlos, im österreichischen Zillertal, nach Hamburg zurückgekommen. Seine langjährige Freundin Marion hatte die ganze Strecke seinen Wagen gefahren, bis Hamburg. Nur zum Pinkeln hatte er sich aus dem Wagen von der Rückbank seines Audi A6 gequält. Diese Fahrt von immerhin eintausendzweihundert Kilometern werde er so leicht nicht vergessen, hatte er seinen Kollegen mitgeteilt. In seinem Büro erwartete man den Chef mit großer Anspannung. Fast täglich hatten sie telefoniert. Wenn sie ihrem Hauptkommissar nicht jeden Tag die Neuigkeiten entweder als SMS oder auf seine Mailbox sprachen, wurde er noch bissiger als sonst schon.

„Der Mann im Krankenhaus, sogar im Rollstuhl, die arme Marion. Ich kann mir das richtig vorstellen, so bissig und ungerecht, wie der Mann werden kann. Arme Marion, hoffentlich geht es Gunnar bald besser!" Stefanie Gentz, die Mitarbeiterin im Büro K3, hatte ihren Oberkommissar Gerd Happel fragend angesehen.

Endlich war der Chefermittler zurück, wenn auch im Rollstuhl. Und sofort wieder einen Außentermin. „Solche Fahrt, mit dem Bein, prägt einen", hatte er lächelnd hinzugefügt, wenn er überhaupt etwas von seinem Missgeschick im Urlaub erzählte.

Irgendwie war er Marion dankbar. Die Fahrt nach Hamburg, die Pflege in Österreich, ihre Fürsorge im Krankenhaus, ja selbst für ihre Hand, wenn diese ihn streichelte. Blumen wollte er ihr besorgen. Noch heute, Happel musste ihm dabei helfen.

Ausgerechnet am letzten Tag, ausgerechnet ihm musste das passieren. Er wusste, dass er gut Ski fahren konnte. Nur einen Schritt hatte er aus seinem Hotel, dem Jägerhof, gemacht. Andere Gäste, die bereits vor dem Haus entweder auf den Bus warteten oder zu ihren Fahrzeugen wollten, betrachteten den fliegenden Hamburger mit lautem Lachen: „Mensch Gunnar, fliegen können die Vögel besser..."

Erst als sich ihr Hamburger Kumpel nicht aufrichten konnte, sich mit schmerzverzerrtem Gesicht an sein Bein fasste, packten zwei kräftige Männerhände zu, stellten ihn wieder auf die Füße. Vorsichtig balancierte er auf einem Bein Richtung Hoteleingang. Die neuen weiß-blauen Skischuhe gaben ihm zwar Halt. Trotzdem, unsicher setzte er einen Schritt vor den anderen. Eine dieser kleinen Eispfützen, die immer über Nacht entstanden, wenn es fror, war ihm zur Falle geworden.

Einen Handschuh hatte er verloren, suchend blickte er sich um. Als sich Hauptkommissar Gunnar Hansen den Schnee von seiner blauen, mit allerlei bunten Abzeichen versehenen Jacke schütteln wollte, riss ihn ein fürchterlicher Schmerz erneut auf den Boden. Im Fallen verschwammen die Lüftlmalereien an den Wänden um den Hoteleingang vor seinen Augen zu einem verwaschenen Farbnebel. Ein unglaublicher Eishauch durchfuhr den auf dem Rücken liegenden Mann. Sein Kopf lag in einem kleinen Hügel aus Schnee. Unwirkliche blasse Haut, geschlossene Augen, dieser vollkommen unbeweglich auf dem Rücken liegende Verletzte löste bei den vor dem Hotel wartenden Gästen Sprachlosigkeit aus, die alle morgendliche Fröhlichkeit wie eine unerwartete Lawine überdeckte.

Vom großen, bunt bemalten First-Class-Hotel Gaspingerhof, auf der anderen Straßenseite, drängten ebenfalls morgendliche Skifahrer über die verschneite, teilweise vereiste Dorfstraße.

„Deckt den Mann zu. Wir brauchen Decken, verdammt noch mal. Macht zu, holt Decken. In der Halle, schnell."

Die Frau im rot-weiß-blauen Anorak schrie die herumstehenden Männer an. Aus dem Jägerhof stürmte Marion nach Draußen, sie hatte schnell eine ihrer Strickjacken übergeworfen, ihre leichten Fellhausschuhe versanken im Schnee. Zu ihrem immer noch auf dem Boden liegenden Freund gebeugt rief sie: „Gunnar, was ist los?"

Sie sah in die Runde. „Erst ist er ausgerutscht, dann nochmals hingefallen. Wir wissen auch nichts!" Der Holländer und seine Frau sahen Marion an: „Wir müssen ihn warmhalten, wo sind die Decken?"

Aus dem Hoteleingang warf ihnen Christel, die Dame von der Rezeption, mehrere rote Decken, die sonst auf den Terrassenstühlen lagen, zu.

Die junge Frau verschwand sofort wieder im Haus. Sie schrie Männernamen in die Hotelhalle.

Einige Gäste, die ihren Morgenkaffee in der Lobby nahmen, drehten sich irritiert zur Eingangstür um.

Männer zogen ihre Augenbrauen hoch, Frauen stellten ihre Tassen vorsichtig zurück auf den Tisch. Sepp Ehammer, der Wirt und Inhaber des Hotels, stürmte mit großen Schritten aus dem Haus. Mit wuchtigen Armbewegungen bahnte er sich einen Weg zu seinem Gast Gunnar Hansen, der immer noch reglos im Schnee lag. Noch im Laufen riss er sich seine dicke, handgearbeitete Strickjacke vom Körper: „Hier, die ist warm, deckt ihn zu."

Dabei riss er die Decken von Gunnars Körper. „Louis, die Trage. Schnell!" Sepp Ehammer sah nur kurz hoch. Mit beiden Händen grub er sich kniend unter den Körper des leblosen Mannes, drehte ihn auf die Seite, riss seinem Hausmann Louis die Trage aus der Hand, schob diese an den Verletzten heran, packte ihn an der Schulter, um ihn auf die Notfalltrage zu ziehen. „Rein ins Haus, legt ihn an den Kamin. Und ihr bleibt draußen, wer auf sein Zimmer will, bitte gehen Sie durch den Seiteneingang." Ohne zu zögern, drängte er die umher stehenden Gäste zurück. Schnell griff er sich eine große Hand voll Schnee, rannte hinter Marion, Louis und einem Gast, der die Trage mit dem Verletzten bereits durch die Eingangstür bugsierte, her. „Ruf den Pfister an, der soll den Florian mitbringen und die Rettung." Neben der Trage hockend hatte er seine Anweisungen in Richtung Rezeption gerufen. Mit dem Schnee in der rechten Hand massierte er vorsichtig das Gesicht des Ohnmächtigen.

„Gunnar, hallo, aufwachen, alles wird gut. Gunnar!"

Plötzlich schüttelte der seinen Kopf: „Was ist denn? Mensch ist mir kalt." Er wischte sich mit einer Hand über die schneenassen Augen.

„Bleib liegen, nicht bewegen." „Was willst du denn, lass mich hoch."

Hansen stützte sich auf seinen linken Arm, sah seine langjährige Freundin verwundert an: „Was habt ihr denn, ich bin hingefallen, na und? Hilf mir hoch, Sepp." Er streckte dem Hotelier seine rechte Hand entgegen.

Kaum bewegte er sein rechtes Bein, durchfuhr ihn ein solcher Schmerz, dass es ihn sofort wieder zurück auf die Trage warf.

„Mein Bein, was ist das denn. Ich komme nicht hoch, Mensch." Er betastete seinen Oberschenkel. „Warte, bleib ruhig liegen, die Rettung kommt gleich, dann sehen wir weiter." „Mir ist heiß, nimm die Jacke und die

Decken weg. Ich will hoch." Erneut versuchte der Hamburger Hauptkommissar, sich zu erheben. Vergeblich, mit verzerrtem Gesicht, unter lautem Stöhnen fiel er zurück auf die Trage. In der Universitätsklinik für Orthopädie in Innsbruck stellte der Diensthabende Oberarzt den Abriss des rechten Quadrizeps fest. „Wissen Sie, so etwas haben selbst wir selten gehabt. " „Was denn Doc?", unterbrach Gunnar Hansen den Arzt. „Ihr Oberschenkelstrecker, ihr Oberschenkelmuskel ist vom Knie abgerissen." Der Arzt hielt das Röntgenbild gegen das Licht. Marion und ihr Freund sahen sich an: „Und weiter, was bedeutet das?" „Schnellstmöglich operieren und einige Monate im Rollstuhl!" „Na, prost, das geht gar nicht! Wann kann ich wieder laufen?" „In vier Monaten, wenn sie so fragen. Ohne Operation nie wieder!" Das hatte gesessen. Mit geschlossenen Augen sank der sonst so starke Hauptkommissar in sein Kissen zurück. „Sie müssen sich schnellstmöglich entscheiden. Operation hier oder bei Ihnen in Hamburg. Denken Sie an die Fahrt! In Ihrem Zustand kein Vergnügen. Es tut mir leid, bessere Nachrichten habe ich nicht. Überlegen und besprechen Sie das bis abends. Ich schaue wieder nach Ihnen. Bitte bleiben Sie möglichst ruhig liegen." Der Arzt sah seinen Patienten nachdenklich an: „Nehmen Sie die Krücken, wenn Sie zur Toilette gehen. Das Bein auf keinen Fall belasten oder beugen." Der Arzt wandte sich an Marion: „Bitte begleiten Sie Ihren Mann, wenn er aufsteht. Auf keinen Fall darf er das Bein belasten."

Bereits an der Tür stehend drehte er sich nochmals um: „In ungefähr zwei Stunden komme ich noch einmal zu Ihnen. Dann sehen wir weiter. Jetzt ruhen Sie sich erst einmal aus. " Marion drehte sich zurück zum Fenster. Die weißen Berge im Hintergrund, wie über den weißen Dächern der verschneiten Stadt Innsbruck schwebend, verschwammen vor ihren Augen. Ihre innere Spannung löste sich, geräuschlos begann sie zu weinen. Tränen rannen ihr über das ungeschminkte Gesicht. Mit geschlossenen Augen, die Hände auf seiner Brust gefaltet, lief im Kopf von Hauptkommissar Gunnar Hansen ein düsterer, ungeordneter Videofilm, wie von einer Überwachungskamera aufgezeichnet, ab.

Ihr Urlaub war vorbei, das Kommissariat in Hamburg, seine Kollegen, Gesichter von Toten aus längst abgeschlossenen Kriminalfällen schoben sich geisterhaft zwischen seine Gedanken. Unsicherheit, weil er seinen Körper nicht mehr beherrschen konnte, löste eine Welle von ohnmächtiger Wut aus, vernebelte seinen Kopf. In diesem Augenblick konnte er einfach nicht klar denken.

Mit einer Hand riss er die Bettdecke von seinem Körper. Hitze wallte in ihm auf. „Was hast du, Gunnar?" Marion legte ihre Hand auf seine Stirn. „Ruhig, wir kriegen das schon hin. Bleib ruhig liegen. Ich bleibe hier bei dir." Unwirsch wischte er ihre Hand aus seinem Gesicht. Er im Rollstuhl.

Lächerlich, hatte er gedacht, als er aus der Klinik in Innsbruck humpelte. Schon bald musste er sich aber eingestehen, dass er Hauptkommissar beim Hamburger Morddezernat war und nicht Arzt. Denn, eigentlich wusste er immer alles besser, nur dieses Mal, da ging es ihm schlechter und schlechter. Gegen Abend des dritten Tages war er froh, im geliehenen Rollstuhl zu sitzen und durch das Krankenhaus gefahren zu werden. Marion hatte ihn trotz seiner wirklich üblen Laune gepflegt. Hatte Zeitungen besorgt, hatte frische Blumen an sein Bett gestellt. Er war ungerecht, ungeduldig gewesen, hatte jetzt ein schlechtes Gewissen. Immer noch. Die Operation war so weit gut verlaufen. Das Bein hatte man zwischen zwei Halbschalen mit Klettverschlüssen fest eingeklemmt. Nur zum Duschen durfte er es frei abbrausen. Marion stützte ihn dabei, wenn er schwankte, hielt sie ihn mit beiden Händen aufrecht. Nur das Bein nicht bewegen, das hatte der Oberarzt sowohl seinem Patienten als auch Marion immer wieder deutlich, sehr deutlich sogar, erklärt.

„Da vorne ist es. Die Weißen von der Spurensicherung sind schon da. Wir sind spät dran", bemerkte Gerd Happel und fuhr wieder über einen Bordstein. Der Rollstuhl schwankte gefährlich. Happel grinste, es machte Spaß, seinen Chef hilflos zu erleben. Dieses Energiebündel im Rollstuhl, seine Augen strahlten.

Sein Chef stöhnte. „Weiß ich, nerv' mich jetzt nicht, du weißt, wie schwer es war, den blöden Sicherheits-

Rollstuhl so früh morgens im Polizei-Hochhaus zu bekommen. Lass mich in Ruhe. Für die Arbeit muss ich das Ding doch benutzen, das weißt du doch." Selten hatte er schlechtere Laune gehabt. Zwei Polizisten kamen auf sie zu und erkannten grinsend den Chefermittler der Mordkommission Hamburgs.

„Sagen Sie bloß nichts" rief Gerd Happel ihnen entgegen, „er ist kurz vorm Platzen." Nickend machte er die Kollegen auf seinen Chef aufmerksam. „Was ist los, was soll ich hier so früh?" Gunnar Hansen schnauzte jeden erst einmal an. „Wer leitet die Untersuchung? Ich will einen Bericht, kurz bitte, und Happel, kümmere dich. Hilf mir hoch."

„Küss die Hand, Herr Kommissar", bemerkte der Kollege frech.

"Lass bloß dein Österreichisch stecken, wegen eurer Scheißberge ist mein Bein im Eimer." Happel stützte ihn. Mit einer Krücke humpelnd erreichten sie die Kaimauer. „Lass mich los", Gunnar Hansen beugte sich, so gut er konnte, an der Duckdalbe vorbei, hielt sich mit einer Hand am rissigen, braunen Holz fest und sah in die Tiefe. Den Rollstuhl hielt Gerd Happel krampfhaft fest. Dort hing der Tote, über den Holzplanken des alten, holländischen Fischerbootes im Museumshafen. Die Füße hatte jemand mit einem Seil zusammengebunden, das um den verrosteten Eisenpoller auf der Ufermauer geschlungen und verknotet worden war. Das lose Ende des Seils berührte hüpfend die graue, ölig schillernde Wasseroberfläche, die sich im Wellengang der Elbe leicht auf und ab bewegte. Ein helles, kleinkariertes Jackett hing dem Toten über dem Kopf. Das sandfarbene, glänzende Futter spiegelte sich zitternd im unruhigen Wasser. Die dunkelgrüne Cordhose war über die gut geformten Waden hochgerutscht. Die scharfe Bügelfalte ließ die Hose scharfkantig, wie einen Blasebalg wirken. Seine seidig glänzenden, knielangen Socken passten farblich zum Futter des Sakkos. Etwas Haut vom linken Bein schimmerte zwischen Hose und Socke hervor, weißlila, zu blass, zu wenig behaart, irgendwie fraulich, dachte Hansen. Einer der Schuhe dümpelte im Wasser mit den Wellen auf und ab, der andere steckte auf den Zehen des rechten Fußes. Rotbraune Slipper mit Bommeln. Elegant, fuhr es dem Hauptkommissar durch den Kopf. Die Arme baumelten seltsam lose auf dem Wasser hin und her, so als gehörten sie nicht zum Körper. Mit den Wellen und dem Boot hin und her schwingend, vereinigten sie sich mit dem Spiegelbild des Sakkofutters im Hafenwasser. Sein Körper bewegte sich im Rhythmus des Wellengangs der Elbe. Immer dann, wenn eine Welle zurück an die Kaimauer schwappte, fuhr durch den alten Kahn ein Ruck. Der Tote bewegte sich dann unwirklich steif, wie gefroren, etwas hin und her.

Der schwimmende Schuh wollte sich nicht entfernen. Er kam zu seinem toten Besitzer immer wieder zurück. Eigentümlich dachte Happel. Als wüsste der Schuh,

dass er zu jemandem gehört. „Ich will die Fotos sehen",
schnaubte Hansen mehr zu sich selbst. „Hast du die
Taucher angerufen? Wo sind die Zeugen, wer hat ihn
gefunden? Lass' sie alle in den Wagen kommen. Ich
kann nicht mehr stehen." Er drehte sich nochmals um:
"... und keiner holt in rauf", schrie er hinter sich. „Erst
will ich die Fotos sehen! Mach zu Happel, bewege dich
doch einmal etwas flotter. Dein Wiener Schmäh geht
mir auf den Senkel. Hast du Schimmel angerufen?
Meine Güte, wo sind die Fotos? Mensch Happel! Hast
du immer noch nicht gemerkt, dass ich nicht
herumtoben kann?" Hansen, der sonst so
durchtrainierte Kripomann, blieb stehen. Er schnappte
nach Luft. Seine Lungen füllten sich langsam mit der
frischen Hamburger Hafenluft.

Endlich spürte er ihn wieder, diesen Geruch nach
Hafen, nach Meer und Fischmarkt. Trotz seiner
Schmerzen im rechten Bein, zog sich ein Lächeln um
seinen Mund. „Ruf Steffi an, sie soll die Vermisstenliste
der letzten Tage nach Männern durchforsten. Wo sind
die Fotos?" Den ganzen Weg über das holprige
Kopfsteinpflaster zurück zum Polizeibus schimpfte der
Kommissar leise vor sich hin. Er ärgerte sich zu sehr
über sich selbst. Und dann waren da noch die
Schmerzen, wie immer, wenn er krank war, wollte er
seine Behinderung nicht zur Kenntnis nehmen. Aber
man sah an seinem blassen, fast bläulichen Gesicht,
dass er sich quälte. Als Happel seinen Chef aus dem

Rollstuhl hob, schrie der auf. Das Bein bereitete offensichtlich ungewöhnlich starke Schmerzen.

Mit dem Hintern zuerst zwang Hansen sich in den Polizeikombi.

Das kranke Bein kann ausgestreckt auf dem Sitz liegen, fuhr es ihm fast glücklich durch den Kopf. „Darf ich jetzt mal die Fotos sehen?"

Ein Polizist reichte ihm die Nikon-Digital Kamera. Im Display war bereits das erste Foto eingeblendet. Happel lachte in sein Handy. Steffi, ihre junge, attraktive Polizeisekretärin, hatte wohl soeben vom Pech ihres Chefs im Skiurlaub erfahren und eine schmutzige Bemerkung gemacht. Happel sah zu seinem Chef herüber. So wie viele Menschen, wenn sie ein schlechtes Gewissen haben. Die Taucher solle sie anfordern und Dr. von Schimmelmann, den Chef der Hamburger Gerichtsmedizin, anrufen. Happel gab ihr telefonisch auf, was sein Chef angeordnet hatte.

Auf den Fotos war nichts Ungewöhnliches zu entdecken. Von oben waren mehrere Fotos aus den unterschiedlichsten Richtungen und Höhen gemacht worden. Vom gegenüberliegenden Boot hatte der Polizist den Toten, die Kaimauer und die Duckdalbe in verschiedenen Zoom-Einstellungen fotografiert. Alle Bilder erschienen klar und sehr deutlich auf dem kleinen Bildschirm. „Lass ihn rauf ziehen", stöhnte Hansen und schrie gleichzeitig.

"Happel schläfst du? Lass ihn rauf ziehen. Ich will sein Gesicht sehen. Wo ist der, der ihn entdeckt hat?" „Der wartet draußen. Er ist heute Morgen mit dem Rad an der anderen Seite des Hafenbeckens vorbeigefahren und sah was Komisches hier liegen." „Schick ihn rein und rede mit der Spurensicherung. Wegen eventueller Fundstücke oder irgendwelcher Besonderheiten. Mach die Tür von draußen zu. Und beweg dich. Schick den Mann rein.

Und, lass den da drüben rauf ziehen. Hol mich hier in fünf Minuten ab. Leg den Toten vorsichtig auf das Ufer. Vorsichtig habe ich gesagt. Ich will das Gesicht sehen. Und sorge dafür, dass niemand etwas anfasst."

Gunnar Hansen war jetzt schon erschöpft. Trotz des kalten Morgens schwitze er. Sein Körper wehrte sich gegen seine Arbeit.

Ein Mann in mittlerem Alter, ungefähr vierzig, schätzte er aus den Augenwinkeln, trat händeringend an den Polizeitransporter heran. Die Kapuze seines hellgrauen Sweatshirts hatte er über den Kopf gezogen.

UCLA war in großen Lettern vorn aufgedruckt. Schon leicht verblasst, ist schon viel gewaschen worden. Grinsend öffnete der Hauptkommissar die Schiebetür von Innen. Die Nase fiel ihm sofort auf. Die Nase des Mannes leuchtete rot angelaufen aus einem grauen, frierenden Gesicht. In seiner dünnen schwarzen Jogginghose fror der Mann offensichtlich entsetzlich. „Setzen Sie sich", brummte Hansen, er hatte sich vorgenommen freundlich zu sein. „Erzählen Sie mal, was los war!"

„Ach wissen Sie, ich fahre hier jeden Morgen von Blankenese bis zum Fischmarkt und zurück. Außer wenn es schneit und zu stark regnet. Heute stand ein LKW von Holsten Bier quer, wollte wohl wenden. Ich musste vom Rad und blickte auf die Elbe.

Gegenüber an der Kaimauer sah ich, bei dem Kahn da, einen Mann hängen. Mein Rad steht da drüben an der Mauer. Als ich dann runter blickte, sah ich ihn da unbeweglich hängen, nur leicht schaukeln. Ich bin dann sofort einige Schritte zurück gegangen. Mein Rad hatte ich stehen lassen. Hier mit diesem Handy habe ich dann die Polizei angerufen. Können Sie nachprüfen." Hansen winkte ab. „Ist schon gut. Wann war das?" Der Mann fummelte an seinem Handy, drückte verschiedene Tasten, es piepte mehrfach. „Um 7.48 Uhr, sehen sie mal. Notruf um 7.48 Uhr. Hier im Display." „Danke, lassen sie das meinen Assistenten nochmals sehen." Haben Sie jemanden bemerkt, ist Ihnen etwas aufgefallen, war irgendetwas anders als sonst hier in der Ecke."

„Nee, eigentlich war alles so wie immer. Bis auf den Bierwagen, der kommt unregelmäßig. Meistens zwei Mal die Woche." Hansen fingerte in seiner Jackentasche herum und zog seine Visitenkarte heraus. „Ich schreibe Ihnen noch den Namen meines Assistenten und meiner Mitarbeiterin auf. Fällt Ihnen noch was ein, melden Sie sich bitte. Geben Sie bitte Ihren Namen, Ihre Anschrift und Telefonnummer meinem Assistenten. Übrigens, ich bin Hauptkommissar Gunnar Hansen.

Rufen Sie mich an, falls Ihnen was Wichtiges einfällt. Und jetzt helfen Sie mir hier raus. Bitte vorsichtig." Er quälte sich hoch, der Radfahrer stützte ihn mit sehr festem Griff, was Hansen schmerzlich an seinem Oberarmmuskel fühlte. Noch mehr blaue Flecke brauche ich nicht auch noch, dachte er und lächelte den Mann trotzdem freundlich an.

Er hatte schmale, blutleere Lippen. „Das ist mein Rollstuhl. Da muss ich rein. Schöner Schiet, was?" „Happel", schrie Hansen über den kleinen Platz, der Radfahrer schob ihn bereits seinem herbeieilenden Assistenten entgegen. „Ist er oben?" grunzte er. Zum Radfahrer gewandt: „Schönen Dank fürs Schieben, vergessen Sie ihr Fahrrad nicht und anrufen, wenn Ihnen noch was einfällt. Wo ist das Rad übrigens?" „Dort drüben, auf dem Rasen vor dem Restaurant." Die Polizisten haben es dort hingelegt.

„Dürfen wir ein paar Fotos von dem Rad machen?" Hansen war jetzt ganz zahm. „Happel mach' ein paar Aufnahmen, von allen Seiten. Und dann kommst du schnellstens wieder her. Mach zu!"

Langsam rollte er schwankend zur Kaimauer. Das Anschieben mit den Händen über die seitlichen Antriebsräder kostete Kraft. Das waren unbekannte Bewegungen, langsam wurde ihm kalt. Die Leiche war mit einem weißen Tuch abgedeckt. Elbwasser bildete glitzernde Pfützen auf schmutzig grauem Kopfsteinpflaster. Ein Polizist hob das Tuch über der Leiche leicht an und zog es bis zum Ende der Trage zurück. Vor ihm lag ein Mann mit friedlichem Gesicht. Er war mittleren Alters.

Völlig entspannt. Die Augen waren nicht hervorgequollen, kein Blut in der Nase. Über der Stirn, gerade unter dem Haaransatz verlief ein dunkler Ring verfärbter Haut, der hat einen Hut oder Mütze getragen, sofort kam dem Hauptkommissar dieser Gedanke. „Habt ihr seinen Hut oder seine Mütze gefunden?" Hansen rief dem nächsten Beamten der Spurensicherung auch noch zu: "Wenn nicht, lass die Taucher danach suchen. Und sucht nochmals die Wasserlinie an der Kaimauer und um die Schiffe herum, ab. Irgendwo muss das Ding schwimmen. Wir suchen seinen Hut oder seine Mütze." Weiß-lila Haut, kein Bart, hellgraue verworrene Haare klebten eng am Kopf, vom blauen Hemd mit dem weißen Kragen standen zwei Knöpfe offen. Er trug eine dünne, silbrige Halskette mit einem komischen Kreuz. Nachdenklich sah Hansen auf den Toten herunter. Die Distanz aus dem Rollstuhl auf den Toten war ihm unheimlich. Er war jetzt sehr viel näher am Tod dran als sonst, wenn er sich stehend die Leichen betrachtete. Fast konnte er jede Pore, jedes Körperhaar sehen. Es fröstelte ihn. Die Haut ist zu weiß, fast blau oder lila, irgendwie ekelig, ging es ihm durch den Kopf. Der musste bereits tot gewesen sein, bevor er hier hingelegt wurde. Das beige karierte Jackett hatte braune Lederflicken auf den Ellenbogen. Ein Kugelschreiber steckte in der Brusttasche.

„Wo ist der zweite Schuh?" Hansen blickte hoch. Ein Mann in weißem Overall der Spurensicherung schwenkte einen durchsichtigen Plastikbeutel. Ein schwarzer Krokodilledergürtel hielt die Cordhose des Mannes geschlossen. Die Hosenbeine waren hochgerutscht, saßen fast in den Kniekehlen. Vom über Kopf hängen, dachte Hansen. Die langen, in sich gemusterten, beigefarbenen Socken erschienen ihm ungewöhnlich. Knielange Socken sind bei uns unüblich, murmelte er mehr zu sich selbst.

„Habt ihr Fotos gemacht?" Der Kollege im weißen Overall nickte bestätigend, hielt seine Kamera zur Bestätigung in die Höhe.

Oberkommissar Gerd Happel eilte zurück.

„Habe kurz ein Protokoll von dem Radfahrer aufgenommen, mit Anschrift und Telefonnummer. Den Fotos von seinem Fahrrad hat er zugestimmt." Hansen sah ihn an. „Lass den Toten zu Schimmel in die Rechtsmedizin bringen. Er soll mich anrufen. Schimmel ist immer noch nicht da. Wo ist denn Jens Basedow? Der Mann vergisst noch mal seinen Arsch. Wenn du den nicht." „Da hinten kommt sein Wagen, musste wohl erst seine Alte in die Stadt fahren!" Happel unterbrach seinen Chef und zeigte mit ausgestrecktem Arm in Richtung Hamburg. „Erst soll er sich den Mann hier ansehen. Jetzt will ich zurück. Sag den Kollegen, sie sollen alles abgesperrt lassen, bis die Taucher fertig sind. Auch auf das Schiff gegenüber darf niemand. Sag den Weißen sie sollen auch dort mögliche Spuren sichern. Bei der Durchsuchung der Leiche musst du dabei sein. Lass dir das nicht entgehen. Bring mich erst ins Auto. Schieb mich bloß vorsichtig. Bei dem Kopfsteinpflaster. Ich will Basedow nicht treffen, mach du das und pass auf. Hoffentlich bist du schon richtig wach!" Lächelnd griff Hansen zu den Seitenrädern seines Rollstuhls. Mit kräftigen Armbewegungen rollte er sich zum Polizeibus. Bis zum Bericht von Dr. Werner von Schimmelmann, dem Leiter der forensischen Pathologie in Hamburg, gab es nicht mehr viel zu tun. Berichte mussten geschrieben werden, Formulare waren auszufüllen.

„Gerd, soll das machen, ich bestimmt nicht," brummte Hansen. Für ihn stand nur fest, dass sich niemand selbst an den Füßen fesselt und sich die Kaimauer im Hamburger Museumshafen herunterstürzt, um sich zu töten. Muss wohl Ebbe gewesen sein. Das Schiff lag dann tief im Wasser. Wenn er darauf gefallen ist... Warum eigentlich nicht, dachte er und stellte die Heizung des VW-Passat auf volle Touren. Sein Bein tat weh. Es war ein blöder Tag. Wenigstens warm wollte er es haben.

Als sein Assistent wenig später die Tür des Wagens öffnete, war er bereits eingenickt. Hansen war kaputt, ausgelaugt, fertig. Als er hoch- schreckte, brummte er nur: „Fahr mich bitte nach Eppendorf. Ich will zur Untersuchung ins Krankenhaus. Marion hat hoffentlich heute Morgen einen Termin bei Meyer-Klimt gemacht. Er soll sich die Röntgenbilder und mein Bein ansehen. Tu mir den Gefallen und warte im UKE. (Universitäts-Krankenhaus-Eppendorf in Hamburg)

Geht das?" Happel hob die Augenbrauen, sein Chef musste wirklich leiden. Woher kam sonst diese Freundlichkeit. Er nickte. Sie besprachen das, was sie eben gesehen hatten. Als Hauptkommissar gab er schnell einige Anweisung. Der Mitarbeiter verhielt sich kollegial. „Auf den Bericht der Rechtsmedizin bin ich gespannt. Kannst du den Radfahrer überprüfen, hat er noch was gesagt?" „Nee, scheint ok zu sein. Ist ein Lehrer an der Rudolf-Steiner-Schule, Elbchaussee. Sein Unterricht beginnt immer um 9.00 Uhr. Da hat er Zeit, täglich seine Runde mit dem Rad zu fahren." "Überprüfe ihn trotzdem und lass dir alle Bilder im Großformat von der Spurensicherung geben. Ich habe ein ganz komisches Gefühl. Keine Würgemale, keine Blutungen, Kopf nicht verletzt, gut gekleidet. Irgendetwas stimmt nicht. Es passt etwas nicht zusammen. Und tun mir den Gefallen, schreib du den Bericht, sag denen im Büro ich sei krank, und ... ich sei zuhause erreichbar." Gerd Happel wartete auf dem Parkplatz der Orthopädie, auf dem Gelände der Universitätsklinik Hamburg. Im Stadtteil Eppendorf, auf dem Krankenhausgelände, war immer viel los, auch schon früh am Morgen. Er betrachtete die einfahrenden

Krankenwagen, sah den humpelnden Menschen nach und konnte sich nicht vorstellen, wo so viele Gipsverbände und geschiente Beine, Arme und Gehhilfen herkamen. Alle Passanten schienen hier Knochenbrüche zu haben. Vom Morgen hatte er noch die BILD Zeitung in seinem Mantel. Jetzt konnte er endlich die Sportberichte lesen. Bei den Bildern von den Ski-Abfahrtsläufen in Kitzbühel musste er an seinen Chef denken und grinsen. Eigentlich war mit dem Bein alles in Ordnung. Die Österreicher hatten eine gute Arbeit geleistet. Perfekt gemacht, bemerkte der leitende Oberarzt. „Es war richtig von Ihnen, sich sofort operieren zu lassen. Nur die weite Fahrt nach Hamburg hätten Sie nicht machen sollen. Sie brauchen Ruhe. Bleiben Sie eine, besser zwei Wochen zu Hause. Bleiben Sie im Bett, Mann, neben einem Schock, den Sie zu verarbeiten haben, können Probleme im Bein auftreten. Es kann sich Wasser im Knie bilden. Legen sie das Bein etwas hoch. Und täglich brauchen Sie eine Spritze gegen Thrombose. Kann die Ihnen jemand geben? Oder können Sie das selbst?" Der Arzt sah ihm direkt in die Augen. „Ich zeige Ihnen wie das geht. Kein Problem. Machen Sie sich mal am Bauch frei." Der Arzt gab dem Hauptkommissar die Spritze ins Bauchfett. Er hatte es leicht als Falte mit der linken Hand zusammengedrückt. Nichts war zu merken. „Das mache ich selber, geben Sie mir bitte das Rezept." Er musste sich auf eine Rollbahre umbetten lassen. Die herbeieilende Krankenschwester stützte ihn. Als er seitlich auf der Kante saß, lehnte er sich weit zurück und versuchte mit dem gesunden Bein das verletzte anzuheben. Die Schwester hob sein Bein mit hoch. Tränen traten ihm in die Augen. Seine Lippen waren weiß. Er hatte heftige Schmerzen. Ganz vorsichtig schob die Schwester ein Kissen unter das Bein. Mit rotem Kopf blickte er die junge Frau an, vor Anstrengung und Schmerz hatte er sich ein ganz klein wenig in die Hose gepinkelt. Sicher war ein kleiner Fleck auf seiner, weiß-blaugestreiften Boxershorts zu sehen. „Der Krankenwagen kommt gleich, wir bringen Sie nach Hause." Die Schwester lächelte ihn warmherzig an. Sie hatte ein asiatisch, rundes Gesicht, mit kleinen Schlitzaugen.

Sie war wohl Koreanerin. Was für zarte Hände sie hat, dachte er, als sie ihm den Arm an die Seite legte und ihn zudeckte. Als sie ging, blickte er ihr nachdenklich hinterher. Dann fummelte er sein Handy aus der Hose, die die nette Schwester an seine Seite gelegt hatte, sorgsam und adrett zusammengefaltet. Er stöhnte dabei leise. Das Bein schmerzte bei jeder Bewegung. Zuerst rief er seinen Assistenten auf dessen Handy an, berichtete ihm kurz über das Gespräch mit dem Arzt. „Ruf bitte Marion an, ich komme mit dem Krankenwagen nach Hause. Ich bin jetzt in Station 3/1 Orthopädie im UKE. Eine Woche bin ich zuhause und du berichtest mir täglich. Danke erst mal. Und fahr bitte ohne mich los." Er hängte auf. Plötzlich war er zu müde zum Reden, er war völlig fertig. Lediglich seinen Chef im Präsidium informierte er kurz über seine Situation. Als ihn die Krankenfahrer in sein Schlafzimmer trugen, war er erleichtert. So wie Kranke erleichtert sind, wenn sie endlich im eigenen Bett liegen. Er war erschrocken von diesem Gefühl. Marion hatte das Bett schon aufgeschlagen die braun-beige Kamelhaarwolldecke von ALDI lag zusammengerollt der Länge nach auf seiner Seite. Er lächelte. Marion half ihm aus seinen Sachen, zog ihm ein weites weißes Sweatshirt über, die weiten Boxershorts behielt er an. Hansen blickte hinüber zu den Fahrern des Krankenwagens, die in seiner Schlafzimmertür warteten. „Und" fragte er, „was noch? Habt ihr den Rollstuhl?" „Wir warten, bis Sie liegen" grinsten der Lange, der andere zeigte aufs Bett. „Schön hinlegen und zudecken. Und, duschen ist nicht, vorerst nicht. Lassen Sie sich waschen Kommissar," grinste einer der Fahrer. „Kann auch ganz schön sein." „Raus", grunzte Hansen, der Hamburger Haupt-kommissar angestrengt lächelnd: „Und besten Dank für die Fahrt." „Gerne Chef und gute Besserung", kam prompt die Antwort. „Du schläfst jetzt erst einmal", bestimmte Marion Krohn entschlossen, als er sich endlich in dem Bett richtig hingelegt hatte.

„Die Krücken nehme ich mit, der Rollstuhl steht im Flur. Wenn du was willst, musst du rufen. Du bleibst im Bett." Irgendwie wirkt er klein und hilflos. Blass ist er. Die ganze Urlaubsbräune ist weg, dachte sie und sah ihn liebevoll an. Die Wolldecke schob sie sehr vorsichtig unter dem verletzten Bein zurecht. „Das Telefon bleibt bei mir, wenn was Wichtiges ist, wecke ich dich." Rückwärts schlich sie auf Zehenspitzen hinaus. Sie liebt mich, dachte er und schlief sofort ein. Als Oberkommissar Gerd Happel das Büro im Polizeihochhaus betrat, stürmte ihm Stefanie Gentz aufgeregt entgegen. Als Sekretärin war sie über alles und jedes informiert. „Wo ist Gunnar, er soll sofort zu Schimmel in die Rechtsmedizin kommen", ihre Stimme überschlug sich beinahe. „Der hat was entdeckt, was wichtig für euren Toten von heute Morgen ist. Er sagt, es sei wirklich wichtig." „Lass mich erst einmal sitzen. Seit sechs Uhr früh bin ich auf den Beinen. Gestern war unser Hauptkommissar super schlecht drauf, alles tat ihm weh. Hast du schon gehört?" „Ja, Marion hat mir von seinem Pech erzählt." „Er liegt im Bett und schläft." Stefanie drehte sich um und sah auf die große Wandkarte von Hamburg. Den Fundort der Leiche hatte sie bereits mit einem leuchtend roten Fähnchen markiert. Als sich der Oberkommissar erschöpft in seinen Bürostuhl fallen ließ, bemerkte er den Umschlag von der Spurensicherung auf Hansens Schreibtisch. „Wahrscheinlich die Fotos", dachte er. „Hast du die Taucher angerufen, waren die schon am Fundort?" „Weiß ich nicht", antwortete Steffi, „angerufen hatte ich so um neun Uhr. Soll ich mal nachfragen?" „Lass man, die werden sich schon melden." „Was ist mit den Tagesberichten, soll ich dir die Formulare geben?" Mit hochgezogenen Brauen sah Happel sie an. „Ist schon vergessen", lachte Steffi. „Erzähl lieber, was du weißt, dann kann ich die Berichte schnell in den Computer geben, wenn du zu Schimmel in die Rechtsmedizin fährst. Kaffee habe ich dir schon hingestellt, in der Thermoskanne, muss noch heiß sein." Freundlich lächelte er sie an. „Irgendwann muss ich mit ihr ins Bett, irgendwann", dachte er und sah auf ihre langen Beine in den verwaschenen Jeans. Er mochte junge Frauen in Jeans und weißen Turnschuhen. Auf lange Beine fuhr er ab. Ihr weißes Sweatshirt fand er auch gut. Den Aufdruck hatte er heute schon einmal gesehen, ging es ihm durch den Kopf. UCLA, University of California, Los Angeles. Bei dem Radfahrer, dem Lehrer aus Blankenese, jetzt wusste er, wo dieses Sweatshirt in seinem Kopf gespeichert war. Stefanie kam zurück und hatte die Anweisungen für die Pathologie bereits in der Hand. „Ich habe die große Untersuchung eingetragen, DNA-Analyse, Sperma und so weiter. Gunnar will das meistens so haben. Das weißt du ja." „Spermaproben, wie kommst du denn darauf?" „Er ist männlich." „Hat man oft bei Männern, dass sie männlich sind", meinte er sarkastisch. Sofort tat es ihm leid. „Entschuldigung" murmelte er. „War nicht so gemeint." „Spermaprobe finde ich wichtig", erwiderte Steffi. „Er kann doch schwul sein!" Darauf war ihr Kollege wohl nicht gekommen. Nachdenklich sah er aus dem Fenster. „Wer springt schon selbst mit dem Kopf nach unten in den Hafen auf einen Museumskahn", murmelte er vor sich hin. „Gibt es was Interessantes in der Vermisstenliste?" Er sah zu seiner Kollegin auf. Ihr

Pferdeschwanz wippte hin und her. Sie kam sehr erotisch daher schreitend direkt auf ihn zu. „Hier, hier ist die Liste. Keiner passt ins Schema. Alle entweder viel älter, Rentner oder kleine Jungs, die weg sind." „Pass auf", antwortete er und sah sie lächelnd an. „Ich setze mich jetzt an den PC und gebe schnell das Opferprofil ein, soviel wie uns bisher bekannt ist. Wenn ich später hinüber fahre zu Schimmel, scannst du bitte die Fotos direkt vom Chip ein. Dann haben wir alles up-to-date und können die Ergebnisse der Mediziner und der Spurensicherung hinzufügen. Morgen bringe ich Gunnar dann die CD mit den Einzelheiten. Der kann doch nicht ruhig liegen. Einverstanden?" Stefanie wusste, dass ihr Kollege immer besonders eifrig tat, wenn der Chef nicht im Hause war. „Willst du Punkte sammeln? Machen wir, ich helfe dir", sie lachte. Die Spurensicherung rief an, jemand solle wegen der Durchsuchung des Toten rüberkommen. Fünfzehn Minuten später war Oberkommissar Gerd Happel, der Wiener in Hamburg, unterwegs. Den Rechtsdoktor, wie er ihn nannte, Dr. Werner von Schimmelmann hatte er angerufen. Der eröffnete ihm am Telefon, dass er noch Zeit, mindestens zwei Tage bräuchte, aber schon jetzt könne er sagen, dass es ein ganz ungewöhnlicher Todesfall sei. Die Leiche sei aber immer noch nicht von der Spurensicherung freigegeben worden. Der Chef der Hamburger Rechtsmedizin habe sich den Toten nur oberflächlich betrachten können. Immer diese verschwommenen, vagen Andeutungen der Ärzte, dachte Happel und bedankte sich. Er versprach gegen Abend vorbeizukommen. Aus Innsbruck war Gerd Happel nach Wien gegangen. Nach und nach hatte er sich dort in das System der Wiener Kripo eingearbeitet. Vieles gefiel ihm gar nicht. Oft waren die Hierarchien dort viel zu verkrustet. Zu viel Wiener Schmäh und „Küss die Hand", wie er sich ausdrückte. Von der Vernetzung der EDV-Systeme in Deutschland, von der guten technischen Ausstattung dort, hatte er immer geschwärmt. Alle deutschen Fachmagazine der Kriminologie las er regelmäßig. Er wollte nach Deutschland. Entweder nach Berlin oder Hamburg. Die Bayern lagen ihm nicht. Die waren ihm zu ähnlich. Er wollte Kontrast, wollte Power. Die norddeutschen Macher, die preußischen Pragmatiker lagen ihm, die redeten nicht viel, die machten.

So einfach war das.

Und dann, dann war da der Urlaub in Gerlos. Seine Schwester hatte ins Sporthotel Alpina hineingeheiratet. Sein neuer Schwager war ein super Typ. Sensationelles Hotel, mit Wellness-Bereich, eigener Skischule und bestem Essen. Deutsche und Holländer kamen jeden Winter.

Super Frauen, hatte er nach den ersten Wochenenden festgestellt. Immer gute Stimmung und er konnte bei seiner Schwester kostenlos wohnen. Da er aus Wien stammte, war auch ein Treffen mit den Eltern immer mal wieder drin. Die machten im Hotel ihrer Tochter ebenfalls zwei Mal im Jahr Urlaub. Die Besuche in diesem Hotel veränderten ihn. Seine Kleidung war viel moderner geworden. Er trug jetzt Boss-Anzüge und Schuhe von Reiter, er hatte viel abgenommen, ging ins Hotel eigene Fitnesscenter. In Wien merkte er an den Reaktionen der Mädels auf der Kärntnerstraße, dass er sich verändert hatte. Seine Schwester meinte, die neue Frisur stehe ihm sehr gut. Irgendwann traf er Gunnar Hansen im Hotel in Gerlos.

Sie hatte ihn darauf hingewiesen, dass ein Hauptkommissar aus Hamburg im Hause Urlaub mache. Der sei ein ziemlich wilder Hund im Schnee, wie sie meinte. Die beiden Männer hatten sich angefreundet und irgendwann war er in Hamburg gelandet.

Er war froh, diesen neuen Job bekommen zu haben. In seiner kleinen Wohnung in Eimsbüttel fühlte er sich wohl. Hamburg war eine Weltstadt, das merkte er sofort an seinem neuen Arbeitsplatz. Hier ging es voran, mit modernsten kriminologischen Mitteln wurde hier wie selbstverständlich gearbeitet. Und die Hamburger Mädel mochten seinen Dialekt.

Als er den Raum der Spurensicherung betrat, sah er sofort die gesamte Bekleidung des Toten, ausgebreitet auf weißem, feucht gewordenem Papier, auf schwarzweiß gefliestem Boden liegen. Dr. Jens Basedow hatte einen vorläufigen Bericht geschrieben und druckte ihn gerade aus. „Wollen Sie eine Kopie mehr für Ihren Chef?" „Besser sie geben mir alles als CD mit. Dann kann ich es gleich in unserem PC übernehmen."

„Ich hatte doch extra darum gebeten, bei der Bearbeitung der Bekleidung dabei zu sein!" „Ihr Chef ist doch krank, da haben wir angefangen. Worauf sollten wir denn warten? Der Seitenhieb auf ihn saß. Basedow grinste. „Tut mir leid, war nicht so gemeint. OK, ich brenne eben die CD.

Setzen Sie sich an den freien Schreibtisch, es gibt einiges zu besprechen." Dr. Jens Basedow galt als Außenseiter, als sarkastischer, herrischer Typ, der nur durch seinen Vorgesetzten, Dr. Werner von Schimmelmann, zu einem anständigen Umgang mit der Polizei gebracht werden konnte.

Die Schuhe, Socken, Wäsche waren in Papierbeuteln einzeln sortiert worden, um zu verhindern, dass serologische Spuren, wie Körperflüssigkeiten, Blut, Schweiß, Sperma, verschimmeln. Die Armbanduhr des Toten, die Halskette, der Kugelschreiber alles gesondert eingetütet, nummeriert und mit allen Daten versehen, lagen bereit für die Asservatenkammer. Dr. Basedow setzte sich auf die andere Seite des Schreibtisches. „Also", begann er, „lassen Sie mich mal kurz zusammenfassen.

Alles was der Tote an sich, bei sich, mit sich trug, stammt überwiegend aus England. Das Sakko stammt laut Etikett aus Manchester, die Hose ebenfalls, vom gleichen Herrenausstatter. Das Hemd von Arrows, USA, es hat kein gesondertes Einzelhandelsetikett. Er hatte eine deutsche Fliegeruhr von Kienzle am Handgelenk. Ziemlich antikes Modell. Der Kugelschreiber", er hob den Beutel hoch, "wird von Britisch Airways auf deren Flügen verteilt. Die Wäsche haben wir noch nicht analysiert. Schimmel will sie unbedingt zuerst sehen. Merkwürdig sind die Schuhe, es sind italienische Todd-Slipper. Sehr teuer.

Wir müssen sie noch genauer untersuchen. Die stammen aus einem Laden an der Oxfordstreet. Die orthopädischen Einlagen sind seltsam, von einem USA-Versandhandel für Einlegesohlen. Aber sie passen nicht genau in die Schuhe. Sind mindestens zwei Nummern zu klein, wenn nicht mehr." „Papiere?" fragte Happel dazwischen.

„Nichts, kein Geld, keine Papiere, keine Münzen, nichts. Kein Fetzen Papier." „Haben die Taucher was gefunden?" „Nichts, gar nichts. Nur, dass an der Fundstelle keine Strömung ist, das konnten sie bestätigen. Nur leichter Wellenschlag. Immer. Nie Strömung. Hängt mit dem Museumshafen zusammen." „Hier", fuhr Dr. Basedow fort, „hier, das haben wir auch noch. Er war in der linken Brustwarze gepierct. Hier mit diesem kleinen Edelstahlring." Er hielt einen kleinen Plastikbeutel hoch.

„Kann es sein, dass er schwul war?" Happel hatte ganz plötzlich so einen Einfall. „Kann ich nicht sagen, fragen sie Schimmelmann. Ich bin nachher in der Pathologie drüben. Wollen wir uns dort zusammensetzen?" „Was ist mit einem Hut oder Mütze?"

„Nichts gefunden, den ganzen Hafen und das Elbufer haben wir abgesucht. Es ist keine Strömung da."

„Gut, treffen wir uns bei Dr. von Schimmelmann", meinte Happel.

„Sagen Sie mir auf meinem Handy Bescheid. Ich fahre dann sofort in die Rechtsmedizin rüber, ich will unbedingt Schimmel noch sehen. Schön, wenn Sie auch da sind. Kann ich die CD haben?" „Auch ja, selbstverständlich, ich beschrifte sie noch kurz." „Hier ist meine Karte, die Handy Nummer steht darauf. Rufen sie mich doch bitte kurz vor dem Treffen an. Dann sind wir alle gleichzeitig da." Nach einer Stunde war Happel wieder draußen. Er fuhr an der Musikhalle vorbei, das Unilever Hochhaus links leuchtete in seinem hellen Türkis. Wie immer, dichter Verkehr am Gänsemarkt, er bog verkehrswidrig nach links ab. Ein frierender Verkehrspolizist sah verdutzt hinter ihm her. Gerd Happel hob grüßend die Hand. Er parkte immer hinter der Staatsoper, immer hier in der Gegend. Auch abends, wenn Kino im UfA-Palast angesagt war. Mit seiner Visitenkarte und der polizeilichen Haltekelle hinter der Windschutzscheibe war er der König der Falschparker. Im >Brötchen<, im Verkaufsraum der Stadtbäckerei, hatte er Lust auf Mettbrötchen mit Zwiebeln und eines mit Roastbeef und Gelee.

Irgendwie pervers dachte er. Rohes Fleisch und fast roher Braten.

Aus Wien kannte er so etwas nicht. Aber es schmeckte ihm. Langsam wurde er Hamburger. Stefanie hatte alles so vorbereitet, dass er nur noch unterschreiben musste. Alle Formulare lagen in der Unterschriftenmappe auf seinem Schreibtisch. Das Handy legte er neben die schwarze Halogenleuchte. Gunnar hatte noch nicht angerufen, das war ein sicheres Zeichen, dass es ihm schlecht ging. Oder Marion macht den Meister Propper und passt wie Kommissar Rex auf. Er lächelte über seine eigene Gedankenkreativität. Mit dem PC-Programm NERO brannte er als erstes eine Kopie der CD von der Spurensicherung. Er übertrug alle Einzelheiten in das bisherige Opferprofil, die Bilder fand er in Photoshop und übertrug sie ebenfalls ins Profilprogramm. Langsam legte sich ein Netz von Informationen über den Toten vom Museumshafen. Als er alles geprüft, verändert, neu geordnet hatte, als er zufrieden mit der Anordnung von Bildern und Text war, als eigentlich nichts mehr hinzuzufügen war, vergab er eine neue Bearbeitungsnummer und ein Passwort. Damit war dieser Vorgang im Computer erfasst und geordnet. Das Passwort „Museumshafen" schrieb er auf einen Zettel mit dem Vermerk, dass es sich um den Vorgang des männlichen Toten von Hamburg Teufelsbrück handelt.

Eine Notiz bekam Stefanie, eine machte er für seinen Chef. Als er alles nochmals auf seinem PC zusammengefasst und gebrannt hatte, klebte er den gelben Post-it-Zettel mit dem Passwort auf die CD-Hülle.

Die CD steckte er in seine Sakko-Innentasche. Gerd Happel sah erst auf sein Handy, dann auf die große Bahnhofsuhr an der Wand.

Halb fünf war es schon, wo blieb der Anruf aus der Rechtsmedizin.

Erst machen sie es so eilig, dann haben sie unendlich viel Zeit, dachte er leicht genervt. Jetzt war Berufsverkehr. Eine Stunde später wartete er immer noch. Als er bei Dr. von Schimmelmann anrief, teilte man ihm lapidar mit, dieser sei mit Dr. Basedow im Sezierraum, man dürfe nicht stören. Happel verließ das Büro, Stefanie war um halb fünf gegangen. Lachend hatte sie ihm viel noch viel Spaß gewünscht.

Natürlich waren alle Fahrstühle wieder unterwegs. Er wartete, dann ging er zur Treppe. Tut auch gut, machte er sich Mut und begann die fünf Etagen hinunter zu laufen. In der Tiefgarage hatte sich eine Warteschlange vor der Ausfahrtsschranke gebildet. Seit der alte Hans Slawitzki, der langjährige Parkwächter, durch einen Automaten ersetzt worden war, bildeten sich morgens und abends immer Schlangen. Er schüttelte den Kopf. Bürokratie und falsche Sparmaßnahmen.

Marion meldete sich mit flüsternder Stimme auf seinem Handy, ja Gunnar schlafe immer noch, aber er solle ruhig vorbeikommen.

Sie habe einen Kaffee fertig, ob er was essen wolle. Wollte er nicht. Er war um acht beim Chinesen auf der Steinstraße verabredet. Als er in den Eppendorfer Baum einbog, erklang das australische Volkslied Waltzing-Matilda aus seinem Handy.

Es war Dr. Jens Basedow, der sich kurz entschuldigte. Er sei bei Dr. von Schimmelmann. Es hatte noch etwas gedauert.

Sie könnten sich ja morgen früh, gleich um acht treffen.

Happel war eigentlich froh und sagte sofort zu. Er werde pünktlich da sein. Langsam kroch ihm Müdigkeit in die Knochen. Vor dem weißen Haus mit der reichen Stuckfassade war natürlich kein Parkplatz zu finden. Warum musste sein Chef auch mitten in Eppendorf wohnen. Hier am Eppendorfer Baum fand man nie einen Parkplatz. In Eimsbüttel hatte er mit Parken kein Problem. Er stellte sich halb auf den Fußweg, seine Visitenkarte lag hinter der Windschutzscheibe. Natürlich war die nur für Fachleute und Polizisten erkenntlich. Für den Laien sah sie wie ein Behindertenausweis aus.

Marion hatte Kaffee fertig und Kekse nett sortiert. Sie setzten sich ins Wohnzimmer. Nach einigen Minuten Smalltalk, vom Hauptkommissar war nichts zu hören, bemerkte Marion: „Er hat nichts gehört, richtig fertig ist er. Nach der Fahrt aus Österreich und dann heute so früh raus." Marion klang besorgt. „Happel, komm rein", sie sahen sich an, so fertig war der Kommissar

Gunnar Hansen offensichtlich doch nicht. „Komm endlich rein", aus dem Schlafzimmer tönte es sehr bestimmend. In seinem Bett sitzend, bis zum Bauch zugedeckt, begann der Kranke sofort zu reden. „Erzähl was los war. Ist er identifiziert?" „Nee," antwortete Happel kleinlaut. „Eigentlich nichts Neues, hier ist alles auf der CD." Er griff in die Innentasche seines Sakkos und zog die Aufzeichnungen heraus. Sein Chef schnappte sie ihm sofort aus der Hand. „Gib gleich her, heute passiert gar nichts mehr!" und schon hatte Marion die CD in der Hand. „Nichts mehr, dein Notebook kannst du vergessen." Ihr Freund sah sie wie ein trauernder Cockerspaniel an. Zu Happel gewandt zuckte er nur mit der Schulter. „Sie liebt mich eben und ich kann nicht hinter ihr herrennen. Aber vielen Dank erst mal, habt ihr gut gemacht. Alles auf CD für mich. Ist `ne gute Idee." Erschöpft sank er langsam wieder in seine Kissen. „Marion verbummele das Passwort nicht", rief er hinter seiner Freundin her. „Liegt bereits im Mülleimer", schallte es aus der Küche herüber. Die beiden Männer sahen sich an und grinsten. Frauen!

„Hat Schimmel schon was gesagt?", flüsterte der Kranke leise und rutschte ganz vorsichtig in seinem Bett nach unten. „Nee, morgen früh um acht. Basedow, Schimmel und ich. Wir gehen dann alles durch." „Nimm dein Diktiergerät mit, du kennst Schimmel. Er redet viel und macht immer viel zu kurze Berichte. Nie hat er Lust zum Schreiben, aber diktieren kann der gut." „Ich denk' dran. Und, schlaf' jetzt mal ein bisschen.

Ruh' dich aus. Ich habe das Gefühl, dass wir Morgen viel zu besprechen haben. Ich rufe Marion morgen früh nach der Rechtsmedizin an. Ist sie hier?" „Ja, sie hat sich die ganze Woche frei genommen." „Mach's gut, Chef." Er grinste. Nur ein verkrampftes Lächeln sollte wohl die Antwort sein. „Danke für deine Hilfe und fall nicht über den Rollstuhl. Ich brauche dich und den Stuhl heil." Im Wohnzimmer trank Gerd Happel noch einen Kaffee mit Marion. Sie unterhielten sich über Gerlos und wie der Unfall geschehen sein musste. Dann hatte er es plötzlich eilig. Zum Essen mit Steffi, seiner hübschen Kollegin, beim Chinesen in der Steinstraße am Hamburger Hauptbahnhof, wollte er unbedingt pünktlich sein.

An diesem Sonnabend war es wirklich und wahrhaftig bitterkalt.

Selbst mittags, als die Sonne ein wenig durch die Wolken lugte.

Sofia war schon kurz draußen gewesen, hatte die Asche aus dem Kachelofen in Zeitungspapier gewickelt und zum Mülleimer an der Seite des Hauses gebracht. Ein wenig fürchtete sie sich an dieser langen Reihe von Asche- und Mülleimern, denn Ratten und Katzen sprangen von dort zu oft zurück in die Trümmer des zerbombten Nachbarhauses. Fast eine Stunde früher als die anderen stand sie meistens an Sonnabenden morgens auf, sie schrieb danach Gedanken und

Wünsche in ihr geheimes Tagebuch. Ganz heimlich, ganz früh am Morgen, als alle noch schliefen.

Von der vergangenen Woche bei Beiersdorf schrieb sie, von ihrer Sehnsucht nach dem Sommer, von Joachim und den Menschen im Haus Eidelstedter Weg 47.

Diese alte, rot eingeschlagene Kladde war ihr ganz großes Geheimnis. Selbst Joachim, der Sohn von Frau Hansen, suchte danach immer wieder vergeblich, wenn er ihr Zimmer durchschnüffelte.

Für ihn war sie und alles was sie tat, als ein Mädchen von neunzehn Jahren, zu interessant. Und jedes Mal merkte Sofia, wenn er in ihrem Zimmer herumgeschlichen war. Sie zog ihn kräftig am Ohr und immer leugnete er mit feuerrotem Kopf, etwas getan zu haben. Keiner wusste, dass es eine lose Fußbodendiele hinter dem Ofen gab. Da, wo das Ofenblech, auf dem der Eisenofen stand, eine schwarze Linie in die Holzdielen gebrannt hatte. Beim Saubermachen hatte sie das lose Brett entdeckt. Den Kohleneimer stellte sie zur Sicherheit immer noch extra darauf. Sofia hatte früh am Morgen Frau Rohr, mit einer Tasse heißen Muckefucks in der Hand, gefragt, ob es recht sei, dass sie das Wochenende bei ihren Verwandten auf St. Pauli verbringe. Ihr Zimmer habe sie schon gewischt, das Bett gemacht und ihre Wäsche hing auf der Leine über ihrem Bett zum Trocknen. Begeistert war Frau Rohr nicht. Sie machte sich wie immer Sorgen. Aus ihrer Schürzentasche fingerte sie zwei Mark.

Mit der Aufforderung: „Kauf dir was zu essen, oder was zum Anziehen. Auf dem Heiligengeistfeld stehen bestimmt die Schwarzhändler, pass' auf dich auf", drückte sie ihr das Geld in die Hand.

„Pass bitte auf dich auf", wiederholte sie und schlurfte zurück zur Küche. Die alte Frau Rohr war besorgt, war vorsichtig geworden. Nach all' den Bombennächten und den Nächten voller Angst vor der Gestapo, den Tagen mit Angst vor schlimmen Nachrichten von der Wehrmacht, die aber nie kamen, war die Frau immer besorgt. Von ihrem Mann hatte sie seit zwei Jahren nichts mehr gehört. Seit dem Kampf um Stalingrad galt er als vermisst. Vorsicht und Besorgnis waren für sie alltäglich geworden. Sie glaubte nicht, dass ihr Mann gefallen sei, hatte aber immer noch Angst, dass eines Tages eine solche Nachricht kommen werde. „Mach ich, ich pass' auf, das verspreche ich. Montag gehe direkt zur Arbeit. Ich komme dann am Nachmittag. Tschüss." Sofia drehte sich lachend um. Dann ging sie doch die wenigen Schritte zurück und umarmte Mutter Rohr. Die alte Frau drückte das Mädchen fest an ihren großen Busen.

„Pass auf dich auf, Mädchen. Ich brauche dich in meiner Nähe."

Lachend lief Sofia zur Tür. „Komm' schon Sonntagnachmittag zurück, bitte. Morgens, so früh am Montag ist es zu gefährlich. Ist doch noch stockdunkel, um die Zeit Mädchen, komm eher zurück." Die Frau

Rohr gab nicht auf zu mahnen. „Mach' ich. Tschüss, bis bald " schon war das junge Mädchen draußen. Sie lachte. Mit Sorgenfalten auf der Stirn, kopfschüttelnd ging ihre Ziehmutter, wie Sofia sie manchmal liebevoll nannte, in die Küche. „Das Mädchen hat so was Frisches, ist viel zu weit für ihr Alter. Die großen Augen und das lackschwarze Haar. Mädchen, pass' auf dich auf", brummelte sie vor sich hin. Gestern Abend hatte Sofia ihr wöchentliches Bad in der Zinkwanne genommen. Anschließend fühlte sie sich so richtig wohl. Später, kurz vorm zu Bett gehen, hatte Mutter Rohr ihr sogar das große, selbstgestrickte Schultertuch gegeben.

„Wickel dich darin ein, wenn du lange bei deinen Leuten stillsitzt. Es wird nachts zu kalt", brummend reichte sie Sofia eines ihrer letzten Kostbarkeiten. „Was sind das für Zeiten", nachdenklich und kopfschüttelnd ging sie zurück in die warme Küche und setzte sich neben den warmen Herd. Sofia hatte gestrahlt. Der breite schwarz glänzende Schal fühlte sich so weich und kuschelig an. Jetzt lag er dick wie eine Schlange um ihren Hals, sie hatte ihn auch noch um die Schultern gezogen, ihre Steppjacke passte gerade noch darüber. Sofia freute sich auf den Tag.

Kaum war sie auf der Straße, musste sie lachen, die dicken, mit Eisennägeln beschlagenen Holzsohlen ihrer Arbeitsstiefel klapperten zwischen dem Schutt auf dem Fußweg. Rechts und gleich wieder rechtsherum, sie hüpfte mehr als das sie ging in die Schwenkestraße hinein. Der Häusereckblock war unversehrt stehen geblieben. Herr Hatje klapperte mit seinen Milchkannen, der Tempo-Dreirad-Laster vom Gemüsehändler Fritz Kranzke parkte gähnend leer vor seinem Laden, halb auf dem Fußweg.

Bis zur Osterstrasse kam sie flott voran, hier lagen nicht so viele Trümmer. Aber dann, der ganze Eimsbütteler Markt war ein einziges Trümmerfeld. Schienen waren verlegt worden, viele, sehr viele Frauen und Männer hackten, klopften, rieben Putz von Trümmersteinen, andere luden die sauberen Steine in Loren und schoben diese zu den großen Stapelplätzen für gebrauchte Mauersteine. Alle, die hier arbeiteten, sahen müde aus. Die selbstgestrickten Schals, die Militärmäntel ohne Rangabzeichen, viele ohne Knöpfe, nur von einem Gürtel oder Strick zusammengehalten, die Wollhandschuhe, die alten Skimützen mit hinten heruntergeklappten Ohrenschützern, alles sah an den müden Menschen müde aus, war von grauem Staub bedeckt und ließ die Leute alle gleich aussehen. Wie große Ratten, dachte Sofia.

Nur kurz sahen einige zur vorbei hastenden Sofia hoch. Graue Frauen in zu weiten Röcken, selbst gestrickten Wollstrümpfen und klappernden Holzschuhen schoben schwere Loren an ihr vorbei. Niemand beachtete sie. Andere kamen mit den leeren Eisenkarren wieder zurück.

47

Schienen quietschten, Männer fluchten, wenn sie sich auf den Finger geschlagen hatten. Sofia fühlte sich unwohl, irgendwie schuldig. „Aber ich arbeite auch die ganze Woche", sagte sie sich immer wieder selbst. Sie drückte unbewusst auf ihren Bauch. Dort hing der Beutel mit ihren Arbeitspapieren, direkt auf ihrer weißen Haut. Sie musste ihn immer fühlen. Frau Rohr hatte den Beutel aus festem Fallschirmstoff genäht.

„Immer schön bei dir tragen und immer unter deinem Kleid verstecken", hörte sie ihre Ziehmutter immer wieder sagen. Immer wieder. Von links kam ein Mannschaftswagen mit britischen Soldaten, zu langsam fuhren sie vorbei. Sie lachten und zeigten auf die grauen Frauen. Die Trümmerfrauen beugten sich noch tiefer, sahen nicht hoch. Die Angst vor Uniformen steckte ihnen immer noch in den Knochen. Auch Sofia guckte besorgt. Jetzt bloß keine Razzia, dachte sie instinktiv. Die Arbeit stockte.

Sofia ging rasch weiter, nur nicht rennen. Sie musste um viele Schuttberge herum, hüpfte über die schmalen Schienen, wich den Loren aus und sah der einen oder anderen Frau zu, wie sie den Putz von den Steinen klopften. Trümmerfrauen wurden sie in der Zeitung genannt. Es waren viel mehr Frauen als Männer, die hier arbeiteten. Trümmerfrauen, besonders wenn sie kleine Kinder hatten, bekamen extra Rationen Milch und Haferflocken aus der Schwedenspeisung, hatte das Hamburger Echo geschrieben. Das war Antrieb genug. Die meisten Frauen hatten ihre Männer im Krieg oder im Bombenhagel auf Hamburg verloren. Sie mussten jetzt selbst sehen, wie sie überlebten. Kinder waren immer hungrig, dass hatte Sofia selbst oft genug erfahren. Das merkte sie jeden Tag bei Ihrer Frau Rohr, deren Sohn Joachim konnte auch den ganzen Tag essen. Endlich kam der Holstenbahnhof in Sicht. Der Tunnel unter den Gleisen war gesperrt, das wusste sie. Ihren Brustbeutel hatte sie noch. Vorsichtshalber fühlte sie nochmals nach. Der englische Soldat vor der Tunnelschranke hielt nur die Hand auf und grinste. „Wohin?", er fragte nur ein Wort. „Reeperbahn" antwortete Sofia und legte ihren Arbeitsausweis in seine offene Hand. Er sah sie fest an, blickte auf das Bild. „Fräulein" fragte er lachend. „Nix Fräulein, ich arbeite."

Sofia kannte das Spielchen, sie nahm ihm frech ihre Papiere aus der Hand und blickte böse an ihm hoch. „Ich nix Fräulein." „Ok, Ok, pass, go go", lachend hob er den Schlagbaum ein wenig an. Als sie durch gegangen war, drehte sie sich um. „Thank you, Sir." Das hatte ihr Cousin Carlos beigebracht. Der Soldat pfiff hinter ihr her. Dunkel lag das große, rote Backsteingebäude der Holsten-Brauerei rechts im Hintergrund.

Die Löcher in der Glasfront starrten wie große Augen ins Leere. Deutsche Polizei patrouillierte ständig vor dem unheimlichen, dunkelroten Haus auf und ab. Es sollte nicht noch mehr geplündert werden. Immer wenn sie hier entlang ging, wenn sie über Trümmer,

Schutt und Dreck kletterte, so freute sie sich doch, von der Holstenstrasse in die Allee Richtung Altonaer Bahnhof zu blicken. Die Straße war einfach zu unwirklich, zu schön. Hier standen noch fast alle Bäume.

Die viergeschossigen Bürgerhäuser, links das alte Krankenhaus, rechts die Schule, alles das war heil geblieben. Hier hatten die Bomben fast keinen Schaden angerichtet. Im Herbst war Sofia zwischen den Bäumen hin und her gerannt. Das Herbstlaub hatte so schön geraschelt. Sie liebte diese Herbstluft unter Bäumen. Das Laub roch nach Wald. So stellte sie sich Wald vor. Nie hatte sie einen richtigen Wald betreten. Sie träumte oft davon. Sie war hinter Hagenbecks Tierpark ins Niendorfer Gehölz gelaufen, hatte da im Frühjahr die weißlichen trotz allen Bomben immer noch blühenden Anemonen bewundert, hatte im Herbst dort nach Pilzen gesucht, aber einen richtigen Wald stellte sie sich anders vor. Mit viel größeren, dickeren Bäumen, mit dunklen Tannen und riesigen Eichen. Sofia träumte oft von ihrem Märchenwald. Ihre Wirklichkeit war anders, sie lief durch Trümmer und Schutt bis hin zur Reeperbahn. Hier war schon alles geräumt. Sie ging links in Richtung Millerntor, als sie auf der anderen Straßenseite die hellroten Backsteinmauern der Davidswache in der Wintersonne leuchten sah, fühlte sie sich erleichtert. Englische Soldaten und deutsche Polizei mit schwarzen Armbinden in alten Uniformen schritten davor wichtig auf und ab. Der kleine Frisör an der Davidstraße hatte geöffnet. Das kreisrunde Messingschild blinkte in der Wintersonne. Das fiel Sofia auf.

An der Straßenecke Reeperbahn und Davidstraße, in dem alten Eckladen, direkt neben dem Frisör, hatte das schwedische Rote Kreuz seine Suppenstation eingerichtet. „Jetzt was Warmes", das wäre nicht schlecht, fuhr es ihr durch den Kopf. Erst jetzt merkte Sofia, wie kalt es wirklich war. Freundlich grüßend stapfte sie die wenigen grauen, ausgetretenen Steinstufen hoch. An langen, groben Holztischen saßen sehr junge, zu stark geschminkte Mädchen, frierend in kurzen Röcken und viel zu dünnen Jacken. Die Haare hatten sie sich blondiert und irgendwoher hatten sie den grellroten Nagellack. Müde sahen sie aus, kaputt und ausgelaugt. Viele Laufmaschen bedeckten ihre Beine. Niemand sprach. Sofia sah sich weiter um. Neben den Fräuleins nur alte graue, verfallene Männer, Frauen mit leeren Augen. Zittrige Hände hielten dürren Kindern die dampfenden Löffel vor den Mund. Jeder beugte sich über einen, seinen Teller mit dünner Milchsuppe. In einer Ecke hatten sich ehemalige KZ-Häftlinge auf den Boden gehockt. Einige hatten noch die gestreifte, runde Kappe auf.

„Vielleicht haben die niemanden mehr, wissen wohl nicht, wohin sie gehen sollen", dachte Sofia. „Hallo Sofia!" Überrascht sah sie hoch.

„Hier, komm' hier herüber." Hinter dampfenden Kesseln tauchte Elli auf, die Tochter von Herrn Jungk. „Mensch was tust du hier?" Sofia sah sie fragend an. „Bin seit Freitagabend hier, das ganze Wochenende, kochen und Lebertran verteilen", lachte ihre Bekannte von der Arbeit bei Beiersdorf. „Setz dich hier hin, ich hol dir was Gutes." Mit einem reichlich gefüllten Teller kam sie aus den Dampfwolken ihrer Kochkessel an den Tisch. „Was machst du denn hier, willst bestimmt zu Carlos", gab Elli sich selbst die Antwort. „Das schmeckt toll, was ist das denn?" Langsam wurde es Sofia wieder wärmer. „Wir hatten Kartoffeln, Kohl und Wurstbrühe bekommen. Alles lange kochen, einige Male stampfen, irgendjemand hatte noch Kümmel organisiert, fertig. Oder die übliche Milchsuppe." „Schmeckt alles, oder?" „Klar!" Sofia sah hoch und leckte sich über die Lippen. Die heiße Kohlsuppe tat gut. Der große Schal von Frau Rohr wurde zu warm.

Langsam wickelte sie sich die schwarze Wollschlange vom Hals.

„Puh, jetzt wird's heiß, vielen Dank für den Teller." Immer wieder wurde Elli gerufen, musste den einen oder anderen Kessel mit anfassen, dann hatte sich jemand zweimal angestellt. Elli schlichtete den Streit.

Wasser musste zugefüllt werden. Schnell sammelte Sofia die leeren Teller ein. Sie kamen in einen der leeren Kochkessel, dumpf klapperten sie in dem sprudelnden Wasser. Sie mussten sehr heiß abgewaschen werden, das dicke weiße Porzellan hielt das aus. Ein gebeugter Mann wollte seinen Schlag Essen in ein altes Militär-Kochgeschirr haben. Das zerbeulte Blech stellte er fragend auf den Tresen. Doch das gab es hier nicht. Elli schob das Blechgeschirr zur Seite und stellte ihm einfach einen vollen Teller hin. „Nur hier wird gegessen, nix da! Es wird nichts mitgenommen", fauchte sie den verschmutzten Alten an. Man hatte schlechte Erfahrung mit Essen außer Haus gemacht. Manche Eltern nahmen das mitgebrachte Essen ihren Kindern später weg, oder alte Menschen verhungerten, weil jüngere erwachsene Mitbewohner ihnen nichts vom Schwedenessen abgaben. Ob das jemals alles wieder gut wird, dachte Sofia. Das viele Elend, die vielen halb verhungerten Soldaten, die vielen alleinstehenden Frauen mit Kindern. Und wie sollen die alle wieder Arbeit finden. Elli setzte sich zu ihrer Freundin, die beiden jungen Frauen unterhielten sich noch eine Weile über die so unterschiedlichen Gäste, über die vielen Trümmer und zerstörten Häuser auf dem Weg hierher. Dann wollte Sofia weiter, sie konnte hier in dem Suppendampf und dem Geruch der zerstörten, apathischen Menschen nicht länger bleiben. Hier lag nichts Glückliches in der Luft. Plötzlich schnürte sich ihre Kehle zu.

„Wir sehen uns in den nächsten Tagen. Komm doch heute Abend bei Carlos vorbei. „Mal sehen", lachte Elli.

„Vielleicht kommt Uwe mit seinem Motorrad. Er hatte bei den Engländern zu Klempnern. Wenn er Benzin bekommen hat, vielleicht?"

Beide lachten. Graue Männer sahen auf. Uwe war der Vater von Ellis Sohn. Irgendwas hatte er angestellt, denn in der Familie von Herrn Jungk war er nicht gern gesehen.

Da war Ellis Vater konsequent. Er wollte den Vater seines Enkels nicht sehen. Und das in diesen Zeiten, hatte Sofia gedacht als Elli ihr eines

Tages davon erzählt hatte. „Ist doch eine Familie", hatte sie geantwortet. Und Familien müssen zusammenhalten."

Aber, sie als junge Frau, was sollte sie machen?

Sofia freute sich auf ihre Verwandten, die bestimmt schon auf sie warteten. Und Carlos, ihr ältester Cousin, hatte bestimmt wieder viel bei den Engländern erlebt. Der würde er erzählen und erzählen. Der kann so lustig von seiner Arbeit berichten, toll, dachte Sofia. Seit Anfang Mai arbeitet Carlos bei den Engländern als Kochgehilfe. Und wie der erzählen konnte. Bei Carlos wurde immer viel gelacht. Er wusste alles über das Hotel „Vier Jahreszeiten", in dem er arbeitete. Schon vor offiziellem Kriegsende, am 3. Mai 1945 wurde das unbeschädigte Hotel Hauptquartier der britischen Besatzungstruppen in Hamburg. Carlos hatte sogar den General Spurling getroffen. Der hat Hamburg erobert, toller Mann, wusste er zu berichten. Der Chef vom

„Military Government" der englischen Militärregierung war Major Morrison. Klar bewohnte der seine eigene Suite. Sehr nett sei der, immer freundlich und zuvorkommend.

Sein Nachfolger lebte auch schon im Hotel. Brigadier Armitage ist ein harter Hund, meinte Sofias Cousin. Der schafft Ordnung.

Das merkte Sofia selbst in Eimsbüttel. Die Militärkontrollen waren schärfer geworden. Und so manch halbverhungerter Schwarzhändler landete im Gefängnis. Es gab aber auch lustige Dinge von Carlos zu hören.

Nach einiger Zeit im Hotel hatten Offiziere eine unsauber verputzte Wand in der Eingangshalle, die irgendwie störte, abreißen lassen.

Zur Freude aller befand sich dahinter das Versteck tausender Weinflaschen, Cognacs, Portweine und fast das ganze Hotelsilber. Damals gab es ein kleines spontanes Fest. Selbstverständlich hatte Carlos die eine oder andere Flasche geschenkt bekommen. Er war beliebt bei den Engländern. Im linken Teil des Hotels richteten die höheren Offiziere ihren „Four Season Club" ein, denn die einfachen Soldaten wohnten auf der rechten Seite dieses ehemaligen Grandhotels. Und die, die hatten dort ihre eigenen Bars und Speiseräume. Der Besitzer des „Vier Jahreszeiten", Herr Haerlin, wie Carlos ehrfurchtsvoll berichtete, war verhaftet worden, weil er SS Haupt-sturmführer gewesen war. Er sitzt im

Internierungslager Neuengamme, flüsterte der Cousin dann leise. Aber, fügte er immer hinzu, alle deutschen Angestellten sprechen nur gut von ihrem früheren Chef, er war kein Nazi, er war immer Gentleman. Der kommt bald wieder, der hat Ahnung vom Hotel. So flüsterte man unter den deutschen Mitarbeitern im Hotel, der bringt das Haus wieder in Schwung. Da war man sehr zuversichtlich. Jedes Mal, wenn Carlos vom Leben und von seiner Arbeit im Hotel erzählte, stellte Sofia sich die vielen festlichen Bälle, die schönen Hochzeiten, die eleganten Menschen in so schönen Räumen vor. Das muss wundervoll gewesen sein. Dort später einmal zu essen oder sogar zu feiern, das wäre etwas. Dann träumte sie auch von ihrer Hochzeit. Sie wollte in einem großen, sehr weiten weißen Kleid, mit sehr langer Schleppe die große Treppe im Hotel auf rotem Teppich herunter schreiten. Unten sollte ihr Verlobter warten, der sollte Italiener sein. Sie lief die geräumte, trümmerfreie Davidstraße weiter hinauf. Viel Polizei stand vor der Seiteneinfahrt der Davidswache. Sofia wusste, dass dort, hinter dem hohen Eisentor, Zellen für Gefangene waren. Schnell blickte sie in die Herbertstraße hinein. Elfriede und Annegret, zwei der Prostituierten, kannte sie. Die kamen manchmal zum Essen zu Carlos. Viel wusste sie aber nicht über deren Arbeit. Einige Häuser waren ausgebrannt. Wie brüchige, klapprige Skelette mit toten Fensteraugen sahen ihr die niedrigen Fassaden entgegen. Manche total verkohlt, nur noch schwarz.

Alte Kneipenschilder zitterten, von einem Nagel unsicher gehalten, hin und her. Glasfenster hatten sich in Persilkarton-Pappverschläge verwandelt. Deren weiße Aufdrucke und die waschende Frau in grün, waren noch zu erahnen. Mit Maggi-Dauerwurst-Pappen lockten manche Fenster. Nur die blauen Nivea-Dosen auf ehemals weißem Karton freuten Sofia. Die waren von ihrer Firma. Es roch ekelig, irgendwie nach Moder und Pisse. Immer kamen englische Soldaten aus dem Puff, mehrere Frauen hatten sich bereits in dieser Straße eingerichtet. Die Kellertür zum ehemaligen italienischen Restaurant Milano stand offen. Fünf Stufen hastete Sofia stolpernd runter, riss die Tür auf und stürzte auf Carlos zu. Ihr Cousin fing sie lachend auf. Schwang sie herum wie ein Flugzeug. Toll dachte sie und machte die Augen zu, zog die Beine an. Irgendwann will ich auch mal fliegen, dachte sie schwebend. Nach Italien vielleicht.

„Der Tag fängt mies an", Happel dachte an Wien, an Innsbruck, an den vielen Schnee dort. Immer zu dieser Jahreszeit. Nun rannte er von seinem Wagen zum Haupteingang der Rechtsmedizin der Universität. Er war eben doch kein echter Hamburger, kam es ihm in den Sinn, Hamburger haben immer einen Schirm dabei. Sein karierter Schottenhut tropfte, am Trenchcoat rann das Wasser nur so runter. Gott sei Dank hatte er die braunen Lloyd-Schuhe mit der fetten, gelben Kreppsohle und seine dicken, handgestrickten, norwegisch gemusterten Wollsocken aus Ungarn angezogen.

Nur sein Mantel erschien ihm nun plötzlich viel zu dünn über dem leichten Lambswool-Pulli. Innerlich schüttelte er sich fröstelnd. Die Regentropfen hatten seine randlose Brille fast undurchsichtig, alles verzerrend, benetzt. Er nahm sie ab. „Sobald ich in die warme Halle komme, stehe ich im Nebel", fuhr es ihm durch den Kopf. Ein Bobtailhund kann sich nicht besser schütteln. Er musste lächeln.

Mit beiden Füßen aufstampfend ließ er auf den schwarzweißen Fliesen schmutzig-graue Pfützen bleiern schillernd zurück. Er bemerkte, angeekelt den Mund verziehend, sofort den über ein Jahrhundert in den Mauern hängenden Desinfektionsgeruch.

Die große, weiße Halle mit den Säulen, Stuckverzierungen, dem sicherlich völlig keimfreien Marmor an den Wänden.

Er würgte, wie immer, wenn er dieses unheimliche Gebäude betrat.

Der Pförtner war in seinem gläsernen Pavillon aufgestanden, die Brille in der Hand, die BILD-Zeitung lag vor ihm, aufgeschlagen.

Sexskandal in der Bundesliga, las Happel über Kopf. In der Ecke verquirlte ein rotglühender Heizlüfter übelriechende, von Desinfektionsmitteln geschwängerte, abgestandene Pathologieluft.

Feuchtwarmer Dunst quoll aus der ovalen Sprechfensteröffnung. Noch ekeliger, dachte

Happel. „Ich muss zu Dr. von Schimmelmann."

Er hielt seine Dienstmarke vor das Oval ohne Glas in der Scheibe und trat angewidert zur Seite. „Sie sind Herr Happel? Sie werden bereits erwartet. Hier die Treppe rauf, dann rechts, Zimmer 123. Die Herren warten auf Sie." Der Mann setzte sich wieder hin und sah auf die nackte, junge Frau auf der ersten Seite der Zeitung. Wie passend, dachte Happel.

Hier in der Rechtsmedizin. Wie alle Pförtner, alle fragen dich was und geben sich selbst die Antwort und alle lesen BILD-Zeitung.

Die große öffentliche Uhr schlug gerade acht, unwillkürlich sah er auf seine Swatch. Richtig pünktlich, trotz des ekeligen Wetters.

Als er zwei Minuten später an der Tür des Zimmers 123 klopfte, fuhr er zusammen. Sein Handy dröhnte „Waltzing-Matilda" in den hohen, langen Gang. Er erschrak ganz fürchterlich, riss die Tür auf, brüllte viel zu laut in den Raum: "Ich komme gleich" und schon stand er wieder auf dem Flur. An der schwarzen Marmorbrüstung hatte er sein vibrierendes, ewig nervendes Monster-Mobiltelefon endlich aus der Tasche seines nassen Mantels gefingert. „Wo ist die Halskette vom Museumshafen, frag' Schimmel und Basedow, ruf mich später an."

Sein Chef, Hauptkommissar Gunnar Hansen, hatte aufgelegt, bevor Happel etwas erwidern konnte. Ohne nochmals anzuklopfen, ging er in das Zimmer 123. „War mein Chef, verzeihen Sie. Grüße Sie", er sprach mit seinem starken österreichischen Akzent. Er war jetzt schon müde, richtig fertig. Dr. von Schimmelmann und Dr. Basedow saßen an dem runden, marmornen Kliniktisch, eine Menge Papiere vor sich.

Beide standen auf, streckten ihm die Hand entgegen.

„Guten Morgen, kommen Sie, setzen Sie sich zu uns." Happel zog seinen nassen Mantel aus und legte ihn vor der Heizung auf einen freien Stuhl.

Sein Diktiergerät stellte er vor sich auf den Tisch. „Darf ich?" Er zeigte auf das kleine Tonband. Beide Ärzte nickten.

Dr. von Schimmelmann schenkte ihm ungefragt nach Jasmin duftenden Tee ein. „Zucker und Sahne nehmen sie besser selbst."

Der Chef der Pathologie lächelte ihn an. „Also", begann er, „lassen sie mich erst einmal meinen vorläufigen Bericht machen. Das was ich bisher herausgefunden habe. Meine Diagnose ist noch sehr unverbindlich, wissen sie, nach nur einem Tag Untersuchungen.

Stellen Sie ihr Bandgerät ruhig an." Der Chefmediziner griff nochmals zu seinen Papieren, hob den Stapel etwas an, stupste ihn auf die Tischplatte, um einen gleichmäßigen Stapel sofort wieder vor sich hin zu legen. „Übrigens, wissen Sie alles über Leichenstarre? Nach meinem Bericht werden Sie verstehen, warum ich danach frage. Was ist Leichenstarre?" Er gab sich selbst die Antwort, blicke zu seinem Mitarbeiter über den Tisch, der sah mit hochgezogenen Augenbrauen starr auf die Tischplatte. Der Mann schien genervt zu sein. „In Wirklichkeit bedeutet es aus Sicht des Bestatters, ein Beugen und Dehnen der betroffenen Gelenke. Insbesondere müssen die Armgelenke weich gemacht werden, um den Verstorbenen ankleiden zu können. Die Fingergelenke werden auf ganz leichte Weise beweglich gemacht, indem man einfach leicht die Hand des Toten zur Faust ballt und wieder geradebiegt. Danach können die Hände auch gefaltet, das heißt die Finger ineinander verschränkt werden.

Etwas problematischer, aber durchaus ähnlich zu bewältigen ist die Starre des Kiefers. Durch die allgemeine Erschlaffung bleibt der Mund eines Toten oft weit offen stehen. Das ist natürlich kein schöner Anblick.

Dr. Werner von Schimmelmann griff nach seiner Teetasse, sah seinen jungen Gast mit großen Augen an und setzte seine Ausführungen ohne jede Zwischenbemerkung fort: „Ist ein Mensch in gekrümmter Haltung verstorben, zum Beispiel im Sitzen, wird der Bestatter ihn in kühlem Zustand sorgfältig und langsam geradelegen. Es ist ein weitverbreitetes aber völlig unbegründetes Gerücht, das hierbei Knochen gebrochen werden müssten. Knowhow ist alles."

Sein Kollege stand auf, ging zu Fenster, drehte sich zu den beiden Herren am Tisch um: „Zum Tod als solchem kann ich noch sagen:

Wir Mediziner nennen ihn "Exitus", den Stillstand der Lebensfunktionen. Der Mensch ist tot, aber seine Organe und Zellen leben weiter; Minuten, Stunden - je nachdem, wie lange sie ohne den lebenswichtigen Sauerstoff auskommen können.

Das Schicksal des Organismus als Ganzes hängt vom Schicksal seiner lebenswichtigen Organe ab, die ihrerseits aufeinander angewiesen sind. Aufgrund der Vielfalt derartiger Abhängigkeiten unterscheidet man verschiedene Arten des Todes: Der "klinische Tod" meint eine Zeitspanne von etwa drei Minuten nach einem Herz- und Atemstillstand. In dieser Zeit ist eine Wiederbelebung durch Herzmassage und künstliche Beatmung noch möglich. Mit dem "Partialtod" oder "Organtod" beginnen einzelne lebenswichtige Organe abzusterben. Dies führt wiederum zum Absterben anderer Organe und schließlich zum Tod des gesamten Organismus, zum "Hirn-Tod", der auch "zentraler Tod" genannt wird.

Ohne Reanimation geht der "klinische Tod" in den "biologischen Tod" über. Mit dem biologischen Tod enden Herzschlag, Atmung, Bewegung, Reflexe und Gehirntätigkeit. Die Stoffwechselvorgänge stehen still, die Zellteilung bleibt aus. Jetzt treten die ersten Todeszeichen auf. Der Körper erkaltet langsam (diese Abkühlung nennt man Algor mortis) - je Stunde um ungefähr ein Grad -, die Muskeln erstarren. Leichenstarre.

Etwa ein bis zwei Stunden nach dem Tod werden die Muskeln unbeweglich. Ihre Energiespeicher sind nahezu aufgebraucht. Ohne Blutzirkulation und damit ohne Sauerstoff können sie nicht neu aufgefüllt werden. Die Muskelfasern verhaken sich, die Totenstarre (Rigor mortis) setzt ein. Die Leichenstarre beginnt beim Menschen an den Lidern, der Kaumuskulatur und den Muskeln der kleinen Gelenke. Dann breitet sie sich innerhalb von etwa acht Stunden über Kopf, Rumpf und Extremitäten nach unten fortschreitend aus. Die Starre hält bis zu vier Tagen an und löst sich dann wieder. Die Muskeln erschlaffen in der gleichen Reihenfolge, in der sie erstarrt sind. Verstehen Sie etwas von Zellsterben?

Bereits kurz nach dem Tod setzen die Blutgerinnung und das Absterben der Zellen ein. Die verschiedenen Organe sterben unterschiedlich schnell ab: Gehirnzellen überleben nach dem biologischen Tod höchstens fünf Minuten, die Zellen des Herzens sterben nach 15 bis 30 Minuten, die der Nieren und der Leber nach etwa 30 bis 35 Minuten. Die Lunge lebt noch knapp eine Stunde weiter. Über acht Stunden bleiben die Muskeln am Leben, da sie ihre Energieversorgung kurzfristig auch ohne Sauerstoff aufrecht halten können.

Selbst Spermien können mehrere Tage nach dem Tod noch leben. Magen und Darm arbeiten bis zu 24 Stunden weiter. Bald können sie sich aber nicht mehr gegen die eigenen Verdauungssäfte wehren. Die Zellen sterben, der Körper verdaut sich selbst. Wir Pathologen nennen diesen Vorgang Autolyse, Selbstauflösung." Mit kurzen, schnellen Schritten kam Dr. Jens Basedow an den Tisch zurück. Etwas zu ruppig schob er seinen Stuhl zurück, setzte sich weit ab vom Tisch hin, so als wolle er Distanz zum Oberkommissar halten. Unvermittelt fuhr er fort: „Bakterien aus dem Darm und aus der Mundhöhle dringen ins Körperinnere vor und greifen die noch lebenden Zellen an. Die Verwesung beginnt. An der Haut lassen sich bald erste Veränderungen erkennen. Schon kurz nach dem Tod zeigen sich Leichenflecken.

Ach, übrigens, das muss ich noch ergänzen, ich meine hinzufügen. Später werden Sie verstehen..." Dr. Werner von Schimmelmann griff zu seinen Akten und sah sein Gegenüber fragend an. Gerd Happel schüttelte den Kopf und zeigte mit der linken Hand auf das Tonbandgerät: „Ja, Sie haben Recht, also dann berichte ich weiter..."

Der zweite Rechtsmediziner sah mit leicht genervtem Gesichtsausdruck aus dem Fenster: „Ist ein Mensch in gekrümmter Haltung verstorben, wird der Fachmann ihn in kühlem Zustand sorgfältig und langsam geradelegen. Es ist ein weitverbreitetes aber völlig unbegründetes Gerücht..." „Das haben Sie bereits gesagt", unterbrach Dr. Basedow seinen Chef mit scharfem Unterton in der Stimme. „Das weiß ich, trotzdem...", der Mann sprach nicht weiter. Mit nachdenklichem Gesichtsausdruck blickte er erneut in die Runde. Er sah unsicher aus dem Fenster.

Fast wie abwesend bemerkte er dann sehr leise: „Haare und Fingernägel untersuchen wir noch. Der Mann war bereits tot als er in den Hafen, in den Museumshafen gehängt wurde. Wo und wann er verstorben ist, wissen wir nicht. Der Tod ist ungefähr acht Stunden bevor er gefunden wurde, eingetreten, das meine ich jedenfalls. Stirn, Handgelenke und Fußknöchel weisen leicht blutunterlaufene, schmale ringförmige Druckstellen auf. Wie von Fesseln oder Handschellen. Wasser haben wir weder in der Lunge noch im Magen gefunden." „Und woran ist er gestorben?", warf Happel dazwischen. „Er ist verblutet." Der Oberkommissar blickte die beiden Ärzte abwechselnd an. „Verblutet?! Wie verblutet? Der Hauptkommissar und ich, wir haben keine Wunden und keine Blutspuren gesehen. Die Weißen von der Spurensicherung haben ebenfalls nichts berichtet." Er sah Dr. Basedow fragend an. „Er ist verblutet."

Dr. Basedow unterstrich die Worte seines Chefs. Nur sein Ton passte nicht so recht zu der Situation. Leicht aggressiv, genervt und uninteressiert rekelte er sich auf seinem Stuhl. „Darf ich noch mal", Schimmel hob seine schlanke, gepflegte Hand des Chefs. Die langen eleganten Finger wirkten sehr auffällig, adelig. Seine Augen kniff er zusammen. Sein Gesicht wirkte steinern. Irgendwie ein Fuchs, fiel es Happel ein.

„Also nochmals, er ist verblutet. Bis auf Reste in Herz, Leber und Lunge ist er blutleer. Fast völlig ausgeblutet." „Wie im Schlachthof?", meinte Happel fragend. „Wie im Schlachthof", echote Dr. von Schimmelmann.

Die Herren sahen sich an, jeder nahm seine Tasse in beide Hände, so als sei ihnen kalt geworden. Unbewusste Handlungen sind das, hatte der Hauptkommissar einmal gesagt. Vieles, von dem, was wir tun, geschieht im Unterbewusstsein. „Und wie ist er gestorben, hat er Verletzungen, irgendetwas das einen Hinweis gibt?" „Wir haben etwas gefunden. Sehr ungewöhnlich, sehr subtil. Man hat ihm den Penis der Länge nach gespalten, die Leistenarterie ist an beiden Oberschenkeln durchtrennt. Man hat ihn dann verbluten lassen. Lebend, das Herz muss bis zum Schluss gearbeitet haben." Das plötzliche Schweigen tat schon fast weh. Happel legte kurz, völlig unbewusst, die Hände zwischen seine Knie. So als fröstele es ihn. Die beiden Ärzte blätterten in ihren Papieren. Schnell fingerte der Kriminalkommissar an seinem Aufnahmegerät. „Haben Sie weitere Details, ich muss meinem Chef alles berichten." Wieder übernahm Dr. von Schimmelmann die Berichterstattung. „Er muss eine Menge Sperma im Mund gehabt haben, die Magenuntersuchung bekommen wir heute. Unter der Zunge fanden wir Reste. Er trug Windeln für Erwachsene, viel Blut war nicht darin. Die haben wir nicht an die Spurensicherung freigegeben, müssen erst weitere Untersuchungen machen." Der Chefpathologe wirkte müde, erschöpft, irgendwie überfordert. „Jetzt sind Sie dran. Bitte, Dr. Basedow fahren Sie doch mit Ihrem Bericht fort." „Ja", meinte der stellvertretende Oberarzt. „Also, ich habe gestern Abend noch weitere äußerliche Detailuntersuchungen gemacht." „Und, was haben Sie entdeckt?" Oberkommissar Happel mochte das immer leicht aggressive Gerede von Basedow nicht. „Ja, ich komme schon zur Sache. Also sein Anus ist eingerissen, der Schließmuskel weist Verletzungen auf. Entweder ist er brutal vergewaltigt worden oder man hat ihn mit einem stumpfen Gegenstand extrem gefoltert. Vorerst wissen wir nicht mehr. Sein Rektum ist verletzt, der Dickdarm blutig. Soweit wir bisher untersucht haben. Prostata und Samenblase, Blase und Harnleiter, Herz und Lunge untersuchen wir heute. DNA-Proben nehmen wir noch. Irgendjemand muss seine Spuren hinterlassen haben. Einen so subtil zugerichteten Toten habe ich noch nie gesehen. Es ist nichts Gewalttätiges dabei gewesen, aber nichts was ich in meinem Leben bisher gesehen habe, war grundsätzlich so hemmungslos... Das müssen Fachleute gewesen sein." Gibt es irgendeinen Hinweis auf seine sexuellen Aktivitäten, ich meine S/M oder so was.

Homosexualität. Wegen seines Piercing-Rings in der Brustwarze, der Verletzungen, irgendetwas?" Happel war die Tüte mit dem kleinen Edelstahlring eingefallen, den ihm die Spurensicherung gezeigt hatte. „Nein, gibt es nicht. Hände, Zähne, Nägel, Haare auf den ersten Blick super gepflegt. Nur, er ist im Schambereich, am ganzen Unterkörper, unter den Achseln völlig haarlos. Keine Rasierspuren, wir untersuchen die Haut nach Spuren von Enthaarungscremes. Die Drogenanalyse aus Haaren, Fuß- und Fingernägeln bekommen wir in zwei bis drei Tagen. „Was ist mit seinen Füßen? Erinnern Sie sich an die zu kleinen Einlegesohlen in den Schuhen?" „Die Schuhe sind offensichtlich seine, die passen genau. Die Einlagen nicht unbedingt. Nach der Form seiner Zehen, muss er oft in zu kleinen Schuhen gelaufen sein. Leichte Hammerzehen." „Und wo ist er gestorben?" „Das herauszufinden ist Ihre Aufgabe. Eines wissen wir genau, bei uns nicht." Ein feines zynisches Lächeln umspielte den Mund von Dr. Basedow. „Sehr witzig, sehr schlau." Happel war sauer. „Aber, meine Herren." Dr. von Schimmelmann war wieder ganz Chef. „Lassen Sie uns sachlich bleiben, bitte." „Er hat sonst keine äußeren Verletzungen, kaum Hautabschürfungen, keine Hämatome, außer die ringförmigen am Hals, an den Hand- und Fußgelenken ...", warf Happel ein.

„Keine Hautverletzungen, keine Verbrennungen. Ja außer ringförmigen Hämatomen, wie bereits erwähnt. Vielen Dank für den Hinweis Herr Kommissar." Von

Schimmelmann sah von seinen Papieren auf. Der zynische Ton seines ältesten Assistenten und Stellvertreters war zu bemerken. „Also weiter, wenn es recht ist. Restblutuntersuchungen werden gemacht. Ich habe das große Labor angeordnet. Das dauert zwei bis drei Tage, wie gesagt. Wir werden jetzt die Obduktion der inneren Organe fortsetzen, wollen Sie uns begleiten? Haben Sie noch Fragen?" Schimmel und sein Assistent sahen ihn an. „Ja", meinte Happel. „Ja, ich hätte gern gewusst, wo seine Halskette geblieben ist." „Welche Halskette?" Die Herren in weißen Kitteln wirkten bestürzt. „Eine Halskette haben wir nicht." „Einen Moment bitte, ist ihr PC eingeschaltet?" Er sah von Schimmelmann fragend an. „Ja, kommen Sie. Sicher ist der eingeschaltet, wozu denn?" „Hier ist die CD mit den Fotos des Toten." „Ach, das ist ja großartig." Happel schob die CD in den Computerschlitz, klickte zwei Mal auf „My Computer", dann zwei Mal auf die Vorgangsnummer und gab mit seinem Rücken die Tastatur verdeckend, das Passwort ein.

Die Files erschienen geordnet auf dem Bildschirm. Als er „Fotos" anklickte begann die Dia-Show mit allen Aufnahmen des Tatorts und des Toten. Aufmerksam starrten die Männer auf die vorbeiziehenden Bilder. „Da", der Oberkommissar aus Wien stoppte den Dia-Durchlauf. „Da, sehen Sie, da ist die Halskette." Mit dem Finger zeigte er darauf. „Die meine ich." Dann zoomte er das Bild auf 200%. Es war nur noch der blasse, grobkörnige Halsausschnitt mit der stark vergrößerten Kette zu sehen. Offensichtlich Stahl oder Silber, dachte er für sich. „Die Kette haben wir nie gesehen. Keine Ahnung, wo die ist. Ich rufe sofort bei der Spurensicherung an. Einen Augenblick bitte. Dr. Basedow hastete aus dem Zimmer. „Merkwürdig", brummte der Chefarzt vor sich hin. "Sehr merkwürdig." Nach einer Weile kam der Oberarzt wieder zurück. „Keiner hat die Kette gesehen, da müssen Sie von der Kripo aktiv werden. So geht das nicht. Wollen Sie mit nach unten in die Obduktionsräume?" Happel schaltete sein Aufnahmegerät aus. „Nein, ich fahre jetzt ins Präsidium. Wenn es was Neues gibt, rufen sie mich bitte an. Und, bitt' schön, geben's uns halt einen schriftlichen Bericht, bitt' sehr... in den nächsten Tagen. Der Hauptkommissar legt sehr großen Wert darauf." Happel wienerte sehr stark. Das war immer ein Zeichen seiner inneren Erregung. Er wünschte einen schönen Tag und verabschiedete sich mit österreichischem Schmäh dankend. Wenn er an den Ermordeten dachte, wurde ihm mulmig zumute.

Draußen vor der Tür peitschte ihm Regen ins Gesicht.

Wie angenehm erfrischend kalter Regen sein kann, fuhr es ihm durch den Kopf. Happel fing sich langsam wieder. Als das Handy in seiner Hosentasche vibrierte, wusste er, dass sein Freund Gunnar Hansen dran sein würde. „Kommst du bei mir vorbei? Ich brauche dich hier." „Was sagt Marion dazu?" Happel lächelte boshaft ins Telefon. „Darfst du Besuch haben?" „Sieh zu, dass du bald hier bist." Sein Chef hatte schon wieder aufgelegt. Gleich darauf war Stefanie in der Leitung, sie hatte alles im Computer reorganisiert und fragte nach den Aufzeichnungen aus der Pathologie. Aus der Spurensicherung hatte sie weitere Einzelheiten bekommen, Hinweise auf Spuren am Sakko, an dem einen Schuh, am Kugelschreiber waren Fingerabdrücke festgestellt worden.

Die Abdrücke des Toten waren in die AFIS (automatisches Fingerabdruck-System des BKA gegeben worden. Zum bundesweiten Vergleich im Gesichtserkennungssystem ebenfalls beim BKA hatten sie das Foto des Toten gescannt. Der Vergleich mit tausenden, vorhandenen Bildern würde unter Umständen durch Vergleiche der Augen, der Kinn- und Mundpartie, von Haaransatz und Ohren zu einem Ergebnis führen.

Sie hatte veranlasst, dass Fahndungsbilder vervielfältigt wurden.

Eine Gesichtsrekonstruktion hatte sie bei Dr. Lüttich an der Charité in Berlin in Auftrag gegeben. Das Gesichtsfoto des Toten hatte sie per Photoshop kopiert und als Anhang ihrer Fallbeschreibung nach Berlin als e-mail gesandt. Auf Nachfrage habe dieser Spezialist versprochen, in zwei Tagen den Computerausdruck eines lebenden Gesichts zu e-mailen. „Wie weit bist du mit deiner Suche im Internet?" „Noch habe ich damit zu tun, aber in zwei Stunden bin ich so weit. Bringst du mir das Band aus der Rechtsmedizin? Gunnar hat mich angerufen, er hoffe, dass du dein Band hast mitlaufen lassen." Stefanie Gentz war in ihrem Element, ihr Kollege lächelte am Handy. Sie arbeitet präzise, außerordentlich schnell und gewissenhaft. Solch eine Assistentin hatte er sich in Wien immer gewünscht. Gab es dort aber nicht.

„Hab' ich. In ungefähr einer halben Stunde bin ich im Büro, ich will nur kurz zu KAMPS, frühstücken. Hast du super gemacht, bist schon fesch."

Er verfiel wieder in seinen österreichischen Schmäh. „Bring mir was mit!" Er hörte ein Telefon in ihrem Büro läuten. „Ich muss Schluss machen." Steffi hatte aufgelegt.

Zwanzig Minuten später überreichte er ihr mit graziler Verbeugung einen Teller mit frischen Croissants. Eines mit Käse und Schinken, eines mit Marzipan gefüllt. Damit machte er Punkte, das wusste er.

Stefanie sah ihn an, ganz tief in die Augen. Eine Gänsehaut lief ihm über den Rücken. „Vielen Dank. Hast du das Diktiergerät dabei?" Sie hielt ihm ihre Hand entgegen. Irgendwie fühlte er sich enttäuscht, diese coole norddeutsche Art der Mädels irritierte ihn manchmal. „Und, übrigens, danke für gestern Abend. Danke für die Einladung. Das war ein nettes Lokal, prima, da können wir uns mal wieder treffen!" In ihrem hellblauen Twinset und der ausgewaschenen Jeans, mit ihrem blonden Pferdeschwanz und den Chucks mit der dicken weißen Sohle, sah sie sehr verlockend und gepflegt aus. Er setzte sich an seinen Schreibtisch, blätterte in den Unterschriftmappen, unterschrieb noch verschiedene Formulare und fingerte das kleine Bandgerät heraus. In der rechten Schublade bewahrte er die Ersatzbänder auf. Mit einem Sticker beschriftete er das Tonband mit <<Teufelsbrück/Rechtsmed von Schimmelmann>> und dem heutigen Datum. 12. Januar 2013, der Registernummer, der Hamburger Polas-Nummer sowie der Novatis-Nummer für Niedersachsen.

Die kleinen Plastiktaschen mit dem Schiebeverschluss fand er in der linken Schublade.

Happel war ein organisierter Mensch. Stefanie schlenderte zu ihm, setzte sich ihm gegenüber an den Schreibtisch. Den Teller mit den Croissants auf dem Schoß begann sie von den neuen Ergebnissen der Spurensicherung zu erzählen, von dem weiteren Etikett in der Tasche des Sakkos. Von Kokainspuren im trockengebliebenen Schuh und an der orthopädischen Einlage des rechten Fußes. Sie berichtete von dem Gespräch mit Dr. Meyer-Lüttich, dem Gerichtsmediziner an der Berliner Charité. „Ein sehr sympathischer Mann, irgendwann muss ich mal nach Berlin", lächelte sie ihm voll ins Gesicht. „Schröder Zwei, der Kollege aus der Spurensicherung, sitzt bereits, mit den Fingerabdrücken vom Toten und vom Kugelschreiber am Computer, habe ich veranlasst."

„Was wollte Gunnar denn von dir? Ich muss gleich zu ihm." „Ach nichts, er wollte nur wissen, wie es so läuft." Natürlich glaubte Happel ihr das nicht. Sein Chef rief niemanden ohne Grund an, nicht einmal seine eigene Freundin. Er war ein Macher, kein Telefonschwätzer. „Lass schon hören, was wollte er. Oder habt ihr große Geheimnisse?", stichelte ihr Wiener Kollege. „Quatsch, er hat mir das mit den Fingerabdrücken aufgetragen und ich solle mich mit dem Doc in Berlin in Verbindung setzen. Waren nicht meine Ideen." Gerd Happel sah Steffi langsam etwas rot an den Ohren werden.

 Gut so, dachte Happel. So cool sind die Hamburger Mädchen doch nicht. Wenigstens ehrlich sind sie. „Hier ist das Band aus der Pathologie."

 Er hielt ihr den Plastikbeutel hin. „Na, sieh an. Selbst Österreicher sind lernfähig. Sogar beschriftet." Lachend ging sie ins Nebenzimmer. Ihrer guten Figur durchaus bewusst. Die Croissant Krümel schüttelte sie, mit dem Rücken zu Happel, im Gehen vom Pullover. Er sah ihr hinterher, sie wusste das. Der leere Teller blieb auf seinem Schreibtisch stehen.

 Direkt hinter dem Verkaufsanhänger des Schlachters, in der Isestraße, parkte Happel seinen Wagen. Unter der Hochbahn gab es heute den Eppendorfer Wochenmarkt. Karl, der Besitzer des Verkaufsstandes, war ebenfalls Österreicher, aus Graz. Er hatte das beste Fleisch, besorgte Kürbiskernöl aus der Steiermark, manchmal verkaufte er Hirsch und Wildschwein aus der Heimat, er machte seinen Apfelessig selbst.

Da Happel gern kochte, bekam er von Karl auch seinen bratfertig vorbereiteten Fasan, schön mit Speck ummantelt. Karl fragte an solchen Einkaufstagen nur, wie das Mädel hieß, für das Happel koche. „Mach mir schnell zwei Mettbrötchen. Ich muss zum Hauptkommissar, der hat sich in Gerlos das Bein verletzt." „Geschieht ihm recht, dem wilden Hund. Wenn der Schnee sieht. Ischt bestimmt stark auschgeraschtet. Der ischt furchdboar wild auf di Schi. Doas wissen mir joa. Sagst ihm gute Besserung." Karl war ein Gemütsmensch. Ehrlich und frech. „Die Brötchen kriegst gleich. Willscht Zwiebeln oder Kren." „Gib etwas Kren drauf."

„Hol dir am Freitag Rehrücken ab. I hab' was Gut's für di." Eine rosig, kalte Fleischerhand reichte die beiden Brötchen in weißer Papiertüte herüber. Die drei Euro auf dem Glastresen schob Karl zurück. Er winkte ab. „Lass stecken, moachscht ein an der Mal." Damit wendete er sich charmant einer gut gekleideten Kundin zu. Irgendwie kenne ich die, diese Haare. Irgendwie vom Fernsehen. Ach ja, fiel Happel ein, die mit den hübschen Augenbrauen und den blauen Augen von den Tagesthemen. Für Marion nahm er noch einen kleinen, schön bunten Biedermeier- Blumenstrauß vom Nachbarstand mit. Ohne Einwickelpapier. „Bis Freitag", winkte er Karl noch zu. Ich komme so gegen Mittag. „Gut so sonst weischt ja, Samstag bin i in

Eimsbüttel." Beide lachten. Die elegante Dame von den Tagesthemen blickte ihm nach. Er spürte Ihren Blick im Nacken. Den Wagen ließ er stehen. Bis zur viel befahrenen Einkaufsstraße war es nur ein kurzer Weg über den Isemarkt. Immer unter der Hochbahn entlang, bis zum U-Bahnhof Eppendorfer Baum. Als er den Zebrastreifen betrat und unbewusst zur Wohnung seines Chefs hinaufsah, zitterte sein Telefon in der linken Hosentasche. „Wann kommst du?", hörte er jemanden flüsternd fragen. „Bin schon fast vor deiner Tür. Bring was zu Essen mit." Sofort klickte es wieder. Aufgelegt. Bei seiner Freundin Marion melde ich mich lieber nicht an. Sie weiß bestimmt nicht, dass ihr Freund so viel telefoniert, überlegte Oberkommissar Gerd Happel. Auf das weiße, blaugetupfte Sommerkleid mit dem dunkelblauen, runden Kragen, den weißen Kniestrümpfen und schwarzen Ballettschuhen, auf den Petticoat und ihre schwarze Pferdeschwanzfrisur hatte Andrea nachdrücklich bestanden. So wollte sie heute aussehen.

Sofia war dagegen. „Das ist viel zu empfindlich, mach' dich bloß nicht wieder so dreckig." „Ich pass' schon auf. Ich will das heute anziehen." „Na gut. Pass aber auf", hatte Sofia schließlich nachgegeben.

Mit ihren acht Jahren wusste ihre Tochter Andrea sehr wohl was sie wollte. Und heute wollte sie Ihren Großvater treffen. Sie wusste ganz genau, dass er heute kommen werde. Ja, das wusste sie genau. In der Schule an der Lutterothstrasse erzählte ihr Klassenlehrer, Herr

Ossendorf, oft von den Spätheimkehrern. Erzählte von einem Herrn Adenauer, der als Bundeskanzler dieses Jahr nach Moskau gefahren war. Da hatte der erreicht, dass alle deutschen Kriegsgefangenen in die Heimat entlassen werden sollten. Und Russland hatte erklärt, dass der Kriegszustand mit Deutschland beendet sei. Die Schüler hatten gefragt, was das bedeutet. „Ach", antwortete Herr Ossendorf, "Deutschland hat den Krieg verloren und jetzt, 1955, haben die Russen bekannt gegeben, dass sie nicht mehr gegen uns kämpfen wollen." Ein wenig Angst hatten die Kinder schon gehabt. In der Pause unterhielten sie sich kurz darüber.

 Wie schrecklich mussten Russen sein. Diesen Mittag kam Andrea früher nach Hause, gleich nach der Schule. „Zieh' dich schnell um, wir müssen zum Hauptbahnhof. Heute kommt wieder ein Transport an. Den ganzen Vormittag geben sie das schon im Radio durch." „Der NWDR sendet das alle halbe Stunde." Frau von Lehe, die Freundin und Lebenspartnerin von Sofia war dazu gekommen. „Na, wie findest du mich Tante Lehne?" Andrea drehte sich einige Male im Kreis. „Ich wusste nicht, dass du heute gehen willst", wandte sich die schlanke Frau Sofia zu. „Du siehst richtig süß aus." Sie lachte über die Schulter zu Andrea herunter.

 „Ach, weißt du. Ich habe heute so ein komisches Gefühl. So was Unruhiges ist in mir." Margarethe von Lehne sah ihre Freundin lange an.

An den Tag, als ihre Freundin bei ihr eingezogen war, erinnerte sie sich genau. Sofia war hochschwanger, einsam und verzweifelt gewesen.

Seit langem hatte sie diese junge Frau bei Beiersdorf beobachtet.

Heimlich hatte sie sich in Sofia verliebt. Als diese dann eines Tages, an einem Freitag Ende August, fragte, ob Margarethe von Lehe jemanden wisse, der ein Zimmer für sie habe, da bot sie ihr das Balkonzimmer in ihrer großen, herrschaftlichen Wohnung an. Damals wusste sie, dass sie mit dieser jungen Frau glücklich werde. Sie bekäme bald so etwas wie eine eigene Familie.

Das Baby zogen sie gemeinsam auf. Sofia blieb nach der Geburt der Tochter im Hause. Margarethe hatte darauf bestanden, allein für ihre kleine Familie zu sorgen. Die ersten Jahre waren nicht einfach. Im Schreibbüro des Pharma-Unternehmens in Hamburg Eimsbüttel verdiente sie nicht viel. Doch langsam merkte sie, dass sie gefördert wurde, lernte immer mehr und bekam bessere Positionen. Ihr jetziges Gehalt war sehr gut. Es reichte leicht für die große Wohnung in der Helene-Lange-Straße, für Bekleidung und gutes Essen. Auf einen Wagen sparte sie. Vielleicht bekam sie ja bald einen Firmenwagen. „Eventuell wird es ein Käfer. Gerade ist der Ein-Millionste vom Band gelaufen. Ist schon toll, so zehn Jahre nach dem Krieg", hatte ihr Chef ihr neulich im Vorbeigehen gesagt. „Immerhin sind Sie Vorstandssekretärin. Da steht ihnen das zu. Ich will mal sehen, was ich tun kann." „Wenn Sie weiter so loyal sind, haben Sie eine große Chance bei uns. Hier können Sie alt werden."

Margarethe lachte. Sie wusste die sozialen Leistungen und das gute Arbeitsklima bei Beiersdorf zu schätzen. Als Frau Rohr, bei der Sofia so lange wie eine Tochter gelebt hatte, ihren aus der russischen Gefangenschaft heimkehrenden Mann vom Bahnhof abgeholt hatte und sie einen kranken ausgemergelten Spätheimkehrer in seinen grauen Filzstiefeln, seiner viel zu großen Steppjacke in der so vertrauten Küche sitzen sah, da wusste Sofia, dass es langsam Zeit wurde, ihr kleines Zimmer zu räumen. So unendlich viel hatte die gute Frau Rohr für sie getan, hatte sie gepflegt und getröstet, hatte immer wieder darauf bestanden, dass sie studieren müsse. Frau Rohr war es, die ihre Schulzeugnisse, das sehr gute Abschlusszeugnis mit dem Notabitur besorgte und sie war es, die Sofia ermunterte, trotz ihrer Schwangerschaft zu lernen und private Abendkurse zu besuchen. Nur zur Uni war Sofia Pollinie doch nicht gegangen. Nie fragte diese Frau nach Männern oder Freunden, nie hatte sie etwas über ihre Schwangerschaft wissen wollen, erinnerte sich Sofia.

Nur unendlich geduldig hatte sie ihre junge Untermieterin gepflegt, hatte sie immer wieder ermuntert und versucht, ihr eine Ersatzmutter zu sein. Als feststand, dass ein Kind unterwegs war, war es Frau Rohr, die sie unterstützte, die sie immer wieder ermunterte, sich auf das Kind zu freuen. Niemandem hatte Sofia von der Entstehung des Kindes berichtet.

Nichts, kein Wort war über ihre Lippen gekommen.

Ihr Cousin Carlo war zu Frau Rohr gegangen, um ihr mitzuteilen, dass Sofia sehr krank geworden sei und voraussichtlich für einige Wochen nicht arbeiten könne, auch nicht bei ihr wohnen werde. Nie hatte er die vielen Fragen beantwortet, nein, es sei nichts Wichtiges geschehen. Sofia gehe es nicht gut, mehr war aus dem jungen Mann nicht herauszubekommen. All' die vielen Ereignisse der letzten Kriegswochen und die vom Hunger bestimmten Zeiten nach dem Krieg hätten seine Cousine krank gemacht. So versuchte er Sofias Krankheit zu erklären. Nie konnte er bei diesen Gesprächen jemanden ansehen. Die Augen hielt er entweder geschlossen oder sah krampfhaft auf den Boden. Frau Rohr hatte ihn nachdenklich angeblickt. Als Sofia dann eines Tages zu ihr zurückkehrte, sah sie sofort, dass ihre Pflegetochter sich verändert hatte. Sofia war verzweifelt und hoffte auf Unterstützung bei ihrer Pflegemutter, das in ihr wachsende Kind wegmachen zu lassen. Sie bat und bettelte um Verständnis und erreichte das Gegenteil. Als sie aus Verzweiflung zur Engelmacherin in Altona gehen wollte, als sie ihr Kind schon aufgegeben hatte und anfing, das in ihr größer werdendes Leben zu hassen, da war es die alte Frau, die sie tröstete und beruhigte. „Es wird ein Mädchen, glaub mir. Du bekommst ein kleines, hübsches Mädchen", davon war sie überzeugt.

Nur einmal, da weinte die von Kummer gezeichnete Frau ganz fürchterlich. Leise meinte sie unter Tränen, dass Männer nur Unglück über die Frauen brächten. Ihr Mann saß da schon einige Tage in der Küche herum. Wenn Sofia nachts das Stöhnen und Knarren aus dem Nebenzimmer hörte, versteckte sie den Kopf unter ihrem Kissen.

Die Ohren hielt sie sich ganz fest zu und zitterte sich in den Schlaf.

Da wusste sie, es wurde endgültig Zeit, hier auszuziehen. Als letztes, als schon die wenigen Sachen, die sie besaß, in einen alten Persilkarton gepackt waren, fingerte sie ihr Tagebuch aus dem sicheren Versteck hinter dem schwarz glänzenden Eisenofen. Jeden Tag hatte sie ihre Notizen eingetragen. Als sie ging, saß Herr Rohr auf der Toilette, seine Frau war einkaufen. Draußen wartete Margarethe von Lehne mit einem hölzernen, wackeligen Bollerwagen. Es gab keinen fröhlichen Abschied. Ihr ungeborenes Kind strampelte in ihrem Bauch. Sofia sah sich nicht um, sie wusste, ihre Zeit als junges Mädchen im Nachkriegshamburg war endgültig vorbei. Hand in Hand trödelten Mutter und Tochter gemütlich zur U-Bahn an der Bundesstraße.

Von weitem sah man die hellen Fassaden der Grindel–Hochhäuser zwischen den Bäumen leuchten. Als diese im Juni 1955 feierlich eingeweiht wurden, hatten sie mit Margarethe ganz vorne an der Absperrung gestanden. Da vorn hörte man sogar den Bürgermeister Max

Brauer reden. Hoffnungsvoll, vertrauenerweckend. Auch als der Schah von Persien mit seiner schönen Frau Soraya im April Hamburg besuchte, standen sie am Rathausplatz und winkten. Was für schöne Menschen, noch auf dem Nachhauseweg waren sie ganz begeistert. Sie unterhielten sich so lebhaft, dass die Leute in der U-Bahn zu ihnen herübersahen. Und was für ein Leben, dieser Reichtum, das geheimnisvolle Persien, die Schlösser und Paläste. „Das schönste ist aber, dass Soraya aus Deutschland kommt. Toll!", meinte Andrea wichtig.

Das Hamburger Echo und der NWDR berichteten pausenlos.

Heimlich war Andrea mit zwei Schulfreundinnen am nächsten Tag zum Atlantic Hotel gegangen. Einmal sahen sie Soraya mit einem hellen Seidentuch vom Balkon winken. Sie trug einen kleinen Hut mit kurzem Schleier. Das war toll. An diesem Sonntag waren Tante Lehne und ihre Mutter besonders gut gelaunt gewesen. Sie durfte nachmittags ins Kino. Ihre Tante hatte so viel von den Godzilla Filmen erzählt. Nach fast fünfundzwanzig Jahren spielten die wieder in Hamburg, wusste sie zu berichten. Herrlich gruselig, wie Andrea abends lachend berichtete. Und die „Fox tönende Wochenschau" zeigte immer das Neueste aus aller Welt. Das gefiel ihr sehr. So etwas fand sie super. Andrea erfuhr mehr und mehr aus Deutschland und aller Welt. James Dean war gestorben, in Deutschland durften Micky Maus- und Prinz Eisenherzhefte verkauft werden. Das oberste deutsche Gericht habe entschieden, dass diese Hefte die Intelligenz der Kinder nicht negativ beeinflusst. Zwei Hefte hatte sie schon von Tante Lehne bekommen. Immer wieder blätterte sie darin. Toll, in der Schule zeigte sie heimlich, unter dem Schreibpult versteckt, ihrer Freundin ein Heft. Auch einen Sänger aus Amerika hatte sie in der Wochenschau gesehen, der wackelt mit seinem Bein und schreit seine Lieder ins Mikrofon. „Der macht ganz tolle Verrenkungen. Elvis Presley oder so ähnlich heißt der. Toll, einfach Spitze", befand die fast Neunjährige. Die beiden Frauen lachten. Ihre Tochter konnte so wunderbar schwärmen. „Lass uns am Gänsemarkt aussteigen, ich habe die neue Staatsoper noch gar nicht gesehen. Ist gerade fertig geworden. Margarethe will versuchen Karten zu bekommen. Hoffentlich klappt's", meinte Sofia, „komm' wir bummeln durch die Stadt. Die Oper soll so modern geworden sein. Was die in diesem Jahr alles gebaut und eröffnet haben. Ich glaube ,1955 ist ein ganz besonderes Jahr. Die Baustelle vom Hertie-Kaufhaus haben wir auch noch nicht gesehen. Lass uns da vorbei gehen."

„Aber nur, wenn du mir `n Heft oder Eis kaufst", lachte Andrea und hüpfte über die Fugen in den grauen Gehwegplatten. Sie hatten Glück, das Foyer der neuen Oper stand offen, vorsichtig schauten zwei schwarzhaarige Köpfe hinein. „Kommen sie ruhig rein, meine Damen. Angucken kostet nichts." Ein großer, älterer Herr in blauer Uniform mit roten

Schulterstücken, Litzen und Goldknöpfen sah sie lachend an.

„Hier in der großen Halle sehen sie Fotos von den Bauarbeiten und wie es hinter der Bühne aussieht. Alles ganz modern und mit neuester Technik ausgestattet. Und du kleines Fräulein hast dich ja fein gemacht", er blinzelte zu Andrea herunter. „Heute kommt mein Opa aus Gefangenschaft", freute sich Andrea. Ihre Mutter riss an ihrem Arm. Sie sah den netten Herrn mit großen dunklen Augen an. Der verstand sofort und fuhr fort, den beiden das neue Opernhaus zu erklären. „Vorsicht auf Bahnsteig eins, es fährt der Heimkehrer-Zug aus Berlin ein. Vorsicht an der Bahnsteigkante. Bitte, treten sie zurück!" Andrea fasste ihre Mutter noch fester an. Zwischen all den fremden Menschen, den Rote-Kreuz-Schwestern, den Rollwagen mit dampfendem Tee und heißer Suppe hatte sie ein ganz klein wenig Angst. Schwarz gekleidete Frauen mit rot verweinten Augen hielten Pappschilder mit Namen in die Höhe, Mütter, jugendliche Männer in dicken Joppen drängten sich um die Rollkarren vom Suchdienst für Spätheimkehrer. Alle wollten wissen, ob der Name, den sie suchten, auf den Listen vermerkt war. Sofia hatte auch daran gedacht. Von den beiden Schreibblockblättern mit dem fett geschriebenen Namen. Pollinie, gab sie eins Andrea. „Halt das hoch, wenn der Zug kommt. So hoch du kannst." Sie zeigte ihrer Tochter was sie meinte.

„Und bleib dicht bei mir. Nicht weglaufen. Und lass dich nicht weg drängeln." Mutter und Tochter sahen sich an. Aufgeregt, mit nervös zuckenden Augenlidern. „Hamburg Hauptbahnhof. Alles aussteigen bitte. Der Zug endet hier!" Immer wieder ertönte die laute Durchsage durch die zugige Bahnhofshalle. Der erwartete Zug war ganz langsam eingerollt. Aus allen Fenstern hingen Männer mit Schirmmützen oder Fellkappen mit Ohrenschützern auf den Köpfen, heraus. Manche lachten. Andere schwenkten Pappkartonschilder mit Namen hin und her. Blumensträuße flogen zu den Männern rauf, wurden gefangen oder fielen zurück auf den Bahnsteig. Zertreten endeten vielleicht Hoffnungen.

„Bitte verbleiben Sie im Zug. Bitte nicht aussteigen. Nicht aussteigen, Bitte bleiben Sie im Zug!" Wieder die nervenden Lautsprecher. Es begann ein entsetzliches Geschiebe, jeder wollte dicht an den Zug. Die Frau neben Andrea schrie immer wieder: „Karl, Karl, Karl!" Sie schwenkte ihr Namensschild noch wilder. „Mein Mann ist da", sie schüttelte Sofia am Arm. „Endlich ist mein Mann wieder da!" Dann drängelte sie sich zum Zug. Wild gestikulierend. „Hast du Opa schon gesehen?" Andrea blickte ihre Mutter an. Sie standen fast auf der anderen Seite des Bahnsteigs. Es war hier leer geworden. Aber Sofia hatte einen guten Überblick.

Alle drängten an den Zug. „Nee, hab' ich nicht. Komm' wir gehen langsam zum anderen Ende des Bahnsteiges. Fass mich bitte an!" Ihre Stimme klang frostig und sehr bestimmt. Mit einer Hand hielt sie ihr Papierschild hoch und ging Richtung Lokomotive. „Bitte bleiben Sie im

Zug, bitte nicht aussteigen. Bitte treten Sie vom Bahnsteig zurück. Die Türen werden jetzt geöffnet. Bitte machen Sie Platz für die ankommenden Fahrgäste!", tönte es durch die Halle.

Die dunkle Masse schob sich langsam rückwärts. „Komm schnell, wir gehen in die andere Richtung. Hier hinter dem Häuschen sind wir sicherer." „Aber hier kann Opa uns nicht sehen!" Andrea rannte los, plötzlich, unvorbereitet, auf den blauen Mitropa – Waggon zu. Dann sah Sofia es auch. Ein helles Stück Pappe mit dem Namen Pollinie. Als sie loslief rollten ihr die Tränen übers Gesicht. Sie hatte Angst vor der Begegnung.

„Papa," sie schrie wie noch nie in Ihrem Leben: „Papa ich bin hier!"

Langsam leerte sich Bahnsteig eins. Der alte Pollinie strich seiner Tochter über das Haar. „Sieh mich an," er nahm Ihren Kopf zwischen die verarbeiteten Hände. „Sieh mich an. Ich bin wieder da. Du brauchst jetzt keine Angst mehr zu haben." Lachend nahm er Andrea hoch und drehte sie wie ein Flugzeug. „Und du, du bist bestimmt meine Enkeltochter."

„Ja." hauchte Andrea und strich mit ihrer kleinen Hand über das ausgemergelte Stoppelgesicht." „Darf ich deine Mütze haben?" „Klar, ich brauch' die jetzt nicht mehr." Als er die Fellkappe mit den Ohrenschützern abnahm, fiel ihm zerwühltes Haar in die Stirn. Es war schneeweiß geworden. Die Schwestern vom Roten

Kreuz notierten seinen Namen, seine Einheit und wo er im Lager gewesen war. Die Listen und Fragebögen zu noch vermissten Kameraden nahm Sofia an sich.

Die Rote-Kreuz-Schwester sah ihren Vater fest an. „Das können sie später ausfüllen", nickte sie Sofia zu. An den grauen, gebeugten Mann gewandt meinte sie sehr bestimmt: „Und das hier, das lesen sie sich bitte genau durch. Sie müssen aufpassen mit dem Essen. Sie sind unser Essen nicht mehr gewohnt. Und hier steht alles was sie wissen müssen zu Ihrer Anmeldung, über ihr Geld und wenn sie Wohnraum benötigen." „Danke", Sofia antwortete für ihren Vater.

Der drängelte sich schnell durch die zurückflutenden Menschenmassen. Vor der breiten Treppe nach oben in die Bahnhofshalle wartete Vater Pollinie mit seiner Enkeltochter fest an der Hand. Nach einer solchen warmen, zarten, kleinen Hand hatte er sich zehn Jahre gesehnt. „Kannst du mir `ne Zeitung kaufen. Ich muss doch wissen, was in Hamburg los ist", lachte er müde. „Haben wir zuhause." „Komm wir nehmen eine Taxe." „Auh ja, komm' Opa ich zeig dir wo die Taxen stehen." Andrea zog den müden, sehr dünnen Mann, der verloren in der zu großen Jacke hing, durch die umgebaute Bahnhofshalle. „Als ich das letzte Mal hier durch ging, war alles mit Holz verkleidet, gegen Bombensplitter geschützt", murmelte der Mann vor sich her. Alte Männer und Verwundete gaben damals Auskunft. Sanitätszüge fuhren durch nach Altona. Hier wurden nur die Truppentransporte zusammengestellt.

Die SS kontrollierte die Züge nach Osten." Hier hatte er sich damals von seiner Frau verabschieden müssen.

Unendlich viele Gedanken schwirrten dem Heimgekehrten durch den Kopf. 1943 hatten sie ihm mitgeteilt, dass seine Gina an der „Heimatfront" im Kampf gegen die Feinde Deutschlands gefallen war. Bombensplitter durchschlugen damals auch Menschen. Seine Tränen konnte Opa Pollinie kaum zurückhalten. Seine Gina... Wie hell und sauber jetzt alles ist. Er begrüßte seine Heimatstadt mit feuchten, sehr wässrigen Augen. Die helle, warme Herbstsonne blendete ihn sehr, als seine Enkeltochter ihn nach Draußen zog. Sofia blieb an dem Zeitungsstand stehen, rechts, vor dem Ausgang Kirchenallee. Die Überschriften fielen ihr auf. Schnell legte sie ihre Zehn-Pfennig hin und griff sich eine BILD-Zeitung.

Drei britische Soldaten tot aufgefunden. Sie dachte unwillkürlich an ihren Cousin Carlo.

Britische Manöver in Lüneburg fordern Opfer.

Gustav Gründgens neuer Intendant.

Deutsches Schauspielhaus beruft den Besten.

Deutsche werden mobil.

Goggomobil und Isetta gestern vorgestellt.

Über die rotschwarzen Titel der BILD wunderte sie sich jeden Tag.

Welches Datum haben wir eigentlich heute? Sie musste sich diesen Tag merken. Ihr Vater war zurück, endlich. Diese Zeitung werde sie zu ihrem Tagebuch legen. Heimlich, unentdeckt und nur für sie. Auf der Titelseite der Zeitung las sie: Freitag, 10.September 1955. In einem Monat werde ihre Tochter schon neun Jahre alt. Eine Gänsehaut lief ihr über den Rücken. Am Taxistand wartete Andrea aufgeregt winkend. „Opa hat sich schon reingesetzt. Komm' schnell. Tante Lehne wartet bestimmt schon." Der Begegnung ihres Vaters mit Margarethe von Lehne, ihrer Lebensgefährtin, stand ihr noch bevor. „Ist dein Mann zur Arbeit?"

Pollinie drehte sich um, sie fuhren auf die neue Lombardsbrücke zu, an der Kunsthalle vorbei. „Nee, ich bin nicht verheiratet." „Auch gut. Aber `ne saubere Tochter hast du. Das ist wichtig." Als sie nach einiger Zeit in der Helene-Lange-Straße ankamen, schlief Opa Pollinie fest.

Im Treppenhaus, Eppendorfer Baum 63, roch es immer leicht nach Fisch. Da können die Bartels, die netten Besitzer des kleinen Fischladens in Souterrain, noch so viel putzen und lüften, im Treppenhaus ist der leichte Fischgeruch trotz allem zu bemerken, dachte Happel. Marion kam ihm entgegen. „Ich will gerade auf den Markt, Gunnar ist bereits wach. Ich lass dich schnell rein." Sie wandte sich um, ging einige Stufen wieder hinauf zur Wohnungstür. Auf dem Treppenabsatz drehte sie sich um: „Er ist ganz verrückt vor Wut, seine Unbeweglichkeit macht ihn und mich kirre; dass er sich nicht bewegen kann. Mist, verdammter! Beruhige ihn bloß schnell. Er braucht Informationen. Immer hat er solche Vorahnungen, hat das Gefühl, dass etwas Furchtbares hinter dem Mord von Teufelsbrück steckt. Soll ich lieber hierbleiben, ich hab' mir frei genommen. Den Mann kannst du nicht allein lassen." Mit großen Augen sah sie den Kollegen ihres Freundes an: „Ja, weiß ich. Wir in Österreich sagen: *Ist ein harter Hund.*" Mit beiden Händen zog er sie an sich: „Das wird schon wieder, ich gebe acht auf ihn. Geh' du über den Markt, das tut dir gut!" Die Freundin des Hauptkommissar Gunnar Hansen wirkte genervt und nervös. Sie schloss die Wohnungstür auf. „Gunnar" rief sie, "Happel ist da!" „Soll reinkommen, hier her. Ich liege im Wohnzimmer."

„Bis gleich, brauchst du was von Markt?" „Nee", Happel hielt ihr die Blumen hin „ich komme gerade von da." „Danke, leg die Blumen in die Küche, ich bin sofort wieder zurück." „Lass' dir etwas Zeit. Du brauchst das!" Die Wohnungstür fiel ins Schloss, sein Kollege rief nach ihm.

Gerd hielt ihm die Tüte mit den beiden Mettbrötchen hin. „Iss was, dann fühlst du dich besser. Die sind frisch vom Isemarkt." Die beiden Brötchen aßen sie direkt aus der Tüte. Jede Einzelheit des mysteriösen Mordfalles gingen sie durch, die fehlende Halskette, die

90

ungewöhnliche Art des Tötens, die medizinischen Kenntnisse, die für solche Handlungen nötig waren, standen im Mittelpunkt ihrer Überlegungen.

Von dieser unbegreiflichen Art, jemanden umzubringen, hatten sie beide noch nie gehört. Alles war rätselhaft und machte keinen Sinn. Irgendetwas steckte dahinter. „Haben wir ein Zeichen, einen Hinweis, gibt es was, das wie ausgelegte Fährten des oder der Mörder aussieht. Haben wir diese Art der Verletzungen mit vorherigen Fällen verglichen? Den Mann haben sie verbluten lassen, wie ein Schwein auf der Schlachtbank." Hansen hatte Fragen, gab Anweisungen, Schlussfolgerungen wurden verworfen, Zweifel kamen auf, neue Ideen passten nicht ins Gesamtbild. Stefanie wurde beauftragt nach Hinweisen im Computer suchen zu lassen. Gab es schon einmal Morde mit diesen oder ähnlichen Verletzungen? Sind jemals schwule Männer mit solchen Wunden gefunden worden? Sie sollte die Kollegen der Sitte befragen, deren Unterlagen durchgehen, sollte nach ermordeten Callboys suchen lassen. Ihr Chef wollte genau wissen, an wen sie welche Aufträge verteilt hatte. Karteien über Schwule oder Transvestiten gab es nicht, durch das Persönlichkeitsrecht war das verboten. Aber, sicherlich kannten die Kollegen ihre „Kunden". Hatte Stefanie sich gedacht. Hauptkommissar Gunnar Hansen tat begeistert. „Sie ist gut, erledigte alles fast perfekt", dachte er versonnen. „Frag sie nach der Nummer von Nicola Köhner. Die ist Psychologin. Die beste Profilerin die ich kenne. Die kann Täterprofile erstellen, unglaublich. Ich kenne die. Mit der habe ich schon mal gearbeitet. Vor deiner Zeit bei uns. Ich will mit ihr sprechen. Stefanie soll uns die Genehmigung dafür einholen. Wir brauchen das schriftlich. Sonst können wir sie nicht bezahlen. Scheiß Papierkram." Gerd Happel telefonierte schon wieder. Als Marion ins Zimmer kam, waren beide Männer so in ihre Notizen vertieft, dass sie aufschreckten und mit großen Augen erst auf die Platte mit frischen Brötchen und Obst, dann Marion ansahen.

„Macht mal Pause. Ich bring euch noch Kaffee." Hansen war als ausgezeichneter Analytiker bekannt. Er konnte Rückschlüsse ziehen, an die seine Kollegen und Mitarbeiter noch nicht einmal im Entferntesten dachten. Er war eben gut, dass wussten seine Vorgesetzten genauso wie seine Mitarbeiter. Ruppig, ausfallend, untypisch wie sein Name. Als geborener Hamburger lief er sein Leben lang schon mit dem Vornamen Gunnar herum. „Bist du Wikinger?", hatte man ihn in der Schule gehänselt.

Roter Milan riefen sie ihm nach. Und er war wie ein Greifvogel, scharfes Auge, große Krallen und messerscharfer Schnabel. Gunnar, hieß ein Freund seines Vaters aus Norwegen, der kämpfte im Krieg gegen die Faschisten. Als sein Sohn 1955 geboren wurde, bestand sein Vater auf diesen Namen, seine Mutter wollte einen traditionellen Hamburger Namen für ihren Sohn. Sie liebte Matthias Claudius. Den

Wandsbeker Boten kannte sie in und auswendig So nannten seine Eltern ihn eben Gunnar, Matthias, Claudius Hansen. Nur, diese weiteren Vornamen kannte kaum jemand. Jeder nannte ihn Gunnar, Günni, ganz alte Freunde auch Milan. Stand die Sonne besonders tief, leuchtete sein Haar rot. Der rötliche Schimmer ließ sich nicht verleugnen. Seinen Spitznamen „Roter Milan" aus der Schulzeit hörte er nur noch selten. Das Telefon läutete. Marion war zurück vom Markt, nahm blitzschnell das Telefon und gab es Happel. „Du bist krank", fuhr sie ihren Freund an. Der legte sich zurück in sein Kissen; die Augen an die Zimmerdecke verdreht. Happel hielt die Hand vor die Muschel: "Es ist die Köhner, willst du?", er reichte den Hörer schon weiter. „Hallo Nicola, erinnern Sie sich?" Einen Augenblick war nur das undeutliche Stimmengewirr im Hörer zu vernehmen.

„... bis gleich, in einer halben Stunde, ist OK. Ja, Eppendorfer Baum, immer noch, ja dritte Etage. Kaffee ist fertig. Bis dann." Mit dem Zeigefinger auf der roten Taste, gab er den Hörer zurück. „Sie kommt gleich."

Gunnar Hansen sah seinen Assistenten und Freund mit hochgezogenen Augenbrauen an. „Jetzt wird's ernst. Die ist fit. „Lass uns nur erst das Vorgespräch führen. Wir brauchen für weitergehende Rückschlüsse den kompletten Bericht der Rechtsmedizin und der Spurensicherung.

Ruf dort bitte jetzt gleich an. Ich will wissen wann die so weit sind."

Wie erwartet klingelte es eine halbe Stunde später von unten.

Vom Flur hörten sie Marion in die Sprechanlage fragen wer gekommen sei. Eine fremde Frauenstimme antwortete bereits in der Wohnung. Die Haustür hatte offen gestanden. „Keine Geheimnisse unter Frauen, wir sind hier. Kommen Sie rein Nicola", hörte Gunnar sich selbst mit leichtem Unterton von Ungeduld rufen. Er musste über sich selbst lächeln. Manchmal ging ihm seine Ungeduld selbst auf den Geist.

Happel starrte durch die offene Tür auf den Flur.

Er konnte kaum fassen, welch eine attraktive, ungewöhnliche Frau langsam auf ihn zukam. Nicola Köhner stellte sich vor. „Woher kenne ich diese Frau?" Happel konnte seine Gedanken nicht ordnen. Verblüfft erwiderte sie mit großen Augen seinen Blick. Die Hand hatte sie niemandem gegeben. Marion stellte eine dritte Tasse zu dem gedeckten Couchtisch und verschwand wieder. Ganz in schwarzes Leder gekleidet, die kurzen, weiß-blonden Haare stachen wild in alle Richtigen von ihrem Kopf ab, mit den dicken Lederhandschuhen in der Hand wirkte sie fremd, sehr ablehnend und unterkühlt. Die enge Lederhose, Springerstiefel, die mit Nieten beschlagene Lederjacke ließen ihr fast weißes Gesicht beinahe geisterhaft leuchten. Sie lachte, den Kopf ganz leicht zurückgelegt, sah auf Gunnar Hansens umwickeltes Bein, dann auf Happel. „Gucken sie nicht so erstaunt, auch Frauen mögen Harley fahren. Und übrigens kenne ich Sie aus dem Schwenders. Musik von der Familie Strauß und das abendliche Glas Wein unter netten Menschen. Sie wissen, wo es in Hamburg interessant ist." Happel stand da, mit leicht geröteten Ohren. Mensch, dachte er, hat die Selbstvertrauen. Klar fiel ihm das Gesicht wieder ein. Er erinnerte sich an die Abende in dem Weinlokal am Großneumarkt. Gunnar sagte, er freue sich, dass sie gekommen sei, stellte seinen Mitarbeiter nochmals vor. „Er ist Österreicher, aus Wien und Innsbruck" und erinnerte seine Bekannte an den Fall, an dem sie schon einmal zusammengearbeitet hatten. „Fragen Sie bitte nicht nach meinem Unfall, mir reicht's, hier liegen zu müssen." „Das hat mir Ihre Frau schon draußen erzählt. Echt Mist was?" Dr. Nicola Köhner wendete sich lächelnd an beide. „Erzählen sie erst einmal, alles was sie wissen. Dann entscheide ich, ob ich mitarbeite oder nicht. Ihre Mitarbeiterin im Büro hat mir lediglich mitgeteilt, dass es sich um einen ungewöhnlichen Mordfall handelt. Wenn ja, fange ich an zu sortieren, wenn die Berichte aus der Rechtsmedizin und von der Spurensicherung da sind und ... wenn das Finanzielle geregelt ist. Aber das kennen Sie ja schon, Hauptkommissar." Hansen drehte sich zu Happel um. „Setz dich hin und lass hören. Warte mal, ich fasse kurz zusammen, was ich bisher weiß. Also, gestern wurden wir zu einem männlichen Toten im Museumshafen

Teufelsbrück gerufen. Ungefähr 35 - 40 Jahre alt. An den Füßen gefesselt hing er über dem alten holländischen Torfkahn. Der Kopf hing, rollte hin und her. Mit den Wellen. Der Mann war ordentlich gekleidet, im ersten Augenblick bemerkten wir keine äußerlichen Verletzungen. Seine Hose war hochgerutscht, so als habe man ihn abgeseilt, Kopf zuerst. Ein Schuh schwamm im Wasser. Er trug eine Halskette, die aber leider verschwunden ist. Aufnahmen haben wir von allen Einzelheiten und dem Toten in allen Positionen gemacht. Die Haut erschien uns ungewöhnlich grau / weiß, irgendwie blutleer. Der Mann trug sowohl ein gutes Sakko, teure Hosen und ein gutes Hemd. Hatte Socken an und einwandfreie Marken-Unterwäsche. Die meisten Dinge stammten aus England, die Etiketten in der Bekleidung bestätigen das." Happel lehnte sich in seinem Sessel zurück. „Die Uhr ist von Swatch, der Kugelschreiber von BA, British Airways", fügte Gunnar Hansen an. Frau Dr. Nicola Köhner grinste und zog ihre dicke Lederjacke aus. Deren schwarzer Rollkragenpulli ist bestimmt aus Cashmere, Happel war von der Frau angetan. „Mach du weiter. Du warst in der Rechtsmedizin", wandte sich Gunnar Hansen an seinen Assistenten. Der begann sofort zu erzählen. Er wollte beeindrucken. „Dr. von Schimmelmann hat die Autopsie vorgenommen und arbeitet noch daran. Der Tote ist verblutet, Leistenarterien durchtrennt, Penis gespalten, massive rektale Verletzungen, ringförmige Hämatome an Hals, Hand- und Fußgelenken. Und über der Bauchmuskulatur!" Nicola hob die Augenbrauen, sah aber auf ihre Knie. Sie sagte nichts.

„Einen Piercing-Ring aus der linken Brustwarze haben wir sichergestellt." Happel nahm einen Schluck Kaffee. „Ach ja, Reste von Sperma haben sie unter seiner Zunge gefunden. Sein Mund war fest verschlossen, obwohl der hin und her rollte, so mit den Bewegungen des Schiffes. Er muss also schon einige Zeit tot gewesen sein, als die Täter ihn dorthin verfrachtet haben. Ach so, eine Windelhose für Erwachsene hatte er an. Die ist noch in der Pathologie und Spurensicherung. Drogentest aus Haaren und Nägeln ist veranlasst. Die Gesichtsrekonstruktion wird in Berlin gemacht." „Meyer-Lüttich?", fragte ihre Besucherin. Hansen nickte. „Auf der Vermisstenliste der letzten Wochen ist er nicht zu finden.

Bundesweite Suchanfragen sind raus, das Bild senden wir hinterher.

In der Schwulenszene und bei Transvestiten lassen wir ermitteln.

Ermittlungen nach vergleichbaren Tötungsdelikten sind veranlasst.

Großer Bluttest, Zelluntersuchungen und DNA sind in Arbeit, die

Feingewebe Untersuchungen geben uns vielleicht Aufschluss, woher der Tote stammt und wo er sich in der letzten Zeit aufgehalten hat."

Happel lehnte sich zurück, er sah seinen Chef an. Ihr Gast war aufgestanden, sah aus dem Fenster auf den Eppendorfer Baum. „Stört eigentlich die U-Bahn?", fragte sie, ohne sich umzudrehen. Ohne eine Antwort zu erwarten ging sie zur Wohnungstür und verließ die Wohnung. „Entschuldigung, bin gleich wieder da." Die beiden Männer hörten die Wohnungstür klappern. Sie sahen sich erstaunt an. „Mensch Gerd, wir sitzen hier seit zwei Stunden. Der Kaffee. Du musst mir hoch helfen. Ich muss pinkeln." Auf eine Krücke gestützt, seinen Freund zur Sicherheit hinter sich, humpelte Gunnar Hansen zur Toilette. Zurück im Zimmer streckte und reckte er sich und ging zum Fenster. Er blieb dort stehen. Die attraktive Psychologin Nicola Köhner warf gerade Münzen in die Parkuhr an der Ihre Harley-Davidson stand. Ihr blondiertes Haar leuchtet im Hamburger Dunst. Hansen grinste, er kannte die Frau.

„Nee, eigentlich stört die U-Bahn nicht." Völlig geistesabwesend beantwortete er erst jetzt die Frage der Profilerin Nicola. „Mich stört sie nicht", murmelte er weiter und war mit seinen Gedanken weit weg, ganz woanders. In der linken Hosentasche Happels zitterte wieder das verdammte Handy, seine *Waltzing-Matilda-Melodie* war ausgestellt.

„Ja bitte", er lauschte in den Hörer, wandte sich ab, ging einige Schritte in den Raum. Nach zwanzig Sekunden verschwand das Handy in seiner Jacke. „Die Rechtsmedizin", er sah die attraktive Psychologin auf seinen Chef zugehen. „Schimmel hat seinen Bericht fertig. Ich kann ihn gleich morgen früh abholen." „Erzähl schon, was Neues?" „Das Sperma unter der Zunge ist sein eigenes. Sie haben es analysiert. Und weitere winzige Verletzungen haben sie entdeckt. Im Gesicht, am Hintern, auch am Körper und ... an den Eiern." Hauptkommissar Hansen zog die Augenbrauen hoch. Als sein Freund leicht beschämt zur Psychologin hinübersah, hob die ihre Hand. „Ist schon, OK. Ich habe oft mit Männern gearbeitet." Sie schwiegen sich eine Weile an. Bis es Hansen unwohl wurde. Irgendwie wurde ihm kalt. „Und, was denken Sie?", wandte er sich an die Profilerin. „Hört sich brutal an. Ich will die beiden Berichte haben, muss mich da rein denken. Geben sie mir bis Morgen. Ich sehe heute mal in meinen Computer, vielleicht finde ich was Vergleichbares. Aber, ich denke schon jetzt, das wird nicht das Ende sein. Morgen, vor neun melde ich mich bei Ihnen. OK?" Sie stand auf, die enge Lederhose stand ihr gut. Lange Beine in Leder, Happel war entzückt. Sehr selbstbewusst, die hat Eier dachte er. „Hier, ich lass Ihnen meine Karte hier, wenn noch was ist, rufen Sie mich an. Nach neun morgen früh bin ich weg. Ich will in die Pathologie. In die Kammer mit den Präparaten. Vielleicht treffen wir uns", sie gab dem Oberkommissar die Hand, nickte seinem Freund zu. „Vergessen Sie nicht die Kostengeschichte zu klären! Ich will morgen früh wissen, ob sie mich bezahlen." Auf die verschwundene Halskette ging sie nicht ein. Noch nicht, dachten die beiden Männer. „Die hat Eier, Mensch die sieht aus wie Cameron Diaz oder Pink." Happel hatte schnell männliche, anerkennende Hamburger Ausdrücke gelernt. Bis kurz vor Mitternacht hockten die beiden Männer noch zusammen. Champions League, Bayern-München gegen Real Madrid. Der Fernseher lief den ganzen Abend. Marion machte Frikadellen mit Blumenkohl und weißer Soße. Die ganze Wohnung roch nach Kohl. Immer wieder kamen sie auf das Gespräch mit der Köhner und den neuen Fall zurück. „Was meinte sie damit?" Hansen fragte als Erster: „Was meinte sie damit? Das wird nicht das Ende sein!" „Keine Ahnung", gähnte sein Freund. „Ich bin zu müde. Lass mich jetzt bloß gehen. Ich muss ins Bett. Soll ich dir rüber ins Schlafzimmer helfen?" Sein Chef nickte. „Morgen will ich mit in die Rechtsmedizin. Hol mich um halb neun hier ab. Oben bitte." Marion sah ihren Freund kurz an. Sie wusste, dass Widerspruch sinnlos sein würde. Zu Happel gewandt meinte sie: „Komm etwas früher, ich mache euch Frühstück." Eine halbe Stunde später war er in seiner Wohnung. Der Anrufbeantworter blinkte. Es fehlte ihm die Energie das Gerät abzuhören. Nicht einmal duschen wollte er. Bayern hatte in Madrid gewonnen. Dr. Werner von Schimmelmann hatte es geschafft einen schriftlichen

Bericht, von für ihn erstaunlichem Umfang, anzufertigen.

Gunnar Hansen tat erfreut und überrascht. „Mir ist es lieber, sie erklären uns die Einzelheiten nochmals. Vor allem was es Neues gibt. Darf ich mein Bein hochlegen?" Ohne eine Antwort abzuwarten zog er sich einen weiteren Stuhl heran. Den Rollstuhl stellten sie an einen der weißen Schränke. „Dr. Basedow kommt sofort, er kann Ihnen noch mehr berichten. Mein bester Mann, wird in zwei Jahren wohl mein Nachfolger."

„Also", begann Schimmel, "wir haben folgendes festgestellt: Der Tote war bereits mindestens acht Stunden tot. Haut, Gewebe und Organe weisen entsprechende Veränderungen auf. Lesen Sie das mal nach.

In seinem Gesicht haben wir feine Hautabschürfungen gefunden, so als sei die eine Gesichtshälfte ganz kurz über einen glatten Boden geschleift worden. Möglicherweise über Fliesen. Seine Hoden sind an einer Seite verkümmert, es ist nur noch ein Nebenhoden vorhanden. Sicherlich eine Entzündung aus der Kindheit. Auf seinem Rücken sind vernarbte Kratzspuren sichtbar geworden. Sind schon älter. In seinem Haar fehlen Büschel. Man muss sehr kräftig daran gezerrt haben. Die Stellen weisen leichte Blutspuren auf. Da hat er noch gelebt. Sperma aus der Samenblase haben wir mit den Resten in seinem Mund und in seinem Magen verglichen. Identisch." Dr. Basedow trat ein. Er sah erstaunt auf das ausgestreckte weiße Bein des Hauptkommissars, sagte aber nichts. „Bitte setzen sie sich zu uns", Dr. von Schimmelmann deutete auf einen der weißen Stühle. „Ich habe schon mal begonnen, mit meinem Bericht zu dem Toten von Teufelsbrück. Wenn sie bitte fortfahren, berichten Sie was noch erwähnenswert ist." Der Chefarzt lehnte sich zurück und beobachtete seinen Nachfolger sehr genau mit einem, direkt auf ihn gerichteten Blick. Das kam den beiden Kommissaren merkwürdig vor. Sie hatten den Eindruck, der Chef wartete nur auf einen Fehler des Untergebenen.

„Auf die DNA- und Drogentests warten wir noch. Der Mann ist wahrscheinlich abhängig gewesen, wahrscheinlich von Medikamenten.

Wir haben Spuren von einem Bluthochdruckmittel gefunden.

Bronchialasthma hat er mit Oxis und Pulmicort behandelt. Die Sprays hatte er in seinen Taschen. Das geht aus dem Bericht der Spurensicherung hervor. Seine Füße weisen auffällig wenig Hornhautbildung auf.

Sie sind äußerst gepflegt, aber." Er machte eine kurze Pause. „Er hat stark verkrümmte Hammerzehen. Offensichtlich hat er jahrelang zu kleine Schuhe getragen. Ich komme gerade von der Spurensicherung. Die Windelhose ist ein internationales Fabrikat. Gibt es in jeder Apotheke. Bei uns, in England und ganz Europa. Die Blutspuren und Körpersekrete sind seine eigenen. Nichts Auffälliges. Sein Piercing ist zirka zwei Jahre alt. Er hat offenbar nie geraucht, seine Lunge ist sehr sauber. Die Leberwerte sind völlig normal. Wenig oder kein regelmäßiger Alkoholgenuss festzustellen. Das Gebiss ist unauffällig. Sie finden Einzelheiten in dem Bericht. Der unbekannte Tote war kein Brillenträger."

Er sah in die Runde. „Sonne oder Sonnenbank haben ganz leichte Pigmentveränderungen seiner Haut bewirkt. Er muss im Sommer stark gebräunt gewesen sein. Dort wo seine Uhr sitzt, haben sich helle Hautstellen ergeben. In seinem Nacken ebenfalls. In den Hautfalten. Er hat es offensichtlich geliebt, sich völlig unbekleidet zu sonnen. Der Mann ist langsam gestorben. Es muss Stunden gedauert haben, bis er verblutet ist.

Einzelheiten finden sie wie gesagt im Bericht. Die Hämatome stammen von einem Stirnband, sowie von Fesselungen an Hand- und Fußgelenken. Vielleicht von Handschellen oder Lederbändern, wir arbeiten noch daran. Auf jeden Fall fanden wir an einigen Stellen leichte Hautabschürfungen." Der Arzt sah in die Runde. „Haben Sie noch Fragen?"

„Ich habe noch jemanden der in der Präparatenkammer auf mich wartet." Plötzlich war Dr. Basedow sehr kurz angebunden, seine Körperhaltung änderte sich.

Er wurde ablehnend und schroff als er fortfuhr: „Sobald Sie den Bericht durchgearbeitet haben und noch Fragen haben, rufen Sie uns doch bitte an. Guten

Tag meine Herren." Dr. Basedow stand bereits an der Tür. Der Hauptkommissar sah hoch, er hatte intensiv zugehört, hatte immer nur auf sein Bein geschaut. „Sagen Sie, was ist mit der Halskette?"

„Wir haben nichts gefunden, auch keine Spuren auf der Haut. Da müssen Sie schon selbst recherchieren." „Danke Doc, und grüßen Sie Frau Dr. Köhner, die wartet bestimmt schon auf Sie." Erstaunt blickte der Pathologe von der Tür aus über die Schulter. Gunnar Hansen grinste ihn an. Der Arzt öffnete den Mund, sagte dann doch nichts mehr. Die Tür fiel etwas zu laut ins Schloss.

Dr. von Schimmelmann runzelte die Stirn. „Manchmal versteh ich den Dr. Basedow nicht", murmelte er vor sich hin. „Happel, gib mir bitte den Rollstuhl. Dr. von Schimmelmann darf ich sie bitten, mir den Toten nochmals zu zeigen? Haben Sie Fotos von dem unbekleideten Toten gemacht?" „Finden Sie alles in dem Bericht. Aber kommen Sie, wir fahren mit dem Fahrstuhl runter." „Lass uns bitte die Kamera mitnehmen", wandte sich der Hauptkommissar seinem Kollegen zu. Gleichzeitig ließ er sich in den Krüppelporsche, wie er seinen Rollstuhl nannte, fallen.

„Gerd, leg mir bitte das Bein auf die Stütze. Die Decke werfe ich schon selbst rüber. Danke dir." Es dauerte eine Weile, bis sie in dem alten Gebäude vor dem riesigen Stahlschrank mit den vielen breiten Schubfächern standen.

Neongraues Licht bringt nicht gerade Gemütlichkeit, es zieht hier wie Hechtsuppe, dachten beide. Ein kühler Luftzug durchstrich die Räume, so als ob Geister vorbei schwebten. Es roch nach Lysol, nach Herrenpissoir. So wie in Toiletten in Dorfkneipen. Die Desinfektionssteine in den Becken verströmen solchen Gestank. Das war es, er dachte an seine Stammkneipe am Großneumarkt. Die Reifen des Rollstuhls quietschten zu laut auf den glatten Fliesen. Sie störten hallend. Ein Helfer in seiner grünen Kleidung tauchte aus dem Nichts plötzlich vor ihnen auf. Der passt hierher, der sieht aus, als würde er hier für immer bleiben, dachte Happel erschrocken. Offensichtlich hatte der Mann gerade sein Frühstücksbrot gegessen. Krümel hingen vorn in seiner grünen Kleidung.

Aber vielleicht ist er ein ganz netter Familienvater oder Ehemann.

Mancher kann sich seinen Job nicht aussuchen. Hansen war in

Gedanken. Der Typ in Grün fand den Kasten mit ihrem Toten sofort. Eine hochbeinige Rollbahre stellte er rechts daneben. Die grau-weiße, glänzende Liege rutschte langsam heraus, kippte leicht nach vorn, schob sich auf das hochbeinige Gestell des Rollwagens. Mit einem scharf klickenden Geräusch rastete sie in ihrer Halterung ein.

„Fahren Sie ihn bitte dort unter das Licht. Direkt unter die Lampe!"

Prof. Dr. von Schimmelmann gab seinem Mitarbeiter die Anweisungen. Als er das grüne, keimfreie Tuch zurückschlug, schauten sie auf einen friedlich schlafenden Mann. Andrea Pollinie, die energische Profilerin und Dr. Jens Basedow standen etwas abseits. An ihrer Körperhaltung war klar die gegenseitige Abneigung zu erkennen. Sehr fahle Haut hat der, dachte Hansen. Sofort forderte er seinen Assistenten Gerd Happel auf, Fotos von Gesicht und Körper zu machen. Die Pathologen nähen die Körper immer mit so groben Stichen zu. Wie ein großes Y. Hansen dachte an die anderen Leichen, die er hier hatte ansehen müssen. „Bitte drehen Sie ihn um, ich will Bilder von der Rückseite", wandte er sich an den Helfer. Happel fotografierte, auch mit Zoom und Blitz.

Als sie gegen Mittag ins Büro rollten, stapelten sich Notizen, Akten, Formulare und Bilder auf den Schreibtischen.

Stefanie, die beste Sekretärin der Welt, war nicht im Büro. An Hauptkommissar Hansens Bildschirm klebte ein blauer Post-it-Zettel. <<Bin zur Kantine, komme gegen 13 Uhr zurück. Bitte die Anrufe durchsehen. Steffi>> „Kannst du mir einen Kaffee holen?" Gunnar sah seinen Freund Gerd nachdenklich an.

„Mit Milch und Zucker bitte. Nimmst du meinen Schreibtischstuhl weg? Stell' ihn doch vor das Fenster. Ich bleibe im Rollstuhl." Damit rollte er an seinen Schreibtisch. Sein Bein schob er vorsichtig hinunter.

Zuerst griff er zu der Liste mit den Anrufen. Von Marion gab es schon zwei.

Dr. Meyer-Lüttich, aus Berlin, die Spurensicherung, der Polizeiarzt und sein Chef hatten Nachrichten hinterlassen.

An der Lampe klebte ein neongelber Zettel. Dr. Nicola Köhner anrufen. Die Nummer stand mit drauf. Hansen hielt den Zettel hoch.

„Hier, deine „Cameron Diaz" hat angerufen. Wollen wir wetten, dass sie mitmacht?!" „Wenn du das mit dem Geld klar machst", grinste Happel ihn an. „Mach ich schon, hat Steffi schon beantragt. Hoffe ich wenigstens." „Warte lieber bis die wieder da ist." „Nee, ich ruf jetzt sofort an."

Es dauerte eine Weile. Dann hörte er über den Schreibtisch: "Gunnar, 3. Kommissariat. Zwölf Uhr fünfundvierzig. Mittwoch. Bitte zurückrufen."

„Scheiße, Anrufbeantworter. Ich hasse die Dinger." Er hängte auf.

„Komm' wir machen die Formulare fertig und beantragen das was wir benötigen. Hier ist der vorläufige Bericht für den Chef. Wenn Stefanie zurück ist, gehen wir alles durch. Sie soll dann alles in die EDV eingeben." „Ist gut, gib her. Aber du hilfst ihr dabei."

Beide Männer machten sich über die Papiere her. Tauschten aus, wiesen mit Fingern auf den Platz für Unterschriften. Füllten Daten ein, hefteten Fotos an, druckten Auszüge aus dem Computer. Schließlich packten sie alles in ekelige, abgegriffene grau-blaue Vorgangsmappen. Diese landeten mit ploppendem Geräusch auf dem Kunststoffboden. „Wo bleibt Steffi?" Hansen sah auf die Uhr. „Ist schon nach zwei." Er schreckte zusammen, das Telefon schrillte entschieden zu laut. „Drittes Kommissariat, Hansen." Unbewusst stöhnte er leise auf, beim Griff nach dem Telefon verdrehte sich sein Bein. „Habe ich sie geweckt, Gunnar? Sie stöhnen ja." „Nee, mein Bein hat sich gerade etwas verdreht. Als ich den Hörer abnahm. Was gibt es, Nicola?" Sein Gegenüber legte den Kugelschreiber zwischen die Lippen. Sein Chef nickte. „Gut so, ok, danke. Ja, hab' ich, alles OK. Ich bin bis sechs hier. Nee, das wird zu spät. Mein Bein. Ja, machen Sie das. Ich rufe Dr. von Schimmelmann an. Gut so, bis Morgen." Er legte auf. Gerd sah in fragend an. „Nicola macht mit. Tu mir den Gefallen und bring den Kostenantrag rüber und lass ihn sofort abstempeln. Wenn Fragen sind, sollen die mich anrufen. Morgen kommt sie zu mir nach Hause, gleich morgen früh. Sie will die Kopie der Zahlungsanweisung haben." „Mensch ist die hinterm Geld her." „Nee, ist schon korrekt so. Du kennst das hier im Hause. Schlechte Erfahrungen hinter lassen immer Vorsicht." Happel entgegnete nachdenklich: „Ruf' bitte selbst bei Schimmel an. Deine Nicola holt in unserem Namen die Untersuchungsberichte und den Text der Spurensicherung als Kopie ab. Mach' das bitte jetzt. Das musst du als Chef schon selbst machen." „Gleich. Ich roll jetzt pinkeln. Bin dann beim Chef. Wir treffen uns morgen um neun bei mir." „Und wie kommst du nach Hause?" „Danke, dass du fragst. Marion holt mich ab." Nur wenig später lugte er durch die Glastür zu seinem Büro. Sofort sprang Stefanie Gentz auf, hielt die Tür auf, bis er hindurch gerollt war. „Wo warst du so lange. Wir haben gewartet. Ist Happel noch da?" „Happel ist vor fünf Minuten los, er wollte in die Lange Reihe." „Was will er denn in Sankt Georg?" „Er meinte, er müsse mal ein anständiges Stück Torte essen." „Ach ja, das ist gut. Warst du schon mal im Gnosa? Toller Kuchen." „Das ist doch die Schwulenkneipe, was soll ich als Frau dort?" „Geh mal hin, ist super gut. Ich geb' dir Kuchengeld. Wo warst du heute Nachmittag?" „In der Kantine kam Dr. Basedow auf mich zu. Er hatte alle Berichte aus der Rechtsmedizin dabei. Wir sind zur Spurensicherung rüber, haben alles in den Computer eingegeben. Hier ist die CD." „Und warum machst du das nicht hier?" „Weil Basedow schon vorgearbeitet hatte und seinen Teil der Untersuchung des Toten bereits in seiner EDV gespeichert hatte." „Hast du ihm den Code für unseren Fall gegeben?" Stefanie sah ihn an. „Nee, ich arbeite schon länger für dich, oder?" Sie ist gut, dachte er, auch Gerd Happel ist gut. Die Idee mit dem Schwulencafé gefiel ihm. Mark Ambrosius, der Wirt dort, war immer für eine Information gut. „Ruf bitte bei Marion an, sie soll mich abholen", er rollte zurück an seinen Schreibtisch. „Ich kann dich bringen. Ich will noch zum Arzt. Bei dir gegenüber. Ich bin gleich wieder da, will mich ein wenig frisch machen. Guck mal in die EDV, ist alles drin. Kannst dir die CD brennen."

Sie will zum Frauenarzt dachte Hansen, hoffentlich hat sie nichts.

„Ist was besonderes?" er sah sie fragend an. „Nee", lachte sie. „Vorsorge und Mammografie." „Gut so. Ich warte hier."

Als sie zurückkam, hatte er sich die CD gebrannt und wartete.

Die Umlaufmappen hatte sie bereits verteilt. Sie ist echt gut, dachte er, als sie zum Fahrstuhl rollten. „Warte mal, stell das Telefon auf Rufumleitung, auf Happels Handy, ich will, dass du morgen früh zu mir kommst." „Gut, wann?" „So um neun, bring die kleinen Karteikarten mit und viel Schreibblöcke." Sie lief los, nach wenigen Minuten strahlte sie ihn an. In der großen Aldi-Plastiktasche zeichneten sich Schreibblöcke und Karteikarten ab. Eine ganze Handvoll Bleistifte oder Kugelschreiber hatte sie offensichtlich mit reingeworfen. Er grinste. Gute Frau.

Marion holte ihn an der Haustür vor ihrer Wohnung am Eppendorfer Baum ab. Aus dem Auto hatte seine Mitarbeiterin seine Freundin angerufen, als der Wagen in die Maria-Louisen-Straße einbog. Es waren noch fünf Minuten bis zum Eppendorfer Baum. Der Rollstuhl blieb im Treppenhaus, links unter der Treppe, stehen. Marion würde ihn später in die Wohnung holen. Kurz vor neun am nächsten Morgen stand Frau Dr. Nicola

Köhner vor der Wohnungstür des Hauptkommissars Hansen und dessen Freundin Marion. Den Motorradhelm in der Hand. Heute trug sie eine rote Lederhose, die dicke Lederjacke stand offen. Der schwarz-weiße Norweger-Pullover stand ihr gut. Kurz darauf erschien Stefanie Gentz. Die ALDI Tüten mit den Unterlagen aus dem Büro hatte sie dabei. Hansen strahlte sie vom Sofa aus an. Happel war schon da. Er musste Vorbereitungen treffen. Den großen Esstisch hatte er ausgezogen. Auf zwei Toshiba Notebooks flimmerte das Windows Fenster über die Bildschirme. Irgendwie kam Verlegenheit auf. Unsicherheit. „Setzt euch, lasst uns anfangen, Marion hat viel Kaffee gemacht. Die beiden Damen bitte mir gegenüber, Gerd setz' dich zu mir." Mit ausgestrecktem Arm zeigte Hansen auf die mit Streifenstoff bezogenen Mahagonistühle. Biedermeier, dachte Nicola und strich mit zwei Fingern über die Lehne. „Los jetzt, Stefanie, bitte fang' du an, was wissen wir?!" Seine Mitarbeiterin berichtete alles, was sie in den Computer eingegeben hatte, vom Auffinden des Toten im Museumshafen, von der Pathologie und den Verletzungen des Toten, von den Fotos, von der Spurensicherung, von der Bekleidung, von Uhr und Kugelschreiber. Die beiden Kommissare verglichen ihren Vortrag mit den Eintragungen im Computer. Nicola machte fleißig Notizen, Hansen und Happel notierten sich die eine oder andere Einzelheit. „Die Halskette hat man immer noch nicht gefunden." Damit endete ihr ausführlicher

Bericht. Alle schwiegen, sahen in ihre Notizen, die Laptops summten leise. „Wollt ihr frühstücken? Steffi, in der Küche hat Marion was für uns hingestellt." Hansen sah zu Nicola herüber. Die blätterte in ihren Notizen.

„Na, was meinen Sie. Haben sie schon Rückschlüsse gezogen? Ich hatte veranlasst, dass sie die kompletten Berichte von Dr. von Schimmelmann bekommen." "Habe ich erhalten, nur von Dr. Basedow nichts." Happel und Hansen sahen sich an. „War wohl schon nach Hause", bemerkte Stefanie.

„Lassen Sie mich kurz zusammenfassen." Die Profilerin Köhner zog eine eng beschriebene Seite linierten Papiers aus ihrer rot/schwarz gebundenen China-Kladde.

"Lassen Sie mich eine Vorbemerkung machen." Sie guckte in die Runde.

Hansen erwiderte den Blick mit hochgezogenen Augenbrauen.

„Wissen Sie, mit ihrem Chef habe ich bereits gearbeitet, der weiß, wie das bei mir läuft. Mein Job ist, den Täter, die Täterin oder die Tätergruppe zu analysieren. Ich versuche, ein Charakter-, ein Wesensprofil zu erstellen, das uns allen ermöglicht, uns mit dem Täter oder der Täterin zu identifizieren. Das Ziel meiner Bemühungen soll sein, dass wir so fühlen, denken und handeln, als seien wir der oder die Täter. Dabei ist erforderlich, dass wir die wesentlichen Dinge gemeinsam besprechen und Sie das umsetzen, was wir festlegen. Konsequent, ohne Zweifel. Schlüpfen sie, jeder Einzelne von Ihnen, in die Haut des Ausführenden. Versuchen Sie, Schritte in seinem Gedankenfeld zu machen. Sie müssen seine Vorstellungswelt, seinen Hass, seine Handlungsweisen, seine Verachtung adaptieren, müssen eins werden mit der Person, die wir uns hier zurechtzimmern.

Lassen sie uns eine fiktive Figur entwickeln, lassen Sie uns *Lara Croft* neu entstehen. Es wird eine Kunstfigur werden, die jeder von uns mit Leben zu erfüllen hat. Und", Nicola sah jeden Einzelnen direkt an: „Es kann ein Mann, eine Frau, es können Jugendliche, Ausländer, Banden, Krieger aus Grosny oder dem Kosovo, es können Schwule, Lesben, Heteros, manisch-Depressive oder Schizophrene sein."

Sie machte eine rhetorische Pause. „Es können aber auch Menschen aus unserem Umfeld sein. Nachbarn, wie seinerzeit Hahmann in Hannover oder Dutroux in Belgien. Es gibt viele Beispiele. Aber", sie machte wieder eine kleine Pause, „Sie bleiben immer noch Sie selbst. Denken Sie daran, Sie bleiben, was Sie sind. Alles läuft nur in Ihrer Vorstellungswelt ab." Sie sah jeden in der Runde durchdringend an. Nur Gunnar Hansen erwiderte ihren Blick standhaft. Seine beiden Kollegen blickten nach unten auf ihre Schuhe. „In dem Moment, in dem Sie Probleme mit Ihrer eigenen Identität bekommen, sprechen Sie mit mir. Sofort, zu jeder Tag und Nachtzeit, immer. OK?" Jetzt erwartete sie keine

Antwort, stand auf und ging ans Fenster. Alle Augen waren auf die eigenen Knie gerichtet.

„Wenn Sie Fragen haben, fragen Sie bitte jetzt." „Nur eins wüsste ich gern", der Hauptkommissar wandte sich an seine Mitarbeiter:

„Hat einer von euch Probleme mit dem, was Frau Dr. Köhner eben dargelegt hat. Ich selbst kann das umsetzen, was sie will, und ihr?"

Seine Blicke wanderten von Happel zu Stephanie, von der wieder zur Profilerin. „Nee, eigentlich nicht, ich werde viele Fragen haben." Weiter kam Stefanie nicht. Das, auf der Mahagoni-Anrichte liegende Mobiltelefon dröhnte los mit seinem blöden >Waltzing Mathilda<-Sound, das Vibrieren verstärkte sich zum lauten Wummern auf dem trockenen Holz.

„Passt wie der Arsch auf den Eimer, verdammt!" Hansen bekam rote Flecke am Hals, die dämliche Melodie hatte ihn völlig aus dem Konzept gebracht. Happel lauschte in sein Handy, nickte. „Ja sofort, er ist hier. Moment bitte" Das Mikrofon mit der Hand zugehalten reichte er seinem Chef das Smart-Phone. „Das Präsidium für dich, Erwin Marks ist dran, er macht es eilig." „Ja, das ist nicht wahr, ja wir fahren jetzt los. Ich bin zuhause, die Mannschaft ist mit hier. Nein, ist gut, wir warten unten vor der Tür. Ja, schicke ich ins Büro. Ja, sofort. Gut, wenn die unterwegs sind. Danke. Ich melde mich wieder. OK, nehme ich mit. Nee, versuchen wir herauszuhalten. OK." Die roten Flecken an Hansens Hals waren verschwunden, schneeweiß im Gesicht blickte er erst zu Nicola, dann zu Happel, dann zu Stefanie. Ein Staubkorn hätte man fallen hören können. Absolute laute Stille. Als er erneut zu Nicola blickte, löste sich seine Verkrampfung, er sackte in seinem rot-samtig gepolsterten Biedermeierohrensessel zusammen. „In der Speicherstadt hängt am alten Kran ein Mann mit dem Kopf nach unten, beinahe im Wasser. Seit gestern liegen Arbeitsschuten dort, die Hafenarbeiter haben eben angefangen zu arbeiten, sie haben den Toten sofort entdeckt." Niemand sagte etwas. Alle dachten das Gleiche. Dr. Nicola Köhner hatte gestern gemeint: „Das ist noch nicht das Ende. Das mit dem Toten aus dem Museumshafen." War es wirklich nicht. Jetzt wussten sie es. „Erwin schickt einen Wagen, Stefanie du fährst bitte sofort ins Büro, Nicola kommen Sie bitte mit. Keine Presse, noch nicht. Erwin hält uns die vom Hals. Wir sollen nicht mit unseren Wagen fahren. Die Fahrbereitschaft ist unterwegs. Haben Sie Zeit?" Er blickte die Profilerin an. „Habe ich, mach' dir keine Gedanken." „Gerd hol mir schnell meine Jacke. Im Schlafzimmer über dem Stuhl, bitte, lasst alles liegen. Wir kommen wieder hierher. Marion ruf ich aus dem Wagen aus an. Die ist nur kurz einkaufen." Um neun Uhr fünfundvierzig heulte das Martinshorn los. Mit Blaulicht raste die Schutzpolizei in Richtung Dammtorbahnhof. Über die alte Lombardsbrücke, durch den Bahnhofstunnel, rechts das Chilehaus, auf der Ost-West-Straße ging es gegen den Einbahnverkehr, hinter dem SPIEGEL-Verlagsgebäude vorbei, hinauf auf die historische Brücke zur Speicherstadt.

Am neuen Museum sahen sie schon den Menschenauflauf der Spurensicherung, Polizei riegelte das Gelände weitläufig mit rotweißen Bändern ab. Erwin Marks kam ihnen entgegen. Selbst er als Chef der Mordkommission war hergekommen. Die Fahrer klappten den Rollstuhl auseinander. Zwei Beamte trugen den Hauptkommissar hinein. Happel wollte ihn schieben, doch der Chef der Abteilung, Erwin Marks, kam ihm zuvor. „Kümmern Sie sich bitte um die Einzelheiten an dem Fundort. Spuren sichern, Hinweise aufsammeln..." Er nahm die Handgriffe und schob seinen Mitarbeiter ein wenig seitwärts. „Frau Dr. Köhner", seine Stimme klang schrill. Nicola drehte sich sofort um. „Kommen Sie bitte mit uns." Er schob seinen besten Kommissar auf die Brücke zurück, Die Köhner kam angelaufen. „Meinen sie, dass wir eine Mordserie haben? Ich muss der Presse etwas mitteilen. Bisher war die ruhig. Hat den Toten vom Museumshafen Teufelsbrück nur nebensächlich erwähnt."

Er sah Köhner und Happel nachdenklich an. „Ich denke ja", die Profilerin antwortete als erste. „Vielleicht", Hansen wirkte unsicher.

„Wahrscheinlich, ja, ich denke auch." „Scheiße, das fehlt uns noch. Das wäre ja Futter für die Rechten in der Bürgerschaft. Diese Leute werden das sofort aufgreifen.

Diese Partei will nur den Mann mit der starken Hand zurückhaben. Es soll in Hamburg wieder mit dem eisernen Besen gekehrt werden. Mehr Ordnung durch Einschränkung der Bürgerrechte.

Die warten doch bloß auf so etwas." „Wann haben wir erste Ergebnisse, wann können Sie mit Sicherheit sagen, dass beide Toten zusammengehören? Wann wissen Sie, dass eine Verbindung besteht. Ich meine, gibt es in der Art des Verbrechens Gleiches zu erkennen?" Erwin Marcks wollte auf jeden Fall verhindern, dass Panik in der Presse gemacht wurde. „Wenn ich den Toten gesehen habe, weiß ich, ob wir einen Zusammenhang herstellen können." Happel winkte. Langsam schob Nicola den Hauptkommissar über die alte Brücke mit ihren verzierten Eisengittern, figuralen Mustern, roten Backsteintürmchen, gemauerten Erkern und Nischen, zurück zu den Absperrbändern. Sein Freund lief auf die drei zu. „Chef, wie im Museumshafen, gleicher Modus Operandi, gleiches Bild des Toten. Komm' sieh dir das an. Ich stütze dich. Nicola kommen sie."

Langsam humpelten sie, Hansen stützend, auf die Kaimauer zu. Die hellroten Mauersteine der alten Speicher spiegelten sich im Wasser des Fleets. Die kalte Wintersonne ließ alle Farben verblasst erscheinen. Frostig schön, aber kalt und unwirklich. Wie rote Wolken im Wind, verschwammen die Häuserfronten, die Hakenkräne und Holztore in bleigrauen Wellen. Der Ausleger des antiken Krans reichte bis an die Kaimauer. Auf der Wasserseite lag eine

Reparaturschute mit Baugerüsten, Leitern, Eimern und Bürsten. Zementmörtel hing grau an den Bordwänden. Bespritzt, vollgekleckert wie von Möwenscheiße. Aus den Ladeluken der Speicherhäuser lehnten sich Arbeiter in blauen Hemden und Schiffermützen hinaus. Museumsbesucher drückten ihre hellen Wintergesichter an die Scheiben zum Fleet. Der Tote hing, an den Beinen festgebunden, mit dem Kopf fast im Wasser. Seine Arme hatte man ihm eng an den Körper gefesselt. Mit transparentem Paketklebeband. Die Hose war in die Knie gerutscht. Er trug Kniestrümpfe. Die Füße steckten in den Schuhen. Dock-Sider, eine Art Segelschuhe, die man tragen musste, wenn man *In* sein wollte. Hansen dachte an seine eigenen Schuhe.

„Wo ist der Arzt? Nicola", er wandte sich um „lassen Sie bitte die Arbeiter herkommen. Die, die ihn gefunden haben. Happel, mach schnell noch eigene Aufnahmen. Geh auf die Schute. Ich will Fotos gegen die Kaimauer. Sieh dich auf dem Kahn um. Wo ist der Arzt? Und mach' Fotos vom Knoten am Poller, da wo sie ihn fest angebunden haben." Dr. Basedow kam die Eisenleiter in der Kaimauer heraufgeklettert, „Er ist einige Zeit bereits tot, von der Leiter konnte ich ihn näher sehen. Er sieht blutleer aus. An der Stirn Hämatome.

Seine Augen treten stark hervor. Hat gepflegte Bekleidung. Soll er heraufgezogen werden?" „Warten Sie." „Happel warte da." schrie er zur Schute hinunter: „Nicola, Nicola!" Er rief die Mitarbeiterin zu sich. In ihrer rotschwarzen Lederkluft sah die Profilerin sehr machomäßig aus. Sie kam angelaufen. „Gehen Sie zu Happel, die Leiter an der Kaimauer runter. Sehen Sie sich den Mann von Nahem an. Dr. Basedow, sind Blutspuren, DNA, pflanzliche Spuren, Erde von den Schuhen an der Eisenleiter gesichert?" Der Arzt hob seinen rechten Daumen. „Nichts, keine Besonderheiten auf der Schute." „Nicola, gehen Sie bitte die Leiter runter. Ich will Fotos, unsere eigenen Fotos. Sie wissen, was ich will. Von ganz nahe," wandte er sich wieder seiner Profilerin zu. Die Schutzpolizei brachte den Mann, der den Toten entdeckt hatte, zum Rollstuhl. Hansen hatte sich wieder hineingesetzt, rollte sich selbst etwas zur Seite, instinktiv weg von der Kaimauer. Das bleigraue Wasser ließ ihn ein wenig zittern: „Muss verdammt kalt sein." Fuhr es ihm durch den Kopf. Der Mann vor ihm, in blauem Overall, einen warmen Norweger-Wollpullover darunter, erzählte, dass er einer der Arbeiter auf der Schute sei. Seine dunkelblaue, verstaubte Schiffermütze drehte er in seinen verarbeiteten, schwieligen Händen. Seine Kollegen und er entdeckten den hängenden Mann erst, als sie beginnen wollten, Fugen und Risse an der Kaimauer auszubessern. „Haben sie irgendetwas angefasst?" Hansen musterte ihn scharf. „Nee, Chef. Nur auf unserem Kahn. Das Werkzeug und die Handgriffe auf der Gangway. Wir mussten ja wieder rauf auf den Kai."

„Klar, seid ihr die Leiter zum Toten runter?" „Nee, auch nicht. Karl hat von seinem Handy gleich 110 angerufen. Karl ist der mit dem roten Pullover." „War jemand hier, was Besonderes. Habt ihr jemanden weglaufen sehen? Was Auffälliges?" „Wir kommen morgens nach neun immer mit dem Firmenwagen. Da vorn, der Berlingo ist unserer." Hansen drehte sich mit seinem Rollstuhl. Etwas Abseits stand ein grauer Citroen Kastenwagen. *Finkenwerder Kai & Hafenbau Friedrich Willemsen,* las er an der ihm zugewandten Seite des Kleinlasters. „Mein Mitarbeiter notiert ihren und die Namen ihrer Kollegen. Sie hören dann noch von uns. Für heute erst einmal vielen Dank. Bitte, rufen Sie nach Gerd Happel. Würden sie mir mit meinem Rollstuhl helfen? Das Scheißbein."

Der Mann packte den Hauptkommissar mit seinen groben, rissigen Händen an den Oberarmen. Fast vorsichtig wurde Gunnar mehr gestützt, sogar kurz getragen. Er blickte hoch: „Mann haben sie Kraft. Vielen Dank. Hoffentlich krieg' ich keine blauen Flecke von Ihrem Griff. Was soll meine Freundin denken." „Was soll sein, Chef", meinte der Mann bedächtig und grinste: „Mit dem Bein?" Wiegend, mit dem Gang von Seeleuten ging er zu seinen Kollegen. „Warten sie alle, bitte, bis mein Kollege die Formalitäten erledigt hat." Hansen rief ihm nach. Der Mann hob seinen Arm. Minuten Später wollte Happel seinen Chef stützen. „Lass man" meinte der. „Ich hab' die Krücken. Kümmere dich um die Arbeiter. Aussagen und

Personalien. Sieh dir den Wagen an. Er zeigte nach links. Notiere dir die Firma, alle Einzelheiten. Wann sie angefangen haben, wo sie vorher waren. Eben alles. Frag' die Spurensicherung, ob der Wagen schon durch ist. Wenn nicht, sollen sie sich den vornehmen. Nicola stützt mich. Bitte zur Kaimauer." Lächelnd sah er die Motorradfahrerin an. Sie war ihm sehr sympathisch. Weil sie Eier hat, dachte er lächelnd. Die Frau weiß, was sie will und ... sie setzt das durch, was sie will. Dr. Basedow und einige Mitarbeiter in weißen Overalls der Spurensicherung warteten bereits. „Sind sie fertig mit Ihren eigenen Fotos?"

Der Arzt sah den beiden leicht belustigt entgegen. Ein humpelnder, immer übereifriger Kommissar und eine junge Frau ganz in Leder, er musste lächeln. Das war nicht seine Liga, er fühlte seine Überlegenheit, das tat ihm gut. „Sollen meine Leute den Toten heraufziehen?" „Nee! Bitte lassen Sie die Feuerwehr das machen. Aber so dass er nicht an der Kaimauer scheuert. Haben Sie schon angerufen?" Hansen sah den Arzt direkt an. „Ach nee, machen wir zum ersten Mal." Langsam nervte der Pathologe ihn mehr und mehr. „Lassen sie man, Dr. Basedow. Ich bin der Chef hier, kein Grund für Sie, bissig zu werden." Nicola knuffte ihn bestätigend in die Seite. „Doktor, haben sie den Wagen sichern lassen? Fingerabdrücke und so weiter?" „Nee, wieso?" „Weil ich das will. Bitte lassen sie Ihre Leute dort arbeiten. Sofort bitte." Zu einem Polizisten gewandt, ordnete er die Sicherung des Wagens an. Die

Mannschaft der Hamburger Feuerwehr hievte langsam, sehr bedächtig und vorsichtig den Toten am Kran hoch. Zwischen Kaimauer und Leichnam schoben sie eine flache Bahre. Als die Beine höher als die Straße herausragten, kippten sie das Gestellt auf die Straße hoch. Der Tote schwebte fast waagerecht über dem Wasser. „Ganz vorsichtig heranziehen", kommandierte der Leiter des Einsatzkommandos. „Hier haben Sie ihren Toten, recht so. Ich habe alles angeordnet." Damit drehte sich Dr. Basedow um, ging zu seinem Wagen, rief aber noch über die Schulter: „Den Bericht haben Sie in zwei Tagen. Veranlassen Sie, dass wir die Leiche so schnell wie möglich in die Rechtsmedizin bekommen." Das werden wir noch sehen, wann du den Bericht machst, dachte Hansen und lächelte teuflisch hinter dem Mann her. „Ich glaube kaum, dass der Nachfolger von Schimmelmann wird", murmelte er.

„Ich auch nicht." Die Köhner hatte verstanden. Der Tote lag auf dem Rücken. Schwarze Haare, trotz seiner transparenten Blässe, trotz oder gerade wegen seiner blauen Lippen ging etwas Südländisches von ihm aus. Sehr gepflegte Wachsjacke in dunkelgrün, grünweißes Futter, weißes Hemd mit Haifischkragen, grünliche Cordhose, locker gebundene Clubkrawatte mit kleinen eingewebten Wappen in Gold.

Lange Kniesocken, braune Dockside-Schuhe. „Very british!", brummte Hansen mehr zu sich selbst. „Ich denke, er ist Inder." Dann blickte er über die rechte

Schulter zu der seinen Rollstuhl schiebenden Profilerin hoch.

„Aber das herauszufinden, ist ihr Job, Gunnar", lächelte sie ihn an.

„Der Mann ist Mitte dreißig, macht einen sportlichen Eindruck, gepflegt und durchtrainiert." Hansen machte sich seine Gedanken. Ihm war etwas aufgefallen, etwas Merkwürdiges. „Happel", er drehte selbst an den Schwungrädern seines Rollstuhls. „Happel", wieder rief er laut nach seinem Assistenten. Der sprach noch mit einem der Männer in den blauen Overalls. Als er endlich seinen Notizblock einsteckte und zu seinem behinderten Chef zurück ging, zeigte dieser auf das Seil. „Das Seil Gerd, haben wir das Seil und den Knoten fotografiert? Hast du das Seil in der Spurensicherung gesehen? Das Seil vom Museumshafen?" „Ja, Chef. Liegt da sauber in Plastik verpackt." „Bitte, mach' Nahaufnahmen von den gefesselten Füßen, ganz nah!" „Ist schon erledigt Cheeef."

Happel verfiel in sein Wienerisch. Das Cheeef kam sehr langgezogen.

Nicola grinste, gutes Team dachte sie. Die ganz normale Routine setzte ein. Jedes Staubkorn wurde umgedreht. Die Stauereiarbeiter, die Besucher des Speicherstadtmuseums, Passanten und Bewohner des wunderschön umgebauten Apartmentspeichers wurden befragt, den ganzen Tag lang. Oberkommissar

Gerd Happel hatte alles veranlasst, hatte telefoniert, hatte Kripobeamte aus Wandsbek, Farmsen und Eidelstedt, kommen lassen. Hektik kam jedoch nicht auf, hanseatische Ruhe und Präzision bestimmten den reibungslosen Ablauf. Die Hamburger Wasserschutzpolizei hatte die Brücke über den Kanal wieder freigegeben, vertrieb jedoch immer wieder Schaulustige, Neugierige, Besserwisser und dubiose Zeugen. Hansen wurde kalt. Seine Begleiterin hatte ihn stehen lassen und fotografierte immer noch. Sie machte Aufnahmen von der Brücke, von den Speichern, den Booten und Hafenbarkassen. Einer der Arbeiter wollte zu ihm, der in der Nähe stehende Polizist hielt den Mann auf. „Chef?! Chef?!", er winkte Hansen zu. Der Polizist verstand dessen zustimmendes Nicken sofort. Der Mann konnte passieren. „Chef, was ist mit unserem Auto? Da ist unser ganzes Essen drin. Und Kaffee." „Den Wagen behalten wir ein, zwei Tage. Holen Sie ihre Sachen raus, aber nur den Kaffee und ihr Essen. Alles andere bleibt drin. Klar!? Mein Kollege Happel, der da vorn, der mit dem hellen Mantel, ruft bei Ihrem Chef an.

Sagen Sie ihm Bescheid. Klar?" „Klar, und danke." Der Kaiarbeiter drehte sich um und ging mit wiegendem Schritt in die vorgezeigte Richtung.

 Eigentlich Quatsch, dachte Hansen, diese Männer haben solche Morde nicht drauf, sind zwar Außen betont hart und spröde, aber im Innersten so richtige Hamburger. Eben saftig und kraftvoll.

Er dachte an McDonald und fand seinen Vergleich witzig. Als der Arbeiter ihn erreichte und ihn sofort ansprach, sah Happel zu Hansen herüber. Der hob seinen Daumen und bestätigte damit sein OK. Er blickte sich um. Leichtes Chaos. Er suchte Nicola. An die rote Backsteinwand von Speicher 9 gelehnt, fotografierte sie das Geschehen von einer anderen Perspektive.

Irgendwie bemerkte sie, dass sie beobachtet wurde, suchend blickte sie sich um. Als sich ihre Blicke trafen, nickte er und winkte sie zu sich heran. Wie ein Tourist fotografiert sie alles.

Gunnar Hansen, der erfolgreiche Hauptkommissar lächelte in sich hinein, trotz der Kälte, trotz seines gestreckten, bandagierten Beines, trotz des Rollstuhls. Die ist gut, die schafft es, uns zu motivieren, die bringt uns auf neue Ideen. Von den Fähigkeiten seiner Profilerin war er überzeugt. „Kennen Sie hier alle Mitarbeiter?" Diese Frage der jungen Frau kam scharf und präzise. „Nee, warum?" „Ich meine nur. Sind ja viele Leute hier." Ohne eine Antwort abzuwarten, drehte sich die junge Frau wieder zum Wasserlauf um und fotografierte weiter. „Scheiße", fuhr es Hansen durch den Kopf, „daran habe ich noch gar nicht gedacht. Was haben die alle hier zu suchen?" Sofort blickte er über den Platz. Er versuchte, jeden zu fixieren, sich zu erinnern, sich Gesichter, Körperhaltung, Figur und Bekleidung einzuprägen. „Lassen Sie mal, ich habe sie alle im Kasten. Von allen Seiten sind sie fotografiert, alle die hier umherlaufen. Auch von oben." Sie zeigte auf ein Fenster im Eckspeicher und hielt ihm ihre Nikon Digitalkamera hin. „Hier sind alle drin, wir sehen die uns später an. OK? Wenn Sie alle erkennen, ist es gut, wenn nicht, haben wir vielleicht eine erste Spur!" Die ist wirklich gut. Er grinste. „Danke, wollen wir los?" Wir lassen uns fahren und essen an der Hafentreppe noch was. OK? Ich lade sie ein. Ich will bei den Schleppern an den Landungsbrücken noch was sehen." „Klar, gern." Nickend schob sie den Hauptkommissar zum Einsatzfahrzeug.

Erwin Marks, der Chef der Hamburger Mordkommission, hatte anfangs Bedenken, so früh jemanden wie die Profilerin von außen einzuschalten. Er war gegen den Einsatz von Frau Dr. Nicola Köhner. „Die Kosten", hatte er gemeint. „Und dann bei einem Einzelmord, das hohe Honorar. Wo soll ich das Geld hernehmen?", hatte Erwin Marks seinen besten Mann gefragt. Der hatte nur auf sein Bein gezeigt und dann auf seinen Kopf. „Ich habe ein sehr merkwürdiges Gefühl, Erwin. Der Fall Teufelsbrück, das ist erst der Beginn. Da fängt was an, was uns fertig machen will." Und trotzdem, der Chef war nicht ganz überzeugt.

„Gut" hatte Hansen grinsend gemeint, „ich lass' mich krankschreiben" und zeigte erneut auf den Rollstuhl und sein weiß umwickeltes Bein, „dann machst du weiter. Wir sehen uns in acht Wochen wieder!" Kräftig hatte er in die Schwungräder seines Rollstuhls gegriffen und sich weggedreht.

Er rollte schon zur Tür, als der höchste Polizeibeamte der Mordkommission, ganz ruhig und ohne jede Emotion bemerkte: "Gunnar lass das, ich gebe dir die Frau zum Team, gibt es einen weiteren Fall gleicher Art in den nächsten Wochen, bleibt sie dabei. Handelt es sich im Fall Teufelsbrück um einen Einzelfall, ist sie wieder draußen."

„Nee", meinte Gunnar Hansen nachdenklich, er wusste, dass er gewonnen hatte. „Nee, mein Lieber. Das mache ich nicht. Sie löst diesen einen Fall mit mir oder gar nicht. Alles andere ist pervers." Erwin Marks lächelte, er kannte seinen besten Mann zu gut. Der hat wieder seine berühmten Vorahnungen. „Scheiße, immer du mit deinem Eisenschädel.

Denk einmal nur an mich. An mein Budget, an Kosten, an Stress, den ich dadurch bekomme." „Dafür bist du Chef, du wirst das schon machen."

Er hatte sich umgedreht und war zur Tür gerollt. „Danke Erwin", bemerkte er über die Schulter gewandt, "ich hoffe viel mehr als du, dass wir nicht in so' n beschissenes Wespennest gestochen haben."

Er wusste auch, dass sein Chef zur Tür kommen musste um ihn hinauszulassen. Bürotüren mit selbstschließendem Mechanismus bei der Hamburger Mordkommission waren eben nichts für Rollstuhlfahrer.

„Danke", hatte er lächelnd zu seinem Chef gemeint, "danke, du hast mir eben eine wichtige Tür geöffnet!"

Und... seit diesem Vormittag wussten alle, dass sie genau in das Befürchtete hineingestochen hatten, in ein verdammtes Wespennest. Die tatsächlichen Ereignisse, die Realitäten, hatten an diesem Morgen die dunklen Vorahnungen des Ermittlungsteams eingeholt. Nicola schob den verletzten Hauptermittler Hansen langsam zum Einsatzwagen der Polizei zurück. Der grüne Mercedes Transporter war gut für ihn. Sehr gut sogar, für sein Bein, seinen Rollstuhl und seine Begleiterin. „Wie geht's mit Ihrem Bein?" DIE Köhner kam um den Rollstuhl herum und packte ihn beherzt an den Oberarmen. „Auch nur Pudding, was." Sie drückte extra fest zu. „Aua, heute hat mir schon mal jemand fast die Arme zerquetscht. Und, wenn meine Freundin nach den blauen Flecken fragt?" „Was soll sein, mit dem Bein?" Sie lachten beide. Den Spruch hatte er heute schon einmal gehört. „An den Landungsbrücken vorbei in die Hafenstraße, bitte. Dann über den Parkplatz links hinter den alten Elbtunnel. Fahren Sie uns da bitte hin." Die Polizisten folgten den Anweisungen des Kommissars. Aus den Augenwinkeln sah ihn seine Begleiterin an, sagte aber nichts. „Darf ich Ihre Kamera haben?" Der grüne Transporter parkte direkt hinter der Rundkuppel des alten Elbtunnels, alles aus Glas und Stahl, über hundert Jahre alt. Immer wieder war er von dieser Technik und dem Gebäude fasziniert: „Hier, nehmen Sie schon mal die Kamera. Kennen Sie sich damit aus?" Der Fahrer,

Roger Schneider, Polizeiobermeister aus Wandsbek, war Hobbyfotograf.

„Klar, Chef. Tolles Ding, diese Kamera. Für unsereins nur." "Lass' stecken Mann, so schlecht verdient ihr auch nicht. Da drüben liegen die Schlepper von der Bugsier-Reederei. Nimm so viel wie möglich von den Tauen auf, von den Tauen, die um die Poller geschlungen sind. Wenn Knoten dabei sind, die auch. OK? Und, erst fahrt uns eben runter zur Hafentreppe. Ich bestelle schon mal was zu essen." „Wir sind im Dienst, Chef." Der Mann wollte sich wichtigmachen. „Wenn ich dabei bin habt ihr immer Dienst, auch beim Essen. Und nun macht zu und verliert die Kamera nicht. Oder wollt ihr lieber im Wagen warten?" „Ist schon gut, Chef, wir beeilen uns." Als die beiden Schutzpolizisten das Lokal betraten, erstarb jedes Gespräch an den anderen Tischen. Die beiden sahen sich grinsend um, legten die Kamera auf den Tisch, an dem die Köhner und Gunnar Hansen saßen. Alle Blicke richteten sich auf den Mann im Rollstuhl und seine jüngere Begleiterin in der engen Ledermontur. „Die warten auf unsere Verhaftung." Nicola lachte laut. Die große Fischplatte, Fischfilet ORLY und Speckkartoffelsalat fiel besonders reichlich aus, mit zwei Senfhosen am Tisch erst recht.

(Polizisten trugen über viele Jahre die farblich so misslungenen Hosen in Kackbeige)

Das war immer so in Hamburg, wenn die Kripo mit der Streifenpolizei essen ging. Besonders auf St. Pauli. Das

Auftauchen von so viel Polizei, Kripo und Schutzpolizei könnte etwas Sensationelles bedeuten.

Man kannte sich untere4inander und wartete auf etwas Sensationelles. Man war schließlich in Hamburg, nahe des Rotlichtviertels, nahe der Reeperbahn.

Happel und Stefanie trafen kurz vor siebzehn Uhr am Eppendorfer Baum in Hansens Wohnung ein. „Lasst uns die Ermittlungen des Tages und die Ereignisse der letzten Tage zusammenfassen. Was wissen wir? Was erahnen wir? Wie gehen wir vor? Wir müssen uns auf den Täter konzentrieren, nicht auf die beiden Toten. Stefanie nimm meinen Laptop. Antworten zu aufkommenden Fragen findest du am schnellsten. Ein Tagesresumé ziehen wir später, vielleicht heute noch, vielleicht erst Morgen oder in den nächsten Tagen." Kaputt, fertig von morgens früh auf den Beinen, saßen die vier, an der Aufklärung des Falles direkt Beteiligten, am Esstisch des Hauptkommissars. Auf Kaffee hatte keiner mehr Appetit. Irgendwann schmeckt das Zeug nicht mehr. So langsam verfielen alle in eine absackende Müdigkeit, langsam kroch Trägheit wie zäher Schneckenschleim die Beine hoch. Nicola Köhner ließ ihre Motorradstiefel auf den Boden poltern. „Gute Idee", Stefanie schüttelte ihre Turnschuhe ab. „Lasst uns anfangen. Erst einmal, ich möchte, dass wir uns duzen, es redet sich leichter. Ich bin Nicola, mit >C<." Sie sah in die Runde, „Gute Idee", alle murmelten schleppend ihr Einverständnis.

Ihre Chinakladde lag aufgeschlagen zwischen ihren aufgestützten Ellenbogen. „Also, lassen Sie, Pardon, lasst mich mal meine Version erzählen. Das, was ich glaube, vom Täter zu wissen, besser, was ich mir vorstellen kann. Denkt daran, ihr müsst euch in den Täter hineinversetzen." Sie machte eine winzig kleine Pause. „Es muss ein Mensch mit medizinischen Kenntnissen sein. Die Schnitte beim Opfer im Museumshafen sind sehr fachgerecht ausgeführt. Das Opfer muss den Täter gekannt haben, denn es gibt keine weiteren Verletzungen oder so etwas wie Kampfspuren. Keine Abwehrverletzungen. Der Täter ist entweder krank, dann empfindet er Befriedigung beim Quälen und Töten, oder er tötet auf Verlangen." Sie machte wieder die winzig kleine Pause. „Oder aus Rache.

Vielleicht hat er seine Opfer geworben, sich mit Ihnen verabredet, sich zu sexuellen Handlungen zusammengefunden. Das wissen wir noch nicht. Es ist große Kraft erforderlich, Tote an den Füßen aufzuhängen, also, entweder hat der Täter einen oder mehrere Helfer oder ist selbst außerordentlich kräftig. Er zeigt seine Opfer öffentlich, was nicht zwangsläufig erforderlich wäre, wenn es ihm nur ums Töten ginge.

Wir sollen auf etwas aufmerksam gemacht werden, etwas soll uns auf Unbekanntes lenken, soll uns zeigen, dass er überlegen ist. Die Verletzungen weisen vielleicht auf homosexuelle Praktiken hin. Ich bin auf die pathologischen Ergebnisse vom heutigen Toten in der Speicherstadt gespannt. Da die Verletzungen der ersten Leiche zu offensichtlich sind, glaube ich nicht an diese homosexuellen Praktiken. Es könnte sein, dass der oder die Täter uns auf perverse Art ablenken wollen. Könnte, ich sage ausdrücklich, könnte sein. Es könnten auch Verletzungen von anderen sexuellen Praktiken herrührend sein. Das Spektrum ist zu breit, allein der Sexsupermarkt auf der Reeperbahn hat vierzehntausend unterschiedliche Artikel zur Unterstützung sexueller Befriedigung am Lager.

 Es hat Fesselungen gegeben, die Hämatome an der Stirn, an Hand- und Fußgelenken bei unserem ersten Toten weisen darauf hin. Der Täter hat offensichtlich einen gynäkologischen Stuhl und nutzt diesen für seine Sexspiele. Die Hämatome, auch über den Bauchmuskeln, seinem Sixpack weisen darauf hin. Ich habe den Eindruck, dass er sitzend angeschnallt war. Daher mein Verdacht auf den Gyno-Stuhl. Auf der Reeperbahn kann man solche Stühle leicht kaufen. Die ich mir da gestern Abend angesehen habe, hatten Lederriemen für Kopf-, Hand-, Bauch- und Fußfesselungen. Müsst ihr recherchieren. Ist nicht mein Bier. Jemanden in einen solchen Stuhl zu zwingen, gegen seinen Willen, ist außerordentlich schwer, nur unter viel blauen Flecken, Schrammen und Verletzungen wäre das möglich. Also, das bereits untersuchte Opfer muss sich freiwillig oder unter Betäubungsmittel in so' n Ding gesetzt haben. Täter und Opfer haben sich gekannt, das behaupte ich. Es hat

Sexspiele gegeben, das könnte das Sperma im Mund beweisen, erneut sage ich bewusste >könnte<. Könnte aber auch später hineingegeben worden sein. Oder man hat ihn gezwungen, sein eigenes Sperma zu schlucken. Gehen wir von letzterem aus, dann hätte der Täter einen Grund dafür. Worin könnte der Grund liegen, was kann dahinterstecken?" Marion betrat das Zimmer mit einem Tablett mit Würstchen, Brot und Butter. Es duftete herrlich. Jeder war froh, etwas Zeit zum Nachdenken zu haben.

Hansen hakte als erster nach und fragte sehr druckvoll: "Können die Verletzungen von erotischen Spielen herrühren oder nicht?"

„Wie ich schon sagte, könnten ja, aber glaub' ich nicht. Wäre zu offensichtlich, zu leicht nachzuvollziehen. So leicht macht es uns der oder die Täter nicht.

Die Pathologie hat keine Creme-, Salben- oder Latexrestspuren gefunden. Der Täter hat Gründe sich dieser, seiner brutalen Praktiken zu bedienen!

Auf mich macht es den Eindruck, als wolle der Täter dem Opfer Schmerzen bewusst, sehr bewusst sogar, zufügen." „Guten Appetit", Happel sah in die Runde er hielt eine heiße Wienerwurst hoch. Das Bild der wackelnden Wurst ließ alle kurz auflachen. Jeder wusste warum.

„Aber, sag mal, das mit dem Stuhl, kann das eine Privatperson machen oder bedarf es zur Bedienung fachlicher Erfahrung?" „Das müsst ihr ermitteln." „Und wie meinst du findet jemand Menschen, die er so „besonders" behandeln kann?" „Denk mal an Anzeigen. Sexspiele im St. Pauli Magazin und anderen einschlägigen Blättern. Guck mal rein in die Dinger, du wirst dich wundern, was und wer alles Partner wofür sucht.

Ich denke, dass der Täter sich auf diese Weise Opfer gesucht hat.

Dann denk mal an die Darkrooms, an Treffpunkte in Parks, Schwulenlokale und Sexmessen. Männer aller Schattierungen haben viele Möglichkeiten, Gleichgesinnte mit besonderen sexuellen Neigungen kennen zu lernen. Meine Vorstellung vom Täter konzentriert sich vorerst auf dessen Neigung, auf dessen Motive, auf dessen Auftriebskraft.

Schlüpft man in die Haut eines Menschen, der zeigen will, dass er das, was ihm selbst geschehen ist, so an anderen perfektioniert praktiziert, dass er das öffentlich zur Schau stellen kann. Der glaubt, er sei berufen oder er will öffentlich seine Rache zeigen. Oder er will warnen, will Zeichen setzen. Will unter Umständen sogar eine Schutzfunktion ausüben.

Möglicherweise will er sagen, >seht her, so ergeht es jemandem, der das und das getan hat. Der dies oder jenes verschuldet hat<. Solche Täter gibt es auch. Einiges spricht in unseren Fällen auch für diese Variante. Er meint er sei besser, besser als alle, die ihn jagen werden, bleibt aber unerkannt und zeigt sich doch

... in seiner Tat. Vielleicht als Rächer, vielleicht als armes Opfer, das nicht anders handeln kann. Seiner Meinung nach." Nicola atmete tief durch, sie fing an zu schwitzen, sie wusste, dass sie eine Pause machen musste. Sie wollten den Kollegen Zeit geben, das Gesagte zu verarbeiten. Aber jetzt aufhören konnte sie nicht. Ihre Gedanken zu diesen Morden wollten raus. Ihr Kopf würde dicht machen, sie hatte Bedenken, sich selbst zu blockieren. „Vielleicht ist er Psychopath, der sich ungeheuer überschätzt, vielleicht hat er Hass auf eine Gruppe von Männern, die wir noch nicht kennen. Vielleicht, vielleicht..., alles schwimmt noch. Eines weiß ich, es wird heute nicht das letzte Opfer gewesen sein. Wenn wir es nicht schaffen, schnell zu handeln, wird uns der Täter weitere Beweise seiner Perfektion präsentieren. Was wir konkret tun müssen, einschlägige Lokale besuchen." Hauptkommissar Hansen unterbrach sie: "Lass man gut sein, das besprechen wir morgen früh in der Einsatzbesprechung. OK?" „OK, ist sowieso eure Aufgabe." „Eines lasst mich noch anfügen. Der Täter kann auch eine Frau sein. Ihr sollt in die Figur hineinschlüpfen, lasst mich wissen, was ihr fühlt, was ihr empfindet." Die schweigende Stille tat gut. Keiner dachte an das Essen, die Würstchen waren nun nicht mehr witzig und taugten zu keinem Vergleich mehr, und sie waren bestimmt kalt und schrumpelig geworden. Sie passten irgendwie doch noch zu den Gedanken. Nicola fand, dass ihre Darstellung den gewünschten Effekt hatte, sie war zufrieden, sie wusste, wie es in den Köpfen ihrer Kollegen arbeitete. Stefanie fragte als erste nach. „Wie ist, deiner Meinung nach, der Täter darauf gekommen, so zu handeln? Kann das mit Kindheitserinnerungen zusammenhängen oder halten solche Erinnerungen nicht so lange an?!" „Doch, das kann alles sein. Stell dir mal vor, was missbrauchte Kinder ihr Leben lang empfinden! Aber, ich bin der Meinung, dass dieser Täter aus anderen Motiven seine Opfer sucht, quält und tötet. Er geht sehr subtil vor und will Zeichen setzen, will zeigen, dass er sich Methoden bedienen kann, die so ungewöhnlich sind, dass niemand darauf kommt, wer so etwas tut. Nur er, er allein. Und dass macht er öffentlich, präsentiert uns seine Opfer." Hansen und Happel sahen sich an. „Bleibt für uns viel zu tun, warten wir's ab." „Witzig, du kannst so toll witzig sein", Stefanie fauchte ihren Vizechef mit bösem Blick an. „Eine detaillierte Profilbeschreibung beginnen wir, wenn wir den Bericht von der Rechtsmedizin in Sachen Speicherstadt haben. Die enthält dann alles, was mir dazu einfällt, so wie wir es soeben besprochen haben. Du kannst dann alles in die EDV eingeben", meinte sie zu Steffi gewandt. Die stand am Fenster, sah auf den Eppendorfer Baum und dachte an ihren Frauenarzt im gegenüberliegenden Haus. „Der hat so einen Stuhl, da müssen wir ansetzen und ermitteln. Und bei den Schwulen und Lesben. In Hamburg gibt es alles, was es eigentlich nicht gibt. Sex für Geld. In jeder Form und jeder Art." Sie mochte ihren

Job bei der Polizei, doch manchmal wurde er einfach zu viel. Besonders, wenn man selbst nicht so gut drauf ist. Langsam drehte sie sich wieder zu ihren Kollegen um. Ihr Unterleib schmerzte, in den nächsten Tagen musste ihre Regel kommen. Und... manchmal empfand sie einfach nur Übelkeit bei ihrem Job. So wie jetzt, als sie wieder zu den erleuchteten Fenstern im Haus gegenüber blickte.

„Ich will los, morgen kommt einiges auf uns zu. Ich gebe noch einige Dinge in die EDV ein. Gunnar, du kannst dann alles nachlesen, wenn du ins Büro kommst. Oder kommst du nicht?" „Doch ich bin früh da. Marion bringt mich. Ich muss mittags zum Arzt. Vielen Dank für heute. Und denkt alle daran, wir müssen den Täter fassen. Der lebt mitten unter uns. Daher mein dringender Hinweis auf eure eigene Sicherheit. Passt auf, Auf euch selbst. Wenn von unseren Ermittlungen etwas durchsickert sind wir alle in Gefahr. Noch eine Frage", er sah Nicola an: „Sag mal, glaubst du, dass uns der Täter beobachtet? Dass er irgendetwas mit uns, im weitesten Sinne, zu tun hat?" „Wie meinst du mit jedem von uns, mit uns persönlich? Nee glaube ich nicht.

 Das ist jemand, der profunde Medizinkenntnisse hat. Was jetzt seine Wut, seinen Hass, seine Lust am Töten ausgelöst hat, weiß ich noch nicht. Aber das Haus, in dem wir arbeiten ist groß, hat viele Ohren in den Wänden. „Kann es sein, dass aus unserem internen Medizinischen Umfeld, ach, vergiss es. Ich bin schon zu tief drinnen. Lasst uns Schluss machen. Happel, du sagst gar nichts, was ist los? Schläfst du schon?"

„Nee, lass man, ich denke die ganze Zeit, ob es solche Verbrechen schon mal gegeben hat. Ich will das recherchieren. Morgen telefoniere und e-maile ich herum. Vielleicht noch heute Nacht. Kann ich unsere Kennung der Mordkommission nehmen?" „Klar, aber druck' uns Kopien der gesendeten und empfangenen E-Mails aus. Stefanie übernimmt sie morgen früh in unsere EDV und zu den Akten. Als erstes, klar?" „Klar, kein Problem." Nicola verabschiedete sich von Marion, bedankte sich für die Würstchen, die niemand gegessen hatte und warf sich ihre Lederjacke über. Gunnar sah sie einen Wimpernschlag zu lange an. „Nimm' ein Taxi. Stehen links vor der Tür. Um diese Zeit sind immer welche da. Gib mir Morgen die Quittung." "Danke, bis Morgen." Marion gähnte. Sie brachte die Kollegen ihres Freundes zur Wohnungstür. Die Augen fielen ihr fast zu. Stefanie wartete vor der Haustür, noch im Treppenhaus, auf Happel und Nicola. Als das Hausflurlicht plötzlich erlosch, zuckte sie zusammen. Von draußen flimmerten zerrissene, rote Rücklichter durch die matte Eisblumenscheibe. Das plötzlich hell wieder erstrahlende Treppenhauslicht riss sie aus ihren Gedanken. „Na, schläfst du schon?"

Bevor sie antworten konnte, verabschiedete sich Nicola. „Wir sehen uns Morgen, ich nehm' ein Taxi." Und schon war sie draußen. Die Haustür schwang langsam zurück. Gerd Happel drehte Stefanie am Arm zu sich herum. Sie sah ihn überrascht und leicht verwirrt an. „Heute nicht, ich will nach Hause. In den nächsten Tagen gehe ich mit dir essen. Versprochen, ehrlich." Eigentlich war er ganz froh über diese Antwort. Er war selbst richtig fertig. „Mach's gut für heute. Wir sehen uns Morgen, fahr vorsichtig." Er öffnete die schwere Haustür. Woher wusste sie, was er wollte?! Hamburger Mädchen sind toll, fand er. Ein Taxi fädelte sich in den laufenden Verkehr ein. „Danke, nicht böse sein." Ihr zarter Kuss auf die Wange gefiel dem Oberkommissar sehr. „Bis Morgen, soll ich dich abholen?"

„Ja, das wäre nett. Komm um halb acht. Kriegst eine Kaffee, eine Wiener Melange." „Mach' ich, schlaf gut." Happel hatte seinen Wagen in der Isestraße stehen, ein paar Schritte um die nächste Hausecke. Stefanie verschwand links zwischen den wenigen Passanten. Irgendwie war ihr eiskalt. Innerlich.

Die kurze Fahrt in dem viel zu warmen Taxi nervte Nicola ungemein. Sie konnte noch nicht loslassen. Tausend Dinge gingen ihr durch den Kopf. Sie drohte zu ersticken, drohte sich in ihren eigenen Gedanken zu verlieren. Der Taxifahrer, berührte sie, über die Lehne gebeugt, vorsichtig am Arm. Sie erschrak fürchterlich, wusste nicht wo sie war. Der Mann lachte sie an. Er hatte das Licht eingeschaltet. „Hierher wollten Sie gefahren werden, haben Sie geschlafen?" Sie war erleichtert, als sie das Mehrfamilienhaus, in dem sie wohnte, erkannte. In ihrer Wohnung werde sie ruhiger.

Der innere Drachen werde sie loslassen. Dort oben konnte er ihr nichts mehr anhaben. Das wusste sie sehr genau.

 Die kalte Abendluft tat ihr gut. Sehr langsam ging sie zur Haustür. Im fahlen Licht des Treppenhauses, lief sie die Stufen bis zu ihrer Wohnungstür hoch. Als erstes musste immer alles Licht eingeschaltet werden. Immer. Nach einem solchen Tag erdrückte die eigene, dunkle Wohnung sie förmlich. Und hier, am Weiher in Eimsbüttel, taten die großen Bäume vorm Haus ihr übriges. Ihre Schatten auf den hellen Wänden bewegten sich. Wie filigrane, chinesische Malereien auf Seide, hatte ihr Freund Max einmal gemeint, als sie auf dem Sofa kuschelten und er gerade von einer Einkaufstour aus China zurückkam. Grün blinkte ihr Anrufbeantworter. Jetzt nicht, dachte Nicola und ging erst einmal ins Bad. Jetzt in die Wanne, jetzt lange warmes Wasser spüren. Der heiße Dampf des einlaufenden Wassers strömte an ihr hoch, sie sog die warmen, feuchten Nebelschwaden genüsslich ein. Die schwarze, lederne Motorradhose blieb mitten auf dem runden, blau-rosa gemustertem China-Teppich liegen. Genau vor dem eingeknüpften Drachenkopf. Sie grinste, ging rechts in die strahlend weiße Küche. Den Kaffeeautomaten hatte sie morgens nicht abgestellt. Als das Mahlwerk ratterte, spürte sie bereits den wunderbaren Kaffeegeschmack auf der Zunge. Ihren Pullover, das T-Shirt feuerte sie in die Nähe der Waschmaschine, die sie mit ihrem großen Auge unter der Arbeitsplatte heraus anblickte. Die hell erleuchtete Wohnung ließ sie sich sicher fühlen. Sie hatte darauf bestanden, dass an allen Decken, die Wände entlang, Stahlseile für Halogenlampen gezogen wurden.

Die strahlend weißen Wände reflektierten das Licht perfekt. Das war ihr Stil, weiße Wände, helle Bücherregale. Die Matratze, des extra großen Rattansofas von Lambert, hatte Sie in fast weißem Plüsch beziehen lassen. Das war genau richtig, zum Kuscheln, zum Lieben oder nur zum Faulenzen. Dieses riesige Designersofa liebte sie ganz besonders. Genauso wie die vielen Kissen darauf. Überhaupt mochte sie Rattan. Das feine Geflecht hatte so was Verwobenes an sich, so wie mein Job, dachte sie so oft, wenn sie sich auf diesem Bettsofa wälzte. Verschlungen, umgeleitet, verknotet, geflochten, letztendlich zu einem wunderschönen Kunstwerk verarbeitet. Genauso empfand sie ihre Arbeit auch. Verflochtene Knoten lösen. Sie wollte eine gute, die beste Profilerin werden. Als sie letztes Jahr in Berlin auf dem Flohmarkt bei den Hackschen Höfen war, hatte sie zwei Sessel von Lloyd Loom entdeckt. Sie dachte, das seien Rattansessel, in Pastellfarben lackiert. Der nette Verkäufer hatte ihr erklärt, dass das Gewebe aus papierummanteltem Draht bestünde. Das begeisterte sie so, dass sie sich die Sessel kaufte. An dem Bücherstand in der einen Ecke, auf dem gleichen Flohmarkt, fand sie noch ein Buch zu dieser Art der Möbelherstellung. <Lloyd Loom Technik und Geschichte>. Noch im Hotel hatte sie darin gelesen.

Am bodentiefen Spiegel in ihrem Bad liefen Wassertropfen wie Edelsteine herunter. Das klare Halogenlicht machte sie zu glitzernden Regenbogen-Brillianten. Sie betrachtete sich selbst. Ihren Körper mochte sie, ihre langen Beine, ihre kleine Brust, die muskulösen Arme. Ihr Schamhaar musste sie wieder rasieren, sie mochte nicht, wenn die Haare unter der Bikinilinie hervorschauten. Natürlich drehte sie sich zur Seite. Ihr strammer Po zeichnete sich apfelgleich im Dunst des heißen Wassers ab.

Das Training in der Polizeischule Dienstag und Donnerstag tat ihr gut. Sie lächelte sich selbst zu. Ihre Zunge fuhr über die Zähne und mit beiden Händen wühlte sie ihre Haare nach oben. Das kleine Gummiband stülpten zwei Finger über das Haarbüschel. Das heiße Wasser ließ sie erschauern, mit geschlossenen Augen blieb sie einige Minuten bewegungslos liegen, lang ausgestreckt, räkelnd und sich streckend, im Wasser sich drehend den Tag vergessen. Doch, das ging heute nicht. Frau Dr. Nicola Köhner richtete sich auf.

Was ist, dachte sie, was wäre, wenn jemand Dreck aus seiner Vergangenheit abspülen musste. Wie in einem leckeren Wannenbad. Das die Person ahnungslos werden ließ. So ahnungslos, dass sie den bevorstehenden Tod nicht erahnen konnte. Wannenbad und anschließend auf einen Gynäkologenstuhl, um sich quälen zu lassen. Nicola die Profilerin, sie musste über sich selbst lächeln. Ihre Phantasie ging mit ihr durch. Vielleicht auch nicht.

Wie von einem elektrischen Schlag getroffen, sprang sie aus dem heißen Wasser, plötzlich war alle Lust auf ein Bad verflogen. Sie musste telefonieren. In Los Angeles, besser gesagt in Santa Monica, war es jetzt Mittag. Sie blickte auf die schwarzweiße Bahnhofsuhr über der Küchentür.

Ja, richtig, neun Stunden Zeitunterschied. Vanessa, ihre Freundin aus dem Institut in Kalifornien saß um diese Zeit immer an ihrem Schreibtisch und blickte über Venice-Beach hinaus auf den Pazifik. Die Telefonnummer hatte Nicola gespeichert, sie sprachen, einmal die Woche bestimmt, miteinander. Seit der Ausbildung kannten sie sich.

Vanessa arbeitete damals in Hamburg für einige Wochen als Teil Ihrer Ausbildung. In der Pathologie hatten sie sich eines Tages getroffen. Das war ihr Typ Frau. Geradeheraus, klardenkend und gut in der Analyse. Heute arbeitete Vanessa als eine anerkannte forensische Anthropologin in Los Angeles. Der Ausblick aus ihrer Wohnung in Santa Monica begeisterte Nicola jeden Tag erneut, wenn sie bei ihrer Freundin zu Besuch war. Und sie war oft da, mindestens zwei Mal im Jahr besuchten sich die Frauen. Als Vanessa damals bei ihr einzog, kamen ihr Zweifel, leichte Bedenken. Aber mehr als Kuscheln und mädchenhaftes Schmusen war nie gewesen. Beide mochten Männer sehr, doch die andere kleine Erfahrung war auch nicht schlecht. Als Vanessa ihren Freund Oliver bei sich aufnahm, wollte Nicola nicht mehr durch ihre Besuche stören. Doch am Telefon überzeugten ihre Freundin und Oliver sie, auf jeden Fall nach USA zu fliegen, um sie zu besuchen. Der Urlaub war super geworden. Die Beiden passten zusammen. Nicola fühlte sich nie als Störenfried.

Sie zog ihren weichen Bademantel fest um sich. Sich leicht schüttelnd, das Frösteln sollte verschwinden, wählte sie die Telefonnummer ihrer Freundin in Kalifornien. Am anderen Ende läutete es amerikanisch. Einmal, zweimal. Niemand ging an den Apparat. Sie ließ es weiter läuten. „Keep it, a second please", plötzlich war die Stimme wieder fort.

Als sie Vanessas typisches Geplapper: „Hello Honey. How are you today?", vernahm, wusste sie, dass ihre Freundin gut gelaunt in ihrem Apartment den Tag begann. „I had to run from the shower. I could not find a towel. Wie geht es dir? Erzähl', what is on?"

Als ihre Hamburger Freundin ihr mitteilte, dass sie ebenfalls soeben aus dem Bad gekommen war und im Bademantel auf dem Sofa im Schneidersitz saß, mussten beide herzlich lachen. Mädchen eben.

Nachdem das unendliche Thema Männer abgehandelt war, kam Nicola zur Sache. Sie schilderte den Fall vom Museumshafen, gab einen kurzen Bericht von der Speicherstadt. Sie informierte ihre Freundin über die

Einzelheiten aus dem Bericht der Pathologie. „You talk to much.", scherzte die Amerikanerin: „Don't give me all details. Send me an e-mail if you can."

"Gute Idee, mach' ich noch heute Nacht. Wenn du das gelesen hast, ruf mich an, egal wie spät es ist. Promised?" „Promised."

Vanessa lachte ihr aus Kalifornien zu. „Und was ist dein erster Eindruck?" „Das ist niemand aus der Kriminal-Szene. Das ist jemand aus der medizinischen Abteilung. I call you. Mach' s gut, Baby. Bleib' stark, keep your nose up. Du weißt, dass du gut bist. Ich ruf dich wirklich an. Und, schlafe besser allein, tonight is not your night to make love."

Sie hatte aufgelegt. Da war etwas, das sie an ihrer Freundin sehr mochte. Sie ist so direkt und frei heraus. Angenehm, dachte sie nach jedem Telefonat und kuschelte sich in ihren Bademantel.

Um sechs Uhr in der Frühe schreckte sie hoch. Das Telefon schrillte fürchterlich. Sie wusste im ersten Moment nicht, wo sie war.

Ihr Nacken schmerzte, war steif geworden, ihre Beine kribbelten vor Kälte. Wieder nervte das Telefon, sie konnte den drahtlosen Hörer nicht sofort finden. Als sie die grüne Taste endlich drückte, tönte die Freundin aus USA ihr freudig entgegen: „Hallo Kleines, hast du fest geschlafen? Ich hoffe das für dich. Wenigstens wecken wollte ich dich."

„Hast du geschafft, what is on?", irgendwie war Nicola auf sich selbst wütend. „Hey, Honey, deine CD ist gut. Der Täter ist nicht zu analysieren. We need more, was hast du sonst noch? Auf jeden Fall gibt es mehr Tote, glaub mir! Wir hatten so was Ähnliches einige years ago, der hat den Männern den Schwanz abgeschnitten. War aber kein Gay, war nicht schwul. Ganz netter Mann, ist plötzlich ausgerastet. Der mochte seinen eigenen Dick überhaupt nicht. Hing mit seiner Kindheit und seiner Mutter zusammen. Ich maile dir Einzelheiten. Dein Typ ist anders, viel subtiler. Warte mal ab, heute wird das Ergebnis der Untersuchungen dich überraschen. Wirst du sehen. Deiner rächt etwas aus der Vergangenheit. Das denkt sich niemand aus, der sich nicht wirklich auskennt.

Ich meine im medizinischen Bereich. Und der macht das, weil er einen Grund zu haben glaubt oder gezwungen wird. Irgendwas in seinem Kopf ist nicht OK, der steht unter Zwang. Vergiss bitte nicht, es könnte eine hasserfüllte Frau gewesen sein. Wir haben in Kalifornien und New Mexico vor Jahren vergewaltigte Frauen als Rächerinnen Männern gegenüber ermitteln können. Alle haben Männer getötet, wahllos. I love you Honey. Have a nice day."

In der Leitung klickte es, Nicola ließ sich zurück in die Kissen fallen. Jetzt war sie richtig fertig, müde, unausgeschlafen, wütend auf sich selbst. Lust aufzustehen hatte sich nicht für fünf Cent. Was hatte Vanessa gemeint, viel subtiler als ein Mord in der Szene der Schwulen. Da rächt jemand was, genau das konnte es sein. Jemand rächt Morde oder Vergewaltigungen aus der Vergangenheit, gezwungenermaßen. Frau Dr. Köhner saß plötzlich an ihrem Computer. Hellwach.

Ihre eigenen, neuen Erkenntnisse und Gedanken speicherte sie ebenso ab, wie die Andeutungen ihrer Freundin Vanessa. Dem gehe ich nach. Neue Gedanken, neue Ideen formulierte sie direkt in den PC.

Von der medizinischen Seite her, nicht von der kriminologischen.

Hansen soll das ermitteln, ich mach' etwas anderes, aber auf meine Weise. Weibliche Intuition. Sie lächelte unbewusst. Als sie unter der Morgendusche stand, fühlte sie langsam wie sich ihre Lebensgeister wieder regten. Kälte und Steifheit, von der Nacht auf ihrem Sofa, wichen aus ihrem Körper.

Badewasser vom Abend war inzwischen kalt geworden. An ihr Bad konnte sie sich nicht mehr erinnern. Hellwach und fit reckte und streckte sie sich. Ihr Geist und Körper arbeiteten präzise. Wenn sie einem Fall akribisch nachging, konnte sie ihre Müdigkeit ausschalten und ununterbrochen arbeiten, denken, Rückschlüsse ziehen, kombinieren und analysieren. Dann war sie zeitlos. Sie bemerkte dann ihre Umwelt nicht wirklich. Ihr Kopf steuerte sie in solchen Situationen unglaublich intensiv. Pragmatisch auf den Fall ausgerichtet. Für Gefühle gab es keinen Platz in ihrer Psyche, alles zu beherrschen, auch und gerade ihre Lust, Sehnsucht und Verlangen überkam die junge Frau dann zwanghaft. Heute Abend muss Max hierbleiben. Ich brauch' mal wieder einen Mann. Sie lächelte, arbeitet besessen weiter. Auch das passte zu ihrem starken Willen. Nach einer heißen Tasse Kaffee mit Milch und Zucker saß sie eine halbe Stunde später in ausgewaschenen Jeans und extra großem hellblauen Sweatshirt wieder an ihrem Computer. Der Täter musste über gute medizinische Kenntnisse verfügen. Instrumente und offenbar einen Behandlungsstuhl waren benutzt worden. Der Täter kopiert oder rächt etwas, hatte Vanessa gemeint. Das könnte stimmen, auf so etwas, auf solche Art der Folter kommt niemand, es sei denn er oder sie hat sehr lange darüber nachgedacht, geplant und organisiert. Das Telefon schreckte sie aus ihren Überlegungen. „Komm' sofort mit zur Pathologie. In zehn Minuten treffen wir uns da. Ich warte vor dem Haupteingang."

Hauptkommissar Hansen hatte schon wieder aufgelegt. Ohne Ihre Antwort abzuwarten. Es war sechs Uhr fünfundfünfzig. Mit dem Hörer in der Hand rannte sie zu Ihren Motorradstiefeln, rief hastig ein Taxi, gab ungeduldig der Dame am anderen Ende ihre Adresse: „Ja sofort, es ist eilig." Sie warf das schnurlose Telefon auf ihr großes Sofa. Als die Wohnungstür bereits zugeschlagen war, fiel ihr ein, dass sie ihr Portmonee auf der Mahagoni-Anrichte vergessen hatte. „Scheiße" entfuhr es ihr, der Motorradschlüssel lag da auch. Ihren

Wohnungsschlüssel trug sie sicherheitshalber an einer dünnen Kette an einer Gürtelschlaufe ihrer Lederhose.

An ihrem Bike hatte sie Gott-sei-Dank einen Ersatzschlüssel so versteckt, dass nur sie ihn finden konnte. „Mensch Nicola," murmelte sie als das Taxi vorfuhr. Durch die Eisblumenscheiben sah sie das Taxischild verschwommen leuchten.

Als sie so früh am Morgen dem Taxifahrer als Fahrziel die Pathologie in der Hamburger Rechtsmedizin nannte, drehte sich der Mann fragend um, sagte aber nichts.

„Bitte zum UKE, Haus 81, wissen Sie, in Eppendorf. Sie können von hinten heranfahren. Direkt Buchenstraße Ecke Butenfeld." Der Taxifahrer nickt. Sein musternder Blick im Rückspiegel irritierte sie nur leicht. In weniger als zehn Minuten stieg Dr. Nicola Köhner aus dem Taxi. Schräg gegenüber der Einfahrt wartete Hauptkommissar Hansen bereits in seinem Rollstuhl. Ihr Polizist winkte bereits. Er stand unterhalb der großen Treppe zum Haupteingang. In seinem Rollstuhl, mit dem vorgestreckten Bein sah Hansen heute besonders hilflos, sehr zerbrechlich aus.

Hastig berichtete er, dass Dr. von Schimmelmann ihn angerufen habe. Der Rechtsmediziner habe heute früh, um fünf Uhr, mit der Untersuchung begonnen. Nicola schob den Kommissar zum Fahrstuhl.

„Wir müssen zum Untersuchungsraum vier. Er arbeitet dort."

„Wie bist du denn hierhergekommen?" „Marion, das erkläre ich dir später." Der Fahrstuhl rüttelte nach unten. So früh am Morgen merkten beide, das leichte Kribbeln im leeren Bauch, als der Liftboden unter ihren Füßen in die Tiefe sackte. Im Untergeschoss wartete bereits ein Helfer in grüner Anstaltskleidung. „Hier ziehen Sie sich das über," er hielt Nicola einen der grünen Kittel und Handschuhe hin. „Für Sie habe ich ein großes Laken, decken Sie sich das man über", wandte sich der Mann an den Hauptkommissar im Rollstuhl. Er ging vor, es roch wie immer, nach Lysol, Sagrotan und Pisse, dachte Nicola, ekelig. „Ihr Mitarbeiter ist schon da, wartet beim Chef, in Raum vier." Die beiden sahen sich an.

„Wer wartet?" Hansen blickte zu dem Helfer hoch. „Appel oder so ähnlich. Der kam kurz vor Ihnen." „Das ist Happel", brummelte Nicola. „Wer hat den informiert?"

Auf dem silbrig glänzendem Nirosta-Tisch lag ein Mann, nackt. Happel und der Mediziner standen am Fußende. „Kommen Sie rein, guten Morgen. Tut mir leid Sie so früh gerufen zu haben. Ich dachte sie sollten das sehen, bevor wir mit der eigentlichen Obduktion beginnen." „Hallo", Happel hob verwirrt die Hand.

„Morgen, Morgen", stammelte er. Der nackte Mann sah irgendwie hilflos aus, allein, blutleer. Auffällig war nur die ungewöhnliche dunkle, glasige Hautfarbe.

„Hier sehen sie, ganz ungewöhnlich. Ich will sie dabeihaben, wenn ich die ersten Schnitte ansetze. Dr. Basedow holte noch schnell das Diktiergerät und hakte es an der, von der Decke hängenden, dünnen Kette ein. So habe ich die Hände frei." „Hier sehen Sie", er zeigte mit seinem latexbezogenen Finger auf die Geschlechtsteile des Toten. Nicola fiel auf, dass der Penis wie abgeknickt immer noch stand, er war beschnitten. Die Vorhaut fehlte völlig. Leichte Blutspuren zeichneten sich als dunkle Flecken an der gesamten Länge ab. „Der Mann hat etwas in seinem Penis", Dr. Basedow war lautlos hinter sie getreten. „Ich beginne jetzt mit dem Öffnen des Toten", begann der Chefmediziner. „Der Penis zeigt eine ungewöhnliche Verformung. Hat an beiden Seiten Blutspuren, die auf Verletzungen, innere Verletzungen, hinweisen. Aus der Eichel tritt ebenfalls Körperflüssigkeit tröpfchenweise aus. Der erste Schnitt öffnet den linken Schwellkörper." Langsam arbeitete sich der Arzt vor. „Nur geringfügiger Austritt von Körpersekreten, keine Blutungen", hörten die Beteiligten ihn diktieren. „Pinzette bitte", er hielt seine rechte Hand in Richtung Dr. Basedow, ließ aber seinen Blick nicht von seinem Sezierfeld. Ganz vorsichtig zog er einen langen Splitter, nein ein Stück einer blutig tropfenden Glasröhre aus dem Penis des Ermordeten. „Das hatte ich nicht vermutet." Dr. von Schimmelmann balancierte das Röhrchen vorsichtig in eine weiße Nierenschale, die sein Assistent ihm hinhielt. „Ich fühle weitere

Fremdkörper in der Harnröhre und fahre fort diese und den Penis zu öffnen." Stück für Stück zog er kurze Glasröhrchen, gezackte Splitter und kleine scharfe Glasteile aus dem Geschlechtsteil des Verstorbenen. Hansen sah seine Kollegen an, alle standen erstarrt um den Tisch herum, in ihrer Vorstellung den grausamen Tod dieses Mannes quasi nachfühlend. Das sagten ihre Gesichter aus. Wer tut so etwas? „Schwere innere Verletzung an Harnleiter, Prostata und beiden Schwellkörpern. Wahrscheinlich durch eine, bis an die Blase eingeführte und später zerbrochenen Glasröhre, hervorgerufen. Vermutlich ist der Mann langsam verblutet. Brille." Dr. Basedow nahm seinem Chef sofort die Schutzbrille von der Nase. Seine Handschuhe zog ihm der Helfer von den vorgestreckten Händen. Dr. Werner von Schimmelmann wandte sich an seinen Assistenten: „Machen Sie bitte weiter, ich gehe mit den Herrschaften in das kleine Büro, bin in zehn Minuten wieder da." „Schröder, sie bleiben hier und fotografieren jeden einzelnen der weiteren Schritte. Haben Sie die Kamera parat?" „Ja Chef, hab' ich. Mach' ich, alles fotografieren", wiederholte der Mann lakonisch.

Froh, sich der Kittel und Tücher, der Handschuhe und Überschuhe entledigen zu können, betrat die kleine Gruppe das Büro hinter den Sezierräumen. Nicola schob den Hauptkommissar vor die seitlich angebrachten flachen Heizkörper. Sie hatte bemerkt, dass es ihn innerlich fror.

„Also Herrschaften, dem Mann hat man eine Glasröhre eingeschoben. So tief es ging. Das Phänomen ist bekannt. Sie glauben nicht, was wir schon alles aus Männern und Blasen herausgeholt haben. Die Kollegen aus der Urologie haben eine große Sammlung angelegt, müssen sie sich einmal ansehen. Doch die Art, wie diese Röhre bei dem Toten zerbrochen wurde, lässt auf ein außergewöhnliches Verbrechen schließen. So etwas habe ich noch nicht gesehen. Sie müssen die Sache schnellstens aufklären, ich verspreche ihnen noch heute einen vollständigen Bericht zu machen. Das sieht nach Serie aus. Von hier aus gelangt nichts an die Presse, das habe ich ihrem Chef zugesagt. Für meine Leute lege ich die Hand ins Feuer. Übrigens die weiteren Verletzungen sind mit dem Toten aus dem Museumshafen fast identisch. Bemerkenswerte rektale Verletzungen. Und", er machte eine kurze, bedeutungsvolle Pause. „Er hat Verletzungen im Mund. Man hat ihm die Zunge gepierct." Der Pathologe stand bereits an der Tür, drehte sich aber nochmals um. „Ich denke, der Mann ist höchstwahrscheinlich Inder. Aber darauf gehe ich in meinem Bericht noch näher ein. Sie haben ja gesehen, er ist beschnitten. Eine kleine

Tätowierung über dem linken Knöchel weist ihn möglicherweise als ein Mitglied eines bestimmten Stammes in Indien aus. Aber wie gesagt, darauf komme ich in meinem Bericht zurück. Guten Tag, meine Dame und meine Herren." Er nickte in die Runde. Schon war er wieder draußen.

Oberkommissar Gerd Happel ließ hörbar Luft ab. „Ja, mein Gott, wer tut so etwas?" Schieb' mich schnell hier raus, los raus hier, sonst muss ich kotzen." Nicola hielt die Tür auf, Happel rannte, den Rollstuhl seines Kollegen schiebend, förmlich an ihr vorbei. Sie konnte kaum mithalten, erst am Fahrstuhl stand sie wieder neben den beiden. Schweigend fuhren Sie nach oben. Die kalte frische Luft roch fast wie Champagner, so prickelnd frisch. Alle Drei sogen kalten Hamburger Winterwind in ihre Lungen.

Wie köstlich konnte Winterwetter sein. „Und jetzt?" Gunnar Hansen fing sich als erster, denn er sah zwei Polizisten auf sich zukommen. „Guten Morgen Kommissar, wir sollen Sie und ihre Mitarbeiter abholen. Ihre Sekretärin Stefanie Gentz hat uns beauftragt." Scheiße, dachte Happel, ich war mit ihr zum Frühstück verabredet. „Siehst du Gerd, Steffi ist die Beste. Was ich dir immer sage." „Können Sie mich bitte zum Eppendorfer Baum mitnehmen? Mein Motorrad steht da noch immer!" Nicola sah Hansen fragend an. „Klar, komm mit. Wir fahren da vorbei. Unterwegs holen wir uns was zum Frühstück." "Nee, laß man. Ich kann jetzt nichts essen. Ich komme später ins Präsidium. So um zwei?" Gedanken an die Glasröhre in Penis und Blase des Toten rasten in unglaublicher Geschwindigkeit durch ihren Kopf. „Ja ist gut, dann bin ich vom Arzt zurück. Fahr bitte vorsichtig mit der Harley. Versprich das!" Hansen machte sich Gedanken, hatte Sorgen, das sie ihren Frust durch Raserei abreagieren würde. Bis zum Eppendorfer Baum sagte niemand etwas. Frau Köhner fuhr auf der schweren Maschine sehr langsam zu ihrer Wohnung. Die Glasröhre wollte nicht aus ihrem Kopf verschwinden. Sie wusste, dass das verdammte Ding sehr lange darin festsitzen würde. Nur die Motorradstiefel und die schwere Lederjacke schüttelte sie ab.

Lang ausgestreckt lag sie auf ihrem wolligen Teppichboden. Sie musste sich strecken und recken. Im Lotussitz konzentrierte sie sich etwas später schließlich auf ihr Innerstes. Fast eine halbe Stunde. Yoga eben.

Meditation. Schließlich flogen ihre Gedanken über Täler und Wiesen, weiße Wolken gaben ihr Halt. Ganz langsam fand sie wieder zu sich zurück. Wie immer flimmerte der Computer in ihrem Arbeitszimmer. Mit einem Becher Kaffee machte sich die Profilerin an die Zusammenfassung der morgendlichen Ereignisse. Sie schrieb an Vanessa die visuellen Eindrücke, die Kommentare des Mediziners; sie schrieb über den Fundort und über ihre eigenen Eindrücke in der Speicherstadt. Die Bilder von dort fügte sie sortiert und beschriftet als Anlage bei. Die Ergebnisse der Spurensicherung kannte sie noch nicht, aber ihre eigenen Eindrücke der zweiten Fundstelle dieser Mordserie gaben der amerikanischen Freundin gewisse Hinweise. Der an den Füßen hängende Tote berührte nicht das Wasser, das Arbeitsboot war so vertäut, dass der Tote nicht zwischen Bordwand und Kaimauer zerquetscht werden konnte. Das musste bedeuten, dass der oder die Täter sich diesen Präsentationsort bewusst ausgewählt hatte. Sie formulierte ihre Meinung immer mehr in eine Richtung gehend. Der oder die Täter handeln nach einem Vorbild, suchten nach öffentlichen Plätzen, die mit dem Hamburger Hafen oder der Umgebung zu tun hatten. Die Toten sollten dort gefunden werden.

Öffentlich. Die Idee ihrer Freundin von gestern Abend: „Jemand rächt sich!", hatte sie sich gemerkt. Das war gut, das konnte der Schlüssel zur Aufklärung dieser Fälle sein. In ihrer Schlussbemerkung bat sie Vanessa, nach gleichartigen Fällen in den Dokumentationen des FBI und den ihr verfügbaren Archiven in Los Angeles, zu fahnden. Sie vermerkte noch schnell, dass sie ein offizielles Hilfegesuch von Hauptkommissar Gunnar Hansen an Antonio Altamar veranlassen werde, an den guten Toni per Fax gesandt, wie sie schrieb. Als Vanessas Chef hatte Toni alle offiziellen Aktivitäten zu genehmigen. „Hoffentlich hat sie interessante Neuigkeiten. " Murmelte sie ihrer EDV zu.

Sie tippte unmittelbar los, an Hansen. Kurz den Hintergrund und ihre Beweggründe schildernd, warum sie USA konsultiert hatte. Sie bat ihn Toni Altamar beim FBI in Santa Monica, ein Memo zu senden.

Sie wollte eine offizielle Zusammenarbeit erreichen. Vorsichtshalber fügte sie dessen verschlüsselte Fax-Anschrift aus ihrem Adressenregister bei.

Alle Faxe und Mails ließ sie automatisch scannen, verschlüsseln um die Empfänger vor möglichen Viren zu schützen. Zur Sicherheit zog sie eine Kopie aller Schriftstücke als Datensicherung auf ihre externe Festplatte. Man konnte nie wissen, wofür man die Einzelheiten noch benötigte.

Etwas später saß sie mit hochgezogenen Beinen wieder auf ihrem

Lambertsofa, durch die großen Fenster sie auf die winterlichen Eichen vor ihrer Wohnung starrend. Krähen, Elstern und schwarze Drosseln stritten sich laut schimpfend und aufgeregt flatternd. Doch eigentlich war da nichts was sie sah, ihre Gedanken waren weit weg. Irgendwo gab es in ihrer Stadt jemanden der Männer quälte; um diese zur Schau zu stellen.

Sie kniff die Augen zusammen, so wie morgens, wenn man aufwacht und sich reckt. Quälen und zur Schau stellen, das war es.

Das war das erste Täterprofil, dazu kam die Idee der Rache. Ja, das hatte sie in ihrem Kopf geklärt. Dann war da noch die Affinität zu Wasser und Hafen. Der Täter gräbt in historischen Ereignissen, niemand kommt von sich aus auf eine solche Art, Männer zu töten. „Der liest viel, der sieht vielleicht Videos", vor sich hin brummend machte Nicola sich zurecht. Langsam bereitete sie sich darauf vor, Hansen und seine Kollegen im Polizeipräsidium zu treffen.

Eine innere Unruhe, wie Wellen, die in Abständen an den Strand rollen, breitete sich in ihr aus. Immer wieder ging sie in ihre Küche zurück, überprüfte ihre Kaffeemaschine, den Elektroherd und die Geschirrspülmaschine, ohne zu wissen, was sie tat. Im Schlafzimmer stapelten sich plötzlich Hosen, Pullover und T-Shirts auf ihrem Bett. Nicola Köhner warf sich auf das breite Bett, reckte und streckte sich, griff zu der Wasserflasche neben dem Bett und nahm einen so großen, tiefen Schluck, dass ihr der Hals brannte. Kohlensäure perlte ihr in die Nase, etwas Wasser rann am Kinn hinunter. Sie lächelte. „Ich kann immer noch nicht richtig aus Flaschen trinken. Bin eben doch Frau!" Mit dem Bettzeug wischte sie sich die Wasserreste aus dem Gesicht.

Im Büro herrschte Hektik, der Hauptkommissar schrie fast in den Hörer und fuchtelte mit dem anderen Arm wild in der Luft herum. Plötzlich bedeckte er mit der freien Hand die Sprechmuschel seines Telefons und schrie viel zu laut: "In fünf Minuten. Besprechung. Im Sitzungszimmer. Alle vier. Drüben treffen. Entschuldige Karl. Gut ich melde mich. Kommst du in Kürze nach Hamburg. Ach, schade. Na, vielleicht komme ich rüber. Ja gut, danke." Der Hörer flog aufs Telefon. Sein: „Hallo Nicola, gehst du schon mal rüber, bitte", kam etwas zu verbissen, zu übellaunig.

Auf dem Flur hörte sie den Hauptkommissar brüllen und fluchen, genau zu verstehen waren die Einzelheiten nicht. Nur BILD und ABENDBLATT, hörte sie heraus, dass genügte ihr. Die Presse hatte offenbar Wind von den Ereignissen bekommen.

Aus dem Kaffeeautomaten, rechts auf dem langen Flur, holte sie einen Becher mit dem dampfenden Gebräu heißer Schokolade, so richtig mollig warm war es ihr heute noch nicht geworden. Vielleicht half ihr der Becher mit dem heißen Kakao. Als die Tür aufflog, betrat zuerst Stefanie den Besprechungsraum, sie blickte zu Nicola herüber und verdrehte die Augen signalisierend: Achtung dicke Luft. Vom Rollstuhl aus schmiss Hansen die Tür in die Angeln. Der laute Knall ließ alle zusammenzucken. Mit hochrotem Kopf, hektische Flecken stiegen ihm am Hals hoch, rollte er auf Nicola am Fenster zu. „Hast du mit der Presse gesprochen? Wieso wissen die Einzelheiten. Hier geht nichts raus." Er krachte gegen einen Stuhl der polternd umfiel. „Wieso redest du mit denen? Wir hatten." „Lass stecken Gunnar", ganz langsam stellte Dr. Nicola Köhner ihren Pappbecher auf die Fensterbank. „Wenn du mit dir selbst fertig bist, komme ich wieder.

Solche Scheiße habe ich noch nie gehört." Ganz ruhig, ganz selbstbewusst schritt sie um das andere Ende des Tisches herum. „Nicola, du bleibst hier, ich will das." Seine Stimme überschlug sich fast. Ohne sich umzudrehen, streckte sie ihm den Stinkefinger entgegen. Die Tür fiel sehr leise zu. Verdutzte Ruhe, keine Fliege hätte sich bewegen mögen. Nur Stefanie grinste. Abgewandt zur Tür starrend. „Happel hol´ sie zurück, ich will sie hier sehen. Gerd lauf bitte hinterher. Los bewege deinen Wiener Arsch." Hansen wurde immer aggressiver. „Wenn du was von ihr willst, roll selbst hinter ihr her. Wenn du meinst, hier den wilden Waldschrat machen zu müssen, mach' alles selber." Der Chef sah ein, er war zu weit gegangen. Sein Kollege stürzte zur Tür. „Dein Ton passt mir und anderen nicht. Mach' deinen Mist allein, lass mich in Ruhe. Wir sind nicht deine Sklaven."

Erstmals hatte er seinem Chef die Grenzen aufgezeigt. Als auch er draußen war, blickte Hansen verschämt zu Stefanie hoch. „Bitte hilf mir. Es tut mir leid." Er sackte in sich zusammen, als seine junge Mitarbeiterin ebenfalls verschwand. Die Tür ließ sie weit offenstehen. Immerhin saß ihr Chef im Rollstuhl in dem leeren Besprechungsraum. Natürlich fühlte sie instinktiv, dass die beiden verärgerten Kollegen im Café des Shoppingcenters auf der anderen Straßenseite gegenüber dem Hamburger Polizeihochhaus sitzen. Eine gute dreiviertel Stunde später betraten drei hochmotivierte junge Mitarbeiter erneut den Besprechungsraum. Hansen, Hauptkommissar der Hamburger Mordkommission, saß weiterhin am Fenster in seinem Rollstuhl und starrte in den grauen Winterhimmel über den Dächern von Hamburg.

Als er das Scharren der Stühle vernahm, drehte er sich langsam um.

Seine Hand bewegte das rechte Rad des Rollstuhls vorwärts. Im Gegenlicht verschwamm sein weiß gewordenes Gesicht. Nur die Augen glänzten feucht. „Tut mir leid, wirklich. Es gibt keinen Grund für mein Verhalten. Entschuldigt bitte. Tut, mir wirklich leid." Er blickte in die Runde. Sofort ergriff Nicola das Wort. Sie war unabhängig, keine Angestellte der Hamburger Polizei. „Nein Gunnar, du bist draußen. Wir wollen, dass du zu Hause bleibst oder dich in die Klinik legst. Du kannst dich jetzt entscheiden. Es bleibt alles in diesem Raum, niemand erfährt jemals etwas. Jeden Tag kommt wenigstens einer von uns zu dir, wo immer du bist. Nur hier nicht. Morgens oder abends. Über alles wirst du informiert. Über alle Einzelheiten und jeden einzelnen Schritt." Kein Geräusch, kein Ton, selbst das Atmen schien für Sekundenbruchteile zu vereisen.

„Deinen Chef informiere ich, offen und ehrlich. Ich denke, er wird zustimmen. Du bleibst offiziell Leiter dieser Ermittlung, du hast die Oberhand und die letzte Entscheidung." Happel zerriss die Ruhe, sah seinem Chef direkt und fest in die Augen. Die jetzt erneut einsetzende Stille spürten alle körperlich. „Danke, ist besser. Ich bestell' mir die Fahrbereitschaft selbst. Tut mir leid. Ist wirklich besser. Ihr habt recht, ich."

Er beendete den Satz nicht. Als er die Kollegen nacheinander ansah, rollten ihm Tränen über das Gesicht. So fertig hatten sie ihren Chef noch nie gesehen. Er tat ihnen leid, wie schwer musste es für ihn sein, mit seiner Energie im Rollstuhl zu sitzen. Langsam sackte er mehr und mehr in sich zusammen. Plötzlich und unerwartet rollte er, mit beiden Händen kräftig zugreifend, zur Tür. „Ich muss hier raus, raus hier." Vor sich hin murmelnd verschwand er auf dem dunklen Flur. Stefanie hielt die Tür weit geöffnet. „Puh, was für eine Nummer." Sie schloss die Tür sehr leise und setzte sich zu den anderen. „Irgendwie tut er mir leid." Lasst uns anfangen, wir haben viel zu tun."

Nicola fingerte Notizen aus ihrer Lederjacke.

„Ja", Stefanie meldete sich zu Wort: „Ich war gestern in der Langen Reihe, in Café Gnosa. Ich will heute nochmal hin, auf dem ersten Foto hat der Wirt, Mark Conius, ihn nicht erkannt. Er soll sich heute das rekonstruierte Foto ansehen. Ich warte jeden Augenblick darauf. Aus Berlin hat Dr. Meyer-Lüttich heute Vormittag angerufen. Das fertige Bild kommt heute per JPG-Datei auf unseren Computer. Aber Mark, der Wirt, hört sich in der Schwulenszene um, er will herausfinden, wer in der Stadt ist. Der weiß, warum er mit uns kooperiert. Von der Spurensicherung kam heute Vormittag die Mitteilung, dass keine registrierten Fingerabdrücke, keinerlei AFIS-Treffer, gefunden wurden. Lediglich leichte Spuren von Talkum an den Fußgelenken, Händen und Armen, ebenfalls am Sakko, unter den Achseln. Wenn das Foto heute kommt, schlage ich vor, Ermittler zu Ladage & Oelkers in den Collonaden zu schicken. Der Laden hat viel in Herrenbekleidung aus England. Da sind noch zwei oder drei solcher englisch angehauchten Läden in Hamburg.

Heute Abend will ich nach St. Pauli. Detlef Pauls im Laubfrosch kennt sich ebenfalls bei den Homosexuellen aus." Happel meldete sich zu Wort: „Dann sehe ich mich nach Gyno–Stühlen um, klappere die Sexshops ab und rufe Domenica an. Die soll uns bitte schön bei den SM-Tussis helfen." „Gute Idee", daran hatte Nicola nicht gedacht. Die Damen in Leder und Peitsche arbeiteten unter Umständen mit solchen Stühlen. Mit wem hat Gunnar eigentlich vorhin telefoniert?" „Och, ich glaube mit Karl Bach auf Mallorca." „Wer ist das, bitte schön?" „Karl war hier früher Hauptkommissar, so von den Siebzigern bis Mitte der Neunziger. Bevor Gunnar hier anfing. Der musste sich früh pensionieren lassen. Wegen seiner Lunge." „Habt ihr irgendwas Auffälliges in den Vernehmungsprotokollen und Tatortuntersuchungen entdeckt, oder müssen wir alles nochmals durchgehen? „Nee", antworteten Happel und Stefanie gleichzeitig und lachten. „Nichts, gar nichts. Keine heiße Spur, keine Hinweise, außer der Dinge, die wir selbst wissen!" „Dann müssen wir das diskutieren, worüber ich mir Gedanken gemacht habe. Nicola blätterte in ihren Notizen.

„Ich denke, der Täter kopiert oder rächt etwas. Er will uns zeigen, dass er genau das ausführen kann, was irgendjemand schon einmal vorgemacht hat. Oder er führt etwas aus, das er von sich selbst als Wiedergutmachung verlangt. Das würde bedeuten, er steht unter einem Zwang, Männern diese Art von Verletzungen beizubringen und sie letztendlich jämmerlich sterben zu lassen. Meiner Meinung nach wird er von irgendetwas getrieben, so zu handeln, wie er handelt. Also gehen wir davon aus, dass er ein Getriebener ist, dann führt er die Taten aus, weil er ..."

Sie sah auf ihre Notizen. „Ich lese mal vor: ... Hass auf Männer insgesamt hat. Dagegen spricht, dass die gefundenen Toten nicht irgendwelche Männer sind, sondern offensichtlich einer besser gestellten Schicht angehören, möglicherweise Ausländer sind. Vielleicht Engländer, wegen der Kleidung. Oder?

...gegen Schwule einen geheimen Kampf führt. Dagegen spricht, dass es nicht schon früher Morde dieser Art gegeben hat.

Vielleicht auch. weil er sich an Männern rächen will, die ihm möglicherweise Schmerzen durch sexuelle Handlungen zugefügt haben und denen er beweisen will, dass sie niemals wieder perverse Sexualpraktiken praktizieren werden. Möglicherweise ist es auch ein Vergewaltigungsopfer, dass sich rächen will." Die Profilerin sah von ihrem Notizblock auf: „Habt ihr schon die Bilder gesehen, die Gunnar von den Seilen und Knoten gestern hat machen lassen?" „Nein, die muss ich noch in den PC eingeben." Stefanie machte sich Notizen. „Gestern Abend und heute früh habe ich mit den USA e-mails ausgetauscht." Happel unterbrach sie.

„Mit Toni und Vanessa." "Ja, eigentlich nur mit Vanessa, aber die will Toni benachrichtigen." „Gut, dann mach' ich noch heute die offizielle INTERPOL-Anfrage." "OK, Danke, um genau das wollte ich dich bitten. Ich habe das den Amis versprochen." „Was ist mit Blutgruppen, Drogentest und DNA-Nachprüfungen?" „Gegen Abend sollen wir alle Infos bekommen." „Ich denke nicht, dass uns das weiterbringt. Wir müssen uns auf das Täterprofil und die Verletzungen konzentrieren. Alles andere ist Beiwerk und vielleicht versteckte Hinweise."

Schweigend dachten sie offensichtlich an den Toten von der Speicherstadt. Mit der Melodie der <*Waltzing-Mathilda*> zerstörte Happels Handy unpassend klingelnd, die Stille. Bevor er aufnahm, sah er auf das Display. Die Nummer der Pathologie blinkte ihm entgegen. „Ja bitte, Kommissariat." Weiter kam er nicht. Die beiden Damen hörten aufmerksam zu, konnten aber nichts verstehen. Mit den Worten: „Ist gut, mache ich, ja unbedingt. Ja, ich komme noch vorbei. Ja, vor sieben." „Schimmel hat unsere Vermutung bestätigt, die rektalen Verletzungen sind denen des ersten Toten sehr ähnlich. Er hat keine offenen weiteren Wunden gefunden. Der Mann war kerngesund. So, wie der Tote vom Museumshafen. Durchtrainiert und sehr fit. Mit den Fotos schickt er uns die Tätowierung, er weiß nicht, was die bedeutet, großes Labor hat er angeordnet. Ach ja, der Tote trug keine Windel. In seinen schwarzen Boxershorts sind nur unwesentliche Blutspuren feststellbar. Und Sperma hat er auch nicht schlucken müssen. Seine Zunge ist mit einem chirurgischen Skalpell sauber mittig gepierct worden. Aber erst, nachdem er ausgeblutet war. Die haben lediglich geringfügige Blutungen im Mund und Rachenbereich gefunden. Auch im Magen kein Blut. Der Mann ist erst verblutet.

Er hat Spuren von Reinigungsmittel, Sagrotan und Seife auf der Haut gefunden. Einzelheiten bekommen wir noch. Er meint, das seien Mittel für Kliniken oder Arztpraxen und schließt daraus, dass der Tote gründlich gewaschen wurde. Wir sollen davon ausgehen, dass wir einen Inder gefunden haben. Genaues weiß er noch nicht. Aber die Beschneidung, das Tattoo und sein Haar weisen darauf hin." Nach einem Schluck Kaffee fuhr der Assistent fort. „Ist euch aufgefallen, dass er rasiert war. Keine Behaarung im Schambereich und an den Innenseiten der Oberschenkel."

Wieder läutete das blöde Handy. „Karl Bach", meinte er geheimnisvoll und hielt den Hörer weit von sich. „Der schreit immer so", wie ein Taubstummer formte er seine Sätze mit weit geöffnetem Mund. „Ja, habe ich verstanden, machen wir. Gut, alles Gute. Und Danke." „Was wollte der denn?" „Vielleicht war's ein brauchbarer Hinweis. Karl erinnerte sich, dass es ein Buch über den Volksaufstand von 1956 in Ungarn gab.

Als die Ungarn gegen die Russen kämpften. Karl meinte, dass er sich erinnern könne, gelesen zu haben, dass die ungarischen Nutten den Russen Glasröhrchen in den Schwanz steckten und umknickten, wenn die betrunken zusammenbrachen. Er meint, die seien nie wieder aufgewacht. Seien langsam verblutet." „Ihr müsst das recherchieren, das könnte ein guter Hinweis sein." Nicola vervollständigte schnell ihre Notizen. „Ich maile das in die USA. Vielleicht können die das Buch finden."

Sie stand auf. „Ich will los, für heute reicht es mir." Sie reckte und streckte sich. Ihr Bauchnabel wurde zwischen dem Harley-Jeans-Gürtel und ihrem weißen Unterzieh-T-Shirt sichtbar. „Ach, übrigens, die Seile, wisst ihr, die Seile, mit denen die beiden Toten gefesselt waren, sind keine Schiffstaue. Ich war auf der Reeperbahn, das sind S/M-Seile für Bondage-Spielchen. Auch die Knoten, die lassen sich sofort öffnen, wenn der Gefesselte das will." Die Köhner ging einige Schritte im Besprechungszimmer auf und ab. „Ich fahr mit der Hochbahn. Jetzt brauche ich Menschen um mich. Meine Maschine steht noch in Eppendorf." „Übrigens," Gerd Happel sah hinter der jungen Frau her: „Du hast doch auch Medizin oder so was in der Richtung studiert?" Lächelnd verschwand Nicola auf dem Flur. „Wer geht heute zu Gunnar?" Stefanie sah ihren Kollegen fragend an. „Mach ich, bin bis spät unterwegs. Danach ruf' ich ihn an. Wenn er mich noch sehen will, gehe ich vorbei." Happel hatte das Kripofieber gepackt. Er musste jetzt selbst recherchieren, fragen, Schlüsse ziehen und sie zu brauchbaren Ergebnissen zusammen puzzeln. Er brannte, er wollte sich beweisen. „Ich brauche das Foto aus Berlin. Guckst du bitte mal am Computer nach? Das müsste jetzt da sein. Machst du mir drei Kopien? Druck mir bitte noch das Foto vom Gesicht des Inders aus.

Ich gehe noch eben beim Boss vorbei. Erwin wartet bestimmt schon auf Neuigkeiten." „Noch was?", leicht angesäuert war Stefanie schon.

„Kehr jetzt bloß nicht den Boss raus. Wir haben alle zusammen die Verantwortung für diese Fälle." Stefanie sah den Oberkommissar Happel verschmitzt lächelnd an. „Ich komme dann zurück ins Büro. OK?"

„OK, grüß Erwin und erzähl ihm alles. Und keinen Wiener Schmäh!", fügte sie schnell hinzu, „Bis Morgen, ich mache alles fertig." Lächelnd verließ eine gute Stunde später Happel das Büro des Leiters der Mordkommission. Jetzt wusste er, dass sein direkter Chef, Hauptkommissar Gunnar Hansen, eine große Nummer innerhalb der Hamburger Kripo war.

Allen seinen Vorschlägen hatte Erwin Marks zugestimmt, hatte es zugelassen, dass Gunnar von zuhause arbeitete, hatte von sich aus angeboten, mit USA Kontakt aufzunehmen und stimmte sogar zu, als es darum ging, die Polizeisekretärin Stefanie in die aktiven Ermittlungen mit einzubeziehen. Selbstverständlich hatte Gerd Happel nicht erwähnt, dass sie schon intensiv mitarbeitete. Als es um die

Presse ging, bezog der Chef sehr konsequent Stellung: „Die Presse muss informiert werden, muss Bilder von den Toten bekommen, aber bitte, ohne Einzelheiten aus der Rechtsmedizin." Er hatte seinen Oberboss verschmitzt lächelnd angesehen. „Ach, übrigens, den Kontakt zur Staatsanwaltschaft halte ich, sagen Sie das Gunnar. Auch Stefanie hat nicht mit denen Oben zu tun. Überlassen Sie das mir. Ich kümmere mich darum. Nur eines noch", Erwin Marks sah sein Gegenüber scharf an: „ich will über alles informiert sein, sonst kann ich euch nicht." „Ist klar, das bespreche ich mit Hansen.

Sie können sich auf uns verlassen." Es war bereits kurz vor Mitternacht, als Stefanie die Einzelheiten der beiden Mordfälle in ihren Computer eingegeben, verteilt und katalogisiert hatte. Die Berichte von der Pathologie und der Spurensicherung waren noch nicht gekommen.

Aber aus dem was sie bisher wussten, fügte sich langsam ein Bild.

Zwei bisher völlig unbekannte Männer, Engländer, durchtrainiert, jung und gepflegt, waren ermordet worden. Keine kriminalpolizeilichen Erkenntnisse in Deutschland. Bisher keinerlei weitere Hinweise, warum, wieso, weshalb die beiden Männer sich in Hamburg aufhielten. Als Fluggäste hatte man diverse Engländer, die ins Schema passen könnten, registriert. Die Fluglinie hatte alle Einzelheiten gefaxt.

Namen und Daten hatte sie pflichtgemäß an den Kollegen in England weitergegeben, nun warteten alle

Ermittler auf dessen Ergebnisse. Hauptkommissar Gunnar Hansen hatte seine Mitarbeiter darauf hingewiesen, dass voraussichtlich keine Antwort kommen werde. „Als ehemalige „Siegermacht" des 2. Weltkrieges geben die Engländer kaum Informationen an deutsche Dienststellen heraus. Vielleicht, wenn persönliche Kontakte bestehen, vielleicht auf politischen oder öffentlichen Druck hin, auch dann kann es Monate oder Jahre dauern. Manchmal kommen wir in Deutschland weiter, wenn XY-Unbekannt im TV über einen Fall berichtet. Aber auch dann kommen sehr selten Hinweise."

Keine Vermisstenanzeigen, kein Fingerabdruck passte zu denen vom Tatort oder zu denen in den Dateien. Aber, es formte sich ein Bild für ein mögliches Motiv, Nicola hatte Hinweise gegeben, die zu realen Menschen passen müssen. Was hatte sie ihnen immer wieder vorgehalten:

>Schlüpft in die Haut des potentiellen Täters, genau diese eine Figur ist mit Leben zu erfüllen. Lebt als Täter, denkt als Täter. Immer wieder kam ihr dieser Gedanke, was kann jemandem geschehen sein, damit er sich selbst zu solchen Taten treibt. Oder sich treiben lässt. Kann jemand so krank im Kopf sein, sich so etwas auszudenken? Wenn ja, bleibt nur noch die Frage, warum?< Vollkommen in Gedanken versunken sank Stefanie Gentz schließlich todmüde in ihr Bett. Unruhig wälzte sie sich von einer Seite auf die andere, klemmte sich das Bettzeug zwischen die Beine, drehte sich

wieder zur anderen Seite, ließ das Weckradio an. Auf Nord-West-Radio nervte sie der Freejazz mit seinen wenig melodischen Tonfolgen. Schließlich schlief sie sehr unruhig ein.

Mit hochroten Köpfen, in der linken Hand ein Bier, drängelten sich die vier jungen Männer durch die schwitzenden Besucher des Schützenfestes. Es war warm, richtig heiß flutete die verbrauchte Luft durch das Festzelt.

Mit dröhnender Leadguitar stampfte die Buxtehuder Heavymetal-Band >Ignorant Hedgehog< ihren Beat in die Köpfe der Feiernden. Bis vor einer Stunde, bis kurz vor Mitternacht, hatte es niemanden auf den Sitzen gehalten. Alles drängte und schob sich auf der riesigen Tanzfläche hin und her. So mochten die jungen Bauern aus den Vierlanden ihr Schützenfest. Laut, wild, den täglichen Stress von der Arbeit oder der Schule aus dem Kopf dröhnend. Die Alten zogen sich langsam zurück. Die Jugend war unter sich. Bier und Kornschnaps schlucken, beides befreit, draußen mal eben kotzen, schwankend gegen das Zelt pissen und wieder rein ins Chaos. So war der Abend vorgeplant. Die vier Juppies aus Hamburg in den weißen, verschwitzten T-Shirts, den eng sitzenden Lederhosen hielten sich mit dem zu schnell fließenden Alkohol zurück. Ein zwei Bier, das ging, pro Stunde. Tanzen war angesagt.

Und Stefanie tanzte gern, wild und losgelöst. Wie ein Windrad wirbelten ihre langen, verschwitzten Haare um ihren kreisenden Kopf.

Das rosa T-Shirt mit dem glitzernden Totenkopf darauf, veränderte durch dunkle Schweißflecke langsam seine Farbe. Der unbequeme BH steckte seit langem in ihrem schwarzen Lederrucksack, ihre Freundin passte darauf auf. Die vier Hamburger Jungs erzählten von den schweren Motorrädern, von ihren Ausflügen nach Egestorf in der Lüneburger Heide. Sie holten immer wieder Bier und konnten tanzen, wild und aggressiv. Immer wieder rissen sie Stefanie eng an sich, stampften und lachten, zuckten im Takt, drängten sie Körper an Körper gepresst zum Tresen. Stefanie lachte laut, sie spürte die Härte in den Lederhosen. Das waren Jungs, wie sie sie mochte. Wild und sanft zugleich. Muskulös, gepflegt, stark. Nicht nach einer Stunde schon besoffen, wie so viele andere, die sie von solchen Festen kannte. Jetzt war sie froh, als die Jungs sich nach draußen durchwühlten. Sie in ihrer Mitte, vor dem betrunkenen, grölenden Volk schützend. Der Schweiß rann unter ihrer Brust am Bauch runter. Puh, endlich frische Luft.

Etwas schwindelig von der plötzlichen Sauerstoffdusche drückte sie sich an einen der Jungen. Der hielt sie mit festem Griff gerade. Die schweren Motorräder standen gut geschützt hinter den bunten Kirmeswagen. An der Schießbude lärmten einige betrunkenen Dorfjungen mit ihren Mädchen besonders angeberisch. Irgendwie verschwand der Lärm, auf dem kalten Sattel, den kalten Metalltank zwischen die Beine gepresst, lief Stefanie plötzlich eine Gänsehaut über den Rücken. Freiheit, Wind, Benzin in der Luft, geiles Gefühl muss das sein. Als sie sich ins Gras setzte kam leichte Übelkeit in ihr hoch. Sie lachte als Siggi sie langsam nach hinten drückte. Starke Hände pressten ihre Arme auf den Boden, ihr verschwitztes T-Shirt zerriss. Als Ernie ihr die Jeans aufriss und sich zwischen ihre langen Beine drängte, schrie sie, die Männer lachten, einer schlug ihr mit der flachen Hand ins Gesicht. Die so freundlich gewesenen Tanzpartner rissen brutal an ihren schmerzenden Armen und Beinen. Sie lachten alle drei mit gierig strahlenden Augen. „Das magst du, was, das willst du doch, Polizeinutte." Wie ein Echo, so summten hohe Töne in ihren Ohren. Als der Mann brutal in sie eindrang, schrie sie ihren Schmerz gellend heraus. Mit weit aufgerissenen Augen starrte sie an ihre Zimmerdecke. Es dauerte einen Moment, bis sie registrierte, wo sie war. Sie lag in ihrem eigenen, breiten französischen Metallbett. Mit gespreizten, völlig verkrampften Beinen. Die Hände an die Eisenstäbe am Kopfende festgekrallt. Das verschwitzte, unglaublich zerwühlte Bettzeug klebte, wie nasse Blätter nach einem Sommerregen an ihrem nackten Körper.

Erst unter der heißen Dusche wurde ihr endlich bewusst, dass sie geträumt hatte. Immer wieder schüttelte sie ihre langen Haare wild hin und her. Wie die glitzernden Wassertropfen, so spritzten auch ihre Gedanken auf eisblumige Glasscheiben. Einen so heftigen Albtraum hatte sie lange nicht mehr gehabt. Das war brutal, ging es ihr durch den Kopf, als sie sich zum dritten Mal mit dem angeblich beruhigendem Lavendelshampoo einseifte. Auf der Reeperbahn herrschte beängstigende Leere. Um diese Jahreszeit und mitten in der Woche kamen kaum Touristen, lediglich eine Gruppe von Japanern marschierte Richtung Operettenhaus. Happel hatte keinen Blick für die Mädchen, die sich frierend und zitternd vergeblich in ihre mit Fell gefütterten Jeansjacken kuschelten. Auch Freier kamen bei dem Wetter selten. Es gab wenig zu verdienen. Selbst mit den dicken, hautfarbenen Strumpfhosen und den langen Stiefeln möchte ich hier nicht stehen, dachte er im Vorbeigehen. Die eine oder andere Prostituierte grüßte, er nickte zurück. Schon oft hatte es brauchbare Hinweise von den Damen gegeben. Man kannte sich so halb offiziell. Im ältesten Hamburger Tattoo-Shop, im Keller hinter der Davidswache, brannte noch Licht, er lächelte und dachte an den tätowierten Hintern einer seiner früheren Freundinnen aus Wien. Gerd Happel versuchte, sich an die Tätowierung des einen Ermordeten zu erinnern, verwarf den Gedanken jedoch sofort wieder, in das Tattoo-Studio zu gehen. Das Foto würde mehr aussagen, als er je erklären könne. Einen seiner Ermittler werde er hier herschicken. Für Sekundenbruchteile schloss er seine Augen, konzentrierte sich. Das war seine Art, sich Dinge zu merken. Den Eingang zu Rogers Schwulenkeller kannte er. Ungezählte Male war er auf dem Weg zur Parkgarage am Operettenhaus vorbeigekommen oder hatte drinnen ermittelt. Die grüne Leuchtschrift passte irgendwie in diese Gegend. Trostlos wie die Häuser mit ihren angegrauten Fassaden ringsherum. Der ihm entgegenströmende Mief aus Rauch, Männerschweiß, abgestandenem Bier und Lederfett ekelte ihn jedes Mal. An der langen Bar, direkt vor ihm knutschte ein älterer Mann, ganz in schwarzem Leder, mit seinem jüngeren Freund. Roger, der Wirt, sah ihn sofort, behände drängte er sich mit breit ausgebreiteten Armen durch die wenigen Gäste.

„Der Wiener, herzlich willkommen", mit überschwänglicher, unechter Freude legte er seinen rechten Arm um Happels Hüfte und geleitete ihn zu einer lauschigen, mit ehemals weißen langflorigen Teppichen belegten Nische. Einige Gäste grüßten mit erhobener Hand, andere nickten nur kurz. Die Gespräche setzen sich fort. Für Kuscheln und Schmusen jedoch störte die Anwesenheit der Kripo. Kontrollen hatte man nicht so gern. „Willst du was trinken?" Roger sah ihn an. „Gib mir einen Kaffee, wenn's geht stärker als normal." Gerd Happel grinste. Als Wiener war er an richtig starken Kaffee gewöhnt.

Als der Wirt mit dem dampfenden Becher zurückkam, lagen die beiden Bilder der Ermordeten auf der schwarzen Kunststoffplatte des ovalen Tisches. „Wen kennst du davon?" Roger fingerte seine Halbbrille aus der Hemdtasche. „Darf ich?" Sein Gegenüber ansehend griff er nach den Bildern. Der nickte. „Mein Gott ist der eine blass, ist ja furchtbar.

Nee, den hab ich nie gesehen. Du weißt, dass ich mich für euch immer gut erinnere", näselte er übertrieben. „Nee, sorry, den auch nicht, sieht irgendwie südländisch aus. Oder?" Auch das Bild gab er zurück. „Warte Mal, du kennst doch John. Der kommt viel herum. Der ist hinten, ich hol ihn mal eben." Hinten, das wusste Happel, war ein Darkroom für den schnellen, anonymen Sex. Als John Dreyfuss kurz darauf erschien, lachte der Kommissar laut auf.

„Musst du nun auch noch lachen?! Ich finde das chic." John stand in schneeweißem Overall, über und über mit Pailletten bestickt, vor ihm.

„Elvis ist auch so aufgetreten. Und ich habe ganz sicher auch bald ein Engagement." Sein englischer Akzent amüsierte Happel noch mehr.

„Setze dich bitte hin." Roger, der Wirt des Lokals wurde streng. „Schau die Bilder an, du kennst die beiden bestimmt." Gespannt verfolgten die Männer die Mimik des schwulen „Elvis". „Den nicht, aber der hier, der ist Inder, der war in Wandsbek, im Sportstudio von Hans." Er war stolz und warf sich in die Brust. „Hier fühl mal. Jeden Tag eine Stunde."

Happel fühlte überrascht sehr harte Muskeln in dem angespannten Arm. „Erzähl mal, wieso kennst du den

Mann?" „Der kam da jeden Tag, immer um die gleiche Zeit. Aber aus Hamburg ist der nicht. Sprach nur Englisch. Hab aber nie mit dem gesprochen. Nur zugehört. Der steht auf Mädchen. Das war gleich zu merken. Die Tussis tänzelten immer um ihn herum. Richtig furchtbar." „Kann es sein, dass der trotzdem schwul war?" „Nee, das wüsste ich aber. Das kannst du mir glauben. Mir macht da niemand was vor. Echt." „Was noch? Soll ich dich lieber vorladen?"

„Sonst weiß ich nichts, echt.

Der Typ kam jeden Tag. Hat da auch geduscht. Guter Body, und ganz rasiert. Sah ganz glatt aus. Und gut gebaut war der, mächtig. Schade eigentlich. Aber auf Männer stand der echt nicht." „Hast du es versucht?"

„Nee, auf keinen Fall. Echt wahr. Der konnte zu gut mit den Girls."

„Hast du ihn hier auf dem Kiez gesehen?"

„Auch nicht, nie. Der kam nur ins Studio, wirklich wahr. Ein paar Tage und dann war er verschwunden, so vor einer Woche. Ist wohl wieder zurück nach England." „Wie kommst du darauf?" „Mann, die Sprache, der kam aus London. Den Slang kenne ich. So wie dein Spruch nach Wien klingt." „Ach", meinte Happel „dass du das merkst." „Er verarscht mich", hilfesuchend drehte sich John zu Roger um. „Nee", meinte der, "nicht wirklich." Er lächelte ganz hintergründig. „Ruf mich an, wenn dir noch was einfällt. Hier." Happel hielt seine Karte hin. „Und halt dich zur Verfügung, gib mir deine Anschrift." „Warte mal, der Inder war schon früher zwei Mal in Hamburg, auch in Wandsbek bei Hans im Studio, muss so drei Monate her sein. Dann noch ein Mal vor ungefähr vor einem Monat." Die drei Männer sahen sich an: „Siehst du, geht doch. Immer schön nachdenken. Nicht vergessen, anrufen, wenn du mehr weißt."

In Happels Klappblock standen viele Anschriften, Namen sowie Telefonnummern. Der schwule John Dreyfuss passte noch auf die letzte Zeile unter >D<. Als er die Männerbar verließ hatte er das Gefühl einen großen Schritt weitergekommen zu sein. Er roch an seiner Lammfelljacke. Den speziellen Kneipengeruch werde er noch Tage in der Nase und in seiner Jacke haben. Besser, er hing sie auf den Balkon. Sollte er Stefanie anrufen? Happel überlegte. Schob den Gedanken aber wieder beiseite. Gunnar war erst dran. Als er zufällig zur großen Uhr über dem Operettenhaus hinaufsah, bemerkte er, dass es schon nach Mitternacht war.

Sollte er den Hauptkommissar noch anrufen? Ja, musste er. Marions Stimme klang sehr verschlafen, im Hintergrund spielte Filmmusik.

„Er liegt im Schlafzimmer und schläft seit Stunden, mein Film ist auch gerade zu Ende. Ich muss wohl eingeschlafen sein. Wenn er aufwacht, sage ich ihm, dass du angerufen hast. Was besonderes?" „Nee, sag ihm, ich komme morgen früh vorbei. So um acht."

„Gut, ich leg den Schlüssel unter die Matte, Frühstück stell' ich in die Küche. Morgen früh muss ich ins Büro." „Brötchen?! Bringst du die mit?" „Ja, mache ich, Klar. Schlaf weiter."   Ihr Motorrad stand einsam und verloren nahe der U-Bahnstation Eppendorfer Baum. Vor Regen geschützt hatte sie es unter die Hochbahnbrücke abgestellt.

Bereits von der großen Treppe vom Bahnsteig hinunter auf die Straße sah sie ihre Maschine im Licht der gerade angegangenen Straßenlaternen blitzen. Vor der Hausnummer achtunddreißig blickte sie kurz nach oben. In Hansens Wohnung brannte Licht.

Plötzlich bekam sie Lust auf sauren Fisch. Im Fischladen, im Souterrain des Hauses, in dem der Hauptkommissar wohnte, verkaufte das Ehepaar Bartels so herrliche Bratheringe mit vielen eingelegten Zwiebeln. Die drei ganzen Heringe, Zwiebeln und einhundertfünfzig Gramm Krabbensalat verstaute Nicola kurz darauf in den Tiefen der schwarzen, mit Nieten beschlagenen und Indianerfransen besetzten Satteltasche an ihrer schweren Maschine. Dieses Motorrad verlieh ihr Kraft, Selbstbewusstsein. Auf ihrer Harley–Davidson-Softtail fühlte sie sich sicher. Kalt war es geworden. Die Maschine sprang ohne zu murren an. Mit sanftem Harleybrummen ordnete sich Frau Dr. Nicola Köhner, eine der besten forensischen Profilerin Deutschlands, in den fließenden Verkehr ein. Sie lächelte. Die ungeheure Kraft ihrer Maschine zu spüren, tat ihr gut. So muss fliegen sein, fuhr es ihr durch den Kopf. Tief sog sie die kalte Hamburger Abendluft in ihre Lungen. So konnte sie ihre Stadt riechen.

Das liebte sie so am Motorradfahren.

Das grüne hektische Blinken ihres Anrufbeantworters bemerkte sie noch bevor sie mit den vielen Halogenlampen die Wohnung hell erleuchtete. So, wie jeden Abend. Alle Lampen mussten erst einmal strahlen, mussten ihrer weißen, bewusst cool gestalteten Wohnung, Glanz geben.

Ihren Freunden erklärte sie immer: „Ich brauche Licht, Helligkeit."

Auf dem Weg in die Küche drückte sie den roten Wiedergabeknopf des Anrufbeantworters. Zweimal hatte Max angerufen, um halb zehn werde er bei ihr sein. Er sei sehr hungrig, aber sie solle nichts zu essen machen. Sie lächelte. Er sei jetzt in Hannover. „Ich fahre jetzt los, Honey. Bis dann!" Max wusste, dass er nicht auf ihrem Handy anrufen durfte, das war ausschließlich für ihren Job da, in dem Punkt war sie sehr bestimmt.

Er hatte das erst nach einiger Zeit kapiert.

Gut zwei Stunden später hatten sie beide lecker gegessen. Der Geruch von Bratheringen und Zwiebeln hing in der Küche. Max erzählte von seinem Tag bei Lieferanten in Hannover, dass er bald wieder auf Reisen müsse, welche Modefarben in der nächsten Saison wichtig seien und von Musterpullovern, die er für sie im Büro habe. Max liebte seinen Beruf als Einkäufer von Damenmode. Das viele Reisen, die fremden Kulturen, dafür hielt er sich fit. Seinen braungebrannten, muskulösen Körper mochte sie sehr. Oft hatte sie dieses unbestimmte Gefühl von Sicherheit nötig.

Diese Aura, die von einem starken Mann ausgeht, brauchte sie von Zeit zu Zeit sehr. Wenn Max in Hamburg war, sahen sie sich oft. Seine Art, ihre Freundschaft zu pflegen, war so unaufdringlich, irgendwie selbstverständlich, sanft ohne zu nerven. Er war einfach da und sie konnte sich anlehnen. Über ihren Beruf sprachen sie wenig, eigentlich nie. Sie wollte das nicht. Das könnte ihre Beziehung belasten. Ihr Freund sollte nicht den Eindruck bekommen, dass sie alles an ihm, alle seine Handlungen analysiere, so wie sie alles in ihrem Job bis auf die feinste Faser zerlegen musste. Manchmal nannte er sie Maulwurf, weil sie zu viel über seine Vergangenheit fragte. Aber, auch das hatte sich gebessert. Sie vertraute ihrem Freund. Später, als sie ins Bad ging, stand ihr Freund unter der Dusche, sie liebte es, ihn so nackt unter dem Wasserstrahl anzuschauen. Seine unbewussten Bewegungen machten sie an.

Als er sich, wie immer lachend umdrehte, erschrak sie ganz schrecklich. Mit weit aufgerissenen Augen starrte sie auf seinen, vom heißen Wasser halb erigierten Penis. Der gebräunte, muskulöse Körper ihres Freundes erinnerte sie zu sehr an den Toten von heute früh in der Pathologie.

Sie bekam den Gedanken an das, was dem Mann auf dem blanken, kalten Stahltisch geschehen war nicht aus dem Kopf. Irgendwo in ihrer Stadt hatte dieser tote Mann furchtbare Qualen erlitten. Wenig später fand Max sie mit angezogenen Beinen auf dem riesigen Lambertsofa sitzen. Nicola Köhner starrte, ohne zu sehen in Richtung Fenster. Als er sie auf die Stirn küsste, zuckte seine Freundin zusammen. Den weißen Bademantel hatte er eng um sich geschlungen. „Ich kann nicht mit dir schlafen, bitte." Sie sah ihn an. „Und wo ist das Problem, willst du, dass ich gehe?" „Nein, du musst bei mir bleiben, bitte."

Wie ein kleines Mädchen, dachte er und streichelte ihr über den Kopf. „Klar, ist schon ok." Unbewusst begann sie zu erzählen, von ihrem Arbeitstag, von den Gesprächen, vom Ausraster Gunnar Hansens.

Aber sie begann in der Gerichtsmedizin. Sie bemerkte nicht wirklich, dass sie sprach und sprach. Eigentlich wollte sie sich immer wieder abrupt bremsen, um ihren Freund nicht mit ihren Erlebnissen, mit ihren Problemen zu belasten. Heute jedoch musste sie erzählen. Es hatte sich etwas in ihrem Kopf festgefressen, das raus musste. Sie hoffte, Max würde lange genug zuhören können. Eng an ihn gekuschelt schlief sie später in ihrem Bett ein. Bis kurz nach fünf in der Früh hatte sie traumlos tief geschlafen. Sie lächelte beim Anblick ihres schlafenden Freundes.

Gut, dass er dageblieben war, dachte sie, als sie sich aus dem Bett schlich, um sich in der Küche einen Kaffee zu holen. Er ist lieb, der kann wenigstens zuhören. Sie lächelte. Der junge Mann im Bett knurrte und drehte sich um. Sie hatte gut geschlafen, reckte sich und latschte mit der Tasse in der Hand an ihren Computer. Jetzt musste sie den Bademantel ihres Freundes fühlen, seinen Geruch einsaugen. Der lag auf dem Fußboden vor der Musikanlage. Nicola kuschelte sich in den weichen Stoff ein. Ein wohliges Frösteln durchlief ihren Körper. Drei Eingangs e-mails, blinkte es auf dem Bildschirm. Gut so, dachte sie.

Zwei aus USA, eine von Hansen, ein Lächeln huschte über ihr Gesicht. Die anderen Namen aus der Liste der Absender waren ihr ebenso vertraut. Kein Müll dabei. Antonio Altamar bestätigte den Erhalt des offiziellen Antrags zur Zusammenarbeit. Sie sei direkt vom Chef der Hamburger Mordkommission gekommen. Gut so, dachte sie, die Jungs arbeiten präzise. Dann ging Toni auf ihre e-mails von Gestern ein. Das Buch über den Volksaufstand in Ungarn 1956 hatte er bereits gefunden.

Der Ungarische Versuch, lautete der Titel. Auf Seite einhundertachtunddreißig wurde von den Morden an jungen russischen Soldaten berichtet.

Die Mädchen handelten patriotisch hatte der Verfasser geschrieben und seien sehr kreativ gewesen. Diese eine Seite hatte er eingescannt. Aber was bringt uns das weiter, dachte Nicola. Nicht viel.

Vielleicht beweist es, dass der Täter gerade dieses Buch gelesen hatte. Über >Reply< bedankte sie sich mit einer netten e-mail bei Toni und schloss mit „Keep you informed" diese Notiz ab. Eigentlich überraschte sie die Nachricht von Gunnar Hansen nicht. Die Entschuldigung für seine gestrigen Ausraster begründete er in keiner Weise. Das fand sie gut.

Keine Ausflüchte und fadenscheinigen Begründungen. Er entschuldigte sich formell, ohne Schnick und Schnack. Mit dem Satz: „Sehe ich dich Morgen? Würde gern einiges besprechen. Ruf mich bitte an", ging er zur Tagesordnung über. Das mochte sie. Klar und sachlich bleiben. Beim Öffnen der Mail von Vanessa Fagin, ihrer Kollegin aus Santa Monica, schlug ihr Herz ein klein wenig schneller. Gespannt las sie von den Empfindungen ihrer Freundin im Zusammenhang mit den beiden Morden in Hamburg. Vergleichbare Fälle in USA waren nicht bekannt geworden, es hatte Abschlachtungen gegeben, brutalste Verstümmelungen bei jungen Männern waren aktenkundig. Menschenfleisch verzehrende Intellektuelle, wie Dr. Lektor in den bekannten Filmen, hatte sie in der Registratur gefunden. Auch Giftmorde begangen durch Frauen mit anschließender Verstümmelung der eigenen Männer hatte es gegeben.

Vanessa schrieb, sie sei von der Recherche enttäuscht, weil sie wirklich nichts Vergleichbares zu dem in Hamburg Geschehenen gefunden hatte. Lediglich Notizen über Todesfälle in Thailand, Vietnam und Laos ließen gewisse Rückschlüsse auf Täterprofile zu. Aus Eifersucht wurde Männern der Penis abgeschnitten. Die Opfer verbluteten meist. Schließlich zog die Freundin aus Amerika ihr Resümee: Sie schrieb: „Hello Honey, ich denke, es wird Zeit, dass wir uns neu orientieren. Der Täter muss kein Mann sein. Ich bin davon überzeugt, dass wir es mit einem Transsexuellen zu tun haben, der seinen Körper hasst. Vielleicht wollten die beiden, die du gefunden hast, sich ihren Dick entfernen lassen. Dabei sind sie verblutet. Letztendlich hat man sie entsorgt und in den Hafen gehängt. Oder eine Frau dokumentiert mit diesen Taten ihre Abneigung gegen Männer. Diese beiden Möglichkeiten solltest du durchdenken.

Aus einem masochistischen Verständnis des eigenen Sex könnte sich ein irrationales Verlangen zum finalen Ende des Mannes im Kopf einer Frau verankert haben. Der eigene lustvolle Tod wird durch das sadistische Töten vorweggenommen. Ich denke", so schrieb Vanessa weiter, "dass die Ermordeten die sadistischen Handlungen gewollt haben und bewusst an sich vornehmen ließen, Qualen und Schmerzen bis zu einem gewissen Grad sogar genussvoll ertrugen. Oder sie wollten sich lediglich operieren lassen.

Bis sich die Prozedur widerstandslos verselbständigte, dann aber unerwartet mit dem eigenen Tod endet. Der oder die Täter erfüllten eine Aufgabe. Wie gesagt, aus Interesse am vorweggenommenen eigenen Tod unter Qualen oder als Auftrag von dritter Seite. Und sonst", Vanessa war ganz Freundin, „und sonst macht das Leben Spaß. Gestern war Oliver hier, aber geschlafen habe ich nicht mit ihm. Das musste er akzeptieren. Klappt prima," berichtete sie freimütig wie immer.

"And, how are you doing with Max? Kiss and all the best. Be a good girl." Nicola lächelte, ihre Amerikanerin war eine echte Freundin.

Aber wieso hatten sie beide gestern Abend die gleichen Empfindungen mit ihren Männern?

Plötzlich kribbelte es ihr im Nacken. Als sie sich umdrehte, stand Max hinter ihr. Unrasiert, mit zerwühlten Haaren strahlte er seine Freundin an. „Komm", seine Nicola hielt ihm die Hand hin. Heute Morgen wollte, ja, musste sie ihn ganz nah spüren. Das breite Sofa stand nur ein paar Schritte entfernt.

Ihren kranken Freund, Gunnar, hatte Marion gut versorgt. Reichlich Frühstück stand in der Küche, das Handy und sein Notebook auf dem Biedermeier Mahagonitisch. Alles nett und ordentlich vorbereitet, verließ Marion kurz nach sieben ihren Partner. Den Wohnungsschlüssel versteckte sie unter der Fußmatte.

Unten im Treppenhaus stellte sie die Hauseingangstür fest, sodass die schwere Tür nicht zufallen konnte. Sie wusste ja, dass Happel gleich kommen würde. Der hatte keinen Hausschlüssel. Natürlich hatte sie ein schlechtes Gewissen. Aber heute musste sie ins Büro. Ihren Job wollte sie nicht verlieren. Hansen schlief bis halb acht, er fühlte sich ausgeruht und viel besser. Kaum noch Schmerzen in seinem Bein. In einer halben Stunde kommt mein Freund und Kollege Gerd Happel, fuhr es ihm durch den Kopf. Jetzt schon fühlte er sich so fit, endlich konstruktiv und durchdacht arbeiten zu können. Sein Kopf war frei, sein Rollstuhl störte ihn nur noch unwesentlich. Als er zur Toilette humpelte, grinste er froh. Er ging an seinem Stock so gut wie schmerzfrei. Gerade hatte er sich seinen weiten Jogginganzug wieder angezogen, als er auch schon Happel mit dem Schlüssel an der Wohnungstür hantieren hörte. „Komm rein, Mann. Bring das Tablett aus der Küche mit. Ich bin hier im Wohnzimmer." Eine große Tüte mit frisch duftenden Croissants legte sein Freund zu dem nett zurecht gemachten Frühstück. Hansen sah ihn lächelnd und gleichzeitig fragend an, so als erwarte er die komplette Lösung des Falles.

Als die Notizen und eine CD endlich auf dem Tisch lagen, klingelte es an der Wohnungstür, gleichzeitig klopfte irgendjemand mit Metall an das geriffelte Glas. Happel sah den Hauptkommissar fragend an:

„Erwartest du jemanden?" „Nee, gehst du?" Die Köhner, stand unangemeldet vor der Tür. „Störe ich?" Sie begrüßte die beiden Männer und legte die Tüte mit morgenfrischen Kopenhagenern neben das

Frühstückstablett, als sie ins Wohnzimmer kam. „Nee, überhaupt nicht. Mensch bin ich froh, dass du gekommen bist." Hansen reichte ihr die Hand, blieb aber sitzen. Gerd gab ihr einen vorsichtigen Kuss auf die Wange. Zu ihrer Jeans, dem molligen hellblauen Rollkragenpulli, passten die wilden, hellen Haare sehr gut. Beide Männer zogen die Augenbrauen hoch. „Kommt, lasst uns anfangen, bedient euch selbst. Marion hat Kaffee gemacht. Hol dir schnell eine Tasse aus der Küche." Als Nicola zurück war und sich setzte, begann Happel mit seinem Bericht vom vorherigen Abend. Von seinem Gespräch mit ihrem Chef Erwin Marks, der alles abgesegnet hatte, von seinem Besuch auf St. Pauli in der Schwulenbar. Und von dem Gespräch mit John Dreyfuss, der den Toten aus der Speicherstadt als Besucher eines Sportstudios in Wandsbek erkannt hatte. „Was hast du veranlasst?" „Stefanie ist informiert, heute Mittag bin ich im Sportstudio.

Tibor Kovac in Budapest ist benachrichtigt, er sucht nach Unterlagen bezüglich des ungarischen Aufstandes von 1956. Wir überwachen den Dreyfuss seit gestern Abend. Nichts Auffälliges." „Der ist sauber. Ich kenne den Mann", warf Hansen ein. „Die Fotos von den beiden Sakkos, der Krawatte und den Schuhen hat Steffi hoffentlich schon an John Taylor nach London gefaxt. Wir senden ihm das Ganze sauber bearbeitet per Internet, einschließlich der Bilder von den Gesichtern, alles in Farbe und sehr deutlich. Die Etiketten in den

Kleidungsstücken sind alle identifiziert. Bis auf die Boxershorts des Inders, stammt alles aus England.

Das meiste wohl aus London. „Was ist mit den DNA–Untersuchungen, den Haartests auf Drogen, Fußspuren, was ist mit den Zeugen. Den Radfahrer und den Bauarbeitern." Hansen hörte sehr aufmerksam zu.

„Vernehmungen sind veranlasst, ich hoffe die Berichte heute Nachmittag zu bekommen. Erwin hat seinen Einfluss geltend gemacht. Wir haben vier Leute dazu bekommen, die sind in Sachen Vernehmungen unterwegs. Alle Haarproben aus der Bekleidung sind in der Analyse. Die Spurensicherung muss sehr gründlich gearbeitet haben. Ich rufe später Dr. Basedow an." „Zwei Fragen habe ich noch: Erstens, was habt ihr in Sachen >Behandlungsstuhl< bisher ermittelt? Zweitens was ist mit der verschwundenen Halskette vom Toten im Museumshafen?" „Gut, dass du fragst." Die Verkaufsunterlagen der Händler auf St. Pauli, die mit solchen Stühlen handeln könnten, werden heute noch überprüft. So viele gebrauchte Stühle dieser Art gibt's nicht. Aber", er machte eine kleine Pause, „wir müssen die Domina überprüfen. In deren Studios könnten solche Dinger benutzt werden."

Die Halskette habe ich groß scannen lassen. Heute Vormittag wird eine klare Vergrößerung davon erarbeitet. Damit kommen wir bestimmt weiter." Gerd Happel griff zu einem Brötchen mit grober Leberwurst und einer Scheibe Gurke. „Ja, richtig, nehmt erst mal was zu essen." Ihr Kollege im Rollstuhl zeigte auf das Tablett mit dem Frühstück, und nahm eines der Croissants. „Nicht gucken", meinte er und tauchte das Gebäck in seinen Kaffee. Auch Nicola hatte Appetit bekommen, sie griff zu einem der Kopenhagener. Sie mochte morgens die Kirschmarmelade im Blätterteig. Der Morgen mit Max hatte ihr gut getan, sie lächelte verschmitzt in sich hinein. „Ach, übrigens ich habe veranlasst, dass die Bilder der Toten, wenn beide Gesichter in Berlin rekonstruiert sind, in die Presse kommen. Das zweite Bild ist heute fertig. Gerd, bitte kümmere du dich darum. Gib es sofort mit dem anderen Bild zur Pressestelle. Erwin weiß Bescheid." Kauend wandte sich Hansen an die Profilerin, sah sie fragend an. „Hier, das ist die Seite aus dem ungarischen Buch. Weißt du, dass das Karl Bach erwähnt hat?" Beide Männer griffen gleichzeitig danach.

„Wo kommt das her?" „Hat Toni aus Santa Monica mir gemailt. Die hatten das offensichtlich in ihrer Datei. Ich denke, das bringt uns nicht weiter. Lediglich, dass so etwas mit Soldaten aus Russland von den ungarischen Huren gemacht wurde. Das, was wir gestern in der Pathologie gehört haben. Wie kommt jemand darauf Männer so zu töten. Der Täter muss es gelesen oder gehört haben. Wisst ihr, ich bin mir fast sicher, dass wir es mit jemandem zu tun haben, mit dem wir nicht rechnen. Ich würde gern noch mal alles durchgehen, OK?" Hansen und Happel nickten kauend. „Zwei Männer haben wir gefunden, offensichtlich beide gut situiert, gehobener Mittelstand. Beide, lasst uns so sagen, bei einer Sado/Maso-Behandlung gestorben. Gehen wir davon aus, dass sexuelle Hintergründe eine immens große Rolle spielen, gehen wir ferner davon aus, dass der Täter einschlägige medizinische Erfahrung hat, dann kann es nur jemand mit hohem Intellekt sein, denn offensichtlich hat er eine medizinische Ausbildung. Ach übrigens," Nicola griff in ihre Handtasche und zog einige Schriftstücke heraus: „Hier, ich habe euch etwas über meine Arbeit zusammengestellt.

Meine Freundin aus Kalifornien hat mich darauf aufmerksam gemacht. Unter Thinkquest gibt es im Netz eine Website zum Thema „Forensische Wissenschaften." Sie reichte die Ausdrucke über den Tisch: „Die könnt ihr behalten. Sind automatisch übersetzt, vielleicht geben sie euch gewisse Hinweise oder ihr kommt auf Gedanken, die wir vielleicht noch nicht berücksichtigt haben Und, die Toten stammten aus England. Waren dort wohl voll integriert. Vielleicht finden wir Hinweise auf einen Zusammenhang zwischen England und Hamburg in deren Familienchronik. Eventuell handelt der Täter aus Rache für Geschehnisse in Hamburg nach dem Kriegsende." Mit dem Frühstücksteller in der Hand blickte sie ihre Gegenüber an: „Oder schmeißt die Ausdrucke weg."

„Was ist ein Psychologisches Täterprofil?" fragte Happel unvermittelt. „Ließ mal vor." „Psychologische Täterprofile schließen die Untersuchung des

Benehmens, der Beweggründe und des Hintergrundes eines Angreifers ein. Die Forschung zeigt, dass Angreifer, die wiederholt Schaden anrichten oder töten, von der Angst des Publikums zu solchen Aktionen getrieben werden. Eine Analyse der Gewohnheiten des Verbrechers erlauben Ermittlern, die Ähnlichkeiten zu früheren Verbrechen zu erkennen. An Einzelheiten können Freunde, Nachbarn oder die Familie des Verbrechers ihn erkennen.

Die Tatsachen Psychologische Profile waren seit einem Jahrhundert gebraucht worden, aber wurden erst um 1950 als eine Ermittlungsmethode in Amerika benutzt. Ermittler haben durch viele Forschungen Muster und Parallelen zu Serienmörder entdeckt. Einige Entdeckungen erhellen, dass Mörder als Kinder sexuelle oder physische Misshandlung erduldet haben, die sie später zu abartigem Benehmen geführt haben. Als Kinder und Jugendliche haben sie Brände gezündet, waren grausam zu Tieren und anderen Kindern, und dann in den frühen zwanziger Jahren haben sie Bagatelldelikte begangen. Serienmörder bleiben normalerweise innerhalb ihres Umfelds, z. B. innerhalb der Nachbarschaft aktiv. Wenn sie weiter wegfahren, wollen sie oft ein noch größeres Triumphgefühl gegenüber den Verfolgern erreichen. Ein Serienmörder hinterlässt oft eine Markierung oder einen Beweis seiner Arbeit, die oft unnötig ist, aber für ihn gefühlsmäßig erfüllend wirkt. Der Ermittler benutzt diese Hinweise, um frühere Verbrechen zusammen zu ketten, und um neue Morde verhindern zu können."

Die beiden Männer blickten erstaunt auf die Schriftstücke. Die entstehende kurze Unterbrechung ihres Vortrages nutzte die Profilerin, um ihr Croissant weiter zu essen. So mit Butter und der von Marion selbst gekochten Orangen-Marmelade bestrichen, war es genau ihr Geschmack.

Mit vollem Mund begann sie, ihre Gedanken vorzutragen.

Beide Kollegen sahen hoch, Gunnar lächelte verschmitzt, als er ihre vollen Backen sich bewegen sah: „Die beiden Männer haben sich, da wir keine weiteren entscheidenden äußerlichen oder innerlichen Verletzungen entdeckt haben, offensichtlich freiwillig in eine Sado/Maso-Behandlung begeben. Doch, während die Opfer höchstwahrscheinlich sexuelle Befriedigung suchten, war es das Ziel des Täters zu töten. Bis dahin kann der er eine Einzelperson sein. Ab jetzt benötigt er Helfer. Allein schafft es kaum jemand die Toten vollständig zu bekleiden, an die Fundorte zu schaffen und sie so auszustellen, wie wir sie gefunden haben. Die Opfer müssen vollkommen nackt ausgeblutet sein, denn an der Bekleidung findet sich nichts, kaum Blutspuren. Damit wissen wir noch nichts über die Motivation des Täters. Auf jeden Fall wurden die Toten im Bereich Hafen auf der Hamburger Stadtseite entsorgt. Die Platzierung der Opfer ließe darauf schließen, dass der Mörder das Bedürfnis hat, sich zu präsentieren, uns zu zeigen, dass er besser ist als wir. Das habe ich schon einmal gesagt. Irgendwie hängt das mit dem Hafen, dem Fischmarkt oder der Speicherstadt zusammen. Wir sollten in diese Richtung recherchieren. Ortsgebundene Verbrechen sind gar nicht so selten. Das kann zwanghaft sein. Das glaube ich aber noch nicht. Ich denke, unser Täter folgt einem Vorbild, sozusagen einer Anleitung zum Töten, einem Zwang, den Tod der Männer herbeizuführen. Wahrscheinlich ergibt sich daraus zwangsläufig eine Ortsanbindung. Die Tötung von Männern durch Abtrennung der Genitalien ist bekannt, aus Asien, aus Südamerika. Ich habe das recherchiert. Aber, das sind fast immer Taten aus Eifersucht gewesen. Die Frauen wollten ihre Männer bestrafen, aber nie anschließend zur Schau stellen. Und diese Taten richteten sich nie gegen völlig Fremde. Warum also könnte unser Täter sich so verhalten, wie er sich verhält? Doch nur, wenn er seinen Körper als Mann hasst und beweisen will, dass Männer nichts wert sind. Ferner könnte es sein, dass er uns und der Öffentlichkeit sagen will, dass Männer, besonders ohne ihre Genitalien, wertlos sind. Sozusagen zu nichts mehr nutze."

 Sie nahm einen Schluck Kaffee und ein weiteres Croissant. „Darf ich eintunken?" Sie sah ihre Bekannten an. „Klar, nur keine falsche Scham."

 „Hast du noch mehr recherchiert?" Hansen war es, der unbewusst dazwischenfragte. „Ja, ich bin mir noch nicht über alles im Klaren, aber es ist ein weiterer Gedankenweg. Gehen wir davon aus, dass die technischen und wissenschaftlichen Voraussetzungen vorhanden sind, kann es auch eine Frau sein, die sich so massiv an Männern rächen will. Nur, dann muss sie Helfer haben!" Nicola beugte sich vor. „Eine Frau führt Sado-Maso-Handlungen an Männern aus." Die Profilerin sah ihn mit großen Augen an: „Ihr kennt das. Domina sind immer Frauen!

Auf sehr subtile Weise, sehr professionell bereitet eine Frau, die wir nicht kennen, ihre Opfer vor und als der Tag des absoluten Höhepunkts kommt, foltert sie diese Männer zu Tode." „Und wo willst du bitte bei unseren Ermittlungen ansetzen?" Kriminalassistent Happel schien aufgewacht zu sein. „Bei Ärzten!" Hansen stellte erschrocken die Kaffeetasse zurück auf den Tisch, sein Kollege starrte die Köhner mit großen Augen an. „Ja, bei Ärzten! Guckt nicht so." „Mein Täterprofil und das von Vanessa Fagin aus Santa Monica steht fest. Natürlich nur in diesem Punkt. Es muss sich um einen Arzt handeln, der aus Gründen handelt, die ausschließlich in ihm selbst zu finden sind. Mein Täter zeigt mir sehr deutlich, wie negativ er über die Hamburger Polizei denkt, daher die subtilen Präsentationen. Und, er will deutlich machen, dass eine bestimmte Gruppe von Männern kein Unheil mehr anrichten kann.

Männer, ihres Schwanzes beraubt, können damit auch keinen Schaden mehr anrichten. Entschuldigt bitte."

Eine alle bedrückende Pause entstand. Wie konnte eine so gutaussehende Frau auf solche Dinge kommen. „Klar denkt ihr etwas Falsches von mir, ich weiß. Es ist mein Job, nicht mein Leben, nicht mein Wesen." „Was denken wir?" Hansen sah sie wütend an. Er fühlte sich in seinem Gedanken ertappt. „Die sieht gut aus, ist relativ jung und hat schlechte Erfahrung mit Männern. Falsch ihr beiden, zu schemenhaft. Und, heute Morgen hatte ich sehr guten Sex mit meinem Freund. Also lasst solche Gedanken. Ich arbeite für die Hamburger Kripo. Sonst nichts." Ihre beiden Kollegen sahen sich an, grinsten verlegen. „Ihr Männer bleibt in Wort und denkt sachlich. Sonst macht unsere Zusammenarbeit keinen Sinn. Hansen nickte. „Sorry, Sachlichkeit will ich. Setze ich zukünftig voraus. Auch in den Gedanken von uns allen. Also weiter in Text. Bitte Nicola." „Die anderen Verletzungen, am Anus, am Hals, an den Brustwarzen, an den Hand- und Fußgelenken beispielsweise sind Markierungen von Rache, Bestrafungen oder simpel von Fesselungen, Bondage-Spiele. Alles ist möglich. Warum und wofür, weiß ich nicht." Sie lehnte sich zurück, griff zu ihrer Tasse mit immer noch warmen Kaffee. Mit beiden Händen schaukelte sie den milchkaffeebraunen Inhalt hin und her. Es war viel, sehr viel was ihr durch den Kopf ging. Schloss sie die Augen, sah sie den Täter vor sich.

„Er ist klein", ganz leise, unaufgefordert, wie in Trance formulierte Nicola jetzt ihre Gedanken: „Es ist jemand mit kleinen geschickten Händen, jemand der glatte muskulöse Männerkörper mag. Jemand, der vielleicht nie einen solchen Mann gehabt hat. Denkt mal an die Stricke, Gunnar. Die, die du hast fotografieren lassen, das sind Fesselungsseile für Bondage-Spielchen. Gibt's auf der Reeperbahn in jedem Sexshop, die sind geflochten, wie Zöpfe. Niemals sind es Schiffstaue." „Dass du das bemerkt hast", Hansen war fasziniert. „Und warum ist die Person klein und zart?" „Weil es eine Frau ist, die Männer fesselt und foltert, schließlich verbluten lässt. Zarte, sensible Hände können feine Schnitte besser ausführen als grobe Männerhände. Jedenfalls wenn es nicht um fachliche Operationen handelt. Hier sind Hass und Rache die treibenden Kräfte" Die beiden Kripo-Kommissare schwiegen, sahen zum Fenster.

„Das ist gewagt, meine Liebe. Ich bin davon nicht überzeugt.

 Werner von Schimmelmann hat sehr feine Hände. Wir müssen weiter in der Schwulenszene, bei den Transvestiten und Domina recherchieren."

 Nachdenklich blickte Hansen zum Fenster. „Vielleicht hast du recht, du denkst in deine Richtung, ich in meine. Einverstanden? Oder, sind wir schon weit genug mit unseren Erkenntnissen, um solche Rückschlüsse zu ziehen?!" „Mach, das. Ich werde sehen, wie ich meine Erkenntnis vertiefe. Wichtig ist, dass wir weitere Morde verhindern. Ich bin davon überzeugt, dass noch mehr passiert. Warum, kann ich nicht sagen."

Nicola stand auf und reckte sich: „Mensch, war das gestern Abend kalt auf dem Motorrad. Sind wir so weit durch?" Gerade als sie in ihre Lederjacke schlüpfte, klingelte ihr Handy. Es war Stefanie, die Nummer erschien mit Namen auf dem Display. „Hallo Steffi, ja ich bin hier. Genau, ist gut. Heute Abend um acht. Ja, gut ich koch' uns was." Zu Gunnar Hansen gewandt bemerkte sie lapidar: „Sie kommt heute zu mir, heute Abend. Scheint etwas durcheinander zu sein. Vielleicht kümmert ihr Euch mal um sie. Ich fahr' jetzt zu Dr. Klink ins St. Georg- Krankenhaus, ich will von dem was wissen." Sie stand auf: „Wir telefonieren, OK?" Hansen und Happel sahen aus dem Fenster zu, wie sie mit Schwung die stark befahrene Hauptstraße Am Eppendorfer Baum kreuzte, im anschließenden Kreisverkehr verschwand. Das verletzte Bein des Hauptkommissars besserte sich von Stunde zu Stunde, er hatte nicht bemerkt, dass er zum Fenster gegangen war. Ohne Hilfe. Er griff zum Telefon und rief seinen Freund Dr. Klink in der Urologie des St. Georg- Krankenhauses an. Die beiden Männer diskutierten über den Fall. Den ganzen Vormittag hatten sie diskutiert. Immer wieder. Stunden waren verflogen, sie hatten die Zeit vergessen. Den Gedanken der Profilerin konnten sie nicht widerspruchslos folgen. Obwohl, das mussten sie zugeben, etwas Faszinierendes an Nicolas Version war.

Als Happel ins Büro kam, herrschte totale Hektik. Stefanie hatte den ganzen Tag telefoniert, Anweisungen geschrieben, Kollegen die Einsatzpläne übergeben und immer wieder Einzelheiten in ihrer EDV festgehalten. Die Vernehmungsprotokolle der Zeugen vom Museumshafen, aus der Speicherstadt, von dem Bauunternehmer aus Finkenwerder, vom Radfahrer, der Lehrer an der Rudolf-Steiner-Schule war, vom Fahrer des Brauerei-LKWs, der den Morgen Bier für die Lokale in Hamburg-Teufelsbrück ausgeliefert hatte. Alles wurde von ihr gesichtet, gescannt und zu den gesicherten Files der beiden Fälle sortiert. Die Ergebnisse brachten keine neuen Erkenntnisse, nichts, überhaupt nichts.

Sie sah ihren zweiten Chef verzweifelt an.

„Wir kommen nicht weiter, Gerd, irgendwas stimmt hier nicht. Niemand hat etwas gesehen, niemand hat etwas bemerkt. Die Toten haben wir an Plätzen in der Stadt gefunden, die so unbelebt auch wieder nicht sind. OK, früh morgens ist da nichts los. Aber bis weit nach Mitternacht sind da Passanten, Restaurantbesucher, Liebespaare und Obdachlose, oft Prostituierte mit Freiern in Autos unterwegs.

Irgendjemand muss etwas gesehen haben." „Du vergisst, dass wir Januar haben. In der Kälte ist da nachts niemand", warf Happel ein.

„Ich weiß auch nicht, manchmal denke ich, wir ermitteln in eine falsche Richtung." „Was sagen Gunnar und Nicola? Ihr habt doch den ganzen Morgen zusammengesessen." „Pass auf, ich hab' noch fast eine

Stunde Zeit. Ich speichere die Besprechung von heute Morgen in unserer EDV ab. Dann bist du auf dem laufenden, OK?" „Das ist gut. Gibt es etwas, das ich sofort zu veranlassen habe?"

„Ja bitte. Setze die Ermittler auf die uns bekannten Domina auf St. Pauli an. Wenn du es schaffst, mache mir für morgen Vormittag einen Termin mit Dolores, du weißt, wen ich meine?" „Klar, die Streetworkerin. Die saß doch früher ganz in Leder als Domina in den Bordellen der Herbertstrasse." „Ja, genau die meine ich." „Willst du sie hier treffen?"

„Ja, wenn sie früh kommen kann." Er ging an seinen Schreibtisch und begann sehr konzentriert die Besprechung vom Vormittag zu protokollieren.

Ganz in Schwarz mit hohen Schuhen in einem Marlene Dietrich-Hosenanzug gefiel ihm Stefanie sehr gut. Modisch elegant, dachte er, es wird Zeit, dass ich sie einlade. Sie telefonierten beide unaufhörlich.

Die eine Stunde, die er sich vorgenommen hatte, reichte bei weitem nicht. Nach fast zwei Stunden hektischer Aktivität an seinem PC, stand Happel wieder am Schreibtisch von Stefanie: „Gehst du Morgen mit mir

essen?" „Wie, was ist? Ach so, entschuldige, ich musste mich eben sehr konzentrieren. Klar, danke. Sehr gern." Sie strahlte ihn an. „Ich hab's doch versprochen." „Prima, alles Weitere morgen früh. Ich bin weg zum

Sportstudio in Wandsbek. Will machfragen, wer dort den Inder kannte.

Bitte faxe alle Bilder, auch die beiden überarbeiteten Gesichter, an John Taylor in London. Nicola und Hansen wollen das. Übrigens hast du die vergrößerten Fotos von der Halskette?" „Ja, Kopien liegen im Körbchen auf deinem Aktenschrank." Sie zeigte mit ausgestrecktem Arm in sein Zimmer. Tolle Hände hat sie, Happel freute sich auf den nächsten Abend. „Ich bin weg, wenn jemand anruft, du hast meine Handynummer." „Danke für die Einladung. Wir sehen uns Morgen. Übrigens treffe ich Nicola heute Abend." „Ich weiß, als ihr telefoniert habt, saßen wir noch bei Gunnar." Das Foto der Halskette verschwand in der schmalen, schwarzen Kollegmappe, die er zu solchen Terminen immer mitnahm. Beschwingt lief er die Treppen des Polizeipräsidiums bis in die Tiefgarage herunter. Neunzehnhundertachtundsechzig, in ihrem zweiten Semester war es zur Eskalation gekommen. Alle Studenten wollten Veränderung, wenn nötig auch mit Gewalt.

„Springer raus, Springer raus," die unübersehbare Menschenmenge war nicht mehr zu halten. Pflastersteine flogen in die riesigen Fenster, hinter denen die Rotationsmaschinen die ungeliebte BILD-Zeitung druckten. Mit dem jeweiligen Nachbarn eingehakt, bewegte sich die aufgebrachte Menge unaufhaltsam auf das Springer-Verlagsgebäude in

Hamburg zu. Die Kaiser-Wilhelm-Straße war schwarz von Menschen.

Schon vor der Hamburger Musikhalle hatte die Polizei versucht, sie aufzuhalten. Vergeblich. Mit Spruchbändern, Megaphonen und geschrienen Parolen puschten sich Studenten, Bürger und Passanten mehr und mehr auf. Andrea krallte sich in die Jacke ihres Kommilitonen Mark, der mit seiner linken Hand den Gürtel an ihrer Hose fest gepackt hatte. Sein Freund schütze sie von der anderen Seite. So bildeten sie einen Dreierblock, der dem harten Strahl aus dem Wasserwerfer der Polizei

Standhielt: „Ihr Schweine, ihr Faschisten, BILD ist Scheiße." Immer wieder schrien sie den Schutzschilden der anonymen Polizisten ihren Hass entgegen. Mit blutenden Fingern wühlten sie aus aufgerissenem Straßenpflaster mehr und mehr Wurfgeschosse.

Der verhasste Verlag sollte schwer geschädigt werden. Mit den aggressiven Parolen hatten sie sich selbst aufgeputscht. Allen war klar, es musste protestiert werden. Für Pressefreiheit, gegen den Vietnamkrieg, gegen Notstandsgesetze, für Frauenselbstbestimmung. Aber vor allem gegen Springer. Weg mit dem Ausbeuter, weg mit der Macht des Kapitals. Weg mit dem Elfenbeinturm an den Universitäten. Mit gesprühten Sprüchen dekorierten sie die Wände in den grauen Fluren der Universitäten. „Seit tausend Jahren, nichts als Muff in den Talaren", hatten sie geschrien, hatten den Unterricht, den ganzen Universitätsbetrieb lahmgelegt. Als sie das Tränengas bemerkte, erst unbewusst, zerriss es bereits ihre Augen. Vermischt mit dem Wasser eine ekelig brennende, stechende Brühe. „Ich muss weg hier, es geht nicht mehr. Lasst mich los!"

Andrea riss sich aus der festen Umarmung ihrer Freunde los.

Bloß weg hier, das wird zu viel. Ihr wurde schlecht.

Stechender Schmerz schoss ihr wie glühendes Eisen ins Gesicht. Ihre Hände wollten zugreifen, anpacken, rutschten aber, Haut abschälend, über ekelig raue Zementplatten auf dem Gehweg. Blind vom Feuer in den Augen, war sie gestolpert und in den aufgerissenen Gehweg, mit der vollen Wucht ihres rennenden Körpers, auf Gesicht und Hände gefallen. Gas und Wasser brannten in den frischen Wunden unvorstellbar.

Ihr wurde kotzübel, von Schmerz zerrissen, wollte sie ohnmächtig werden. Als sie hochgerissen wurde, fiel ihr Kopf nach hinten, sie sah in niederprasselndes Wasser. Jemand hielt ihr seine dreckige Hand vors Gesicht. Die roch nach Erde. Ich bin doch nicht blind, dachte sie noch, als ihr schwarz vor Augen wurde. Irgendetwas schüttelte sie wie einen Obstbaum, ihr Kopf dröhnte, nur ganz vorsichtig gelang es ihr, die Augen zu öffnen. Als sie versuchte, sich zu orientieren, kam langsam die Erinnerung wieder. Das Tränengas, das Wasser, ihr Sturz. Mit der linken Hand fühlte sie einen Verband und Pflaster in ihrem Gesicht. Ein freundliches, Lächeln sah sie fragend an. „Na geht's wieder? Wir haben Sie erst einmal provisorisch verarztet. Unser Doktor ist gerade da. Wir haben Sie mit aufs Revier genommen. Wollen sie sich hinlegen?" Keine Spur von Wut, kein Hass. Mensch, waren die freundlich. Andrea Pollinie wusste nicht, wo sie war. Sie sah sich um, blickte aus dem Fenster, erkannte die Davidswache an der Reeperbahn. Unzählige Male war sie mit ihrem Cousin Carlos hier gewesen. Vor ein paar Jahren noch, als sie jünger war. Irgendwann waren dann ihre Vorurteile gegen Polizei aufgekommen. Eigentlich mehr durch die Universität, sie hatte selbst nie schlechte Erfahrung mit der Polizei gemacht, im Gegenteil. „Bin ich auf St. Pauli?"

„Klar, Mädchen, soll der Doktor sich dein Gesicht nochmals ansehen?" „Ja bitte, aber ich muss dann los." Einige Minuten später trat der Arzt an sie heran, sah sich die noch offenen Schürfwunden an. „Ist nicht zu schlimm, es sind weder Dreck noch Steinchen in den Wunden verblieben. Sei mit Wasser erst mal vorsichtig. Und achte auf deine Hand. Zieh' dir trockene Sachen an. Erkältungsgefahr." Er lachte sie an. Eine Woche später war Andrea auf dem Weg in Richtung Bonn. Den großen Protestmarsch gegen die Notstandsgesetze wollte sie auf keinen Fall versäumen. In der Bonner Uni musste sie unbedingt bei den ersten feministischen Diskussionsgruppen >Weiberrat< und dem >Aktionsrat zur Befreiung der Frau< teilnehmen. Die

Kommilitoninnen wollten extra aus Berlin herüberkommen. Hoffentlich wussten die was von Horst Mahler, das war ein toller Mann. Der hatte Mut gezeigt. Als Anwalt der APO war er verhaftet worden. Seinetwegen hatte es in Berlin schwere Kämpfe mit der Polizei gegeben. „Mein Studium läuft mir nicht weg", erklärte sie immer und immer wieder ihrer Mutter und ihrer Tante Lehne. „Psychologen und Chirurgen werden immer gebraucht. Den ganzen Quatsch mit Heintje, auf Platz eins in der Hitparade und ihr mit eurem Oswalt Kolle, >Das Wunder der Liebe<, so' n Quatsch. Denkt mal an die Kommune Eins in Berlin, da ist freie Liebe angesagt. Die Typen Rainer Langhans, Uschi Obermeier und Fritz Teufel machen Geschichte.

Im SDS da kann ich was erreichen. Aber davon habt ihr ja keine Ahnung. Ihr mit eurer bürgerlichen Einstellung." Ihre Mutter und deren Lebenspartnerin hatten sich nur angesehen. „Ihr lest lieber in eurem geliebten Abendblatt von der Ermordung Robert Kennedys, und den Kämpfen in Prag. Die Russen haben den Prager Frühling brutal niedergeknüppelt. Und ihr tut nichts."

Wenn sie an die damaligen ewigen Diskussionen dachte, konnte sie noch heute vor Wut heulen. Im Mai 68 war es zu schweren Demonstrationen der Studenten in Paris gekommen. Mit großem Interesse hatten sie in der Mensa der Hamburger Universität >>Paris Soir<< die große Abendzeitung gelesen. Einige konnten Französisch. Dann kam das mit Rudi Dutschke aus

Berlin. Der hatte ihnen allen klargemacht, dass es so nicht weitergehen konnte. Immer mehr Studenten schlossen sich zusammen, wollten endlich Veränderungen, freies Studium, wollten freie Berufswahl für verheiratete Frauen, auch ohne die Zustimmung von deren Ehemännern. Vieles ging ihr durch den Kopf. Und vor allem der Tageswahnsinn, sie lachte vor sich hin. Auf der einen Seite Heintje, mit >Mama< in der Hitparade, Kolle predigt über Liebe, unverklemmte Aufklärung, und die Russen schießen mit Panzern die Freiheit in der Tschechoslowakei weg. Gleich hinter der Grenze zu Bayern. Als sie aus Bonn wieder nach Hamburg kam, stand ihr Entschluss fest, sie werde nach Berlin gehen. Dort roch die Luft nach Freiheit, da sah die Welt zu, da war die Mauer, da konnte man was bewegen. Und sein Studium konnte man in Berlin auch noch abkürzen. Andrea wollte endlich von ihrer Mutter und der Tante weg. Das Getue der beiden ging ihr auf die Nerven. Was die wohl sagen würden. Hoffentlich gab es keinen Stress.

Ihr Herz klopfte schon, als sie die Wohnungstür in der Helene-Lange-Straße aufschloss. Eins wusste sie aber auch, sie hatte ihre Schule, das Abitur, die Prüfungen in der Uni immer ohne Probleme geschafft, da konnten die beiden Frauen ihr nichts vorwerfen. Und hoffentlich beziehen sie das nicht auf ihr persönliches Verhältnis. Aber, gegen ihre verschiedenen männlichen Begleiter hatten die beiden Frauen auch nichts gehabt. Nur ihre Mutter reagierte oft sehr abweisend, wenn sie ganz vorsichtig von ihrem jungen Liebesleben erzählte und Fragen hatte.

Irgendwann hatte sie deshalb aufgehört zu fragen. Andere Studentinnen gaben offen Auskunft über ihr Liebesleben, manche hielten sogar eine Art Gesprächskreis für sexuelle Fragen ab. Noch bevor die Hamburger Uni wieder den Lehrbetrieb aufnahm, saß Andrea im Zug nach Berlin. Es hatte keinen Ärger gegeben. Ihre Tante Lehne hatte ihr noch reichlich Geld in die Hand gedrückt. „Und vergiss nicht, dein Konto aufzugeben. Wir beiden Alten brauchen doch nichts. Ich schick dir was. Geh am besten zur Berliner Bank. Mit denen arbeiten wir in der Firma schon viele Jahre." Ihr Großvater war begeistert, er hatte nur gemeint, sie solle nicht schwanger werden. „Werde ich nicht, Opa", hatte sie gelacht. „Da passe ich schon auf. Keine Angst." Als sie an diesem Abend den Fahrradschlüssel in ihrer Jacke suchte, fand sie die zweihundert Mark, die der alte Mann heimlich hineingesteckt hatte. „Und wenn was ist, kommt dein Onkel Carlo und holt dich ab." Auch der war von der Idee mit Berlin angetan. „Geh bitte zu >Giulio< in der Bremer Straße, direkt am Kudamm. Der hat immer Bares für dich und was zu essen kriegst du da auch. Pass auf dich auf, mein Mädchen, wir lieben dich alle sehr."

Diesen Abend hatte sie im Bett geweint. Ihre Familie würde ihr fehlen. Als sie dem jungen Medizinstudenten zum ersten Mal begegnete, fielen ihr sofort sein helles Lachen und seine überaus weißen, gepflegten Zähne auf. Seine Hände passten besser zu einem Musiker, vielleicht zu einem Pianisten, dachte sie, als er ihr beim ersten gemeinsamen Abendessen im >Schinkel< gegenüber saß. Es war ihr freier Abend.

Und er stamme auch aus Hamburg, hatte er ihr verraten. Hier in Berlin sei aber mehr los und zur Bundeswehr müsse er auch nicht, wenn er in Berlin wohne. Es wurde ein sehr lustiger Abend, später kamen noch mehr Hamburger hinzu. Ihr neuer Freund kannte sich gut aus.

Nach dem Attentat auf Rudi Dutschke und den immer schwerer werdenden Ausschreitungen, Demonstrationen und Kämpfen mit der Polizei, herrschte erst einmal Sendepause zwischen beiden. Andrea konnte ihren Freund nirgends erreichen. Irgendwie war er für Wochen untergetaucht. Vielleicht hat er was mit dem Tod von Benno Ohnesorg zu tun?

Sie quälte sich beinahe jeden Tag mit diesen Fragen.

Eines Tages erschien er völlig überraschend bei „Giulio" in der Bremer Straße. So, als sei nichts gewesen. Andrea hatte sein Verschwinden schwer getroffen, sie war in lähmenden Liebeskummer verfallen.

Obwohl nichts zwischen Ihnen passiert war. Jetzt stand er endlich wieder vor ihr, dort, wo sie seit ihrem Eintreffen in Berlin abends kellnerte.

Ihre Enttäuschung verflog nach und nach. Sie fragte vorsichtshalber nicht, was er gemacht hatte, aber er hatte sich verändert. Nachdenklicher war er geworden, sein strahlendes Lächeln leuchtete seltener auf.

Erst Jahre später sollte sie erfahren, was er gesucht hatte und wo er gewesen war. Immer wieder verschwand er für ein oder zwei Tage, besonders an Wochenenden verabschiedete er sich mehrmals im Jahr.

Ihr Freund hatte offensichtlich viel mit den organisatorischen Aufgaben des neuen Studentenrates zu tun. Andrea Pollinie machte sich keinerlei Gedanken. Sie war jedes Mal froh, ihn wieder zu sehen. Allerdings benahm er sich ihr gegenüber sehr zuvorkommend, sehr höflich. An dem Abend, als sie ihn zu sich aufs Zimmer einlud, hatte er sogar Blumen mitgebracht.

Einen Biedermeier Strauß, so wunderbar bunt, freundlich anzusehen. Am nächsten Morgen, wusste sie, dass sie wahrscheinlich nie wieder von ihm loskommen werde. Und dann, nach ein paar herrlichen, ausgefüllten Wochen mit ihm, verschwand er erneut. Die Demo am Tiergarten, an der beide teilgenommen hatten, die Demo mit dem massiven Polizeieinsatz, veränderte alles. Ihr Suchen, die vielen Nachforschungen und Fragen an der Universität nach dem Kommilitonen Jens Basedow, hatten nichts ergeben. Auch an der Universität in Hamburg war er nicht eingetragen. In Berlin tauchte Andreas große Liebe nie wieder auf.

Noch vor der Regelstudienzeit beendete sie ihr Medizinstudium und hängte sofort das nächste in Psychologie hinten an. Männer gab es nur den einen oder anderen während ihrer Berliner Zeit. Nie für lange. Gedanken machte sie sich schon, vielleicht verlangte sie von den jungen Männern im Bett etwas, was ihr nur der Eine geben konnte. Ihre Studentenliebe Jens vermisste sie sehr. Der Flug von Manchester nach Hamburg hatte Mahenra Singh Awasth schläfrig werden lassen. Immerhin war er jetzt fast sechs Stunden unterwegs. Der lange Aufenthalt auf dem Flughafen von London-Heathrow und der Terminalwechsel hatten heute länger gedauert als er gedacht hatte. Bei den vorausgegangenen Reisen zu seinen Freunden in Hamburg hatte es nie länger als vier Stunden gedauert. Vielleicht lag es an diesem Wochentag, die Maschine am Montag war ausgebucht gewesen. Er stand auf der Warteliste und hatte Glück gehabt, es wäre sehr ärgerlich, diesen Termin in Hamburg zu verpassen. Seine Gedanken rasten, nicht auszudenken. Wenigstens die ihn interessierenden Zeitschriften >Lack und Leder<, S&M-Hefte und die so geliebten japanischen Mangas in diesem Genre, lagen bei Smidts, dem riesigen Bücher- und Zeitschriftenshop in der Wartehalle des Flughafens im Regal. In Manchester bekam man diese Art von Spezialzeitschriften nur selten, schon gar nicht in solcher Vielfalt. Jetzt freute er sich auf sein Hotelzimmer in Hamburg. Erst dort konnte er in Ruhe lesen, konnte in den Comics ungestört blättern. Mehrmals war er damit in Zügen, in der Londoner Metro, der bequemen Untergrundbahn, aufgefallen. Oft konnte er nicht bis zuhause warten, sich die brutalen Bilder in den Heften anzusehen. Die glotzenden Leute um ihn herum interessierten ihn nicht. Die Leute sahen ihn manchmal komisch an. Er wusste ja, er würde die nie wiedersehen. In Hamburg kannte er sich gut aus. Mehrfach hatte er bestimmte Lokale und Salons auf St. Pauli besucht. Meine Domina, die ich dort besuche, arbeitet härter an mir als in Manchester, konnte er später seinen Freunden in England berichten. Manchmal bis zur Grenze des Erträglichen hatte er gelacht und den Erstickenden gespielt. Er erinnerte sich nicht mehr, wo er seine beiden Freunde aus Hamburg kennengelernt hatte. „Ich denke es war auf einer Lederparty in London," ging es ihm durch den Kopf. Den Mann kannte er. Mehrfach war er ihm in England, zum Austausch von SM-Erfahrungen, begegnet.

Letztendlich war er der Einladung nach Hamburg gefolgt. Er wollte, nein er musste den besonderen Kick im Sado-Maso-Studio seiner Freunde erleben.

Natürlich regnete es, wie meistens, wenn er nach Hamburg kam. Auf dem Weg zum Hotel am Ende der Reeperbahn fröstelte ihm wohlig beim Gedanken an den morgigen Abend. Diese privaten Sessionen liebte er ganz besonders. Er konnte langgehegte Wünsche erfüllen lassen, konnte sein Verlangen nach Schmerzen in sexueller Befriedigung umsetzen lassen. Es war für ihn sehr wichtig von guten Bekannten verwöhnt zu werden. Nie durfte er sie weiterempfehlen, durfte nie von ihnen erzählen. Das hatten seine Hamburger Freunde strengsten von ihm verlangt. Das Risiko, der Gedanke daran, sie durch sein dummes, unüberlegtes Gequatsche eventuell zu verlieren, machte ihn völlig irre. Er lächelte und bezahlte das Taxi mit dem Restgeld von seiner letzten Reise hier her. Sein Rückflugticket werde er morgen direkt am Flughafen kaufen. Mit einer Hand fasst er in die Innentasche seiner Anzugjacke. Seine Kreditkarte konnte er fühlen. Die war wichtig, sehr wichtig sogar. Für den Rückflug. Für seine Freunde hatte er das Geschenk in bar bei sich.

Sie wollten nur Bargeld sehen. Die heiße Dusche im Hotel regte ihn sehr an. Er musste anrufen, musste wissen, dass Morgen sein Tag war. Morgen Abend sollte er den absoluten Blackout erleben. So wie im Film Flatliner die Studenten die Grenze zum Tod überschritten, so sollte er etwas erleben, was sehr selten zu bekommen war. Er sollte bei seinem sexuellen Höhepunkt ins Jenseits treten und reanimiert werden. Deshalb hatten seine hiesigen Freunde das Passwort „Flatliner" bewusst gewählt. Der sich automatisch meldende Anrufbeantworter beschimpfte ihn mit unglaublichen Fäkalausdrücken, Flüchen und Strafandrohungen. Er wusste sofort, Morgen würde sein Tag gekommen sein. Seine Hamburger Freunde waren auf ihn vorbereitet. Das Codewort "British-Indien Motherfucker" vernahm er mehrfach zwischen den Flüchen. Das bedeutete Mahenra Singh Awasth war ausgewählt worden. Auf diese Freunde konnte er sich verlassen. Besonders das laute Fluchen, das Schreien, das verbale Erniedrigen liebte er. Wenn das jemand richtig konnte, hatte er seinen ersten Höhepunkt schon, bevor man ihn berührte. Damals in seiner Army-Einheit, bei den britischen-indischen Einheiten der Marins, war er derjenige gewesen, der das harte Exerzieren, das dauernde Erniedrigen genoss. Unter den fluchenden Ausbildern, im Dreck kriechend, bekam er manchmal seinen Orgasmus. Oft hatte er seinen Hintern extra in den Stacheldraht gedrückt, wenn sie gezwungen wurden, kriechend diese Hindernisse zu überwinden. Die sofort folgenden Schreie der Ausbilder, wenn die die Stofffetzen und das Blut sahen, machten ihn noch mehr an. Stolz trug er die Erkennungsmarke aus seiner Armeezeit noch immer bei sich. Wie eine Trophäe hegte und pflegte er sie. Am nächsten Vormittag bezahlte er das Hotel so gegen elf Uhr vormittags und schlenderte mit seiner kleinen Aktentasche die Reeperbahn herunter Richtung Millerntor. Er liebte diesen Morgenspaziergang auf St.Pauli. Irgendwie riecht es hier immer nach Puff, Pisse und Nutten, murmelte er zu sich selbst. In dem kleinen Laden, direkt neben dem Stern-Kino, mit seiner riesigen Auswahl an Nieten, Metallteilen, Lederriemen, Ringen, Zangen und Kneifern kaufte er sich bei jedem Besuch mehr und mehr Bastelzubehör, wie er es nannte. Alle seine Lederfesseln hatte er selbst genietet, sogar selbst entworfen. Seine Party-Freunde in Manchester und London guckten neidisch, wenn er immer wieder in tollem, neuem Outfit auf ihren Meetings erschien. Der Bummel weiter, bis in die Hamburger Innenstadt, tat ihm gut. Die frische Luft an der Alster, die jungen, gut gekleideten Menschen auf dem Jungfernstieg und seine so geliebte heiße Schokolade im Alsterpavillon, stimmten ihn auf den Abend ein. Im Ufa-Palast am Gänsemarkt sah er sich einen Film mit Arnold Schwarzenegger an. Schon als er wieder draußen war, wusste er nicht mehr was er gesehen hatte.

Er konnte zwar der Handlung folgen, aber sein Deutsch war nicht so perfekt, dass er sich wirklich gute Filme in Hamburg ansehen konnte. Für das Sportstudio in Hamburg-Wandsbek hatte er heute keine Zeit mehr. Bei seinem nächsten Besuch werde er sich dort wieder fit halten. Er brauchte die Arbeit mit den Hanteln, den Streckbänken, den Zuggewichten und den Maschinen, denen er zeigte, wer der Stärkere war.

Wie immer, so beorderte er auch heute das Taxi vom Gänsemarkt zur großen Hafentreppe auf dem Hamburger Fischmarkt. Vor dem Restaurant Fischerhaus blieb er einige Minuten stehen, nur um zu sehen, dass das Taxi weiterfuhr. Mit einer Gruppe neuer Gäste, die lachend und scherzend die Hafentreppe aus Richtung Reeperbahn herunterkamen, betrat er das Lokal und wendete sich nach links, direkt zur Toilette. Nach einigen Minuten ging er unbemerkt zurück in den hinteren Teil des Speisesaals, tat so als wolle er seinen Mantel an der Garderobe ausziehen, verschwand aber lautlos aus der Seitentür des Restaurants und stand auf dessen, neben der Hafentreppe gelegenen Parkplatz. Genau hier vor dem Lokal hatte er auszusteigen, die Anweisungen seiner Freunde waren präzise und genau einzuhalten. Er lächelte, so gefiel ihm sein Leben. Nie konnte er sicher sein, unbeobachtet zu ihrem Treffpunkt zu gehen. Und, würde er auch nur eine Kleinigkeit übersehen, gar falsch machen, dann wäre sein Besuch in Hamburg sinnlos geworden. Seine Vorfreude wäre dahin. Seine Freunde würde er nie wiedertreffen. Er kannte den weiteren Weg. Wie vor zwei Monaten und im vergangenen Jahr schon einmal, schlenderte er die Hafenstraße entlang, langsam an den verschiedenen neuen Eventshops und Designerläden vorbei, immer in Richtung Altona. Pünktlich um neun Uhr abends klingelte er an der schwarz gestrichenen Tür. Das im schwach beleuchteten Hinterhof liegende kleine Haus am Hamburger Fischmarkt, duckte sich eng hinter den Fischverkaufshallen an das hohe Elbufer. Da er erwartet wurde, sprang die Tür mit leisem Summen auf.

Ein dumpfer Hauch von Reinigungsmittel, Schweiß und verbranntem Haar waberte ihm entgegen. Allein dieser Hauch von leidenden, menschlichen Körpern machte ihn schon an. Am Ende, des im Halbdunkel liegenden, nur spärlich mit grün schimmernden, gedimmten Lampen beleuchtetem Gang, warteten seine Freunde auf ihn, ganz in schwarzes Latex und Gummi gekleidet. Nur die Augen blitzten unter den Latexmasken hell hervor. Ein heftiger Schauer der Vorfreude, wie heiße Nadeln auf bloßer Haut brennend, lief ihm über den Rücken. Als Mahenra Singh Awasth nackt, schweißnass auf den weißen Gyno-Stuhl zu kroch, war er wieder einmal so stark sexuell erregt, dass ihm die Eier schmerzten. Mit einer Gänsefeder hatten beide Freunde ihn so lange schweigend gestreichelt, bis er zuckend kam.

 Er konnte nicht aufhören, sich zu ergießen. Dankbar blickte er seine guten Bekannten an. Seinen Saft aus der blanken Nierenschale, die sie ihm an seinen zuckenden Penis hielten, zu schlürfen, ließ ihn immer wieder erschauernd kommen. Jetzt, dass wusste er, kam der so oft ersehnte Teil des wunderschönen Abends. Jetzt werde er genießen können, ohne sich gleich erneut zu ergießen. Die ihn begleitenden Flüche, die vielen Beschimpfungen klangen ermunternd in seinen Ohren. Zärtlich strichen zwischendurch Peitschenschnüre über seinen Rücken, da Mahenra wie ein Hund auf allen Vieren in das nächste Zimmer kroch. Dieses Wechselspiel der Gefühle, einerseits der Wasserfall von Beschimpfungen, andererseits die Zärtlichkeit des Streichelns und Liebkosens, lösten so tiefe Gefühle aus, dass er wieder und wieder meinte, die Besinnung zu verlieren. Liebevolle Schläge mit den sehr kalten Handschuhen aus Metallgeflecht, bestückt mit kleinen, kurzen Nadeln lösten wohlige, ganz feine, unbeschreiblich zarte Schmerzen auf seinem glatt rasierten Rücken aus. Das in die feinen, nicht blutenden Wunden eingeriebene Eukalyptusöl verbreitete einen angenehmen, erfrischenden Duft. Das Brennen auf seiner Haut hielt ihn wach. Die hochhackigen Stiefeletten seiner Herrin hatte er mit gieriger Zunge blank geleckt und fein säuberlich neben der Tür zu dem sehnsüchtig erwarteten Raum abgestellt. Das hell erleuchtete Zimmer lag vor ihm, schneeweiß, klinisch rein strahlten alle metallenen Gegenstände unter der großen Operationslampe. Er durfte auf den ultimativen Stuhl, er hatte das lang erwartete Ziel endlich erreicht.

Seine Herrin legte ihm fast liebevoll die Handfesseln an, um sie dann hinter seinem Rücken am Stuhl zu befestigen. Seine Erregung steigerte sich, als der Schmerz in seinen Schultergelenken heftig wurde. Sein leises Stöhnen bescherte ihm eine schallende Ohrfeige, sodass sein Gesicht zu brennen begann. Seine Füße steckten in Metallklammern, die neben dem Fußende des Gynostuhls angebracht waren. In den Stahlhalbschalen lagen seine Waden, sein Hintern presste sich fest in den Stuhl hinein, als seine Beine weit gespreizt und in die Höhe geschoben wurden.

Beinahe wie schweben, dachte er mit geschlossenen Augen.

Im Spiegel, der über dem Stuhl schwebte, sah er sich nackt in halb gekrümmter Position liegen. Das Zentrum seines Spiegelbildes bildeten seine Geschlechtsteile.

Sein Penis lag leicht erigiert zur Seite. Ihm fiel die schrumpelige Haut seines Hodensackes auf. Langsam setzte seine Herrin die beiden Hodenklemmen an, ohne diese zusammen zu drehen. Die breite Metallschnalle des Bauchgurtes lag direkt auf seinem Bauchnabel. Die Metallstacheln piekten ein wenig. Als der Metallring sich zuschnappend um seinen Hals schloss, fühlte er Panik in sich aufkommen. Ein Stahlseil fixierte danach seinen Kopf auf dem Nackenkissen. Eine Frauenstimme fragte hinter ihm: „Bist du bereit? Wir werden uns große

Mühe geben.

„Du bist unser Freund! Einen guten Flug ins Jenseits!"

Er wollte nicken, doch die Fesseln blockierten jede seiner Bewegungen. Mit den Augen signalisierte er sein OK. Seine Herrin hielt in der rechten Hand einen Knebel, den sie ihm langsam in den Mund schob. Der Latexgeschmack löste ein leichtes Würgen aus, aber das kannte er. Latex mochte er nicht, der Geschmack von echtem Leder wäre ihm lieber gewesen. Seine Hamburger Bekannten waren echte Freunde, deshalb konnte er den Fehler mit dem Mundknebel verzeihen. Plötzlich und unerwartet durchflutete ein stechender, furchtbarer Schmerz seinen Körper. Etwas Warmes spürte er über seinen Hintern in den Stuhl fließen.

Immer neue Stiche und Schmerzen an seinen Geschlechtsteilen durchfluteten den Engländer mit der dunklen Haut des Südinders. Gutturale Laute drangen aus dem Innersten seines Körpers. Er wollte brüllen, wollte sich bewegen, wollte entfliehen. Aber, er wurde zu schwach um den Quälereien an seinem geschundenen Unterleib entkommen zu können.

Salmiakgeist brannte ihm in der Nase. Wenn Mahenra Singh drohte in Ohnmacht zu fallen, spürte er diesen wach machenden, stechenden Geruch in seiner Nase. Erst, als er vor Schmerzen nicht mehr lautlos schreien konnte und es ihm wimmernd kalt wurde, erschien ihm, im Licht der hellen Operationslampe verschwimmend, das Gesicht der zart lächelnden Frau. Langsam wich das Lächeln immer weiter zurück.

In einem endlosen, lichthellen Tunnel erfüllte sich endlich seine finale Befriedigung. Aus dem Nebenzimmer meinte eine unbeteiligte dunkle Stimme lediglich: „Lass ihn liegen, wir räumen den Dreck morgen ganz früh beiseite. Für heute reicht es mir."

Als sie aus der Haustür traten, sahen sie kurz zu der Fischverkaufshalle ihres Vermieters hinüber. Auf der Rampe stapelten sich die weißen, frisch gereinigten Fischkisten. Natürlich war niemand zu sehen, um diese Zeit. Kurz nach Mitternacht verirrten sich selbst Nutten nicht mehr in diesen dunklen Winkel des Fischmarktes. Auch das große Eisentor war heute geschlossen, es konnte niemand auf den Hof gefahren sein. Nur ein leichter Geruch nach Fisch und die Geräusche des nahe gelegenen Hafens lagen über dem Hamburger Fischmarkt.

Das tiefe, vertraute Tuten eines Nebelhorns durchbrach die Stille. Irgendwie erstaunt stellten die beiden SM-Liebhaber fest, dass sie fast vier Stunden für ihren Bekannten aus England gebraucht hatten. Sie waren freundliche, gut gekleidete Mieter des Hinterhauses. Die kommen oft spät aus ihrem Labor, früher hatten wir da unsere Kühlräume drin, dachten die Arbeiter der Fischverkaufshalle, wenn sie sich einmal trafen.

Für ihre Versuche waren die dicken Isolierungen der Wände und die luftdichten Türen gerade richtig. Der Chef war froh gewesen, dass er Mieter gefunden hatte, die das Haus, so wie es war, übernehmen und nutzen konnten. Er wunderte sich nie, seine Mieter zu den unterschiedlichsten Zeiten hier zu treffen, man kannte die beiden angesehenen Hamburger Ärzte. Die mussten sich ihre Zeit einteilen. Auf Zehenspitzen trippelten beide durch die großen, von Fischschuppen bedeckten, fahl schimmernden Wasserlachen, über den Hof. Den ganz besonderen Geruch über dieser Gegend des Hamburger Fischmarktes bemerkten sie nicht mehr. Sie waren müde, wollten nach Hause, wollten gebadet lange, in saubere Frottiertücher gewickelt, vor ihrem Kamin liegen.

Wieder hatten sie eine Aufgabe erfüllt. Noch zwei Mal wird es geschehen müssen, dann hatten sie ihr Soll erfüllt. Diesen Abend hatten sie lange vorbereitet, Zufälle wurden ausgeschlossen. Der Mann war mehrfach nach England gefahren, hatte geeignete

Kandidaten ausgewählt, hatte deren Lebenslauf, deren Gewohnheiten ausgekundschaftet.

Er hatte alle Einzelheiten berichtet, war als angesehener Gast in den speziellen englischen Clubs aufgenommen worden. Man wusste, dass er das Besondere liebte. Aber nie war auch nur einer der Besucher dieser Etablissements mit ihm gegangen, nie war es zu auffälligen sexuellen Handlungen in England gekommen. Zwar hatte er in Darkrooms seine Befriedigung gesucht, aber das war anonym. Bei jedem Besuch wählte er neue Begegnungsstätten aus. Das englische Angebot war unglaublich vielfältig. Dort, wo man ihn kannte, ließ er sich nie auf Gespräche mit anderen Gästen ein, er tauchte auf und verschwand nach kurzer Zeit wieder. Kaum, dass er etwas getrunken hatte. Einige der Gäste, die ihn des Öfteren gesehen hatten, glaubten, er stünde auf Strichjungen. Er war aber von der feinen, brutalen Art. Auf Straßendreck konnte er gut verzichten. Sein Kontaktgebiet waren die feinen Buchläden, die eleganten Kaufhäuser, die Cafés rings um die Regentstreet oder eben noch feiner, in der Bondstreet. Dort sprach er seine Tagesfreunde an. Immer mit Erfolg. Er kannte sich aus. Nach so manchem Kaffee war man direkt zu den neuen Freunden nach Hause gefahren, es waren fast immer Adressen in Londons besseren Gegenden oder die Herren logierten in Mittelklasse Hotels in der Nähe. Diese Männer waren in die City gekommen, um einen neuen Kick zu suchen. Dazu kam der Mann aus Hamburg, als Deutscher, als

Nazi, wie ihn manche bezeichneten, gerade richtig. Von ihm erwartete man deutsche Tugenden, Gründlichkeit und Härte. Und der Mann, ja der wusste, dass er gut war, sehr gut sogar. Keiner wollte ihn wieder fortlassen. Wenigstens für einige Tage wollten sie seine Spielchen genießen. So mancher neue Freund hatte seinen Hotelaufenthalt seinetwegen verlängert. Sogar viel Geld war ihm schon angeboten worden, wenn er bleibe. Oft hatte er überlegt, wäre gern geblieben, hätte Hamburg vergessen wollen. Doch wenn sein Mobiltelefon klingelte, wusste er, dass er zurückmusste. Er konnte nicht anders. Mehrfach hatte er verzweifelt zu weinen begonnen. Was seine Freunde in England, wenn sie es bemerkten, natürlich sofort auf sich bezogen. Dann hatte er das ihm aufgetragene Ziel erreicht, er konnte sie zu sich nach Hamburg einladen. Er hatte in England gefunden, wonach er beauftragt worden war zu suchen. Jetzt auf dem Weg zu seinem Haus in Winterhude rasten ihm diese Gedanken durch den Kopf. Wie gern wäre er frei gewesen, wie gern hätte er sich von all dem Geschehenen befreit. Aber er wusste, er hatte sich zu fügen. In einer Stunde werde er vor seinem Kamin eine Sexualstunde erleben, die er nie missen möchte. Er beugte sich vor Erregung nach vorn, fasst bis aufs Lenkrad seines Wagens, seine Erektion tat ihm weh. Seine Begleiterin auf dem Beifahrersitz sah lächelnd zu ihm herüber. Sie wusste genau, wie sie ihn zu nehmen hatte. Heute wollte sie ihn zart und langsam in den Schlaf verwöhnen, werde ihn einölen, massieren, streicheln und mit zärtlichen Küssen bedecken. Nein, heute dürfe er nicht kommen. Erst hatte er noch eine wichtige Aufgabe zu erledigen.

Gegen vier Uhr in aller Frühe werden zwei Helfer aus ihrer Familie am Fischmarkt auf ihn warten und den Dreck aus England irgendwo im Hafen am Museumshafen zur Schau aufhängen. Morgen werde er dann vor Erregung kaum sitzen können. Sie hatte sich etwas Besonderes einfallen lassen. Sie wollte ihn morgen so lange bearbeiten, bis er nur noch schreiend um Gnade winseln konnte. Sie wollte ihn so lange verwöhnen, bis er seine Erektion so ausgiebig bekäme, dass er vor Schmerzen ohnmächtig zu werden drohte. Eine Spritze mit starkem Erektionsmittel hatte sie in ihrer Handtasche. Den feinen Einstich in seinen Penis werde er nicht bemerken. Es würde wie ein zarter Biss zu spüren sein. Und dann sollte er sich ergießen, immer und immer wieder, dafür werde sie sorgen. Bis ihn eine zweite Spritze erlöste. Vor Erschöpfung würde er sofort einschlafen. Und, er würde vor Dankbarkeit auf Knien vor ihr kriechen und nach mehr Druck flehen. Sie kannte ihren Mann zu genau. Diese Spielchen ekelten sie manchmal an. Aber sie musste zu sich selbst hart bleiben. Sie hatte eine Aufgabe zu erfüllen. Ihr Ehemann wird alles tun, was sie verlangen würde. Ales, so wie bisher auch. Dafür verachtete sie ihn.

Der leitende Arzt in der Urologie des St. Georg Krankenhauses, Hamburg, führte seine Besucherin zu der Asservatenkammer im Keller des weitläufigen

Gebäudes. In seinem gestrigen Telefonat hatte Gunnar Hansen den Arzt über den Stand der Ermittlungen informiert, über seine Vermutungen hinsichtlich des Tatherganges und über den bevorstehenden Besuch seiner Mitarbeiterin, Nicola Köhner berichtet. Ohne sie zu unterbrechen, hatte der in seinem Beruf als Gerichtsmediziner und Urologe erfahrene Mann, ihrem Bericht zugehört, Nicolas Vermutungen bestätigt oder sie auf den einen oder anderen völlig neuen Gedanken und in eine andere Denkrichtung gebracht. Je mehr sich die beiden Fachleute in den Täter hinein diskutierten, desto klarer wurde ihnen, dass es sich um eine Gruppe von Tätern oder ein Paar handeln musste. Der Oberarzt kannte solche Fälle von Verletzungen, hatte einige Dinge im Laufe seiner beruflichen Tätigkeit gesehen, die einem Außenstehenden unbegreiflich und unfassbar sind und immer bleiben werden. Meistens seien es Verletzungen, die von erotischen Spielchen stammten, oder die sich Menschen selbst zufügen, erläuterte der Arzt zwischen den einzelnen Regalen. Lust am Schmerz hatte er das genannt. In allen Fällen waren Gegenstände in den Körper eingeführt worden. Diese hatten zu Verletzungen, in einigen Fällen sogar zu einem tödlichen Kollaps geführt. Der Raum mit seinen vielen Präparaten, den sie nun betraten, faszinierte die junge Frau ungemein. In den unterschiedlichsten Gläsern, in Schubladen und Umschlägen verbargen sich wahrscheinlich Sexspielzeuge, deren Verwendung für den

Außenstehenden kaum zu verstehen war. Als der Gerichtsmediziner eine kleinere Flasche ins Licht hielt und schüttelte, purzelten ungefähr drei bis vier Zentimeter lange, gelb-bräunliche gefärbte Würmer in der Konservierungsflüssigkeit hin und her. „Und, was ist damit?" Erstaunt blickte Nicola den Arzt an. „Mehlwürmer, vor Monaten hatten wir einen Mann hier, der sich Mehlwürmer in die Harnröhre setzte, um einen besonders starken Kick beim Masturbieren zu bekommen. Leider war einer der Würmer in die Blase gekrabbelt. Nach unglaublichen Schmerzen kam der Mann zu uns.

Bei der Operation fanden wir den Wurm in der Blase. Der Mann hat zwar seine Würmer bei uns abgeliefert, die hier im Glas. Aber weiß man, was in den Köpfen der Menschen vor sich geht?!"

Auf dem Weg in den anschließenden Raum unterbrach er das ein wenig peinlich Schweigen: „Ach, wissen Sie, wir finden so viele Dinge in menschlichen Körpern, offensichtlich ist nichts unmöglich. Das sollte Ihnen als Profilerin klar sein." „Mir ist Einiges klar", etwas zu spitz antwortete Nicola. Erstaunt blickte der Mediziner seine Besucherin an: „Ich meine nur, vieles ist selbst für uns in der Urologie nicht vorstellbar. Aber, wir werden immer wieder überrascht. Unverhofft kommt oft!"

Er zog zwei nebeneinander liegende Schubladen auf, hob das Abdecktuch an und deutete mit einer fahrigen Handbewegung auf die dort sorgfältig aufgereihten, nummerierten und gekennzeichneten Gegenstände. „Das alles haben wir aus der Urologie in Männern und Frauen gefunden. Und," er sah die junge Frau an: „Und nur in den Harnwegen oder der Blase! Hier sehen sie selbst!" Er nickte erneut in Richtung auf die Schubladen. Dildos, Lustkugeln, Büroklammern, Federn, Löffel, Messer, Kerzen, kleine Peitschen und dünne Metallstangen, Glühbirnen, Bleistifte und Kugelschreiber, Messer der unterschiedlichsten Größe und Art, Luftballons, Wasserbälle und Schwimmflügel. „Selbst Rasierklingen sind nicht so selten!" Ohne eine Antwort zu erwarten setzte der Arzt seine Erklärungen fort: „Und hier, hier im Regal stehen Präparate in Formaldehyd konserviert. Bananen, Auberginen, Gurken, Schweineschwänze und -pfoten, Knochen, Zwiebeln und Porree, Möhren, auch Kirschen und Pflaumen haben wir schon gefunden. Die Steine und Kerne der Früchte wurden den Frauen und Männern zum Problem. Wir haben Einiges für unsere Studenten präpariert, aber lange nicht alles. Schauen Sie hier." Lächelnd hielt er seiner Besucherin ein hohes Glas vor die Augen, stellte es jedoch sofort zurück in das Regal. „Eine Korallennatter, die wir einer Frau aus der Harnröhre entfernen mussten!" „Was hat der Mann für zarte, lange Finger, sehr gepflegte Hände." Fuhr es ihr durch den Kopf. Sie sah dem Arzt in die Augen: „Spielen Sie Klavier?" Verdutzt sah der Urologe seine Besucherin an. „Wieso, wie kommen Sie darauf? Gerade jetzt?" „Ihre Hände." „Ja, tatsächlich, gut beobachtet! In meinem Beruf sind gepflegte Hände sehr wichtig. Ich achte darauf, sie verstehen?!" „Sagen Sie, werden Gegenstände meistens

eigenhändig eingeführt? Oder sind Frauen bei Männern aktiver?"

„Ich weiß worauf Sie hinauswollen. Nach unserer Erfahrung hier in Hamburg waren mehrheitlich Frauen beteiligt, wenn es sich um Verletzungen bei Männern ging. Denken Sie an die Domina. Auch in privaten Bereich sind bei Verletzungen der männlichen Geschlechtsorgane mehrheitlich die Frauen beteiligt. Männer fühlen direkt, wenn es zu schmerzen beginnt und beenden die Aktivität sofort. Eine weitere Person, ob Mann oder Frau muss aufgefordert werden den Vorgang zu beenden. Das bedeutet eine zeitliche Verzögerung. Aber ich ahne worauf Sie in Ihren Ermittlungen hinauswollen, sagte ich schon. Frauenhände sind feinfühliger. Aber, auch hemmungsloser. Siehe Domina."

 Nicola Köhner hatte genug gesehen und gehört., sie wendete sich irritiert dem Ausgang zu: „Danke, ich bin überzeugt, dass wir noch viel Arbeit vor uns haben, den Fall vom Hamburger Hafen aufzuklären." „Möchten Sie einen Kaffee?" „Ja, danke, der tut jetzt bestimmt gut." „Ich gehe vor, in meinem Büro haben wir Kaffee und etwas Zeit." „Kann ich mir die Hände hier waschen?" „Natürlich, kommen Sie mit auf meinen Flur, dort zeige ich Ihnen unseren Waschraum. Fühlen

Sie sich schmutzig?" „Etwas schon, obwohl alles so steril und sauber aussah!" Der Fahrstuhl hielt in der dritten Etage. Der Urologe ließ seine Besucherin zuerst aussteigen. Er hielt automatisch die rechte Hand vor die Lichtschranke.

Dann zeigte er nach links: „Dorthin bitte, die dritte Tür rechts. Ich bin dann in Raum 317." Mit schnellen Schritten ging er in die entgegengesetzte Richtung. Der helle, leicht graue Fußboden, die weißen Wände, die bunten modernen Bilder, die vielen Grünpflanzen verbreiteten eine angenehme, freundliche Atmosphäre. Trotzdem, die Erinnerungen an des soeben Gesehene ließen Nicola sich einmal kurz schütteln, so als würde sie in eine andere, in ihre reale Welt wieder eintauchen. Ein kurzes, aber heftiges Zittern durchlief ihren Körper erneut, als sie vor der Tür des Zimmers 317 stand. Die Hände des Mannes hinter der Tür faszinierten sie. Einen fast unwirklichen Duft nach Kaffee vermeinte sie durch die Tür zu spüren. Er überlagerte sehr angenehm den in ihrer Nase immer noch vorhandenen Geruch nach Desinfektionsmittel aus der muffigen Asservatenkammer im Keller. Sie kamen nach einigen Minuten mit dem Austausch von Höflichkeiten zu einem konstruktiven Gespräch.

 Die Todesursache der Opfer aus dem Hafen und aus der Speicherstadt, ordnete der Arzt der Kategorie Tod durch gewollte Verletzungen an männlichen Geschlechtsorganen zu. Die Männer waren verblutet.

Der Hinweis auf Glasröhrchen aus einem Laborbetrieb, die hier in der Klinik aus einem Verletzen, aus dem Penis herausoperiert worden waren, überzeugte sie davon, dass es sich um medizinisch ausgebildete Täter handeln musste. Allerdings, in der Diskussion sprach der Arzt auch von Methoden zur Steigerung der Lust. Das waren neben reiner Neugierde die Hauptursachen von Verletzungen und sogar von Todesfällen.

Unvorstellbar, aber, wo liegt bei den beiden Todesopfern der Schlüssel zum Warum? Nicola sah sehr nachdenklich den führenden Fachmann hinter seinem Schreibtisch an. Über Methoden und Gefahren war sie nun informiert. Es blieb die Frage nach dem Warum. Aus welchem Grund, was treibt einen Täter an, warum ist jemand zu so etwas in der Lage?

Nicola versuchte der Diskussion eine andere Richtung zu geben.

Entgegen ihrer Hoffnung schlug ihr Versuch fehl, in ein solches spekulatives Gespräch wollte sich der Arzt nicht verwickeln lassen. „Das ist ihr Problem", hatte er grinsend jeden Versuch abgeblockt. „Wissen Sie, die Berliner und wir gehen neue Wege, um sexuelle Verbrechen aufzuklären. Dazu gehören, Tötungsdelikte, Vergewaltigungen, Verstümmelungen und illegale Abtreibungen mit Todesfolge." „Und was machen Sie neu? Was ist anders als bei Ihrer bisherigen Tätigkeit?" Seine Besucherin sah ihn mit großen, ungläubigen Augen fragend an.

„Am Beispiel von Vergewaltigungen will ich Ihnen das System kurz erläutern. Die Charité in Berlin geht neue Wege bei der Behandlung von Vergewaltigungsopfern.

Wir haben das in der Ärzte-Zeitung in 2010 veröffentlicht.

Ich kopiere Ihnen den Artikel später." Aus einer Schublade seines Schreibtisches entnahm er mehrere DIN A4 Seiten eng beschriebenes Papier. Über den Rand seiner Brille sah er die ihm gegenübersitzende junge Frau an und las vor: „Wissen Sie, ich zitiere: „Die Opfer einer Vergewaltigung sollen künftig schneller betreut werden können. Außerdem sollen die nötigen Beweise, die bislang oft fehlen, schneller sichergestellt werden. Mit einem bundesweit einmaligen Pilotprojekt haben sich die Charité und des Landeskriminalamt Berlin diese Ziele auf die Fahnen geschrieben. Schnellere Hilfe nach einer Vergewaltigung: Bis zum Jahresende will die Charité mit dem Landeskriminalamt Berlin ihr Pilotprojekt testen. Im Rahmen des Projektes, das bis zum Jahresende getestet wird, sollen die Opfer von der Polizei direkt in die Rettungsstellen der Charité gebracht werden. Rechtsmedizinisch und psychologisch speziell geschulte Ärzte und Pflegekräfte sollen die Opfer dort betreuen. Die Mediziner sollen typische Verletzungen dokumentieren und Abstriche nehmen, um später die DNA des Täters isolieren zu können. Außerdem ist eine gerichtsverwertbare Dokumentation mittels ärztlichen Befundberichts geplant." „Ein Ziel ist, später vor

Gericht eine geschlossene Beweissicherungskette zu präsentieren", erklärte Hedwig François-Kettner, Pflegedirektorin der Charité und eine der Initiatorinnen des Projekts. "Bislang werden mutmaßliche Täter trotz starker Verdachtsmomente leider häufig freigesprochen, weil eindeutige Beweise fehlen. Ein Mensch, der miterleben muss, wie der Angreifer straflos davon kommt, wird zum zweiten Mal Opfer. Das wollen wir mit diesem Projekt verhindern."

"Wir möchten durch die Kooperation mit der Charité die Betroffenen ermutigen, sich so schnell wie möglich in geschulte Hände zu begeben", betont Peter-Michael Haeberer, Leiter des Landeskriminalamts Berlin. Spurensicherung sei nur in engem Zusammenhang mit der Tat erfolgreich. „Unsere Aufklärungsquote liegt derzeit bei 73 Prozent. Hinzu kommt, dass auf jede angezeigte Tat im Schnitt fünf Verbrechen kommen, bei denen das Opfer sich nicht an die Polizei wendet", fährt er fort. "Ich kann nur schwer mit dem Gedanken leben, dass vier Fünftel aller Täter weiter unbehelligt frei herumlaufen. Deshalb ist der Schritt der Charité so wichtig." Gynäkologen, Rechtsmediziner und Pflegekräfte der Charité haben während der intensiven Vorbereitungsphase spezielles Untersuchungsmaterial als so genanntes Kit zusammengestellt, das einheitlich für alle drei Rettungsstellen der Charité bereitgehalten wird. Unmittelbar nach ihrer Ankunft werden die Opfer von Ärztinnen oder Ärzten untersucht, die nach Möglichkeit dem gleichen Geschlecht angehören. Die

Mitarbeiterinnen und Mitarbeiter wurden in intensiven Schulungen auf die sensible Aufgabe vorbereitet. Sie behandeln Verletzungen, dokumentieren diese, beraten die Patienten in Fragen der HIV-, Hepatitis- und Schwangerschaftsprophylaxe und übergeben danach den vor der Tür wartenden Polizisten sofort das Untersuchungskit mit den versiegelten Proben.

Dieses wird in die Asservatenkammer des LKA gebracht und dient als Grundlage weiterer Ermittlungen. "Unser medizinisches Personal handelt hier nicht als Erfüllungsgehilfe der Polizei", betont Dr. Joachim Seybold, der stellvertretende Ärztliche Direktor der Charité. Denn die Bewertung der Beweise bleibt Sache der Behörden. Aber wir als Mediziner haben die Pflicht, die seelische und körperliche Gesundheit der Opfer nach Möglichkeit wiederherzustellen. Das gehört zur gesellschaftlichen Verantwortung der Charité in Berlin und deshalb werden wir alles für den Erfolg dieser Kooperation tun." Sehen Sie hier, veröffentlicht in der Ärztezeitung vom 16.08.2010."

Der Urologe hielt den Zeitungsbericht in Richtung seiner Besucherin und griff zum Telefon: „Frau Schneeberger, bitte, können Sie uns Fotokopien machen?" Fast gleichzeitig ging die zweite Tür zu seinem Büro auf: „Mache ich, wie viel Kopien benötigen Sie?" „Vielleicht drei, dann können Sie Herrn Hansen und seinen Mitarbeitern jeweils eine Kopie geben. Einverstanden?" „Ja, prima, das mache ich gerne."

Die Idee eine zentrale Datenbank und Asservatenkammer in Deutschland einzurichten, faszinierte die junge Profilerin außerordentlich.

Angeregt unterhielt sich der erfahrene Urologe mit seiner Besucherin, bis die Sekretärin die Fotokopien hereinreichte. Als Frau Dr. Köhner sich bedankte und verabschiedete meinte er ganz beiläufig: „Ich rufe den Gunnar Hansen noch an, kann ich Ihren Namen erwähnen?"

Sie hatte ihn lächelnd angesehen.

Der Tag verflog, sie wusste nicht wo die Zeit geblieben war. Abends wartete sie auf Stefanie. Max hatte sich abgemeldet, er war auf Verkaufstour in Düsseldorf. Sie hing ihren Gedanken nach und versuchte, wenigstens für einen Abend ihren Beruf zu vergessen. Als Stefanie gegen acht Uhr an der Haustür klingelte, war der Esstisch nett gedeckt, das viele Halogenlicht erleuchtete den Raum so stark, dass der bunte Tisch mit dem vielen Obst, den Blumen und den bunten Gewürzdosen und - gläsern als strahlender Mittelpunkt die ganze Wohnung zu beherrschen schien. Stefanie sah in ihrem hellen Hosenanzug überwältigend aus. Ihre Gastgeberin mochte solche Frauen. Elegant und doch sehr fraulich, irgendwie passte die so modern zurechtgemachte junge Frau nicht zum Job einer Kriposekretärin, es war nur so ein Gedanke. Natürlich sprachen sie nach einer kurzen Wohnungsbesichtigung über den Fall, an dem sie alle arbeiteten. Nicola hatte längst bemerkt, dass der Kollege Happel sehr häufig in den Erzählungen von Stefanie vorkam. Ihre neue Bekannte lobte ihn als guten Ermittler, als hervorragenden Organisator und sorgfältigen Büromenschen etwas zu oft. Grinsend fragte sie daher nach einer Weile: „Was hast du mit dem Happel?" Überrascht sah Stefanie ihre Freundin an. Und lachte. „Klar mag ich den, besonders seine charmante Art. Den könnte ich mir gut als Urlaubsbegleitung vorstellen." Die beiden Frauen lachten. Aber trotzdem, irgendwie machte Steffi einen bedrückten Eindruck. Die verschiedenen, frisch gebackenen Brötchen, die bunten Salate und Käsecremes, der holländische Käse, der besonders zarte Parmaschinken passten hervorragend zum leicht prickelnden Prosecco. So spät am Abend, nach einem langen Arbeitstag genügte schon ein Glas, um eine ungewöhnliche Leichtigkeit über die beiden Frauen wehen zu lassen. Langsam entspannte sich Stefanie und begann von ihrem Traum zu erzählen. Mehr und mehr steigerte sie sich in die Rolle einer Männer hassenden Frau hinein. In allen Einzelheiten berichtete sie von den vier Tätern in ihrem Traum, sprach von der Gewalt der Männer und ihrer eigenen Ohnmacht. Von körperlicher Unterlegenheit und dem unvorstellbaren Potential an sexueller Energie, die solche Typen immer nur dann befällt, wenn sie in Gruppen auftreten. Nicola hörte sehr aufmerksam zu. Sie schenkte nur Tee nach, den perlenden Wein ließ sie erst einmal stehen. Mit hochgezogenen Augenbrauen verfolgte sie sehr aufmerksam, wie sich ihre Bekannte immer mehr in die Rolle eines realen Opfers hineinsteigerte. „Willst du über dich reden?" Sie setzte sich mit ihrer Freundin auf das riesige Sofa. Mit angezogenen Beinen saßen sich die beiden Frauen gegenüber. Stefanie begann zu erzählen, aus ihrer Kindheit, von ihrem Elternhaus, von ihrem sehr liebevollen Vater und der meistens reservierten, unnahbaren Mutter. Eigentlich konnte sie nie mit ihrer Mutter kuscheln. Auch als kleines Mädchen, so erinnerte sie sich, war es immer ihr Vater, der ihr Liebe gab. Ihre Mutter war die versorgende Frau, wie eine Köchin oder besser noch wie eine Haushälterin. Immer im Abseits, alles tuend, alles erledigend, immer für die Familie da seiend, aber irgendwie lieblos abwesend. Als sie ihren ersten festeren Freund mit nach Hause brachte, war es mit der Mutter zu massiven Auseinandersetzungen gekommen. Ihr Vater nahm seine Tochter eines Tages zur Seite und berichtete ganz vorsichtig vom Problem der Mutter.

Kurz nach Stefanies Geburt war die Mutter in der U-Bahn überfallen worden. Mehrere Jugendliche hatten versucht, sie zu vergewaltigen, hatten sie massiv verprügelt. Lange war ihre Mutter in Behandlung gewesen. Seit diesem Gespräch mit ihrem Vater fühle sich Stefanie von Zeit zu Zeit in Träumen selbst als Opfer. Sie schlüpfte in die Opferrolle ihrer Mutter. Und immer endete der Traum plötzlich und unvollendet.

Wenn sie aus den Träumen erwachte, kamen als erster Rachegedanken. Stefanie wollte sie sich an Männern rächen. Dafür, dass ihre Mutter ihr nicht die Liebe geben konnte, die sie so gern gehabt hätte. Nachdenklich betrachtete Nicola ihre Fingernägel.

„Und wie kommst du mit Männern klar?" „Kein Problem, nur, ich muss bestimmen, wann ich will. Verstehst du das? Kuscheln und schmusen ist mir oft viel wichtiger als Sex. Das kann ich stundenlang." Jetzt lachte sie ihre neue Freundin wieder an. „Weißt du wie spät es ist?" Überrascht sahen beide gleichzeitig auf die große Bahnhofsuhr, die an der gegenüberliegenden Wand von einem Halogenlicht angestrahlt wurde. Sie hatten sich verquatscht, hatten die Zeit vergessen.

Stefanie sprang auf. „Mensch, sorry, schon nach zwölf, ich muss los. Danke für den Abend und", sie stutzte, „und für deine Zeit. Danke."

Mit einer Hand zeigte Dr. Nicola Köhner auf die leere Flasche. Den einen Prosecco hatten sie ausgetrunken, eine halbvolle zweite Flasche stand vor dem Sofa auf dem Fußboden. Der Tee war kalt geworden.

Mit großen Augen sah ihre Besucherin Nicola an: „Du bleibst hier. Auf dem Sofa ist viel Platz. Komm, mach keinen Stress. Fahren kannst du eh nicht mehr. Lass uns noch quatschen, einverstanden?" Wie ein kleines ängstliches Mädchen schmiegte Stefanie sich an die so stark wirkende Profilerin Nicola. „Wenn du meinst, gerne. Ich könnte noch stundenlang mit dir reden."

Gähnend lehnte sie sich zurück. Plötzlich zog sie ihre Anzughose aus, nahm die Cashmeredecke vom Sofa, wickelte sich bis zum Hals darin ein und sah die abwartende Frau vor sich an. Ihre Zehenspitzen berührten sich, denn beide saßen sich mit halb ausgestreckten Beinen gegenüber. Sie quatschten und analysierten, drangen immer tiefer in die Seele von Stefanie vor. Irgendwann verloren sie die Zeit, erst als Nicolas Handy klingelte, merkten sie, wie nahe sie sich gekommen waren. So als würden sie aus einem tiefen Traum erwachen, lösten sie ihre inneren Anspannungen und ließen voneinander ab. Max meinte, er bleibe noch eine Nacht in Düsseldorf, seine Freundin war erleichtert.

So gegen halb Neun riefen sie am nächsten Morgen im Polizeipräsidium an und erklärten dem Kollegen Happel, dass sie beide an dem Fall arbeiten. Unmittelbar nachdem Stefanie sich leicht nervös, verschämt wie ein kleines Mädchen, verabschiedet hatte, arbeitete Nicola bis weit in den Abend hinein, bis weit nach Mitternacht. An diesem Tag machte sie keinen Schritt vor die Tür. Sie schien von ihrem Computer fasziniert zu sein. Die alte Wanduhr ihrer Oma über der Art-Deco-Anrichte begann plötzlich so laut zu ticken, dass die Stille in ihrer Wohnung zerbrach. Verwundert blickte sie auf, zwei Uhr nachts, sie schüttelte sich. Jeans ausziehend, den Pullover auf den nächsten Sessel werfend verschwand sie ungeduscht unter ihrer Cashmeredecke auf dem breiten Sofa. Es duftete nach Aromatic Elexier von Clinic, Stefanie benutzte dieses Parfüm.

Erst als ihr Telefon neben ihrem PC wie ein Hahn krähte, wachte sie auf. „Na, wie geht es in Hamburg? Hast du geschlafen?" Max breites Grinsen erschien auf dem kleinen Bildschirm. Jetzt hatte sie Lust auf ihn, hätte ihn gern neben sich gespürt. Noch einen weiteren Tag blieb er im Ruhrgebiet. „Schade" dachte sie. „Heute Morgen hätte ich ihn gern bei mir gehabt." Das Täterprofil der beiden Fälle trat ihr immer klarer entgegen.

Der Besuch in der Asservatenkammer der Urologie im St. Georg-Krankenhaus und Stefanies Problem hatten sie auf einen Gedanken gebracht, den sie ausarbeiten, den sie in seiner ganzen Tiefe durchdenken musste. Ihr war klar geworden, dass jemand auf eine besonders subtile Art seine Ängste ausleben musste oder dazu gezwungen wurde. Es ist eine Ärztin oder zumindest eine fachlich gebildete Frau. Es ist eine Frau, die jemanden für sich arbeiten lässt, die alles genau und präzise plant.

Oder, sie stutzte bei diesem Gedanken, ein Klavierspieler mit medizinischen Kenntnissen. Jemand mit sehr zarten, feingliedrigen Händen. Sie zwang sich, die beiden Vorgänge immer wieder an ihrem PC durchzulesen, musste sich immer wieder Einzelheiten ins Gedächtnis rufen. Irgendetwas hatte sie übersehen. Immer wieder ging sie die Fakten durch, sortierte

Tatsachen in gesonderte Files, kriminalistische Ermittlungen kamen hinzu. Hintergrundinformationen, Besonderheiten, Auffälliges, psychische Rückschlüsse, alles wanderte getrennt in die dazu bestimmten Files. Immer wieder sortierte sie, verschob, verwarf und überarbeitete ihre Erkenntnisse. Die Verletzungen an den Geschlechtsorganen lassen auf Rache schließen, man zerstört nicht, was man benutzen will. Auch nicht im Sado/Maso-Bereich. Das ultimative Ende, der Tod eines Menschen, ist bei dieser Art der sexuellen Handlungen nicht vorgesehen. Warum also muss etwas gerächt werden? Weil eine Tat vorausgegangen war, die es wert ist gerächt zu werden. Die DNA–Untersuchungen hatten nichts ergeben, was auch auf weibliche Körperzellen eines Täters oder einer Frau als Mörderin hinweisen könnte. Was könnte es also sein, das jemand dazu bringt derart bestialisch zu töten.

Das kann nur unglaubliche Wut sein. Wut, auf Grund von unverarbeiteten Erlebnissen oder auf etwas Versäumtes im Leben. Auf etwas, das den Charakter des Täters so beeinflusst hat, dass es lediglich eines Auslösers bedurft hatte. Erst dieser Kick hat beim Täter ein schizophrenes Verhalten frei werden lassen. Wie bei einem chemischen Prozess, wenn plötzlich alles explodiert. Wie bei einem Feuerwerk, wenn ein Streichholz die Kettenreaktion von Explosionen auslöst. Persönlichkeitsspaltung hatte ihr damaliger Uni-Professor oft vorgetragen, bedarf manchmal nur des kleinsten Anlasses zur Aktivierung. Nicola lehnte sich zurück, streckte den Rücken. Ihre Schultern waren verspannt, die Knoten in den Muskeln konnte sie förmlich knacken hören. „Jetzt brauche ich einen Kaffee, nee, besser einen Espresso", murmelte sie vor sich hin. Auf dem Weg in die Küche bekam sie Lust auf einen doppelten, richtig schwarzen mit viel Zucker. Als das Telefon Stunden später erneut klingelt, wusste sie, dass es Stefanie war. Richtig, ihre Stimme klang klar und konzentriert. Sie hatte nichts Besonderes zu berichten, wollte sich nur bedanken und Bescheid geben, dass sie gut zuhause angekommen sei.

Sie war ins Präsidium gefahren. Nicola nutzte die Situation und fragte beiläufig: „Was hat dein Vater eigentlich all die Jahre gemacht. Hat er die massive Zurückhaltung deiner Mutter akzeptieren können?" „Nee, natürlich nicht. Als ich älter war und er niemanden mehr zu versorgen hatte, weil mein Bruder und ich aus dem Hause waren, hat er sich völlig abgekapselt und ist seine eigenen Wege gegangen. Einmal habe ich ihn, mitten in der Woche, in Travemünde gesehen. Er ging da Hand in Hand mit einer anderen Frau." „Habt ihr darüber mal gesprochen?" „Nee, wollte ich nicht. Ich habe ihn verstanden und ihn bewundert, dass er meine Mutter bis heute nicht verlassen hat. Er hat mich damals am Strand auch nicht gesehen." Sie verabschiedeten sich, leicht genervt, schaltete ihr Handy aus. Mit dem starken Kaffee in der Hand ging Nicola nachdenklich in ihr

Arbeitszimmer. Der Apple-Computer strahlte ihr bläulich entgegen. Wir müssen eine Frau aus der Szene suchen oder noch besser nach einem Paar, nach einem unglücklichen, vielleicht verzweifelten Ehepaar. Das ist der Schlüssel, durchfuhr es sie.

Ein Paar ist ungewöhnlich, so etwas fällt auf, sowas kann man in der Szene recherchieren. Das war es. Es musste ein Paar sein. Ein Paar mit den gleichen Neigungen, mit Abhängigkeiten von einander, die so unglaublich stark sind, dass selbst ein Mord akzeptiert wird. „Ich muss diesen Gedanken weiter intensivieren, muss dem nachgehen, muss näher herankommen, muss den Schlüssel zu den Taten finden. Dann finde ich auch, wer dahintersteckt. Ich muss das herausbekommen. Ich muss!" Nicola schrie sich fast den Frust von der Seele. Das Jagdfieber der Profilerin war nun endgültig erwacht. „Ich kriege dich", murmelte sie. „Ich will dich haben." Vor Wut rollten ihr Tränen über das müde Gesicht.

Als sie gegen drei Uhr nachmittags auf die Uhr sah, erschrak sie. Müde war sie kein bisschen, sie musste sich jedoch wenigstens ein paar Stunden hinlegen, nach der kurzen letzten Nacht auf dem Sofa. In ihrem großen weichen Bett fühlte sie Verlangen nach ihrem Freund. Einschlafen konnte sie sowieso nicht. Um halb neun abends schreckte sie das Telefon mal wieder aus dem Schlaf. Sie hatte nicht einschlafen wollen. „Kannst du morgen vormittags vorbeikommen, zu mir in die Wohnung? Ich denke, du solltest einiges wissen. Wir haben was Neues. Ich denke, das wird wichtig für unser weiteres Vorgehen. Du solltest bei unserer Frühbesprechung dabei sein." „Guten Abend, kannst du dich auch normal melden?" Sie fühlte förmlich, wie Hansen am anderen Ende verlegen wurde. „Sorry, bin seit fünf Uhr am Telefonieren. Tut mir leid. Guten Abend Nicola. Hast du geschlafen?" Beide mussten lachen. Sie werde Morgen um zehn bei ihm sein. „Das passt gut. Danke dir," antwortete Hansen und legte auf. Als Nicola am nächsten Morgen zu Hansen ins Wohnzimmer kam, saßen Stefanie und Happel bereits am großen Esstisch. Die beiden Frauen sahen sich versehend an. Kein Wort über den gestrigen Abend, ihr vertrauliches Gespräch und die Nacht würde fallen. Wie die beiden Frauen gestern den Abend verbracht hatten, blieb vertraulich. Happel hatte die Möbel im großen Wohnzimmer etwas anders geordnet und eine überdimensionale Wandtafel aufbauen lassen. Mit der Überschrift:

Gemeinsame Elemente

Planung Motiv Verletzungen sexuelle Manie Täter-Profile. Davor stand der Mahagonitisch mit drei Stühlen. Schreibblöcke, Bleistifte und ein Satz farbiger Filzschreiber lagen für jeden bereit. „Wie in der Schule", lachte Nicola in die Runde und begrüßte Hansen in seinem Rollstuhl mit einem besonders freundlichen: „Guten Morgen, mein Lieber." Er lachte und gab ihr die Hand. Vielleicht eine zehntel Sekunde zu lange. Lächelnd drehte sie sich um. Neben seinem Platz hatte

Hansen einen Projektor und sein Notebook aufgebaut. Ein helles Viereck strahlte bereits probeweise an die gegenüberliegende weiße Wand. „Lasst uns beginnen. Ich möchte, dass wir die bisherigen Erkenntnisse zusammenfassen, sozusagen katalogisieren. Wie ihr seht, stehen bereits die Kategorien als Überschriften auf der Tafel, sie sind für beide Ermordeten gleich. Denn wir gehen von einem Täter oder einer Tätergruppe aus. Einwände?" Er blickte in die Runde. Die Kollegen nickten. „Also, Gerd fang du an." Happel wühlte in seinen Notizen, ging an die Tafel, referierte über seinem Besuch in dem Sportstudio. Dort kannten sie den Toten. Den „Inder" hatte man dort ungefähr zwei Tage lang beobachtet. Er hatte eifrig Workouts, Stretching und Hanteltrainings ohne jegliche Anleitung gemacht. „Der muss echt fit gewesen sein", berichteten zwei junge Damen, die als Angestellte Gäste des Studios betreuten.

„Der hat nie etwas gefragt oder um Anleitung gebeten. Der kannte sich aus. Er kam immer allein, jeden Tag, so gegen Drei und blieb bis ungefähr sechs, abends. Im Wesentlichen sprach er Englisch, hat sich mit niemandem verabredet, aber für einen Probemonat bezahlt. Auffällig war, dass er immer in dem gleichen Outfit kam. Er hatte einen Jogginganzug, aber täglich frische Handtücher aus dem Hotel IBIS. Die beiden Damen hatten den gutaussehenden, fremdartigen Mann sehr genau beobachtet.

Dem Hinweis auf das Hotel bin ich sofort nachgegangen. Im IBIS-Reeperbahn war er vorschriftsgemäß gemeldet. Eingetragen hatte er sich als William Block, an dem Tag, bevor wir ihn in der Speicherstadt gefunden haben, hat er bezahlt und sich sehr freundlich verabschiedet.

Die jungen Leute an der Rezeption konnten sich gut an ihn erinnern. Er hat morgens immer mit seinen Muskeln geprahlt." Happel atmete tief durch. „Habt ihr Fragen zu diesem Komplex?" Als niemand antwortete fuhr er fort: „Ich komme nun zu den Recherchen in England und fasse zusammen: John Taylor hat die Läden in London ausfindig gemacht, von denen die Etiketten in der Bekleidung stammen. Aus den Auftragsbüchern waren schnell die Namen unserer Ermordeten zu ermitteln. Wie in dieser Art von hochwertigen Herrenausstattern üblich, gab es immer etwas zu ändern. Manchmal waren die Hosen zu lang oder die Kunden wollten die Knöpfe der Sakkos ausgetauscht haben. Die Engländer führten dicke, alte Kundenbücher, in denen alle Besonderheiten und Wünsche ihrer eleganten Kunden vermerkt wurden. Die Bilder der rekonstruierten Gesichter genügten den Ladenbesitzern, um ihre Kunden zu identifizieren. Zweimal im Jahr kaufte unser Mann, der Inder, seine Bekleidung bei unterschiedlichen, traditionellen Herrenausstattern. Der Mann hieß Mahenra Singh Awasth, war ein früh pensionierter Sergeant der britischen Armee in einem Regiment von ehemaligen indischen Gurka-Kämpfern. Eine eigene Familie hatte er nicht, bekam aber eine, nicht unwesentliche

Veteranen-Pension vom Militär, von der er seine verwitwete Mutter mit ernährte." Nach und nach füllte sich die Wandtafel mit mehr und mehr Fakten. Happel sah Nicola an. „Und", fuhr er fort, „seine Mutter meint, dass es eines Tages so kommen musste. Überrascht hatte sie der Tod ihres Sohnes nicht. Sie habe nichts Direktes gesagt, aber die englischen Kollegen haben herausgefunden, dass er Sado/Maso-Zeitschriften abonniert hatte. „Die genauen Angaben von der Bittischen Army sollen wir in den nächsten Tagen bekommen. John Taylor bleibt dran und informiert uns weiter. Und nun", er sah in die Runde seiner Kollegen: „Der Tote aus dem Museumshafen stammt ebenfalls aus England. John hat das Foto an wichtigen Offizieren und Kollegen in seinem Land gefaxt. In Manchester kannte man den Mann. Sie hatten ihn in der Kartei. Aus der Army war er halbwegs unehrenhaft ausgeschieden. Man hatte ihn bei sadomasochistischen Handlungen in der Kaserne erwischt. Es sollte offensichtlich nichts an die Öffentlichkeit dringen. Nach dem Militär hat er sich selbstständig gemacht; als Bodygard-Service für ältere Herrschaften, die was erleben wollten. In der Sado-Maso-Szene in London und Manchester war er bekannt. Auch zu diesem Toten sollen wir in den nächsten Tagen Einzelheiten vom Militär bekommen. Sein Name ist Ray Eaton. Die vermisste Halskette gehört zu einer Armee–Erkennungsmarke. John Taylor hatte gemeint, viele dieser Veteranen tragen ihre Marke als Halsschmuck. Auf dem Foto des Toten hat er deutlich diese Art von Kette erkannt. Beide Toten verfügten über gute Einkommen, konnten reisen und Geld in der Szene ausgeben. Auch dieser Mann hat seine Bekleidung in London eingekauft. Bei beiden hat man in deren Wohnung benutzte Air-Ticketabschnitte von EASY JET nach Hamburg gefunden. Alles waren Rückflugtickets von Hamburg zurück. Und beide hatten eine kleine Barreserve in Euro in Schubladen liegen. Der Tote hieß übrigens Ray Eaton. Auch der hatte im IBIS-Hotel, Reeperbahn gewohnt. Die S/M-Szene, hier in Hamburg, wird heute bis spät in die Nacht unter die Lupe genommen. Unsere Leute sind bereits unterwegs. Morgen haben wir deren Berichte. Übrigens sein Bild haben die Leute im Hotel identifizieren können. Soweit wir bis jetzt wissen, gab es keinen Kontakt zwischen den beiden Opfern." Happel setzte sich. In das betretene Schweigen hinein bemerkte Hansen sehr vorsichtig: „Was ist mit den Schwulen, mit den Transvestiten und Sado-People aus der Szene?" Er griff zu seiner Kaffeetasse, nahm einen Schluck des mittlerweile kalten Getränks, verzog das Gesicht und sah in die Runde: „Haben wir irgendwelche Infos von dieser Seite? Ich bin davon überzeugt, dass es in der Hardcore Szene irgendjemanden geben muss, der die beiden Opfer gekannt oder gesehen hat. Wenn nicht, kommen wir nicht weiter. Verdammter Mist. Wir wissen so viel von den beiden Opfern und der oder die Täter spielen mit uns Katz und Maus. Es ist zum Kotzen, Entschuldigung. Gerd, vielen Dank für deinen

Bericht." Er sah seine beiden Damen betroffen an. Sein Temperament kam langsam auf Touren. Nicola blickte ihm in die Augen. Er tat ihr leid. Das kaputte Bein vervielfachte seinen Stress mit den beiden Mordfällen unglaublich. Wie musste der Mann leiden. „Lasst uns ruhig bleiben. Nur wenn wir cool bleiben, schaffen wir eine schlüssige Analyse. In der vergangenen Nacht bin ich alle Einzelheiten wieder und wieder durchgegangen." Frau Dr. Köhner übernahm die Initiative. „Also, ich denke, dass wir profilieren müssen, wir müssen es schaffen das Täterprofil zu entwerfen. Entschuldige Gunnar, sich auf einen potentiellen Kreis von Tätern aus der Sado-Maso-Szene zu konzentrieren, halte ich für falsch. Wir sollen auf einen ganz speziellen Täterkreis hinarbeiten. Das will der Täter!" Hansen hob die Augenbrauen und sah sein Gegenüber mit großen Augen an. „Na, dann lass mal hören! Da bin ich aber gespannt! Du wirst es schon wissen, oder?" „Zynismus ist das Letzte was wir jetzt gebrauchen." Stefanie fixierte ihren Chef mit fast verschlossenen Augen. „Ja," bemerkte Happel: „Lass Nicola doch erst einmal berichten. Wir haben zwar viele Einzelheiten, kommen jedoch dem Täter nicht näher. Hast du gerade selbst gesagt!" Hansen entgegnete bedrückt: „Tut mir leid. Dieser Rollstuhl macht mich wahnsinnig. Man los, Nicola, lass hören. Bitte!" Eine winzige, peinliche Pause entstand: „Ich denke, der oder die Täter hatten ein Schlüsselerlebnis, das diese Tötungsdelikte ausgelöst hat. Irgendetwas hat bewirkt, dass ein solcher Hass gegen Engländer ausgebrochen ist. Warum gerade englische Soldaten, warum? Wenn ich davon ausgehe, dass die Täter aus der Sado/Maso Szene kommen, ist es ein ganz kleiner Schritt zum Töten, wenn sich beim Täter schizophrene Anfälle entwickelt haben. Dann bedarf es lediglich eines solchen Auslösers. Das denke ich nicht. Denn die Toten wurde bewusst öffentlich präsentiert. Es kommen zwei Tatsachen zusammen. Die Tötungen und die Verachtung der Kripo. Hat sich durch ein Schlüsselerlebnis Hass, gegen was auch immer, entwickelt, dann handelt der Täter vorsätzlich und voller Berechnung. Ich gehe davon aus, dass das Letztere der Fall ist. Alle Einzelheiten sprechen für eine bis ins Detail geplante Rache an Engländern. Also suchen wir nach dem Auslöser!" Sie sah in ihre Aufzeichnungen: „Stefanie, magst du an die Tafel gehen und alles was uns als AUSLÖSER einfällt, notieren? Sortieren werden wir später. Eines möchte ich noch bemerken, wir suchen nicht das Motiv, wir setzen voraus, dass das Motiv Rache oder Genugtuung ist. Notiere bitte ganz rechts: MOTIV: HASS und RACHE für etwas Geschehenes." „Was ist mit Lustmord?" Hansen hatte den Arm gehoben. „Habe ich auch dran gedacht." „Dann müssen wir analysieren. Lust an dem Akt des Tötens als solchem oder Lust an den Handlungen, die zum Tod führen. Dazu passen die Art der Verletzungen nicht, und."

Sie machte eine kurze Pause: „Wie wir die Toten gefunden haben. Das macht ein Lustmörder nicht." „Da hast du recht", gab Hansen zurück.

„Mach weiter!" Der Hauptkommissar sah sie an. Erst als sie nicht fortfuhr zu berichten, bemerkte er seinen Fehler. „Mach bitte weiter, tut mir leid." Seine drei Kollegen lächelten. „Wenn ich davon ausgehe, dass es einen Auslöser zu diesen, nennen wir sie, ritualisierten Tötungen gibt, so liegt der mit Sicherheit an einem persönlichen Grund. Für mich sieht, wie gesagt, alles nach Rache aus. Warum also Rache an englischen jungen Männern, die einmal Soldaten waren? Es muss von den Soldaten etwas ausgegangen sein, dass unsere Täter veranlasst, Rache zu nehmen.

„Vergewaltigung", Stefanie schrieb schnell mit rotem Kopf den Begriff an die Tafel. „Da kommen mehr Begriffe in Frage, zum Beispiel Ledersex, steht in jeder Morgenpost unter Kontaktanzeigen oder Betrug.

Raub und Überfälle von denen wir nichts wissen. Und, warum werden diese Engländer in Deutschland getötet, wenn sie zum Beispiel in England straffällig geworden waren? Das müssen sie ja nicht, wir haben ja reichlich Tommies hier in Hamburg und Norddeutschland im Einsatz. Und wenn es nur zu Manövern ist." Gunnar Hansen hatte diesen Gedankengang offensichtlich aufgegriffen und machte sich eifrig Notizen. Endlich arbeitete er aktiv mit und dachte nicht nur an sein verletztes Bein. Gerd Happel meldete sich zu Wort. „Ich finde den Denkansatz Vergewaltigung nicht schlecht. Männer ihrer Männlichkeit beraubt, sind dazu nicht mehr fähig!" „Da ist was dran, wenn ich daran denke, wie viele Frauen vergewaltigt werden, möchte ich nicht wissen, wie oft die betroffenen Frauen daran denken, sich an den Männern auf diese Art zu rächen. Abschneiden und weg damit, das habe ich in kriminalistischen Berichten aus Südostasien gelesen." Nicola blickte erneut auf ihre Notizen. „Gut, gehen wir diesem Gedanken nach. Soldaten ziehen fast immer in Gruppen los, nie allein. Sollten sie sich „Spielchen" mit Frauen vorgenommen haben, müssen es mehr als zwei gewesen sein. Bei Zweien ist einer immer dagegen oder weiß nicht so recht. Sind sie zu zweit, wird es immer der eine, der nicht mitmachen will, schaffen, den anderen zu überzeugen, nicht aktiv zu werden. Drei Männer dagegen können einen weiteren sehr wohl überreden. Denn zwei Kumpeln gegenüber will niemand abseitsstehen. Der Einzelne lässt sich fast immer umstimmen. Ich denke es sind vier Typen gewesen. Die haben gefeiert, Alkohol spielt eine große Rolle, sind geil geworden, haben sich eine junge Frau gegriffen und ab ging die Post. Diese Gruppendynamik hat oft verheerende Folgen. Und," sie machte eine kleine Pause: „Und, wir erfahren nichts davon, denn es bleibt in der Zuständigkeit des Militärs. Oder?"

Sehr nachdenklich hob der Hauptkommissar den Kopf: „Nee, wir erfahren meistens nichts. Schon gar nicht, wenn solche Vorgänge vor einiger Zeit geschahen. Bis in die achtziger Jahre haben wir nichts erfahren, erst danach fing die Militärpolizei an, mit uns zusammen zu arbeiten."

„Aber so alt sind unsere Opfer nicht", Stefanie war voll und ganz bei der Sache. „Meldung3n und Anzeigen von Vergewaltigungen aus den letzten Monaten gibt es nicht. Ich meine von Frauen aus Hamburg."

„Also suchen wir vielleicht eine Tat in der Vergangenheit, möglicherweise eine Vergewaltigung und das ist der Auslöser!", warf Nicola ein. „Wenn ich mit meinen Vermutungen richtig liege, deutet alles darauf hin, dass wir mit weiteren Opfern rechnen müssen. Ich sage euch in den nächsten Tagen finden wir wieder jemanden im Hafenbereich. Auf dieser Seite der Elbe. Im Bereich St. Pauli oder der Speicherstadt." „Das ist für mich nicht schlüssig, es fehlt mir der direkte Auslöser, wenn wir den Anlass zu diesen Morden so nennen wollen. Eine Tat in der Vergangenheit, löst jetzt einen solchen Hass aus, dass der Täter mehrfach zum Mörder wird? Wo liegt bitte schön der Schlüssel zu den jetzigen Taten?" „Die Tötungen sind auf keinen Fall spontan erfolgt. Die sind geplant, sorgfältig vorbereitet und zwanghaft ausgeführt. Ich bin der Meinung, dass eine Sexualstraftat vorausgegangen ist. In der Vergangenheit.

Nehmen wir an, die wirkliche Tat liegt in der Vergangenheit und wurde entweder in der Literatur beschrieben, oder der eigentliche Tatvorgang wurde irgendwie festgehalten und ist erst vor einiger Zeit dem Täter bekannt geworden. Und die Opfer waren Sado-Maso-Schwule. Mit Frauen hatten sie nichts zu tun. Jedenfalls nicht für ihre Spielchen. " „Zum Beispiel Fotos oder Aufzeichnungen, vielleicht Militärprotokolle, vielleicht Erzählungen?", warf Happel in den Raum. „Ja, alles das ist möglich.

Gehen wir davon aus, dass mehrere Männer sexuelle Übergriffe begangen haben und dass St. Pauli, die Hafengegend, ihr erweiterter Tatort war, dann müssen wir damit rechnen, dass wir ein weiteres Opfer zu erwarten haben. Der Täter will uns beweisen, dass wir nichts können, dass die Polizei ein Mitverschulden daran trägt. Denn wenn ich alle Fakten richtig interpretiere, wird der Täter ein weiteres Zeichen setzen. Es sei denn wir fassen ihn kurzfristig." Die Köhner lehnte sich zurück, sah Hansen an und erwartete eigentlich nichts. Sie fühlte sich erschöpft.

Doch offensichtlich hatte sie mit ihren Gedanken beim Hauptkommissar gedankliche Hektik ausgelöst. „Happel, du veranlasst ab sofort, schon heute Nacht, verstärkte Streifen am Fischmarkt. Von Teufelsbrück bis zum Elbtunnel.

Die eingehenden Flüge aus England sollen nach Männern durchforstet werden, die in unser Opferprofil passen. Das IBIS-Hotel Reeperbahn wird hoffentlich schon observiert? Oder?" Happel nickte. „Ich will und das bleibt hier im Raum, streng vertraulich, wenn ich darum bitten darf. Ich will, dass Dr. Basedow überwacht wird. Ich will wissen, wo die Halskette des ersten Opfers geblieben ist. Ich habe alle Beteiligten, Polizisten und Mitarbeiter der Spurensicherung befragen lassen. Keiner weiß etwas über den Verbleib der Kette. Einige hatten sie gesehen, aber das Verschwinden nicht bemerkt. OK, das war es für heute. Stefanie übertrage bitte deine Notizen in die EDV und Stefanie du machst dich daran, die Überwachungen zu organisieren." Hansen schaltete sich ein:

„Die Berichte der Britischen Armee will ich haben. Und dir Nicola, erst einmal vielen Dank. Du hast uns in eine neue Denkrichtung gebracht. Ich glaube noch nicht so recht daran, aber vielleicht hast du recht. Und ihr beiden", wandte er sich an seine direkten Kollegen: „In einem Punkt gebe ich Nicola völlig recht. Ich glaube auch, dass wir mit einem weiteren Opfer rechnen müssen. Also macht voran. Organisiert alles schnell und zuverlässig. Die Notizen von der Wandtafel vor euch, bitte fotografieren und in die EDV scannen. Danke euch. Vielen, vielen Dank."

Als seine Gäste zur Tür gingen, wandte er sich an Nicola, die gerade ihre Motorradjacke anzog. „Noch einen Moment bitte, Nicola. Ich will was besprechen. Wir sehen uns morgen im Büro, ich bin früh da", wandte er sich an Stefanie und Gerd, die bereits im Treppenhaus standen. „Ich nehme ein Taxi." Er rollte wieder ins Wohnzimmer, sah Nicola lange an und zeigte auf das dunkelrot bezogene Sofa. „Eines solltest du wissen", begann er ohne Umschweife, „ich habe mich über Dr. Basedow ausgiebig erkundigt.

Sein Chef hat keine sehr gute Meinung von ihm. Ihm ist er zu ehrgeizig und zu aufbrausend. Der hat keine Geduld mit Studenten und geht oftmals, sehr gelinde gesagt, unsachgemäß, wenn nicht gar brutal mit den Leichen in der Gerichtsmedizin um. Manchmal laufen Studenten bei seinen Demonstrationen aus dem Saal." „Deswegen deine Anweisung zur Überwachung. Jetzt verstehe ich. Du hast Heppel vertraulich darüber informiert." Nicola sah ihn unverwandt an. „Ja, und Dr. Werner von Schimmelmann verdächtigt seinen Assistenten und turnusgemäßen Nachfolger, dass dieser Gegenstände aus der Anatomie mitgehen lässt." Die Profilerin sah ihn entsetzt an. Damit hatte sie auf keinen Fall gerechnet. Das passte zu ihrem Täterbild, selbst wenn Dr. Basedow ein sehr bürgerlicher Mann ist. „In meinen Recherchen bin ich zur Überzeugung gekommen, dass nur ein Mediziner die Taten an den Engländern ausgeführt haben muss. Das steht als Haupterkenntnis in meinem Bericht." „Schließt du daraus, dass er als Täter in Betracht kommt?" „Weiß ich nicht, aber denkbar ist alles." „Aber wo sollte sein Motiv liegen? Wenn wir das wüssten, wären wir einen großen Schritt weitergekommen." „Vielleicht sollen wir in der Nachkriegszeit nach Verbrechen in Hamburg forschen! Nach Vergewaltigungen durch britische Solodaten.

Nachdenklich ging seine freie Mitarbeiterin im Zimmer auf und ab.

„Willst du, dass ich mich um ihn kümmere?" Sie sah Gunnar Hansen in die Augen. Eigentlich war er ihr Typ, kräftig und bestimmend. „Ja bitte, aber behalte alles für dich. Auch nichts an die beiden aus meiner Abteilung weitergeben. Erst wenn wir beide sicherer sind." „Ok, mach ich. Und du ruhst dich jetzt aus. Ich brauch dich bald ganz gesund."

Verblüfft sah der Kripobeamte zu ihr hoch. Was war das denn?

Er lächelte hinter ihr her, dann fiel die Wohnungstür ins Schloss.

Einige Momente später vernahm er das tiefe Brummen eines schweren Motorrades langsam im Straßenverkehr verklingen.

Es war ein wunderschöner Sonnentag am Ostseestrand. Ein Oktobertag wie im Bilderbuch, dachte Dr. Andrea Pollinie etwas wehmütig.

Ihre Gesichtshaut, besonders auf der Nase, brannte etwas. Sie hatte nicht damit gerechnet, dass die Sonne noch so stark sei. Aber der leichte Wind, der Sonnenschein hatten ihr gutgetan. Direkt hinter dem Hotel am Strand entlang, Richtung Neustadt war sie gelaufen, am Vormittag kam der frische Seewind von vorn. Der brachte vor allem Bräune mit sich. Sonne und Seewind gerbt die Haut, das hatte sie von den Fischern vor einigen Jahren gehört. Seit ihrer Kindheit liebte sie die See. Je älter sie wurde, je mehr verlangte es ihr nach der frischen Seeluft der Ostsee.

Jetzt fühlte sie eine leichte Müdigkeit aufkommen. Wie immer nach Stunden in der frischen Luft. Das war es, was sie an Timmendorf oder auf Sylt sehr mochte. Den Geruch nach Meer, das gepflegte Ambiente, die netten Cafés und Restaurants. Jetzt kurz vor dem Winter glitzerte die Luft eiskalt, die volle Sonne, die geschmückten Geschäfte und die netten Gäste und Kollegen ließen sie in eine gute, stressfreie Stimmung wechseln. Ihren Alltag als Ärztin in Hamburg konnte sie an der See hinter sich lassen. Und, ihre Kontaktfreudigkeit ließ sie schnell ins Gespräch kommen. Es gab viel, zu viel Gesprächsstoff. Die Deutschen erlebten Geschichte hautnah, nahmen teil an der Beendigung der deutschen Nachkriegsjahre und sie war dabei. Das war Gesprächsstoff genug. Weltweit rollten geschichtlich einmalige Wellen von Veränderung über die verkrusteten Strukturen der Länder, die in der Sowjet-Union zusammengeschlossen waren, hinweg. Deutschland stand vor einer offiziellen Wiedervereinigung. Unglaublich. Viele, sehr viele Menschen machten mobil, brachen heraus, aus Unterdrückung und Bevormundung durch Obrigkeit und Parteienseilschaften. Die deutsche Wiedervereinigung stand fest, Formalitäten seien noch zu erledigen. Die Medien, ob Radio oder Fernsehen berichteten ununterbrochen darüber. Reisen in das andere Deutschland, von Ost nach West oder umgekehrt waren nunmehr ohne Kontrollen möglich, das wurde genutzt.

Die überwältigenden Ereignisse des Jahres neunzehnhundertneunundachtzig beschäftigten alle Besucher Timmendorfs. Neue Kontakte konnte man sehr gut aufbauen. Eine große Anzahl von Ärzten, Rechtsmediziner und Politiker der Bundesländer hatte sich hier versammelt. Wie sie selbst, so besetzten auch andere Kongressteilnehmer bereits einen großen Teil der Sessel in der Lobby ihres Tagungshotels. Die servierte heiße Schokolade schmeckte in dieser Winterzeit besonders gut. Der dickflüssige, süße Kakao weckte die Lebensgeister. Andrea griff unbewusst zum Programmheft des, am kommenden Tag beginnenden, Kongresses.

Zwei bis drei Themen interessierten sie besonders. Sie hatte sich entschlossen, sich diese aufmerksam anzuhören, sie wollte diskutieren, um dann möglichst viele, neue Erkenntnisse mitzunehmen. Gerade in ihrem Fachgebiet, der Unfall- und Handchirurgie, gab es fast jedes Jahr neue Forschungsergebnisse, gab es Neuigkeiten, die ihre Arbeit möglicherweise vor Fehldiagnosen und damit verbundener Schmerzen der Patienten bewahren konnte. Vor dem abendlichen, gemeinsamen Essen mit Kollegen und Kongressteilnehmern, wollte sie sich noch etwas hinlegen. Vier Stunden an der frischen Luft, sie konnte nicht mehr lange lesen, sonst würde sie bereits im Sessel, in der Lobby des Hotels einschlafen. Die heiße

Dusche in ihrem Zimmer war so gut, dass sie sich regelrecht in dem Wasserstrahl rekelte. Eingehüllt in das große weiche Frottiertuch legte sie sich ins Bett, blickte kurz auf die mit weißen Schaumkronen unentwegt an den Strand rollenden Wellen, sah eine Möwe an ihrem Balkon vorbeifliegen und schlief augenblicklich ein. Der nette Oberkellner führte sie abends um halb neun zu ihrem Platz im großen, festlich geschmückten Speisesaal. Sie grüßte zu dem einen oder anderen Gast hinüber, begrüßte eine Kollegin aus Hamburg und verabredete sich schnell noch mit einer Ärztin aus Berlin, die sie seit ihrem Studium kannte. Wie aufmerksam dachte sie, als sie ihrem Tisch näher kam. Drei Herren, aber lediglich zwei Damen hatten bereits Platz genommen und unterhielten sich angeregt. Als der Kellner ihren Stuhl zurückzog, um ihr den Platz anzubieten, verstummte die angeregte Unterhaltung am Tisch. Man, die Herren erhoben sich höflich, warteten bis sie sich gesetzt hatte.

Elegant, sehr nette Leute, wenigstens auf den ersten Blick, dachte sie. Ihr Tischherr begrüßte sie mit Handschlag, die anderen Gäste nickten ihr ein freundliches „Guten Abend" zu. Der Herr zur linken Seite nahm die Unterhaltung wieder auf. Natürlich sprach man von der Deutschen Wiedervereinigung, von den Ereignissen des Jahres 1989 und denen des Vorjahres. Man unterhielt sich über die unhaltbaren Bilder aus der Botschaft der Bundesrepublik in Prag, als sich die DDR-Bürger massenweise dort verschanzten, ihre gesamte Habe und die Heimat zurücklassend. Man lachte über die vielen Trabbis auf unseren Straßen, gedachte der ersten Flüchtlinge über Ungarn. Jeder am Tisch kannte Jemanden, der wiederum Jemanden kannte, der geflüchtet war. Über Ungarn kamen die meisten Bürger von Deutschland-Ost nach Deutschland-West. Ost nach West, wie eine Völkerwanderung. Die ersten provisorischen, misstrauisch bewachten Straßen an neuen DDR-Grenzübergängen waren für Tageseinreisende geöffnet worden. Mancher Einwohner aus dem Westen hatte sie genutzt, um die Ostseeküste, Schwerin und Rostock zu erkunden. „Wie früher bei Oma, alles noch so ursprünglich. Die vielen Alleen, die unberührte Natur. Und wissen Sie, wir haben uns Fotoapparate und Zubehör von Exakta gekauft. Bei dem seinerzeitigen sehr günstigen Wechselkurs war das richtig preiswert." Die Dame von Gegenüber sah ihren Mann auffordernd an.

Er solle doch von Berlin berichten, meinte sie lächelnd und sah triumphierend in die Tischrunde. „Erzähl den Gästen von der überraschenden Öffnung der Mauer in Berlin, von den großen Menschenmengen an der Mauer und dann vom Marsch Arm in Arm durch das Brandenburger Tor. Wir waren dabei." Damit war die DDR gefallen, war die einhellige Meinung am Tisch. „Als die Studenten auf der Mauer standen, saßen wir vorm Fernseher und haben geheult", bemerkte Andreas Tischherr wichtig. „Ich musste nach Berlin ", antwortete Andrea. „Ich musste dabei sein. Fast mein ganzes Studium habe ich in Berlin verbracht. Ich musste einfach rüber in den Osten. Als freier Mensch, ohne das ganze Grenztheater! Es war großartig." „Die Feier in Hamburg, das große Feuerwerk auf der Alster. Nicht schlecht. Mensch, haben wir gefeiert. Eine ganze Stadt auf den Beinen." Andreas Tischherr lehnte sich zufrieden zurück. Man lachte, prostete sich zu: „Wir sind das Volk. Gorbatschows Satz: Wer zu spät kommt, den bestraft das Leben," machte die Runde. An ihrem Tisch tat man begeistert. So wie an allen anderen Tischen ebenfalls. Die Idee ein wiedervereintes Deutschland mitzuerleben, ließ die Kollegen nicht zur Ruhe kommen. Man schmiedete Pläne, welche Städte unbedingt sehenswert seien, was das alles wohl beruflich bringen werde. Ob es wohl neue Chancen gebe und was man alles in den Krankenhäusern drüben erleben würde. Natürlich war jedem klar, dass die medizinische Versorgung in der DDR nicht dem westlichen Standard entsprochen hatte.

„Nicht einmal genug Ärzte gibt es im Osten", stellte man wichtig, ja überheblich in den Raum. Und jeder hatte irgendwelche Verwandten drüben, lange unbeachtete, mit Weihnachtspaketen versorgte Familienangehörige standen plötzlich im Mittelpunkt des Interesses. Steuerlich absetzbare Zuwendungen hatte man immer geschickt. Da hatte man sich nichts vorzuwerfen. Das hervorragende Essen störte beinah die Tischrunde, der Aperitif, Wein und Champagner zum Essen und der anschließende große Cognac taten langsam ihre Wirkung. Die Themen dieses ereignisreichen, fast beendeten Jahres schienen unerschöpflich zu sein. Das Massaker auf dem Platz des Himmlischen Friedens in Peking.

Dieser Schrei nach mehr Freiheit wurde sehr blutig zum Schweigen gebracht. Mit Panzern und Militär. Viele Tote spielten für die kommunistischen Machthaber keine Rolle. „Damit hat Peking sehr an Ansehen verloren", bemerkte Andreas Gegenüber feinsinnig. „Vergessen Sie nicht die seinerzeit leider extrem blutig beendeten Umsturzversuche in Ungarn, Polen und der Tschechoslowakei", fügte er nachdenklich an. Die Gäste am Tisch schwiegen einige Sekunden. Vermeintliches Gedenken. Natürlich. Hanseatisch eben. „Wir erleben Geschichte. Das ist nur vergleichbar mit den politischen Neugruppierungen nach Ende des Zweiten Weltkrieges. Und, eigentlich kommt von uns doch niemand so recht damit klar. Ich jedenfalls, ich fühle mich in dieser Situation beinahe hilflos." Bemerkte Andreas Tischherr hintergründig. Die Tischrunde schwieg betreten!

„Wissen Sie, in Rumänien sind der Diktator Ceaucescu und seine Frau hingerichtet worden. Die Bilder aus den dortigen verkommenen Waisenhäusern und Kinderheimen haben uns doch alle sehr betroffen gemacht. Nur, was sollen wir tun? Man ist so eingespannt in die tägliche Routine. Und immer wieder die Anschläge der RAF. Erst vor einem Monat haben die den Chef der Deutschen Bank, Alfred Herrhausen, hingerichtet. Es kommt viel zusammen!" Niemand antwortete dem Mann. Die gute, ja fröhliche Stimmung des Abends drohte zu kippen. „Wo soll das nur alles hinführen", unterbrach eine der Damen das peinliche Schweigen. „Denken Sie doch bitte an den Ärger in Jugoslawien, im Kosovo gibt es bereits schwere Kämpfe. Da ist nichts mehr mit Urlaub. Aber jetzt haben wir ja unsere Ostsee wieder. Die Russen gaben endlich Afghanistan auf. Die Amis haben mal wieder gezeigt, dass sie stärker sind", fuhr sie wichtig fort. „Aber, sprechen wir doch lieber von unseren Kollegen aus der DDR und, dass wir wieder ein vereintes Deutschland haben." Der Tischherr der Dame griff in die Diskussion ein, erhob sein Glas. „Auf die Wiedervereinigung, auf die Herren Kohl, Genscher und Gorbi", rief er etwas zu heftig. „Und vergessen wir nicht die Westmächte, ohne Maggi Thatcher, ohne die Amis und Franzosen hätten wir immer noch die Mauer. Das war nicht so einfach. Gorbi und Kohl mussten ganz schön antichambrieren. Eigentlich wollte kaum jemand von den verbündeten Regierungen so schnell die Wiedervereinigung Deutschlands. Im nächsten Jahr wird es jedoch endgültig geschafft sein. Dann können wir endlich das vereinte Deutschlands feiern." Der Herr von rechts schob diese Bemerkung schnell ein. Die Gäste an den Nebentischen drehten sich mit erhobenen Gläsern um. Man stieß auf das bevorstehende Ereignis an. Die Gespräche wurden lauter, die Diskussionen heftiger.

Und man hörte oft das Wort von den Ostkollegen, die nun endlich solche Tagungen mitmachen könnten, wenn sie sich das würden leisten können. Andrea wurde es zu viel.

Sie bat ihren Tischherrn, der sich als Dr. Karl Fritsche vorgestellt hatte, sie an die Bar zu begleiten. Eingehakt schlenderten sie quer durch den großen, festlich geschmückten Saal auf die lange Champagner Bar zu.

Plötzlich stutzte sie. Ihr Blick traf sich mit dem Blick eines Mannes, der dort, in elegantem Smoking locker an der Bar lehnte. Offensichtlich Blickkontakt zu ihr suchte. Als er ihren Gegenblick bemerkte, lächelte er verschmitzt und nickte ihr leicht zu. Wie vom Blitz getroffen zog sie ihren Arm zurück und ging schneller und schneller auf den Mann an der Bar zu. „Entschuldigen Sie, ich kenne den Herrn. Einen Moment bitte!" Irritiert verzog ihr Tischherr das Gesicht, ging ohne etwas zu antworten auf die Bar zu. Der elegante Herr löste sich betont langsam aus seiner starren Haltung, schlenderte ganz gemächlich, breit grinsend auf sie zu.

Die rechte Hand lässig in der Hosentasche. Die letzten Meter lief sie auf ihn zu und flog ihm an den Hals. „Mensch, Jens, wo kommst du denn her? Was machst du hier. Bist du allein?" Der Herr lachte. Andrea drehte sich um, ihren Tischherrn hatte sie vollkommen vergessen. „Entschuldigen Sie bitte, aber seit über zwanzig Jahren haben wir uns nicht mehr gesehen." „Willst du uns nicht wenigstens vorstellen?" Ihr Bekannter lachte und streckte dem anderen Mann schnell die Hand entgegen. „Ich bin Jens Basedow aus Dresden." „Karl Fritsche aus München, wir wollten gerade an die Bar. Frau Pollinie hatte mich gebeten", erwiderte er verblüfft. „Machen Sie sich einen schönen Abend. Nach so langer Zeit haben sie sich bestimmt viel zu erzählen. Sie entschuldigen mich bitte."

Er nickte den beiden zu und verschwand sich verbeugend im Getümmel der elegant gekleideten Gäste des Wiedervereinigungskongresses der Deutschen Gesellschaft für Chirurgie e.V.

Strahlend, mit großen Augen sah Dr. Andrea Pollinie ihren Freund aus Berliner Zeiten völlig entgeistert an. „Bitte lasse ihn allein hier sein", schoss es ihr durch den Kopf. Sie fühlte es eiskalt und glühend heiß durch ihren Körper fluten. Wie sehr hatte sie ihn all die Jahre vermisst, wie oft war er ihr in ihren Träumen begegnet. Unvorstellbar, ihr geliebter Freund, eigentlich der einzige wirklich geliebte Mann in ihrem Leben, stand vor ihr. Er schob seine Freundin, an beiden Schultern haltend, ein Stück von sich fort. „Andrea Pollinie, Mensch siehst du gut aus!" Seine Freundin aus früheren Zeiten konnte nichts sagen, sie war völlig fertig. Sie begann furchtbar zu schwitzen, kniff die Augen zusammen, blinzelte ihn unter Tränen an.

„Ich habe dich so vermisst. Lass uns auf die Terrasse gehen, mir ist ungeheuer heiß geworden." Die umher stehenden Gäste sahen lächelnd hinter dem netten Paar her, das eng umschlungen zur Terrasse schlenderte. Andrea und ihr neuer alter Freund waren glücklich. Die Nacht war viel zu kurz gewesen, sie blieben im Bett, hatten den Kongress völlig vergessen. Alle Vormittagstermine zu Vorträgen, die geplanten Diskussionen waren unwichtig geworden. Ihr Jens hatte viel zu erzählen, von seiner Flucht in den Osten, als er Angst vor der Polizei in Berlin hatte, von seiner Zeit in der DDR, von seinem Studium an der Ost-Berliner Humboldt Universität mit der guten alten Tante Charité. Sie hatte erfahren, dass er geschieden war, und sie war glücklich darüber. Und das, was sie so sehr vermisst hatte, war für ihn so selbstverständlich, wie damals, vor über zwanzig Jahren in Berlin, er wusste, wie sie geliebt werden wollte. Vielleicht war er ein wenig fordernder, ein wenig härter geworden. Aber er konnte sie zum Höhepunkt bringen, wie es kein anderer Mann in all den Jahren geschafft hatte. Und, sie war bereit, ihm zu helfen. Zu helfen, eine Anstellung in Hamburg zu bekommen. Sie wollte ihn in ihrer Nähe haben, wollte mit ihm leben. Dr. Jens Basedow hatte sich bereits in der Stadt aus seiner Studienzeit, in Berlin, beworben. Als in der DDR anerkannter Pathologe räumte sie ihm jedoch gute Chancen in Hamburg ein. In diesem Moment war sie froh, sich nie an einen Mann gebunden zu haben. Als sie sehr glücklich, nach drei wunderbaren Tagen und Nächten, am Sonntagabend nach Hamburg zurückfuhr, wusste sie, dass sich ihr Leben verändert hatte. Diese Tage in Timmendorf waren die glücklichsten, die sie seit vielen Jahren erlebt hatte. Ihre schmerzenden Hand- und Fußgelenke würde sie mit Arnikasalbe schon wieder hinbekommen. Seine Fesselungen war sie nicht gewohnt, hatte diese jedoch sehr genossen. Jens hatte versprochen, in Kürze nach Hamburg zu kommen. Dann wollten sie gemeinsam auf der Reeperbahn etwas Besonderes einkaufen. Ihr wurde schon wieder ganz heiß bei dem Gedanken.

Stefanie und Gerd Happel fuhren diesen Morgen gemeinsam in ihr Büro im Hamburger Polizeihochhaus. Nach einer solchen Nacht war für beide klar, dass sie zusammengehörten. Lange hatte es gedauert, bis sie endlich zueinander gefunden hatten. Immerhin war er vor fast zwei Jahren aus Wien nach Hamburg gekommen. Verliebt hatte er sich sofort in sie. Immer wieder unternahm er, auf seine österreichische Art, Anläufe seiner Kollegin, den Hof zu machen. Er hatte sie umworben und ihr geschmeichelt. Hatte seinen Wiener Charme spielen lassen oder war abweisend gewesen. Doch die norddeutschen Fischköpfe waren für seinen Wiener Schmäh nicht sehr, besser gesagt, überhaupt nicht, empfänglich. Das hatte er sehr schnell gelernt. Stefanie hatte ihn nach gut einem Jahr als Kollegen akzeptiert, sie waren zwar das eine oder andere Mal mittags oder abends essen gegangen, hatten fast eine ganze Nacht auf dem letzten Betriebsfest getanzt, aber so richtig war er nie an seine heimliche Liebe herangekommen. Stefanie lachte ihn jedes Mal strahlend an, wenn er versuchte ihr seine Verehrung zu gestehen. Gestern Abend und die folgende Nacht hatten beide für die lange Wartezeit entschädigt. Sie gestanden sich ihre Liebe. Sie passten wunderbar zusammen. Beide liebten sich auf eine sehr subtile, sehr innige Weise. Wie Peter Pan und seine Elfe flogen sie durch eine bunte, grazile Phantasiewelt. Und wachten am Morgen danach eng umschlungen, entspannt, ja fast wie schwebend, auf.

In ihr Büro, auf dem langen Flur gingen sie Hand in Hand. Den erstaunten Blicken der Kollegen begegneten sie mit einem wissenden, selbstverständlichen Lächeln. Vor der Reaktion ihres Chefs hatten sie Angst. Er konnte sie trennen, konnte einen von ihnen in eine andere Abteilung versetzen, konnte einen seiner ruppigen Wutanfälle bekommen. Auf jeden Fall konnte seine Reaktion Stress bedeuten. Sie werden beweisen müssen, dass ihre Verbindung dem Job nicht im Wege stehe. Hansen sah seine beiden wichtigsten Mitarbeiter kurz an. Rollte in seinem ungeliebten Krüppelporsche zum Fenster, blickte hinaus auf den spielzeugartig, ganz tief unten sich dahin schleichenden Hamburger Morgenverkehr, ohne sich umzudrehen. Ohne sich zu bewegen meinte er, gegen die Scheibe mit dem Spiegelbild der beiden redend: „Gut so, das war lange fällig. Tragt den Job bloß nicht mit nach Hause.

Ansonsten, ihr seid ein gutes Paar." Er rollte zurück zu seinem Schreibtisch, den Schreibtischstuhl schubste er schwungvoll in die Mitte des Raumes. „Woher weißt du," wollte Happel ein Gespräch über seine neue Liebe beginnen. „Lass gut sein, mein Lieber. Ich hab' Augen im Kopf. Habt ihr bemerkt, dass heute Freitag ist? Wir haben reichlich zu tun." Als sie sich so gegen 18 Uhr eine Pizza bestellten, hatten alle drei nicht gemerkt, wie der Tag verflogen war. „Pause, kommt her", rief Gunnar Hansen durch die geöffnete Glastür. Die Anspannung der Tagesarbeit kroch an jedem der Drei herunter wie schmelzender Schnee, Frösteln hinterlassend. Schweigend nahm jeder sein Stück: „Und, eines wollte ich euch noch sagen."

Hansen biss kräftig in sein fast kaltes Abendessen: „Dieses Wochenende ist nichts mit Arbeit. Macht es euch nett, sammelt Kraft. Ab Montag geht es hier rund. Wir brauchen die Zeit zum Nachdenken. Einverstanden?" „Ja, klar, aber." Stefanie hielt ihre Hand vor den Mund: „Entschuldige" sie kaute schneller, „was ist, wenn Nicola anruft?" „Was soll sein, dann, wir sehen dann weiter. Telefon haben wir alle. Hat sie was sehr Wichtiges, treffen wir uns bei mir. OK? Das muss was sehr Wichtiges sein, sonst abschalten, durchatmen, frische Luft ist angesagt." Gegen zehn an diesem Abend verließen sie gemeinsam das Kommissariat. Gerd Happel und Stefanie Gentz fuhren in einem Wagen gemeinsam nach Hause. Hauptkommissar Gunnar Hansen nahm ein Taxi.

Endlich Samstag, Stefanie rührte versonnen in ihrem Latte Macchiato, blickte ohne wirklich etwas zu sehen auf den Verkehr am Eppendorfer Baum in Hamburg. Ihr neuer Freund und Kollege Gerd Happel drehte sich um, kam lächelnd mit der „Welt" in der Hand an ihren Tisch zurück. Hier im „World Café" las er an seinen freien Samstagen seine Morgenzeitungen, um dann in Eppendorf bummeln zu gehen. Dieser Morgen scherte aus der Routine seines Lebens aus. Stefanie hatte die Nacht bei ihm verbracht. Der Tag begann um so vieles angenehmer, fröhlicher und doch wie selbstverständlich zu zweit. Eine tiefe Befriedigung, eine ungewohnte Ruhe hatte sich wie eine weiche, warme Wolldecke über beide gelegt. Wie warme Schokolade floss Zufriedenheit durch beide.

Als Happel sich neben Stefanie an den Tisch setzte, nahm sie ihm, ohne ein Wort zu sagen die Zeitung aus der Hand, legte diese auf den rechten freien Stuhl und drückte sich ganz fest an ihren Freund. „Du, was ist mit Ernst Happel, unserem früheren Trainer beim HSV. Hast du was mit dem zu tun?" Stefanie sah ihren Freund fragend an. „Wie kommst du denn darauf, jetzt, gerade jetzt?" „Der HSV spielt heute gegen Werder-Bremen, da dachte ich an Ernst Happel. Du heißt doch Happel und kommst aus Wien. Erzähl mal was von dir. Wieso bist du in Hamburg?"

„Soll ich wieder weg?", amüsiert stupste er seine Freundin an: „Ernst Happel hat mit meiner Familie nichts zu tun. Keine Ahnung, vielleicht über zwanzig

Ecken, aber mehr nicht. Auf jeden Fall sprach damals jeder in Wien von dem Trainer und seiner Zeit in Hamburg." „Ja, damals hieß er nur der Grantler, immer brummig, der kannte sein Geschäft. Wir HSV-Fans waren so stolz, diesen Mann bei uns zu haben." „Und wir haben in Wien unser großes Stadion nach ihm benannt. Ihr nehmt Firmennamen für euer Stadion, AOL-Arena wie steril." „Das passt zu Hamburg, immer ökonomisch denken, für Gefühle seid ihr Österreicher ja da." Gerd Happel boxte ihr liebevoll in die Seite, mit einem Augenaufschlag, der sie schmelzen ließ. Lange, dunkle Wimpern hat er bemerkte sie erstaunt. Das war ihr bisher nie aufgefallen. „Erzähl mir von dir, von Wien, von deiner Familie, bitte." Sie löste sich eine Winzigkeit von ihm, sah ihren Freund fragend an.

„Was kennst du von Wien?" „Eigentlich nichts, nur das was in der Zeitung steht. Ich war nie dort, leider." „Na gut, dann. Bis zu unserem nächsten Urlaub weißt du alles über Wien. Lasse uns hinfahren, du wirst begeistert sein. Und, meine Familie ist nicht schlimm. Das sind Wiener, etwas chaotisch, etwas österreichisch, etwas vom Balkan." „So wie du, mein Lieber, genau wie du. Liebenswert." Lachend drückte Stefanie sich wieder an ihren Freund. „Wien ist unsere Hauptstadt und hat etwa 1,5 Millionen Einwohner. Damit ist Wien nicht nur die größte österreichische Stadt, sondern auch auf Platz acht unter den Metropolen der Europäischen Union hinter London, Berlin, Madrid, Rom, Paris, Bukarest und Hamburg. Und ich bin einer von denen, da bin ich aufgewachsen, auf der Speisinger Straße im 13. Bezirk. Was noch?" Fragend sah er Stefanie an. „Erzähl weiter, ich will alles wissen, ist sehr interessant." „Die Geschichte Wiens geht zurück bis in die Altsteinzeit, soll ich da anfangen?" Lachend boxte die junge Frau den Mann in seine Seite.

„Zu internationaler Wichtigkeit verhalfen der Stadt Wien schließlich die Habsburger, die Wien zu ihrer Haupt- und Residenzstadt erhoben und von dort aus bis zum Ende des Ersten Weltkrieges einen europäischen Großstaat, in der frühen Neuzeit sogar ein Weltreich, regierten. Heute ist Wien Sitz der österreichischen Bundesregierung, zahlreicher nationaler und internationaler Organisationen und Unternehmen sowie ein beliebter Veranstaltungsort für Messen, Konferenzen und Kongresse. Was noch, ich bin doch kein Reiseführer. Denk bitte an Wien als Zentrum von Musik. Beethoven, Mozart, Straus. Viele Komponisten hatten Wien als ihren kreativen Sitz gewählt." „Erzähl weiter, das interessiert mich."

 Lächelnd nahm er einen Schluck von seinem Milchkaffee, streute etwas Zucker auf den leichten Milchschaum, löffelte diesen ganz genüsslich herunter. „Mann, lass dir nicht alles aus der Nase ziehen, nicht so langsam, ich will von dir was wissen." „Von mir? Du kennst mich doch schon so lange, und, seit den letzten Tagen noch viel genauer, sehr genau sogar. Was willst du denn noch wissen." Wieder traf ihn ein Boxhieb, dieses Mal etwas fester. „Mensch, dein Wiener Schmäh, nur nicht überhasten, alles schön sinnig. Mann, du bist in Hamburg, da geht es rund ..."

Weiter kam sie nicht. Ein dicker Kuss nahm ihr den Atem.

„Musste das sein, so mitten im Lokal? Erzähl weiter. Mich interessiert das wirklich." Leicht verlegen sah sich Stefanie im Lokal um. Niemand beachtete das junge Paar. „Kulturell hat die Stadt Wien unglaublich viel zu bieten. Man nennt sie nicht umsonst die "Welthauptstadt der Musik" oder die Walzerstadt. Drei Opernhäuser, Wiener Staatsoper, Wiener Volksoper und das seit 2006 als drittes Opernhaus etablierte Theater an der Wien, zwei Konzerthallen von Weltrang, zahlreiche weitere Spielstätten und Konzertsäle, sowie die alljährlich wiederkehrende Wiener Ballsaison tragen das ihrige dazu bei, diesem Ruf gerecht zu werden. Die Wiener Philharmoniker und die Wiener Sängerknaben fungieren als musikalische Botschafter Wiens in der Welt, die waren auch schon mehrfach in Hamburg.

In so vielen Museen werden dem Besucher Kunstwerke von Weltrang und Spezialitäten aus Wien präsentiert, im Auktionshaus Dorotheum und in zahllosen Kunstgalerien und Antiquariaten wird mit Kunst gehandelt und an den Wiener Kunsthochschulen werden die Künstler von morgen ausgebildet. Wo man in Wien auch hinschaut, sieht man überall Meisterwerke der Architektur und der Bildhauerei in den Straßen, die Weltliteratur wurde durch Wiener Autoren entscheidend mitgeprägt und die Darstellende Kunst wird auf zahlreichen großen und kleinen Bühnen gepflegt. Dazu kommen vom Kaffeehaus über den Heurigen bis hin zum typischen Wiener Würstelstand, dem Wiener Fiaker und dem Wiener Riesenrad noch viel mehr. Besonders unsere Bussie-Bussie–Gesellschaft. In Wien wird es nie langweilig." Gerd Happel unterbrach seine Erzählung: „Entschuldige mich, der Kaffee. Ich bin sofort wieder da." Lächelnd verschwand er auf der Treppe in den Keller. Nachdenklich sah Stefanie auf den Eppendorfer Baum, sie liebte diese Hamburger Einkaufsstraße. Der dichter werdende Autoverkehr erinnerte sie an das Erwachen ihrer Stadt. So kurz vor Mittag wagten sich die Hamburger am Sonnabend nach draußen. Merkwürdig, heute überfluteten sie keine Gedanken an ihren Job, über den Fall, den sie bearbeiteten. Es war ein anderer Sonnabendvormittag, ungewöhnlich, sehr angenehm. Sie kuschelte sich in ihren Sessel, nahm das Glas mit dem Latte Macchiato mit beiden Händen vom Tisch, ein leichtes Lächeln huschte über ihr Gesicht. Unter einem zärtlichen Kuss auf ihr Haar zerbarsten ihre Gedanken.

Sie hatte ihren Freund nicht bemerkt. „Na, wo sind deine Gedanken? Habe ich zu viel geredet?" Der fragende Blick erstaunte Stefanie: „Natürlich nicht, ich will alles wissen. Von dir und von Wien." „Weißt du", setzte Happel seine Erzählung fort: „Weißt du, die viele

Kultur in meiner Stadt trägt zweifellos entscheidend dazu bei, dass die Wiener einen ganz eigenen, unvergleichlichen Lebensstil entwickelt haben und die Welt aus einer ganz besonderen Perspektive betrachten. Die Jagd nach Frischfleisch, so nennen sie die sehr jungen Damen, die Partygesellschaft, die Pressegeilheit eines Bauunternehmers, den sie Mörtel nennen, die Busenwunder, die zum Opernball eingeladen werden, alles hat sich verändert.

Mehr und mehr verkommt Wien zur Rotlichtmeile des Ostens. Von den über sechstausend Prostituierten stammen nur wenige aus Wien, die meisten Damen haben Migrationshintergrund." „Was ist mit dir, mit deiner Familie?" „Ach weißt du, eigentlich alles ganz normal. Erst bin ich zur Volksschule Wien 13, direkt in unserer Straße gegangen. Wir haben in der Speisinger Straße gegenüber dem Orthopädischen Spital gewohnt. Das hat die Hausnummer 109, meine Volksschule No.44, und wir wohnten in 82. Mein Vater und meine Mutter sind an dem Spital Oberärzte. Demnächst wird mein Vater pensioniert. „Und warum bist du in Hamburg?" „Später war ich auf dem Goethe-Gymnasium im 14. Bezirk Wiens. Klar haben wir da viel von Deutschland, besonders von Norddeutschland und dem Meer gehört. Das hat mich interessiert." Stefanie griff ihrem Freund in den Ausschnitt seines Lambswool-Pullis und holte eine Kragenecke seines karierten Oberhemdes hervor. „Lass dich nicht unterbrechen." „Na, ja, meine Eltern haben sehr oft von

Verletzungen der Patienten aus dem Spital erzählt, auch von Sportlern und besonders von Fußballern und Kriminellen. Mich hat das begeistert. Ich wollte was mit Sport und mit Kriminalistik machen. Immer schon.

Im Gegensatz zu anderen österreichischen Rechtswissenschaftlichen Fakultäten besteht an der Universität Wien am Institut für Strafrecht eine Abteilung für Kriminologie, die einen der meist besuchten Wahlfachkörbe, nämlich Strafjustiz und Kriminalwissenschaften, betreut.

Allgemeine kriminologische Lehre vom Verbrechen/Verbrechenskontrolle aber auch kriminalistische Themenbereiche Verbrechensaufklärung werden und das ist einzigartig im deutschen Sprachraum - mit juristischem Fachwissen an einem Institut verbunden.

Ob Lehrangebote zur Wirtschafts- und Computerkriminalität, Kriminalprävention und Viktimologie, oder auch zur forensischen Schrift- und Urkundenuntersuchung sowie Gender-Aspekten der Kriminologie – der Wahlfachkorb ist nicht zuletzt aufgrund seiner hohen Praxisrelevanz bei Juristen sehr beliebt, einzelne Lehrveranstaltungen werden aber auch von Psychologen, Soziologen und Humanmedizinern gerne besucht.

Einen Wahlfachkorbabschluss können aber nur Studierende der Rechtswissenschaften erlangen." „Ich verstehe nichts mehr, du solltest mir das mit deinem

Studium in Ruhe erklären, aber nicht heute." „Entschuldigung, das ist meine Begeisterung." „Ok, sollen wir ein Stück gehen? Ich muss mich bewegen, du kannst mir von deiner Familie später erzähl.

Entschuldige mich bitte." Stefanie stand auf, lächelnd verschwand sie auf der Treppe ins Kellergeschoss. Am nächsten Morgen rasselte kein Wecker. „Es ist Sonntag, Mensch Wiener, wir haben frei!" Stefanie krabbelte ganz dicht an ihren neuen Freund heran. Aus dem Bett kamen sie an diesem Tag nicht mehr.

Dieser Montag wurde hektisch, von allen Seiten kamen neue Informationen. Stefanie arbeitete ununterbrochen an ihrem Computer, trug neue Daten zusammen, sortierte jede Einzelheit in die entsprechenden Files. Nach fast drei Stunden übertrug sie alles in Zip-Files elektronisch sortiert an ihre Kollegen im Büro und an die im Außendienst. Wenigstens das INTRANET innerhalb ihrer Behörde funktionierte. Sie war froh darüber. Für ihre Freundin Nicola brannte sie eine gesonderte CD mit den gesammelten Daten. Im Laufe des Tages werde die Profilerin sicherlich vorbeischauen. Die Ermittler waren die ganze Nacht in der Szene in Hamburg unterwegs, hatten mit Huren und Domina, mit Zuhältern und Bordellbetreibern gesprochen. Selbst intensive Nachforschungen der ehemaligen Prostituierten Dolores, die sich wirklich in der Szene auskannte, hatten nichts ergeben. Niemand hatte einen der Ermordeten gesehen oder gekannt. Nirgends gab es Kontakte, nirgends auch nur den kleinsten Hinweis auf die ermordeten Männer. Keiner der Befragten hatte die Gesuchten auf einer der vielen Sado-Maso-Partys getroffen.

Es war so, als arbeiteten sie gegen eine immer wieder nachgebende, jede Spur, jede Idee zurückfedernde Gummiwand. Ein einziger kleiner Hinweis kam von der Reeperbahn. In dem Laden von Nieten-Fritze erkannte die Verkäuferin sofort den Toten aus der Speicherstadt. Das Bild reichte sie an ihre Kollegin weiter. Diese nickte nur und gab es zurück. Dieser Mann war einer ihrer Kunden gewesen. Von Zeit zu Zeit habe er sich Metall- und Lederteile gekauft. Immer nur kleine Mengen, immer für den Eigenbedarf, wie Stefanie mittags berichteten konnte. Wann und wie oft der Mann dort eingekauft hatte, wusste niemand mehr. Er kam vielleicht zwei oder drei Mal in den letzten Monaten. „Der sprach Englisch, der hatte so dunkle Haut, so indisch. Mehr weiß ich nicht. Der war nett und freundlich", berichtete die andere, junge Verkäuferin.

Das Faxgerät piepte unaufhörlich. Aus England kamen die zugesagten Informationen über die Militärzeit der beiden Ermordeten.

So wie Militärberichte sind, eigentlich nichtssagend, abweisend, es waren die üblichen Personalakten. Happel blätterte die vielen Seiten kurz durch, blickte in den Raum, ging zum Schreibtisch seines Chefs.

„Hier, das sind die Berichte aus England. Ich glaube nicht, dass wir viel Neues entdecken." Der Tote aus der

Speicherstadt war Elitesoldat im Vereinigten Königreich. Im Nahkampf ausgebildet. Bereits in der dritten Generation Berufssoldat. Sein Großvater hatte den D-Day in der Normandie mitgemacht, hatte geholfen, Deutschland von den Nazis zu befreien. Sein Vater war gegen Argentinien mit dabei gewesen. Im Falkland-Krieg hatte der sich durch Tapferkeit ausgezeichnet. Lediglich eine kleine Notiz hatte Kollege John Taylor veranlasst, sich näher mit dem Mann zu befassen. Inoffiziell war der Mann wegen ungebührlichem sexuellem Verhalten aus der britischen Armee entlassen worden. Einzelheiten blieben militärisches Geheimnis. „Mensch ist das alles nichtssagend, verklausuliert und unlogisch!" Hauptkommissar Gunnar Hansen warf den Stapel Papier zurück auf seinen Schreibtisch. „Was bringt uns das? Nichts, was auf den oder die Täter hinweist." Von dem Toten aus dem Museumshafen in Teufelsbrück bekamen sie so gut wie keine Informationen. Der Mann hatte seine zwölf Jahre in der Armee unauffällig sowohl in England als auch in Hongkong verbracht. Ohne besondere Vorkommnisse. Aus seinem Privatleben war bekannt, dass er der Sado-Maso-Szene angehörte. Er hatte eine weiße, völlig fleckenfreie Weste.

Von seiner Armeepension, von seinen Nebengeschäften mit dem Im- und Export von Geschenkartikeln aus Hongkong und China konnte er gut und unauffällig leben. Nie gab es steuerliche Probleme, nie fiel der Mann auf. Seine früheren

Verbindungen nach Fernost nutze er sehr differenziert und selektiv.

Hansen telefonierte fast pausenlos. Koordinierte seine Ermittler neu. Setzte sie auf die bekannten Schwulenlokale an, ermunterte sie noch genauer am Flughafen und in den Hamburger Hotels auf potentielle Opfer zu achten. Den Superintendenten in London bat er mehrfach nochmals in den Wohnungen der Opfer nach Einzelheiten im Zusammenhang mit Reisen nach Hamburg zu suchen.

Als Nicola anrief, lehnte er sich gerade, seit Stunden das erste Mal, in seinem Rollstuhl zurück. Ihm tat der Rücken unglaublich weh.

So am Schreibtisch sitzend, mit all der Arbeit, verging die Zeit viel zu schnell. Hansen nickte mehrfach mit dem Telefonhörer auf der Schulter. Ja er wolle sie bei sich zuhause treffen. Ja noch heute Abend. Sie könne gern vorbeikommen. Er sah auf die Uhr und beendete sein Telefonat. Gegen fünf wollte Marion ihn abholen. Sein Telefon klingelte. Ganz langsam drehte er sich zu seinen beiden Kollegen im Nebenraum um. Seine rechte Hand spielte mit einem Bleistift. So wie immer, wenn er lange zu telefonieren gedachte. Aber, Marion rief von der Pforte aus an. Sie wartete auf ihn unten in der Halle. Seinen Kollegen bedeutete er den Arbeitstag zu beenden. Er winkte ihnen zu, rollte schnell zum Fahrstuhl.

Gegen acht Uhr abends saß Nicola mit Hansen am Esstisch in dessen Küche. Marion hatte ein Gedeck mehr aufgelegt. Ihre Königsberger Klopse, mit Kapern und eingelegte Rote Beete, schmeckten köstlich. Sie sprachen nicht über ihren Fall. Nach dem Essen verabschiedete sich die Freundin Hansens sehr schnell. An diesem Abend ging sie zu ihrer Jazztanzgruppe in der Eppendorfer Landstraße. Nicola sah den Hauptkommissar nachdenklich an, schob ihn ins Wohnzimmer und begann sofort, von ihrem Tag zu berichten.

Wie zwischen beiden abgesprochen, hatte sie sich um die Vergangenheit von Dr. Jens Basedow gekümmert. „Der Mann ist nach der Wiedervereinigung nach Hamburg gekommen. Durch persönlichen Einsatz und sehr intensive Bemühungen seiner Frau hat er den Job als Pathologe bei Dr. von Schimmelmann bekommen. Seine Beurteilung ist gut, nicht super, aber gut. Das weißt du ja. Seine Frau stammt aus der alten Hamburger Familie Pollinie. Sie hat überwiegend in Berlin studiert. Und nun, pass' auf." Nicola sah dem ihr gegenübersitzenden Mann direkt in die Augen. Auf ihrem Stuhl rutschte sie unwillkürlich ein Stück nach vorne.

„Basedow ist achtundsechzig rüber in den Osten. Der hat bei den damaligen Demos aktiv mitgemacht. Plötzlich war er aus Berlin verschwunden." „An diesem Punkt müsst ihr ermitteln, ich komme nicht weiter. Gunnar, ich habe ein ganz merkwürdiges Gefühl. Es passiert etwas in diesen Tagen. Ich kann dir nicht sagen wann und wo, ich weiß nur, dass was auf uns zukommt." „Was ist mit seiner Frau, der Polinie?" Hansen hielt ihrem durchdringenden Blick stand. „Die ist als gute Ärztin bekannt, hat lange in Altona als Oberärztin in der Chirurgie für Hand- und Fußrekonstruktionen gearbeitet. Vor vier Jahren hat sie sich in Eimsbüttel als unabhängige Ärztin in eine Praxis eingekauft. Weißt du in der bekannten Unfallpraxis, gegenüber von Karstadt. Sie beteiligt. Geheiratet haben die beiden neunzehnhundertneunzig, als er den Job in Hamburg bekam." Den Kopf in beide Hände gestützt saß Nicola Köhner dem Hauptkommissar gegenüber. „Und was nun, was willst du machen, was schlägst du vor? Lass deiner weiblichen Intuition freien Lauf. Was soll geschehen." Lange sah die erfolgreiche Profilerin ihr Gegenüber fragend an.

Dann ging sie um den Tisch herum, hockte sich neben den Rollstuhl und nahm seine beiden Hände. „Ich brauche dich Gunnar. Es wird Zeit, dass wir diesen Fall lösen. Wir haben viel mehr zu besprechen." Sie schob ihn ans Fenster. Unten parkte ihr schweres Motorrad auf dem Bürgersteig, direkt neben dem Fahrradständer mit der Reklametafel des Fischladens im Erdgeschoss. „Heute Nacht passiert etwas. Wir müssen aufpassen. Diese Nacht ist unheimlich. Ich habe ein ganz komisches Gefühl."

Hansen sah zu ihr herunter, zog seine Hände jedoch nicht zurück.

„Am Fischmarkt müsst ihr Beamte verdeckt arbeiten lassen. Vom alten Elbtunnel bis nach Teufelsbrück. Ich denke dort müssen wir ansetzen. Bitte, verstehe mich richtig. Ich weiß nichts, es ist so ein Gefühl.

In alten Akten aus der Nachkriegszeit habe ich von Verbrechen im Bereich des Fischmarktes gelesen. Und halte dich fest. Damals gab es eine Familie Polinie auf St. Pauli." Gunnar Hansen drehte sich um, nahm seine Hände zurück, rollte nach rechts direkt zum Telefon. Die Nummer des Urologen aus der Klinik des St. Georg – Krankenhauses war seit langem in seinem privaten Telefon gespeichert. Der leitende Urologe und der Hauptkommissar kannten sich seit vielen Jahren, nur Nicola wusste das nicht. Nachdem der Kommissar seinen Bekannten am Telefon begrüßt hatte, schwieg er eine ganze Zeit. Lediglich ab und zu war ein bestätigendes Ja, ich verstehe, zu vernehmen. Nicola blickte intensiv lauschend aus dem Fenster.

Nach einer Weile ging sie hinaus in die Küche, sie kam sich überflüssig vor, wollte nicht zu neugierig wirken, obwohl sie sehr gespannt war, was dieser Anruf sollte. Als sie mit der Kanne frisch gebrühten Kaffees ins Wohnzimmer zurückkam, saß Hansen mit sehr nachdenklichem Gesicht am Fenster und starrte in die Dunkelheit. Ohne sich umzudrehen murmelte er, so als würde er zu den vorbeifahrenden Autos sprechen: „Der Mann ist nicht ganz sauber. Der musste aus Berlin wegen schwerer Körperverletzung verschwinden und ist in die DDR rüber. Ist dort untergetaucht."

Mein Freund kennt ihn aus seiner Studentenzeit. Der war bei allen Demos immer ganz vorn dabei. Und irgendwann hat der damals einen Polizisten fast platt gemacht." „Entschuldige bitte, von wem sprichst du?"

Irritiert setze Nicola die Kaffeekanne auf den niedrigen Mahagonischrank neben dem Fenster. Ohne auf seine Mitarbeiterin zu achten, murmelte Hansen in seinen Monolog weiter: „Und ganz merkwürdig, seine Frau praktiziert seit einiger Zeit nicht mehr. Seit fast drei Jahren hat mein Freund keinerlei privaten Kontakt mit Basedow und seiner Frau. Meinen Freund hat das sehr erstaunt. Unser Doktor Basedow hat sich völlig zurückgezogen. Keine Tagungen, keine Konferenzen mehr. Nur gelegentlich sieht man sich in Hittfeld. Dr. Basedow spielte da auch Golf. Aber meistens allein. Sein Auto fiel besonders auf. Niemand hatte in Hamburg einen Adenauer-Mercedes in Silbergrau. An dem putzte der Mann dauernd herum, sogar auf dem Golfplatz." Nicola lächelte.

„Was ist. Was lachst du?" „Komm, lass stecken, nicht so männlich machohaft, ich lache dich an. Weißt du, ich kenne mich mit solchen Wagen aus. Würde ich auch gern fahren. Ist etwas zu groß. Aber wunderbar bequem. Vielleicht sollte ich mich mal um den Mann kümmern." Sie ging zwei Schritte zurück und legte ihren Kopf schräg. „Na, was ist? Du mit deinem privaten Golf GTI kommst da nicht mit, Gunnar."

„Kümmer du dich, musst du machen, du bist ein freier Mensch."

Hansen klang leicht irritiert. „Warum seid ihr Männer nur immer so leicht zu durchschauen? Tut mir leid, ich habe dich unterbrochen."

„Eigentlich war weiter nichts Besonderes. Ach ja, übrigens soll ich dich grüßen. Ulli hat sich über deinen Besuch in der St. Georg Urologie sehr gefreut. Er meint du wärst eine tolle Frau." Grinsend rollte er auf sie zu.

„Schuft." Nicola ging langsam rückwärts und lachte. „Du hättest mir sagen können, dass du den Arzt dort kennst." „Klar, hätte ich, wollte ich aber nicht. Dafür bin ich Kriminaler."

Lächelnd rollte er hinaus zur Küche. Die Kaffeekanne auf der Mahagonianrichte hatte er nicht bemerkt. Als er zurück kam stand Nicola in ihrer roten Lederjacke fertig angezogen, mit dem gelben Integralhelm in der Hand, vor der Wohnungstür.

„Bitte, ruf' deine Leute an, sie sollen am Fischmarkt die Augen offenhalten. Ich glaube nicht an deine Theorie, dass der Täter aus der Homo- oder Domina-Zehne kommt. Es ist eine Frau, die uns an der Nase herum führt. Kaffee steht neben dem Fenster, einschenken kannst du dir wohl allein." Als Marion später am Abend zu ihrem Freund Gunnar in die Wohnung zurückkam, saß der in Gedanken versunken vor dem Fenster in der Küche, blickte in den trostlosen, von einigen wenigen trüben Lampen erleuchteten

Hinterhof im feinen Hamburger Stadtteil Eppendorf. Seine Gedanken durchpflügten sein Privatleben. Wodurch fühlte er sich so hilflos, wodurch so allein. Stand er vor einer sehr persönlichen Entscheidung? Wie ein abgenutzter, abgetretener, verblasster Teppich kam ihm sein Leben plötzlich vor. Diese alte Wohnung, mit einem solch abstoßendem Hinterhof, der lärmende Straßenverkehr, der am Wohnzimmer Tag und Nacht seinen Staub und Dreck hinterließ, der ewig gleiche Tagesablauf, diese menschlichen Abgründe, die tagtäglich seine Kraft wie ein Staubsauger absaugte. Seine Behinderung durch den Skiunfall, Hauptkommissar Gunnar Hansen sank in sich zusammen. Hatte er bisher wirklich gelebt? Marion legte ihre Hand auf seine Schulter, beugte sich herunter und küsste ihm lächelnd auf die Wange: „Hallo, ich bin zurück, kann ich was für dich tun? Was sitzt du hier im Dunkeln in der Küche?" Hansen blickte kurz in ihr erfrischend freundliche Gesicht. Genau das war es, was durch seinen Kopf geisterte, bemutternde Routine zuhause, ewig dreckiger Stress im Job.

Nicola war längst gegangen. Das fette Brummen ihres schweren Motorrades klang ihm noch immer in den Ohren. Unwillkürlich strich er sich durch die Haare, ein vermeintlicher Fahrtwind hatte sie zerwühlt.

Zwei Ärzte rückten mehr und mehr in den Vordergrund seine Gedanken. Konnte es sein, dass zwei so hochgebildete Menschen Totschläger oder gar Mörder waren. Bestanden gegenseitige Abhängigkeiten oder Traumata. Beide waren zu jung, um in Nachkriegsverbrechen beteiligt, gar eigebunden gewesen zu sein. Er blickte auf die Wanduhr an der Küchenwand, es war noch nicht zu spät. Erst halb elf. Happel meldete sich sofort: „Ich wusste, dass du anrufen würdest. Was gibt es?" „Bitte kümmere dich im Basedow und seine Frau. In alten Akten aus der Nachkriegszeit. Unmittelbar nach Kriegsende soll etwas mit der Hamburger Familie Polinie geschehen sein. Und der Doktor ist nicht sauber. Das bleibt unter uns. Ich will wissen, was der in der DDR gemacht hat. Was der privat anstellt. Setze bitte deine Leute in der Szene auf St. Pauli darauf an. Alles sehr vertraulich und unauffällig. Gib deinen Leuten ein Bild von Basedow mit. Wer ihn kennt soll schnellstens ins Präsidium kommen. Gerd, bitte alles sehr vertraulich. Danke. Gruß an Stefanie, gute Nacht."

Ohne eine Anmerkung oder Bestätigung seines Kollegen Happel abzuwarten, hatte er das Gespräch beendet. Hansen konnte sich auf seine Mitarbeiter verlassen. Verkleidet, aufgemotzt wie eine junge Prostituierte, lief Nicola Köhner in dieser Nacht, auf hohen Hacken, in dicken, fleischfarbenen Strumpfhosen und sehr kurzem Rock über den Straßenstrich am Hamburger Fischmarkt. Unter ihre rote Motorradjacke hatte sie einen dicken Kaschmirpullover gezogen. Trotzdem war es ihr saukalt. Vielleicht vom kalten Wind, mehr noch aus Nervosität. Ihren temporären Dienstausweis, der sie als

Mitarbeiterin der Hamburger Kripo schützen würde, hatte sie für alle Fälle eingesteckt. Sollte sie kontrolliert werden, konnte sie sich wenigstens offiziell ausweisen. Auffällig viele Wagen fuhren hin und her, immer wieder die gleichen Kennzeichen, die gleichen Typen am Steuer.

Eines der Mädchen hatte ihr zugeraunt, dass heute Bullentanz sei.

Es seien viel mehr verdeckte Polizeistreifen als sonst hier, hatte sie gemeint. Die suchen jemanden. Nicola grinste, sie dachte an ihren Kollegen Hansen. Eigentlich wusste sie nicht, warum sie diese Maskerade mitmachte, es war ein innerer Zwang. Sie hätte das niemandem erklären können. Die Stunden vergingen, so langsam kroch mehr und mehr Kälte durch ihre Knochen, lähmte sie förmlich. Sie fühlte sich von Stunde zu Stunde kleiner, unbedeutender werdend. Warum war sie hier. Wen suchte sie eigentlich, auf wen wartete sie. Sie konnte sich diese Fragen nicht beantworten. Wenn Freier neben ihr hielten, ging sie einfach einen Schritt zurück. Niemand konnte sie zwingen einzusteigen. Langsam ekelten sie diese grinsenden, sprachlosen Fratzen an. Die eine oder andere Autotür hatte sie wieder zugeschlagen. Sie konnte sich nicht einmal vorstellen, diese Männer in den Autos sexuell zu bedienen. Wie die Damen rechts und links von ihr diesen Job durchhielten? Die anderen jungen Frauen bemerkten schnell, was mit ihr los war. Hin und wieder nahmen sie Nicola auf einen Kaffee in den >Anker< mit. In dieser Hafenkneipe hatte man Erfahrung mit dem, was die Mädchen brauchten. Starken Kaffee und keinen überhitzten Gastraum, sonst würde es ihnen zu kalt werden, wenn sie wieder raus auf die Straße mussten. Über ihren Job sprachen die Mädchen mit den erstarrten, eingefrorenen Gesichtern nie. Den einen oder anderen Freier, den sie an den Autos erkannten, begrüßten sie, indem sie ein Bein hoch streckten, fuhr der weiter, machten sie ihre Bemerkungen und Witze. Es waren eigentlich immer die gleichen Männer, die hierherkamen. Die ließen sich schnell einen blasen oder wollten die schnelle Nummer, bevor sie zu Frau und Kindern nach Hause fuhren. Immer schnell, noch vor dem Abendbrot, vor der abendlichen Fernsehstunde im Kreis der Familie. Wegwerfsex nannten die Mädchen das. Wenn die Männer wieder und wieder an ihnen vorbeifuhren, nickten sie schon mal zu Nicola rüber. Dann wusste sie, der Mann war ein Nuttengänger, ein Spanner, der hier schnelle Befriedigung suchte, der bekannt war. Der wollte sich am Anblick der Mädchen erst aufgeilen.

Irgendwann würde er dann eine der Damen für den schnellen Sex um die Ecke, mitnehmen. Mit der Zeit verschwammen die Bilder vor Nicolas Augen, die kalte Realität mit den Lichtern vom gegenüberliegenden Ufer des Hafens und ihre Phantasie liefen wie farbige Flüssigkeiten ineinander. Sie dachte an die Opfer ihres Mordfalles und an die Art wie die gestorben waren. „Ich muss dem Täter auf die Spur kommen", sie verbiss sich immer mehr in diesen einen Gedanken. „Ich kriege dich, du Schwein." Sie murmelte vor sich hin. „Ich weiß, dass ich dir ganz nahe bin." Plötzlich, völlig unerwartet knallte es in ihrem Kopf, so als sei eine Seifenblase in ihrem Hirn zerplatzt. Ihr wurde weich in den Knien. Das war es, die Engländer waren sehr lange in Hamburg stationiert, hatten sehr lange nach dem Krieg das Geschehen in der Stadt bestimmt. Der Täter nimmt Rache an den Engländern und tötet sie so, dass sie mit ihrem Schwanz kein Unrecht mehr anstellen konnten. Beim Anblick der herumstehenden, frierenden Prostituierten, den jungen, gutaussehenden Frauen, lief plötzlich ein Film in ihrem Kopf ab, der deutlich zeigte, was geschehen sein konnte. Ihr wurde heiß, immer mehr Gedanken kamen und gingen, ja, zuckten wild durcheinander. Diese Gegend Hamburgs hatte sie schon immer interessiert. St. Pauli, die Umgebung, das nächtliche Geschehen hatten ihre Eltern immer als Tabuviertel gesehen.

Nie wurde darüber gesprochen, nie wurde erwähnt, dass es die Nutten gab, nie konnte sie darüber sprechen.

Erst als sie sich selbst, nach ihrem Studium in USA, damit befasste, erfuhr sie vom nächtlichen billigen Fünf-Minuten-Fick hier am Fischmarkt. Erfuhr von der untersten Stufe der Prostitution in Hamburg, von den Abartigkeiten, die sich in Taxis, an Hausmauern, hinter beschlagenen Scheiben in wackelnden Autos, vor aller Augen abspielten. Warum lassen sich Männer im Taxi hierherfahren, bumsen eines dieser Mädchen und lassen den Fahrer draußen schnell eine Zigarette rauchen. Das Mädchen verschwindet wieder, wie Dreck im Mülleimer. Wegwerfsex! Es musste der Kick sein, den sie nicht verstehen konnte. Sie dachte an die Soldaten, an den Frust, den die auf die Nazis hatten, dachte an den Hass gegen die Deutschen. Ihr wurde übel. Fast musste sie kotzen, die Gedanken waren zu heftig, waren nicht mehr kontrollierbar. Sie würgte. Als sie immer tiefer atmete, da fühlte sie körperlich, dass es richtig gewesen war, hierher zu kommen. Hier zwischen den Prostituierten, zwischen den schaukelnden Autos, zwischen den Taxifickern kam der richtige Gedanke wie von selbst. Ihre Fantasie ging mit ihr durch, sie konnte auf sich selbst aufpassen, dass kannte sie von sich. Oftmals verschwammen Fantasie und Wirklichkeit bei ihr. Sie würgte, hustete sich schüttelnd den Dreck aus dem Kopf. Hier war es passiert, damals als sich wahrscheinlich mehrere Männer, englische Besatzer, ein Mädchen, eine junge Frau griffen und hier im Hafengebiet vornahmen. Genau hier im alten Fischmarktgebiet. Klar, das war nahe an der Reeperbahn. Klar, das war damals wie Heute ein unübersichtliches Gelände. Damals mit vielen Trümmern, zerbombten Häusern, halbverfallenen Kellern in alten, unterirdischen Gewölben. Sie sah die Bilder der Hamburg Chronik vor sich. Hier im Fischmarktgebiet liegt der Schlüssel. Es war schon immer das Gebiet der Hamburger Straßenprostitution, hier warteten damals schon die

290

Fräuleins auf die englischen Soldaten. Warteten auf Geld, Schokolade und Zigaretten. Für Zigaretten, die eine oder andere Ration Brot und Gin taten junge Frauen damals viel für ihr Überleben. Und, für das Überleben ihrer Familien, Mütter und Väter. Nur Überleben war wichtig, nur das zählte. Der Körper, der Geist, das Denken verschwand im Hunger der frühen Nachkriegsjahre. Das, was sie über die damalige Zeit gelesen hatte, stand heute Nacht wie auf einer Schultafel direkt vor ihr. „Wo liegt der Schlüssel zu den jetzigen Morden", ging es ihr durch den Kopf. „Die Toten werden uns präsentiert. Wir sollen wissen, dass es damals Engländer waren, wir sollen wissen, dass jetzt die Zeit für Strafen, für die Endabrechnung gekommen ist. Es waren Männer mit bizarren sexuellen Vorlieben. Die lassen sich leichter locken, lassen sich freiwillig fesseln und quälen. Der Weg ist der Schmerz, das Ziel der Tod. Nicht von den Opfern erwartet, schon gar nicht von ihnen gewollt. Die suchen bloß ihre beschissene Befriedigung.

Die dämmern in höchster Geilheit in den Tod hinüber. Wollen vorher unendlich gequält, wollen gefoltert werden. Aber nicht sterben."

Dr. Nicola Köhner, holte sehr tief Luft, der Geruch nach Fisch und Elbwasser und Pisse ließ sie wieder in die Realität zurückkehren.

Die vermeintliche Straßenhure, die stark geschminkte, verkleidete Profilerin der Hamburger

Mordkommission, schüttelte sich, schüttelte sich diese Gedanken aus dem Kopf. Die wirklich kalte Nachtluft tat ihr plötzlich gut. Je tiefer sie einatmete, je intensiver zog der überall hängende Fischgeruch an ihr hoch. Sie war am Hamburger Fischmarkt, mitten in der Nacht, mitten zwischen ganz jungen Nutten, Zuhältern und Männern, die nach einer schnellen Nummer zu Muttern nach Hause fuhren.

Übelkeit stieg in ihr hoch, würgen. Bloß jetzt nicht kotzen, nicht hier. Sie schluckte und schluckte, schluckte alle Gedanken herunter.

Mit einem Schlag war sie hellwach. Die vierte Nacht am Fischmarkt. Sie konnte nicht aufgeben und wenn sie wochenlang hier stehen müsste. Ein heißer Schauer lief ihr den Rücken hinunter. Automatisch duckte sie sich weg, verkroch sich in ihrer Motorradjacke. Ein silbergrauer Adenauer-Mercedes 300 rollte geräuschlos über das holprige Kopfsteinpflaster an sie heran. Verlangsamte seine Fahrt vor ihr, fuhr dann jedoch schnell beschleunigend weiter. Seine rotglühenden Rücklichter entfernten sich Richtung Altona, rechts hinter den langen Fischhandelshallen. Sie sah eine der frierenden jungen Frauen neben sich an, nickte dem Wagen nach. Als die Prostituierte zurück nickte, wusste Nicola, dass die den Wagen und den Fahrer kannte.

Auf dem Weg zum Anker trottete ihre heutige Kollegin vom Straßenstrich unaufgefordert neben ihr her. Diese Frauen sind aufeinander eingespielt, dachte Nicola.

Eigentlich toll. Beide gingen einen Kaffee trinken. Das tat gut. Langsam verschwand die innere Übelkeit.

In diesen wenigen Minuten, bei einem einzigen Kaffee, erfuhr sie von der jungen Frau, so ganz nebenbei, Unglaubliches über diesen Wagen und seinen beschissenen Fahrer. Die junge Prostituierte plapperte immer erregter über diesem Freier. „Wenn der zum Fischmarkt kommt und vor einem der Mädchen seinen Wagen anhält, drehen sich fast alle weg. Manchmal gehen wir auch sofort zu Erwin in die Kneipe, wenn wir den Wagen oder seinen schwarzen Jeep von weitem sehen." Die jugendliche Hure konnte ihren Redeschwall kaum zügeln: „Mehr als einmal hat er Kolleginnen so brutal behandelt, dass sie zum Arzt mussten! Das ist ein Schwein, immer wieder geilt der sich hier auf." Nicola sah ihr Gegenüber fragend an: „Klar weiß der ganz genau, dass er hier niemanden zum Ficken findet." Die junge Frau nahm einen Schluck Kaffee, rührte ganz in Gedanken in ihrer Tasse: „Weißt du, nur die Neuen oder die Drogis fallen auf den noch rein. Deshalb hat der dich so angeguckt. Du bist doch neu hier. Zu wem gehörst du denn?" „Wie meinst du, zu wem soll ich gehören?" „Na, wer passt auf dich denn auf? Ich bin bei Michael, der ist fair. Ach übrigens, der Typ, der beschissene Brutalficker, bezahlt immer, wenn er eine von uns platt gemacht hat. Alle Kosten übernimmt der, der war schon oft bei Michael zum Bezahlen. Und wir Mädchen kriegen was von der Kohle ab."

„Nee, weißt du, von den Bewacher-Typen habe ich genug, aufpassen kann ich selbst. Und die Kohle, behalte ich, musst du abgeben?"

„Klar muss ich abgeben, was meinst du denn. Michael ist fair, habe ich doch gesagt. Mit dem kommen wir alle gut zurecht." Nicola sah ihre neue Bekannte direkt an. Hinter dem grellen Make Up, den dunkel geschminkten Augen mit dem glitzernden Lidschatten, der hellblonden Perücke, dem engen Pullover, der unter der jetzt offenen, grell gelben Felljacke hervor lugte, dem extrem kurzen Schottenrock über den dicken fleischfarbenen Leggins, verbarg sich sicherlich eine solide junge Frau, die von ihren Freunden und Nachbarn in ihrer heutigen Aufmachung bestimmt nicht erkannt würde.

„Kennst du den brutalen Typen?" Nicola rührte in ihren Kaffee.

„Ja, klar, einmal, als ich neu war, bin ich eingestiegen, da kam der mit seinem schwarzen Landrover, den kennen hier auch alle." „Und dann?"

„Was soll das, ich will nicht darüber reden, Mann, sorry, Das ist eine Sau, gut? Ich will wieder los, kommst du mit?" Die junge Frau sah Nicola fragend an. „Nee, lass man. Ich will nach Hause. Ich glaub ich werde nie wieder warm." Beide Frauen lachten.

„Wenn du wiederkommst, stell ich dir Michael mal vor. Der ist echt nett."

Was Nicola nicht wusste, Hansen hatte vor ihrem Einsatz am Fischmarkt mit dem Zuhälter Michael gesprochen. Der Kriminalbeamte informierte den Mann über die Lockvogelaktion. Beide Männer hatten einen relativ sicheren Standplatz für die Profilerin Dr. Nicola Köhner bestimmt, hatten einen PKW-Convoy organisiert. In jedem dieser Autos, die vor Nicola hielten, saß entweder ein Kripobeamter oder ein Kollege von Michael. Sie hatten auf den Beifahrersitz einen falschen Ausweis liegen, der den Fahrer als Mitwirkenden erkennen ließ. Nicola öffnete bei jedem haltenden Wagen die Beifahrertür, lag kein Erkennungszeichen auf dem Sitz drehte sie sich sofort um, schlug die Tür zu, ging auf ihren Standplatz zurück. Lag ein Zeichen auf dem Sitz, stieg sie ein, wärmte sich eine viertel Stunde auf, ließ sich zurückfahren. Die Autos wurden gewechselt. Sehr viele verdeckte Ermittler und Zuhälter machten sich an diesem und an weiteren Abenden am Kitz unsichtbar. Aber sie überwachten die Umgebung. Niemand wollte es sich mit der Hamburger Kripo verderben. Selbst der Wirt im Anker war informiert. Auffallend viel Männer saßen nächtelang in seinem Nachtlokal.

Weit nach Mitternacht rief Nicola Gunnar Hansen an.

Der war sofort hellwach als er die ersten Worte von seiner Profilerin vernahm. Er bestand darauf, sie unverzüglich zu sehen. Auch um diese Zeit. „Nimm dir sofort ein Taxi und komme her. Ich bestehe darauf."

Marion und ihr Freund standen in der Wohnungstür, sahen sie Minuten später verschlafen, aber sehr besorgt an. Hansen balancierte auf einem Bein, sich auf eine Krücke stützend, zum Wohnzimmer. Der Kontrast zu den Morgenmänteln, der aus ihrem Schlaf gerissenen Freunden und Nicola in ihrer Verkleidung als Prostituierte, ließ alle drei grinsen. Nicola zog ihre rote Motorradjacke aus. „Jetzt brauche ich erst mal ´nen Schnaps." Der Hauptkommissar betrachtete seine Profilerin aufmerksam, er wusste, dass er gegen diese Frau nicht argumentieren konnte. Er hätte sie niemals von ihrem Vorhaben den Lockvogel zu spielen, abringen können. Dicke Sorgenfalten bedeckten trotzdem seine Stirn. Als Nicola mehr und mehr von ihrem Ausflug in die nächtliche Hurenszene am Fischmarkt berichtete, war es ihm nicht länger möglich seiner eigenen Hypothese zu folgen, dass nur ein hasserfüllter Homosexueller als Täter in Frage käme.

Von unglaublicher Nervosität geschüttelt, humpelte er in seiner Wohnung umher. Den Rollstuhl hasste er von Stunde zu Stunde mehr. An Schlaf war überhaupt nicht zu denken. Beide Ermittler waren nunmehr zur Überzeugung gekommen, dass sie es mit einem Täter oder einer Täterin zu tun hatten, deren unvorstellbare Verbitterung gegen ehemalige englische Soldaten dazu geführt hatte, dass sie nur diese Männer für ihre Taten nutzen konnten. Es mussten Engländer sein oder ehemalige Soldaten. Das konnten sowohl Heterosexuelle als auch Homosexuelle sein. Sowohl ein weiblicher als auch ein männlicher Täter kam in Betracht. Oder ein Paar, das sich primär gegenseitig quälend sexuell erregen wollte. Das beantworte aber nicht die Frage, warum sie dann ausgerechnet aus der Armee entlassene, ehemalige Soldaten umbrachten, die außerhalb der Armee privat lebten? Warum vergingen sie sich nicht an uniformierten, aktiven Armeemitglieder? Beim Versuch, diese Frage zu beantworten, stießen sie in dieser nächtlichen Besprechung wieder auf eine der früheren Theorien, dass nämlich beide Opfer bestimmte Neigungen hatten, die sie als „Opfer und Richter" mit den Mördern verbanden.

Mussten nicht Opfer und Täter die gleiche Neigung in sich tragen?

Abscheu gegen den eigenen Körper, gegen die, bei beiden identische Unfähigkeit, unverfälschte sexuelle Aktivitäten zu entwickeln.

Musste nicht eine permanente Verachtung von sich selbst, zu hasserfüllten Zweifeln an eigenen Werten führen? So hatte sicherlich der Zorn gegen sich selbst sexuelle Grenzen überschritten und Befriedigung letztendlich nur in der Ermordung von Männern gefunden. Und zwar ausschließlich bei solchen Opfern, die ähnliche sexuelle Veranlagung zeigten. Jahrelange Verachtung durch den Lebenspartner in Bezug auf die eigenen sexuellen Vorlieben, konnte der Auslöser zur Kompensation durch Mord sein. „Kann sein." Nicola sah den Hauptkommissar mit weit aufgerissenen, rot umrandeten Augen an: „Glaube ich aber nicht." Erst jetzt begann sie von den Erlebnissen am Fischmarkt in allen Einzelheiten zu berichten.

„Ich habe den Wagen von Dr. Basedow nachts am Fischmarkt gesehen, habe den Mann, wenn auch schemenhaft, erkannt. Habe gemerkt, dass der Wagen langsam an mir vorbeifuhr, dann aber beschleunigte."

Hansen erwiderte ihren aggressiven, provokanten Blick, ja starrte sie aus sehr dunklen, unergründlich tiefen, schwarzen Pupillen an. Unfähig sich zu bewegen, sank er schließlich mit einem tiefen Seufzer in seinen Rollstuhl, verbarg seinen Kopf unter den Armen und stammelte undeutlich vor sich hin: „Warum begibst du dich in diese Gefahr. Ich kann mir nicht vorstellen, weshalb," dröhnte Hansen, auf sie zu rollend. Sein Hausmantel stand offen, über seiner dunkel behaarten Brust, blitzte ein Kreuz an einer Goldkette auf. Sie blickte ihm fest, ohne Hemmungen zu zeigen, direkt in die Augen. Sehr nüchtern, ohne Emotionen bemerkte sie lapidar: „Du solltest Happel anrufen. Es wird jetzt Zeit, dass ihr euch um den Typen in dem Mercedes kümmert. So viele Wagen davon gibt es in Hamburg nicht. Ich habe den Fahrer erkannt. Sagte ich schon. Der ist ein Hurengänger, verletzt die jungen Dinger von Straßenstrich, bezahlt Arztkosten beim Zuhälter Michael und macht immer weiter. Du kennst den Mann, lass ihn zur Vernehmung einbestellen.

Befrage alle Ermittler, die mit mir auf dem Straßenstrich ermittelt haben. Wohin ist der Wagen verschwunden. Lasse die jungen Prostituierten befragen. Natürlich die, die von dem Arsch gefoltert und verletzt wurden. Der Zuhälter kennt deren Namen. Noch eins, ich bin Profilerin also nimm alles was ich sage als Protokoll zu den Akten. Ihr wollt mit mir arbeiten. Jetzt geht es rund. Oder ich bin raus." Ihre Bemerkung kam jagdfieberkalt, keinen Widerspruch duldend. Cool, berechnend, jedoch messerscharf fügte sie hinzu: „Tu du endlich was, für heute reicht es mir. Mehr kann ich für dich nicht tun. Ich bin weder Nutte noch Kripo-beamtin." Sie handelte rein pragmatisch. In ihr gab es keinen Raum für Emotionen. Ihre Gefühle waren am Fischmarkt geblieben, ausgekotzt, zertreten.

Hauptkommissar Hansens telefonische Anweisungen zur verdeckten Ermittlung, kamen knallhart, ohne Umschweife, ohne Rücksicht auf den frühen Morgen.

Es war noch vor fünf Uhr und stockdunkel. Als er an seine Profilerin dachte, wusste er, dass er nie wieder ohne sie an einem so komplizierten Mordfall arbeiten wollte. Natürlich hatte er nicht weiterschlafen können, als die Wohnungstür hinter der jungen Frau ins Schloss fiel.

Eine Stunde brauchte er, um seine Gedanken zu ordnen, erfolgversprechende Planungen auf seinen Schreibblock zu notieren, wieder zu streichen, umzustellen und letztendlich für sinnvoll zu halten.

Happel erhielt glasklare Anweisungen. Der Mann aus Wien merkte, dass es ernst wurde.

Der Anrufbeantworter blinkte, drei Anrufe. Nicola fühlte die bleierne Schwere dieser langen Nacht in den Knochen. Weder hatte sie Lust auf das süße Gerede ihres Freundes auf dem Band, noch konnte sie jetzt überhaupt etwas tun. Diese Nacht würde sie so schnell nicht vergessen.

Als sie nackt vor der Balkontür stand, warf sie alle ihre Klamotten hinaus. Nichts mehr fühlen, nichts mehr auf der Haut spüren, der ganze Körper juckte und kribbelte. Der Straßenstrich hatte seine Spuren hinterlassen. Auf Seele, im Kopf. Nicht einmal baden konnte sie jetzt. Nur duschen, lange und heiß, immer wieder schrubben, einseifen, heißes Wasser überflutete Gesicht, Kopf und Körper. Immer und immer wieder.

Den nassen Waschlappen vor ihren Mund gepresst, schrie sie ihren Ekel Frust hinaus. Für sie stand endgültig fest, heute kommt das Ende dieser Mordserie. Musste kommen: „Dich Schwein kriege ich noch heute. Versprochen." Wieder und wieder durchfluteten sie diese Gedanken.

„Das Ende muss kommen." Als Gunnar Hansen um halb Sieben anrief, stand sie immer noch nackt an ihrem Fenster und sah auf die schwärzlichen Äste der bedrohlichen winkenden Bäume am Weiher in Hamburg-Eimsbüttel hinaus. Ohne Umschweife berichtete er, dass seine Beamten sauber und präzise gearbeitet hätten. Sie verzog die Lippen lediglich zu einem eiskalten Lächeln, ohne zu reagieren.

Er würde sich freuen, wenn sie sich in einer oder zwei Stunden im Präsidium treffen könnten. Alle weiteren Aktionen abstimmen. Sie nickte müde, ja sie wolle dabei sein.

Bloß jetzt nicht schlafen. Mit einem Schlag war die Müdigkeit verschwunden. Ihr Körper fing wieder an zu jucken, dieser Tag begann so wie der gestrige geendet hatte. So, wie sie sich das Ende einer Jagd vorgestellt hatte, ja herbeisehnte, so wollte sie jetzt endlich ein finales Ergebnis erreichen. Ihre Arbeit begann eiskalt. Sie dachte klar, sie war Profilerin, deswegen hatte sie studiert, lange Ausbildung, deswegen kam der Erfolg der Anstrengungen. Klares, pragmatisches Vorgehen. Ihr Fall, sie spannte alle Muskeln. Die Jagd begann.

Weiße, weiche Frottiertücher lagen verstreut als leuchtende Flecken in ihrer Wohnung.

Wie Leichentücher fuhr es ihr fröstelnd durch den Kopf. Ihre Gedanken flogen wie ein aufgescheuchter Taubenschwarm wild durcheinander.

Ihr war klar geworden, der gesuchte Mörder oder das Mörderpaar, musste von dem Wunsch geleitet worden sein, allen bürgerlichen Formen der Liebe und der Verwicklungen, also Liebeskummer, Eifersucht, Kampf der Geschlechter zu entkommen, um ein freieres Verhältnis der Geschlechter zu erforschen und experimentell zu beweisen, eventuell an sich selbst zu erleben. Offensichtlich war dieser Wunsch nach freier Liebe, durch bisher unbekannte Ereignisse, völlig zerstört worden. Die immer wiederkehrende Unterdrückung von echten Gefühlen, möglicherweise durch den Partner, durch einen Mitwisser der eigenen Neigungen, oder nur durch die eigene Scham vor Entdeckung, beispielsweise auch durch vermeintliche Angst vor dem Ende einer indifferenten Art von sexuellen Vorlieben, konnte zu diesen Morden geführt haben. All das mag zu dieser Eskalation, einer inneren Eruption geführt haben, die ihren vorläufigen Höhepunkt in der Ausführung des komplizierten, melodramatischen Tötens und Präsentierens fand. Was war der Auslöser? War es das Ende einer nicht mehr zu befriedigenden Gier nach sexuellen Höhepunkten, war es Rache für Taten aus der Vergangenheit, was steckte dahinter? Nachdenklich betrachtete sie ihre Hände. Was sich in solchen Menschen für innere Kämpfe abspielen. Eigentlich sollten wir die Täter nicht bestrafen, sondern heilen, ihre Gedanken schweiften ab. Sie wollte keine weiblichen Gefühle aufkommen lassen. Emotionen passten nicht zu ihrem Beruf. Nicht in dieser Phase der Aufklärung.

Nächtelang hatten sie in der Uni mit Kommilitonen über Verbrechen dieser Art diskutiert. Diese Menschen, sowohl die Täter als auch die Opfer waren krank, weil sie Grenzen der gesellschaftlichen Normen überschritten, weil sie menschliche Abnormalität zu ihrer eigenen Norm gemacht hatten. Doch Gott sei

Dank zeigt das Gesetz die Grenzen der Normalität ganz eindeutig auf. Fröstelnd ging sie hinüber in ihr Schlafzimmer. Sie war froh mit Hansen ein so gutes berufliches Verhältnis zu haben. Aber mehr sollte daraus nicht werden. Sie musste ihm das klarmachen. Lidschatten, Make-Up und Lippenstift verbannten die Überbleibsel der langen Nacht am Fischmarkt aus ihrem Gesicht.

Der Fahrtwind auf ihrem Motorrad verwehte die restlichen Spuren.

Auf der Maschine sitzend, freute sie sich auf den Arbeitstag, auf die Ruhe danach. Mit weit geöffnetem Mund starrte Dr. Andrea Pollinie ihren Mann an. Sie schien völlig sprachlos zu sein. Als er die gemeinsame Wohnung in Eppendorf betrat, fühlte sie seinen eiskalten Hauch körperlich. Ihr Mann konnte zwar sehr abweisend, sehr dominant und brutal sein. Angst kannte sie vor ihm nicht. Vor seiner Unbeherrschtheit, seiner Wut jedoch fürchtete sie sich. Zu oft hatte sie seine Reaktionen zu spüren bekommen. Jetzt, in diesem Augenblick benahm er sich wie ein verängstigtes Häschen, seine weit aufgerissenen Augen signalisierten Panik und Furcht: „Wir müssen etwas unternehmen, unbedingt, jetzt schnellstens. Am Fischmarkt braut sich was zusammen." Dr. Jens Basedow war vollkommen außer sich, geradezu hektisch nervös. Angstschweiß perlte ihm von der Stirn.

„Den Wagen habe ich in die Garage gefahren." Hilflos, mit hängendem Kopf sah er seine Frau an. „Welchen Wagen? Bist du etwa mit DEM Wagen unterwegs gewesen? Am Fischmarkt?" Als er schweigend nickte, schlug sie ihre Hände vors Gesicht und begann lautlos zu weinen. Unbemerkt gruben sich Rinnen in das dick aufgetragene Make-up. Der schwarze Lidschatten überdeckten ihre rot eingepuderten Apfelbäckchen. Fassungslos sah sie ihn an. „Bist du Idiot etwa im Labor gewesen?" „Nein, nein. War ich nicht." Schrie er wie von Sinnen.

„Nein, verdammt noch mal, nein. Frag nicht so blöd!"

Seine Stimme überschlug sich, Spucke flog in Richtung seiner Ehefrau. Wie ein Blitz zuckte seine Hand hervor, traf sie jedoch lediglich an der Schulter. Dieser Ohrfeige konnte sie gerade noch rückwärts ausweichen.

„Frag nicht so dämlich, die eine Nutte hat mich groß angesehen. Ich meine, das war eine von den Bullen, wenn die mich erkannt." Er konnte nicht weiterreden, schweißnass klebte sein Hemd an ihm. „Tut mir leid, ich bin zu nervös." Plötzlich sah seine Frau lächelnd zu ihm herüber. Ihren Mann kannte sie sehr genau. In solcher Situation reagierte sie nicht nur kalt und berechnend, sondern ausgesprochen dominant. Anders war es ihr nicht möglich, seiner inneren Unsicherheit, seiner psychischen Zerrissenheit und seinem außer Kontrolle geratenen Verhalten zu begegnen. „Du weißt ganz genau, dass du den Wagen weder allein noch am

Fischmarkt fahren darfst! Hast du Dummkopf das vergessen?" Leise, bedrohlich hielt sie ihm den unverzeihlichen Fehler vor. Seine eigenen Fehler, sein Fehlverhalten, mochte es noch so unwichtig gewesen sein, versuchte er zu verbergen. Wie immer. Extrem hartes Auftreten ihr gegenüber oder er griff sie für schmerzhaften Sex. Am liebsten verfiel er jedoch vollends zu ihrem Sklaven! Längst war ihr bewusst geworden, dass ihr Mann Bestrafungen wollte. Schmerzen sollten seine Schuldgefühle verdrängen, löschen.

 Er hoffe, sein Verbrechen von 1968 endlich vergessen zu können. Wie ein schlechter Film liefen die Ereignisse von damals wieder und wieder in seinem Kopf ab.

Die sich vermeintlich aus dem Leben verabschiedenden Augen, des von ihm ungewollt niedergeschlagenen Polizisten, konnte er nie vergessen. Damals meinte er, sich gegen die brutale Berliner Polizei verteidigen zu müssen. Die Studentendemonstration begann wie immer sehr friedlich vor dem Brandenburger Tor, vor der Berliner Mauer, zog sich an der „Schwangeren Auster", der Konzert- und Tagungshalle vorbei in Richtung Reichstag, als die Polizei plötzlich von allen Seiten auf die Demonstranten losstürmte. Der Zug blieb stehen. Auge in Auge standen sich Studenten und junge Polizisten gegenüber. Erst als die Wasserwerfer auffuhren, als mehr und mehr Bereitschaftspolizei einen undurchdringlichen Ring um die Demonstranten bildete, als Panik ausbrach, weil immer mehr junge

Menschen gegen die Polizeiketten anrückten, als die Polizei zu Schlagstöcken griff, verwandelte sich die friedliche Demo in ein unübersehbares Schlachtfeld, in dem jeder gegen jeden kämpfte und einschlug. Pflastersteine flogen gegen Polizistenhelme, Schlagstöcke trommelten auf Studentenrücken und -köpfe. Das Chaos breitete sich aus. Wie eine schleimige, giftige Masse schleichend, weiter und weiter wandernd, legte es sich über alle Beteiligten.

Als Jens Basedow einen der Schlagstöcke unter seinem rechten Turnschuh spürte, bückte er sich blitzschnell. Ein viel sichereres, geradezu wohliges Gefühl bewirkte dieser Knüppel in seiner Hand. Das Knacken und Knirschen des Kopfes seines Gegenübers hörte er im Unterbewusstsein. In rasender Wut prügelte er weiter und weiter. Irgendwann saß er an einem Baum gelehnt im Berliner Tiergarten. Jemand schlug ihm ins Gesicht. Seine Freundin Andrea hatte ihn aus dem Getümmel gezogen und gezerrt. Sie stand neben ihm, als der junge Polizist vor ihnen in sich zusammensackte. Als sie ihrem Freund Jens den Schlagstock aus der Hand winden wollte, traf sie seine Hand mitten im Gesicht. Sein von Wut und Hass verzerrtes Gesicht konnte sie nie wieder vergessen. Dennoch, sie liebte ihn, wollte ihn nicht totschlagen lassen, wollte nicht, dass er verhaftet wurde. Willenlos ließ Jens Basedow sich, nach einigen Anstrengungen und gutem Zureden, mitziehen. Schließlich fand sie ein ruhiges Plätzchen mitten im Gestrüpp, in den Büschen des Berliner Tiergartens. Aus der Ferne hörte sie die Schreie der Kämpfenden, die dröhnenden Durchsagen der Polizei in ihren Einsatzfahrzeugen.

Erst als es fast vollkommen dunkel geworden war, erst als von den Demonstranten und den Polizeiketten keine Geräusche, keine Schreie oder Befehle zu ihnen durchdrangen, wagte Andrea sich aus dem Versteck.

Ihr Freund saß unbeteiligt, völlig bewegungslos an einen Baum gelehnt zwischen den dichten Büschen. Als sie meinte in weitem Bogen, durch den hinteren Bereich des Tiergartens, diese Gegend unentdeckt verlassen zu können, zog sie ihren Freund Jens aus der Deckung. Sie schlichen, sich nach allen Seiten immer wieder umsehend, in Richtung U-Bahnstation Bismarckstraße. Auf keinen Fall wollten sie in Kontrollen geraten. In ihrer kleinen Studentenbude in Berlin-Ruhleben kamen sie zur Ruhe. Jens schlief sofort ein, während Andrea sich im Gemeinschaftsbad schnell duschte. Aus ihrem Kühlschrank nahm sie eine Flasche Berliner Pilsner-Bier, setzte sich auf den Fußboden, sah ihren Freund immer wieder nachdenklich an. Sie wusste nicht, wie sie sich verhalten sollte. Auf eine solche, so dramatische Situation, die sie indirekt selbst betraf, war sie vorbereitet gewesen. Die leere Bierflasche neben sich schlief Andrea Pollinie mitten in der Nacht erschöpft ein. Sie konnte nicht mehr denken.

Am nächsten Morgen reckte sie sich. Ihr Rücken schmerzte, die Nacht auf dem harten Fußboden hatte sie verkrampft werden lassen. Ihr war schrecklich kalt.

Heiße Schauer durchfuhren sie erst, als sie das leere Bett in der Ecke ihres Zimmers bemerkte. Sie sprang auf, das Bettzeug war kalt. Ihr Freund musste schon einige Zeit verschwunden sein. Nach zwanzig Jahren, anlässlich der Ärztetagung in Timmendorf, sah sie ihn wieder.

Und jetzt, jetzt fand sie wieder keine Erklärung, war unfähig einen klaren Gedanken zu fassen. Schockstarre überzog sie; wie Eisregen die Bäume im Frostwinter, so lange bis sie brechen. Kopfschüttelnd, die Hände schützend vor ihr Gesicht gehoben, sah Dr. Andrea Pollinie ihren Mann verzweifelt an. In diesem Moment befand er sich auf der Schwelle vom Herrenmenschen zum Sklaven. Er wollte dienen, wollte leiden, wollte seinen Fehler bestraft wissen. Die Verantwortung für sein Handeln, sollte seine Frau durch Strafen korrigieren, auch wenn an seiner Fahrt über den Fischmarkt in Hamburg nichts mehr zu ändern war. In solcher Situation entfloh Dr. Jens Basedow der realen Welt, er verwandelte sich in ein rückgradloses Kriechtier, das darum bettelte, zertreten zu werden. Als sie sich damals an der Ostsee wieder begegnet waren, benahm er sich vollkommen anders, fürsorglicher, wissender, manchmal fordernd und bestimmend. An diesem einen Abend, während des Ärztetreffens, wurde sie zu seiner Sklavin für eine Nacht. Dieses einmalige Erlebnis, als sie ihren Geliebten aus Berlin wieder getroffen hatte, musste sie in ihrem Tagebuch festhalten. Nur Jens Basedow kannte sie wirklich. Alles andere, ihre Begegnungen mit Männern, selbst die damalige Ärztetagung in Wien, konnte ihre Sehnsucht und ihr grenzenloses Verlangen nach Jens Basedow nicht verlöschen.

Fröstelnd erinnerte sie sich an diese Tagung in Österreichs Hauptstadt. Damals hatte sie sich gelangweilt in der Bar des Tagungshotels umgesehen. Ihre Kollegen aus Hamburg taten alles, sie zu überreden mitzugehen. Sie hatte eigentlich keine große Lust und war nur widerwillig mitgekommen. Die beiden gaben keine Ruhe. Die Bar sei zurzeit in man müsse diese unbedingt sehen, dort gesehen werden. Ihr Blick ging über die Tanzfläche, wo sich einige Paare eng umschlungen im Takt der Musik wiegten, streifte die Bar, an der mehrere Männer saßen und gelangweilt an ihren Drinks nippten. Frauen warteten auf attraktive Männer, diese auf junge, willige Frauen. Sie dachte an Jens, ihren Freund aus der Studentenzeit in Berlin, den sie in solchen Momenten hoffte zu treffen, dass er in die Bar komme. Warum sollte sie sich seinetwegen Probleme machen. Seit über zwanzig Jahre hatten sie sich nicht mehr gesehen. Sollte sich jedoch eines Tages ihre Hoffnung erfüllen, wünschte sie, er werde ungebunden sein. Es war noch relativ ruhig zu dieser frühen Stunde. Andrea dachte sehnsüchtig an ihre gemütliche Couch, ihr spannende Buch. Sie nahm sich gerade vor, sich so bald wie möglich zu verabschieden, um den Rest des Abends gemütlich in ihrem Zimmer zu verbringen. Vielleicht durch die leise Wiener–Musik, vielleicht durch ihre Träumereien. In ihrem Sessel an der Bar schlief sie beinahe ein. Auf jeden Fall träumte sie von Ihrem Jens, Vor vielen Jahren hatte sie ihn in Berlin verloren. Vielleicht würde er in dies Bar nach Österreich kommen. Vielleicht durfte er hierherreisen. Schließlich war Österreich ein neutrales Land gewesen, hatte noch immer gute Beziehungen zur DDR. Sie war sich sehr sicher, dass er damals in die DDR geflohen war.

 In der Wiener Bar wunderten sich Wirt und Gäste über eine junge Frau, die jeden Abend, während der gesamten Ärztetagung, mehrere Stunden dort saß und die Tür nicht aus den Augen ließ. Andreas Gedanken automatisch zu den Jahren in Berlin zurück An die Zeit mit ihrem Freund aus der Studentenzeit, mit Jens. Damals hatte er sie ähnliche wie heute, wenn auch viel sanftere sexuelle Praktiken praktizieren lassen. Nie wieder hatte sie einen solchen Orgasmus bekommen, wie in der ersten Nacht. Jens kannte sich damals mit ihr aus. Damals. War es noch heute ihr Jens? Es war ihr nicht möglich dieses eine Gemeinsamkeit zu vergessen. Warum sollte sie auch. Ihre Suche nach der vollkommenen Befriedigung wurde obsessiv, sie wusste das. Konnte sich jedoch nicht beherrschen, auch nicht, wenn sie es sich fest vorgenommen hatte.

Ihr starker Willen versagte in solchen Momenten. Zwanghaft suchte sie den ultimativen Ausgleich zu dem inneren Druck. Aus dem Internet druckte sie sich die Einzelheiten der echten Privatclubs in den großen Städten aus. Sie fuhr nach Amsterdam und London, nach Dänemark und Italien, um sich in S/M Studios nach ihrem Geschmack verwöhnen, quälend befriedigen zu lassen. Dr. Andrea Pollinie, die in Hamburg bekannte und geachtete Handchirurgin konnten ihren Neigungen nicht mehr entfliehen. Je mehr sie sich dessen bewusst wurde, je öfter beschäftigte sie sich mit den Ursachen für diesen sexuellen Zwang. Wie viele Bücher hatte sie gelesen, hatte im Internet geforscht und eigene Überlegungen angestellt. Zu einer schlüssigen Erklärung kam sie nicht.

Nur ein einziges Mal hatte sie mit ihrer besten Freundin Katrin, eine Ärztin über ihre sexuelle Neigung gesprochen. Nachdem sie in allen Einzelheiten von einer der Begegnungen mit einem Mann aus der besagten Szene in Amsterdam berichtet hatte, fragte die Freundin: „Und wie war das, anschließend, wie hast du dich gefühlt, was ist in dir vorgegangen? Bring doch mal deine Gefühle auf den Tisch. Was hast du wirklich gefühlt?" „Ich weiß auch nicht, willst du das wirklich wissen?" „Mach schon, ich will dich verstehen!" „Also gut", sehr leise begann Andrea zu erzählen: „Vom Bestrafen mit einem Stock oder mit einer Hundepeitsche hast du bestimmt gehört." Verschämt blickte sie auf ihre Fingernägel: „Nach einer eiskalten Dusche fühlte ich meinen glühenden Körper kaum noch. Wie in Trance folgte ich den Anweisungen meines Herren.

Ich lag rücklings auf einem mit Leder bezogenem Tisch, Hände und Füße weit auseinander getreckt an den Tischbeinen festgekettet. Dann bearbeitete er meinen von den Schlägen brennenden Körper mit einer Feder. Er ließ heißes Wachs auf mich tropfen, setzte Klammern an meine Brustwarzen, an meine Lippen und führte eine feine Kette durch meinen Mund, zog diese scharf nach hinten stramm. Schreien konnte ich nicht mehr, trotz des immer mehr auf mich tropfenden Wachses. Als er begann vom Bauchnabel abwärts über, du weißt schon, zu tropfen, begann ich unheimlich zu zittern, mein Körper bäumte sich auf. In dem Moment, als ein Tropfen genau meine Klitoris traf, weil ich den Körper ihm entgegenstreckte, kam ich, ja ich floss förmlich aus. Man, ich kann dir sagen, davon kommst du nie wieder los. Du fliegst und fliegst, die Welt ist vergessen." Freundin Katrin nippte an ihrem Gin-Tonic.

„Das hört sich spannend an, wie gings dann weiter?" „Damit verließ der Typ den Raum. ich blieb schluchzend zurück. Ich wagte es nicht, mich zu bewegen. Ich zitterte am ganzen Leib, vor Aufregung, Angst und innerer Kälte. „Und? Ist es das, was du wolltest?" Fragte mich mein Herr später, als er zurückkam. Ich heulte auf. Ich wusste es nicht. Da lag ich nun, eine erwachsene Frau und heulte wie ein Baby, erniedrigt, gedemütigt, geschlagen. Er hat mich so tief nach unten befördert, dass ich nicht fähig war, eigene Entscheidungen zu treffen.

„Natürlich magst du das. Komm schon, du genießt es doch, endlich einen dir ebenbürtigen Partner zu haben", flüsterte er mir ins Ohr.

Und ja, er hatte recht. Ich war tatsächlich froh, endlich jemanden gefunden zu haben, der sich erbarmungslos gab und es damit schaffte, mich dahin zu bringen, wohin ich mich sehnte. Denn da, wo ich gerade lag, fühlte ich mich verstanden. Und genau diese Tatsache machte mir Angst, stellte mein bisheriges Leben auf den Kopf." „Weißt du was", ihre Freundin blickte sie liebevoll, verstehend an: „Such dir jemanden mit dem du deine Träume ausleben kannst. Am besten einen Mann, der mit dir lebt. Alles mitmacht was du dir wünscht." Katrin lachte auf. Blickte sich vorsichtig um, flüsterte über den Tisch gebeugt: „Ist dir nie aufgefallen, wie mein Carsten mich anhimmelt, wenn wir zusammen sind, er was getrunken hat. Der wartet darauf nach Hause zu können. Hast nie was gemerkt, oder?" „Wenn du so fragst, nee, wirklich nicht. Carsten ist ein ganz selbstsicherer, gutaussehender Gynä. Der weiß mit Frauen umzugehen." „Was meinst du?" „Er ist mein Sklave." „Bist du eine Domina?"

Mit weit aufgerissenen Augen sah Andrea ihre Kollegin und Freundin Katrin an: „Ja, zuhause auf jeden Fall!" Mit fast boshaftem Lächeln, das Gesicht halb von ihrem Glas verdeckt, lehnte sie sich l zurück: „Manchmal helfe ich guten Freunden!" Andrea Pollinie konnte die unmittelbar einsetzende Gesprächspause nicht richtig einschätzen; war es Peinlichkeit oder Überraschung, die sie entstehen ließ. Als ihre Freundin lächelnd fortfuhr, lief ihr ein kalter Schauer über den Rücken. Längst war ihr, trotz aller Intelligenz, trotz ihres Berufes, trotz ihrer Ausbildung, klar geworden, dass ihr Trieb zum sexuellen Höhepunkt ihr Leben zerstören würde. „Dazu musst du wissen, ich erziehe nicht nur meinen Mann, der nachher mich selbst bedienen soll, sondern ich tue ab und zu einer Domina den Gefallen, ihr einen Sklaven zu erziehen, bis es ihr leichter fällt, den Rest selbst zu übernehmen. Das mache ich natürlich nicht für jede und jeden, aber einige gute Freundinnen und Freunde, alles dominante Personen, habe ich bei denen ich das regelmäßig tun muss. Die Ehepartner wissen nichts davon. Bei anderen helfe ich, den eigenen Mann zu erziehen. Meine Freundin Klara."

„Warte mal Klara, die OP-Schwester aus der?" „Ja, klar, behalte das bloß für dich. Woher kennst du die?" Es entstand eine winzige Pause, bevor Katrin weitererzählte: „Sie war auch sofort bereit, mir ihren Sklaven, ihren Mann Carsten, für dieses Wochenende zur Verfügung zu stellen. Allerdings nur unter der Bedingung, dass sie dem Sadomaso Sex zusehen konnte. Dagegen hatte ich überhaupt nichts einzuwenden. Und so kam es, dass ich an einem Wochenende nicht nur die Erziehung von Alex begann, sondern auch Besuch von einer befreundeten Domina, mit ihrem fertig ausgebildeten Sklaven, bekam. der für den Sadomaso Sex- Klammern am Sack extrem empfänglich war." Katrin erzählte und erzählte, die Zeit schien dahin zu fließen. Mehrmals unterbrach Andrea ihre Freundin, weil sie mehr und mehr Einzelheiten wissen wollte. Schließlich stand sie auf, beugte sich zu der mit rotem Kopf dasitzenden Freundin herunter, flüsterte: „Entschuldige bitte, kommst du mit?" Sie nickte mit dem Kopf in Richtung der beiden dunkelbraunen Türen neben dem Tresen. Die beiden Frauen verschwanden Hand in Hand, lächelnd hinter einer der beiden Türen. Andrea war so begeistert, dass sie ihrer Freundin einen Kuss gab. „Kannst du mir mit Jens helfen?" Andrea hielt den Kopf ihrer Freundin mit beiden Händen fest, sah ihr direkt in die lüstern blitzenden Augen. „Wir haben uns heiß geredet, klar helfe ich dir. Überlege dir das, wenn du mit deinem Mann so weit bist, rufst du mich an. Einverstanden?" „OK, mache ich." Ohne ein weiteres Wort zog sie ihre Freundin Andrea in eine Kabine, setzte sie auf den Klodeckel, öffnete ihre Jeans, die sofort auf ihre Füße rutschte, führte die rechte Hand ihrer Mitwisserin zwischen ihre Beine. Mit beiden Händen hielt sie sich an den Seitenwänden fest. Als Andrea merkte wie die Freundin stöhnend ausfloss, begann sie selbst zu zittern, presste automatisch ihre

Knie zusammen. Bloß keine feuchten, dunkelblauen Flecke in die Jeans bekommen, fuhr es ihr durch den Kopf. Eines Tages hatte Andrea ihren Mann Jens so weit durchschaut, dass sie ihn aufforderte, mit ihr gemeinsam seine Sklavenerziehung zu beginnen. Entgegen ihrer Vermutung willigte er sofort ein, offensichtlich wollte er seinem Leben eine andere Richtung geben. Monate war das her. Jetzt stand er wieder einmal kleinlaut, verzweifelt, unschlüssig vor seiner Frau. „Lass mich zufrieden, fasst du mich nochmals an, bist du dran. Das garantiere ich dir. Im schwarzen Zimmer ist das was anderes, aber sonst ist Schluss mit Schlägen. Ist das klar?" Endlich hatte Andrea ihren Jens im Griff; darauf hatte sie lange, zu lange warten müssen. Jetzt hatte sie ihn in der Hand. Ihr Ehemann hatte Angst. Das wollte sie nutzen, bevor die Zeit einiges wieder vergessen ließ.

„Wahrscheinlich bildest du dir alles nur ein, Schlappschwanz." Lächelte sie hintergründig. „Du weißt, dass wir Aufgaben zu erledigen haben." Messerscharf schossen ihre Worte ihm entgegen.

„Er ist bereits in der Stadt, ich will, dass du ihn morgen Abend um neun ins Labor bestellst. Abends, ist das klar?" Mit schriller Stimme fuhr sie ihn an. „Ist das klar?" Noch spitzer ging es nicht, er kuschte, fühlte sich von ihren Worten geprügelt. „Ja, ja, mache ich, natürlich, ich bestelle ihn um neun Uhr." „Dann gleich los. Ab ins Bad. Oder ist noch was? Du Autonarr, du Versager. Los jetzt. Morgen um neun abends, du unnützer Schwächling. Im Hobbyraum warte ich Morgen auf dich. Klar?"

Er stand da, wie ein wundgeprügelter Straßenköter, unfähig, sich zu bewegen. Als ihn ihre kleine Hand mitten ins Gesicht mit solcher Wucht traf, dass er taumelte, wusste er, dass er wieder einmal verloren hatte. Seine Erregung wuchs, er musste telefonieren. Dann werde er mit seiner Frau Spaß haben. Die wusste ihn zu nehmen. Als er seinen Bekannten aus England am anderen Ende der Telefonleitung hörte, knurrte er nur „Nine pm," legte sofort wieder auf. Die freudige Erregung des englischen Bekannten bekam er natürlich nicht mit. Der Mann stand nackt in seinem Hotelzimmer, hängte sich Gewichte an die Brustwarzen.

Vor Schmerzen verkrampft, beugte er sich nach vorn. Er begann mit den Gewichten zu schaukeln. „Komm endlich", lockte Andrea ihren Mann, „Komm her. Du hast deine Strafe verdient. Oder hast du etwa was dagegen?" Er hörte das Klatschen der Pferdepeitsche in ihrer Hand. Nein, Angst hatte er nicht. Er hatte Strafe verdient. Endlich konnte er seinen langen Arbeitstag vergessen, sich seiner Veranlagung hingeben. Damals, als er Andrea nach zwanzig Jahren wiedergetroffen hatten, begannen wunderbare Zeiten für beide. Sie waren ein ideales Paar. Schnell stand fest, dass sie heiraten, dass sie zusammenleben mussten, sich ihren beruflichen Aufgaben gemeinsam widmen wollten. Andrea machte sich sofort daran, für ihren zukünftigen

Mann eine adäquate Position in der Pathologie zu beschaffen. Seine Referenzen aus der DDR überraschten sie. So hervorragende Beurteilungen hatte sie selten gelesen. Natürlich gab es behördliche Hürden zu überwinden, gab es viele Wege zu gehen. In der Euphorie der Wiedervereinigung war plötzlich vieles einfacher, unbürokratischer geworden. Der Leiter der Rechtsmedizin, Dr. Werner von Schimmelmann, setze sich für sie und ihren zukünftigen Mann ein. Alles verlief zu beider Zufriedenheit.

Endlich konnten sie ihre sexuellen Neigungen ausleben. Seinerzeit in Berlin hatte ihr Jens beigebracht, leichte sadistische Handlungen zu genießen, kreativ immer neue Praktiken auszuprobieren. Er hatte sie gefesselt, die Peitsche sanft und gekonnt geschwungen, hatte sie das Tragen von Latexmasken gelehrt. Er wusste alles, konnte ahnen, was sie gernhatte, er brachte sie zu Höhepunkten, die sie bis dahin nie auch nur erahnt hatte. Damals, ein oder zwei Jahre nach ihrer Hochzeit, begann sie bereits, während der großen Anspannung am Operationstisch, sich so zu erregen, dass ihre Hände zu zittern begannen. Sie freute sich auf die Abende mit all ihren Qualen. Als Andreas Mann in der Pathologie zum Assistenten und stellvertretenden Leiter aufgestiegen war, ging zuerst ganz schleichend, später immer schneller, ein dramatischer Wandel mit ihm vor. Er wurde aggressiv und brutal. Nach so mancher Nacht konnte Andrea nicht in die Handchirurgie fahren, sie musste sich krankschreiben lassen. Ihr Mann hatte sie zu sehr verletzt. Sie war dann an Armen und Beinen blau angelaufen. Im Laufe der Zeit blieb er immer öfter nachts fort. Da begann sie, ihren Mann zu hassen. Sie veränderte sich mit ihm. Langsam beherrschte Hass ihren Lebensrhythmus. Hass auf seine Art. Hass auf seine Gewohnheiten, seine Männerbekanntschaften, auf die Domina, bei denen er Befriedigung suchte. Irgendwann hatte er ihr schreiend mitgeteilt, dass sie ihm nicht mehr geben könne, was er brauche. Er müsse sich in die Hände von S/M-Arbeitern, von Domina begeben. Sie wusste es längst. Er flog immer wieder nach England. Immer am Wochenende, immer allein. In Hamburg hatte er es mit Autohuren versucht. Seine Brutalität hatte sie beide eine Menge Geld gekostet. Das jeweilige verletzte Mädchen wurde in der Praxis seiner Frau ärztlich behandelt. Der Zuhälter des Mädchens wurde mit großem Geld ausgezahlt. In der Rotlichtszene mochte man Ärzte, die schweigen konnten. Deshalb war nie etwas über die Vorfälle am Hamburger Fischmarkt publik geworden. Es gab keine Ehekrise, Andreas sexuelle Abhängigkeit von ihm war zu stark. Sie brauchte ihn immer wieder. Aber sie war auf der Hut. Ein Entkommen war ihr zwar nicht möglich, aber ganz langsam bekam sie ihren Mann in die Hand. Er machte Fehler, wurde zu unvorsichtig. Bisher hatte sie das nie ausgenutzt. Noch nicht. Aber immer öfter bettelte er förmlich um Bestrafung, wollte sich erniedrigen lassen. Dr. Andrea Pollinie erkannte, dass sie ihren Mann zum sexuellen Sklaven heranziehen könne. Letztendlich blieb ihr nur übrig, die Anstellung im Krankenhaus aufzugeben. Sie musste sich zu oft entschuldigen, verfiel immer mehr und war nicht mehr fähig, die sehr feinen Operationen an zerstörten Händen durchzuführen. Sie beteiligte sich daher an der Praxis in Eimsbüttel, gegenüber von Karstadt. Seit fast zwei Jahren kam sie nur noch zur Behandlung einer kleinen Anzahl von Patienten in die Praxis, überwiegend Huren und deren Zuhälter. Einige Monate nach dem Gespräch mit ihrer Freundin Katrin war Dr. Andrea Pollinie so weit. Sie erinnerte sich an jede Einzelheit der Unterhaltung. Im Café Paris, diesem umgebauten Schlachterladen, besprachen die beiden Frauen jetzt einen ungewöhnlichen Plan. Mit Andreas Mutter, Sofia Pollinie und deren Lebenspartnerin Tante Lehne pflegten Jens und seine Frau ein sehr inniges, vertrauliches Verhältnis. Beide Frauen ließen sich von Andreas Mann gern beraten, schätzten seine verbindliche Art. Sie lauschten interessiert seinen Erzählungen aus der DDR. Informierten sich über seine Arbeit, fragten immer wieder nach Kindern. Andreas Mutter hätte gern Enkelkinder gehabt, sehr gern sogar. Aber, beide wollten keine Kinder. Dazu war ihr Leben zu intensiv, zu bizarr. Kinder passten einfach nicht dazu. Um die Pflege ihrer totkranken Mutter hatte sie sich als Tochter rührend gekümmert. Vor einem Jahr starb die alte Frau dann in ihrem Beisein.

Frau von Lehne, die seit 1947 mit der Verstorbenen zusammengelebt hatte, sortierte sehr tapfer den Nachlass von Andreas Mutter.

Jens holte nach einigen Wochen alles in der Helene-Lange-Straße ab.

Die Bücher, Vasen und Sammeltassen, die Bilder und antiken Fotos ihrer Mutter verteilten sie in ihrer großen Wohnung. Andrea richtete sich eine Ecke mit Familienerinnerungen ein. Der Rest des mütterlichen Nachlasses verschwand in einen Umzugskarton verpackt auf dem Dachboden.

Alles andere überließen sie der Lebensgefährtin ihrer Mutter.

Auch die Konten, den Schmuck, die wenigen persönlichen Andenken, die Sofia Pollinie im Laufe ihres Lebens gesammelt hatte.

Es waren schließlich Jahrzehnte gewesen, die die beiden Frauen gemeinsam verbracht hatten. Sofia war immer die Hausfrau und Mutter gewesen. Einen Mann in ihrer kleinen Familie hatte Andrea nie vermisst. Es waren eben diese beiden Frauen die sie sehr liebte. Als sie Wochen nach dem Tod ihrer Mutter von Frau von Lehne angerufen wurde, tat diese sehr geheimnisvoll und zurückhaltend. Am Telefon wolle sie keine Einzelheiten mitteilen. Sie bestand darauf, dass ihre Ziehtochter sie allein besuchen solle. Ohne ihren Ehemann Jens. Selbstverständlich saß die jung Andrea Polinie am gleichen Nachmittag auf dem Sofa der alten

Dame. Der Tod der Mutter, der Lebenspartnerin verursachte bei beiden Frauen tiefe Trauer. Sie weinten. Nach einiger Zeit begann Andrea ihre zweite Mutter, so fühlte sie seit Jahrzehnten, zu befragen: „Ja, weißt du mein Kind, im Kleiderschrank deiner Mutter, meiner geliebten Frau, habe ich einen Schuhkarton mit der krakeligen Beschriftung einer alten Frau gefunden: *Nur für meine Tochter Andrea bestimmt.*

Der unordentlich kreuz und quer verklebt Karton konnte dort nicht sehr lange gestanden haben. Nur etwas Staub und einige Fusseln hatten sich auf dem hellen Deckel angesammelt." Tief, sehr tief seufzend, drückte die alte Dame sich in ihren Sessel, legte sich ein Kissen auf den Schoß. Andrea stand auf, nahm ihre Tante Lehne, wie sie die alte Dame immer noch nannte, in die Arme, drückte sie fest an sich. „Wenn du mich brauchst, du weißt, dass ich für dich da bin." „Ach, Andrea, du hast doch deine eigenen Probleme. Ich weiß, was mit deinem Mann los ist, ich hab' doch Augen im Kopf. Nie wollte ich mit einem Mann zusammenleben. Nie. Deine Mutter hat immer unter seiner zuvorkommenden Art gelitten, nie hat sie ihm seine Freundlichkeit abgenommen. Der hat einen eiskalten Blick, hat sie immer gemeint." Mit feuchten Augen sah sie ihre Pflegetochter an. Eigentlich war das auch ihr Kind: „Hoffentlich geht mit euch alles gut." Noch bis spät am Abend saßen die beiden zusammen. Andrea lauschte den Erzählungen ihrer zweiten Mutter mit großem Interesse. Tränen rannen ihr ununterbrochen über das Gesicht. Besonders interessierte sie das Leben in den ersten Nachkriegsjahren. Nie war es ihr gelungen, etwas über ihren Vater oder ihre Geburt zu erfahren. Alle ihre Versuche, ihre Schmeicheleien, ihre Drohungen, selbst ihre eigenen Nachforschungen waren all die Jahre erfolglos geblieben. Eine undurchdringliche Mauer aus zähem Gummi umschloss dieses Thema. Nichts hatte sie in Erfahrung bringen können.

Der Schuhkarton enthielt säuberlich verschnürt, mit Jahreszahlen versehen, eine große Anzahl von schwarz-weiß geflecktem Schreibkladden mit roten Rücken. Es handelte sich um die Tagebücher ihrer Mutter Sofia Polinie. Als Andrea begann, sie nach Jahreszahlen zu sortieren, bemerke sie sehr bald, ihrer Mutter ging es ausschließlich um die Jahre 1944 bis 1955. Die beiden letzten Kriegsjahre, ihre Jungendjahre, die Zeit als ihre Mutter die eigene Mutter, ihre Oma, im Bombenhagel verloren hatte. Ihr Vater kämpfte für Deutschland im Krieg. Als ihre Mutter sich allein in Hamburg durchschlagen musste. Als sie allein im Bombenhagel Unterkunft im Nachbarhaus gefunden hatte. Nach und nach erinnerte sich Andrea an Erzählungen der Mutter. Als sie älter wurde, vermisste sie das echte Gespräch. Sie wollte mehr über ihre Geburt, ihren Vater wissen.

Solche Fragen beantworte die Mutter nie. Stattdessen berichtete sie vom großen Glück, Margarethe von Lehen getroffen zu haben. Andrea hatte insistiert, nachgefragt, wütend der Mutter Vorwürfe gemacht.

Nichts brachte die Frau dazu etwas aus dem Geburtsjahr ihrer Tochter, 1946, preiszugeben. Andreas Nachforschungen innerhalb der Familie Polinie, bei Tante Lehne, Schweigen. Eine Mauer. Selbst bei einem sehr persönlichen Gespräch mit Carlos, dem Cousin ihrer Mutter, brachte nichts. Garnichts. Damals, als moderner Teenager, fühlte sie sich unverstanden, verletzt, ja ignoriert: „Ich bin erwachsen, ich will alles wissen. Ihr seid mir zu blöd." So endeten die Gespräche, bis Andrea aufgab, sich damit abfand. Für sie als junge Frau gab es andere Interessen. Sie wollte sich nicht in einer, ihr unbekannten Vergangenheit verlieren.

 Zielsicher suchte sie nach dem Tagebuch des Jahres 1946. Ihr Geburtsjahr interessierte sie besonders. „Ich weiß, was dich interessiert", nickte ihr die alte Dame zu. „Ich weiß alles von deiner Mutter. Darum waren wir so glücklich."   Andrea begann zu lesen. Sie wollte Einzelheiten über das Leben ihrer Mutter und sich selbst erfahren. Ihren Vater musste es gegeben haben. Natürlich. Ein unerwähnter Mann. Was sie las, war so unglaublich, dass sie immer wieder zu ihrer zweiten Mutter, Tante Lehne hinübersehen musste:

14. Januar 1946

 Als mich mein Cousin, nach dem ungewohnten schweren Essen und dem Wein, wieder auf die Füße stellte, war mir so schwindelig, dass ich mich in seine

Arme fallen lassen musste. Der Wein, ich hatte etwas, nur ganz wenig von dem dunkelroten Toskaner getrunken.

Er war außer Atem, denn er kam aus der Küche gelaufen, die im Obergeschoss wieder einigermaßen aufgebaut war. Er lachte mich aus. Ließ mich taumelnd durch den halbdunklen Raum torkeln. Der ungewohnte Wein aus dem Vier Jahreszeiten-Hotel, den Carlos mitgebracht hatte, tat seine unerwartete Wirkung.

Mir war es kotzübel. „Mensch Carlo, mir ist total schlecht. Ich muss mich hinsetzen." Lachend sah ich zu den vier Engländern, rechts am langen Tisch, hinüber. Ich hob die Hand. Mit einem >High Boys<, begrüßte ich die Freunde meines Cousins. Wir kannten uns. Drei von ihnen waren schon oft zum Essen im Keller meiner Familie gewesen. Die Uniformen erkannte ich wieder. Eigenartig, dachte ich, wo sind die anderen?

„Wo ist die Familie?", lachte ich fragend zu Carlo hinüber. Der zeigte nach oben: „Geh mal die Treppe rauf, hier ist viel passiert, seit deinem letzten Besuch. Du musst öfter zu uns kommen." Schon als sie die Treppe betrat, kam mir ein verführerischer Duft nach Nudeln und gebratenem Fleisch entgegen. Tante Mariella stand vorn über gebeugt, in Dampfwolken gehüllt, an einem großen Herd. Als sie sich umdrehte nahm sie mich freudig in die Arme. „Ist dir nicht gut? Du siehst blass aus?" Fragend blickte sie zu ihrem Mann herüber. Onkel Giovanni kam gerade mit einem

Korb voller Weinflaschen aus einem Verlies hinter der grob verputzten Wand hervor. „Der Wein, ich habe nicht daran gedacht." Tante und Onkel lachten mich aus. Schließlich saßen wir alle zusammen an dem langen geschrubbten Holztisch im Keller. Wir aßen und aßen, immer mehr Wein kam auf den Tisch. Längst hatten die englischen Soldaten ihre Uniformjacken ausgezogen. Längst wurde gefeiert und gesungen, wurde Lilli Marleen gegröhlt. Englische Kampflieder gingen locker über deren Lippen. Als John, der Offizier der Gruppe, eine Flasche Sambuca aus der Tasche zauberte, erreichte die Stimmung einen neuen Höhepunkt. Carlo behielt immer ein Auge auf mich. Ich bemerkte seine heimlichen Blicke sehr wohl. Auf mich, seine hübsche Cousine, meinte er wohl, aufpassen zu müssen. Die Hände der vier Besatzer waren überall. Manchmal musste ich mit einem Klaps flinke Finger stoppen. Mein Cousin Carlo setzte sich schließlich neben mich, nahm mich in den Arm, streckte seine geballte Faust in die Höhe: „Meine Sofia ist wie meine Schwester, wer sie anfasst ist tot." Lachend fiel man sich in die Arme, hob das Glas auf die verfluchten Nazis, die endlich besiegt waren.

Kurz vor Mitternacht wollten die Engländer aufbrechen, sie mussten zurück in ihre Unterkünfte nach Niendorf. Genauso schnell wie die kleine Feier begonnen hatte, endete sie. Alle räumten schnell die Reste fort.

Als ich meinen Cousin ansah, nickte der nur und erlaubte mir, mit den Soldaten nach Eimsbüttel zu fahren. Das lag auf ihrem Weg nach Niendorf. Zu Ihrem Quartier. Es waren seine Freunde, man kannte sich seit Monaten.

Er besprach sich kurz mit ihnen. Sie lachten, hakten mich unter und stolperten nach draußen. Ihr Jeep stand hinter der nächsten Straßenecke.

Carlo erklärte seinen Freunden, wo ich aussteigen musste, sie lachten ihn aus. Natürlich kannten sie den Weg, ich fuhr schließlich nicht das erste Mal mit ihnen. Mein Cousin war froh, dass seine Cousine gut aufgehoben war. In diesen unsicheren Zeiten. Ein Jahr nach Kriegsende.

Als ich sehr früh am nächsten Morgen gegen die grobe Holztür unseres Hauses hämmerte, schlief die ganze Familie noch. Carlo riss endlich die Tür auf. Er schrie sofort animalisch. In völlig zerrissenen Kleidern, aus wundgescheuerten, verdreckten Armen und Beinen blutend, mit wild zerzausten Haaren, schwarzschmutzigem Gesicht fiel ich ihm entgegen.

Meine schwarzen, verdreckten und blutenden Hände verkrallten sich in seinen Schultern. Er schrie nach seiner Mutter und dem noch schlafenden Vater. Als ich erwachte, lag ich nackt, mit einem weißen Tuch bedeckt auf dem großen Esstisch, mitten im Zimmer. Mit heißem Wasser wusch mir die Tante das brennende Gesicht.

Ich konnte meine Hände nicht bewegen. Panik ergriff mich, ich wollte runter vom Tisch. Doch die Tante sprach leise, beruhigend auf mich ein. Carlo saß in der hinteren Ecke, beobachtete uns mit weit aufgerissenen Augen. Mit meinen Augen und ganz leichtem Kopfnicken lockte ich ihn zu mir her. Er konnte mich nicht verstehen, ganz nah beugte er sich zu meinem Mund herunter: „Tu was, du musst was tun. Deine englischen Freunde." Mein Kopf sackte zurück. Mehr konnte ich nicht sprechen.

Erst gegen Abend am nächsten Tag kamen langsam meine Kräfte zurück. Die Tante hatte mich gewaschen, gründlich untersucht, aber keine wesentlichen, äußeren Verletzungen bemerkt. Offensichtlich hatten die Männer mir bewusst nicht ins Gesicht geschlagen. Meine linke Brust wurde langsam immer schwärzer, ein riesiger Bluterguss zog sich bis in die Schulter hinein. Es schmerzte höllisch. Bei der kleinsten Berührung Die Tante hatte Kräuter gekocht, in einem Leinentuch verpackt, darauf -gelegt. Sie massierte mit spitzen Fingern meinen überall schmerzenden Körper.

17. Januar 1946

Mein ganzer Unterleib brannte höllisch. Vor Scham und Angst musste ich immer wieder weinen. Dann sah ich wieder und wieder mit weit aufgerissenen Augen starr an die Decke. Später begann ich, sehr leise zu erzählen, berichtete Carlo, der Tante und dem Chef der

Familie, was geschehen war. Ich musste meine schrecklichen Erlebnisse loswerden. Ich berichtete von dem Kellerverlies am Fischmarkt in den Trümmern eines Hauses, von meiner Angst, als die Vier mich dorthin schleppten. Die lachten. Ihre zotigen Bemerkungen über die >Fräuleins<, den >Hookern< am Fischmarkt, hatte ich nur ungenau mitbekommen. Als die Drei über mich herfielen, wusste ich nicht, was mit mir geschah. Nie hatte ich einen Mann an mich herangelassen. Stundenlang waren sie brutal in mich eingedrungen, hatten mich von vorn und von hinten vergewaltigt, hatte mich gezwungen, ihre dreckigen Schwänze in den Mund zu nehmen. Rissen an meiner Brust, stellten sich auf meine Oberschenkel, wenn ich versuchte mich fort zu drehen oder weg zu robben. Wenn ich mich abmühte zu kriechen, griff immer einer nach meinen Fußgelenken, drehte mich auf den Rücken, ein anderer schob seine Faust in mich rein, um mich zu öffnen, dann begann die Qual von neuem. Mit allen Vieren. Zwischendurch spritzten sie mir immer wieder ins Gesicht. Ihre Taschenlampen hingen in den herunter gestürzten Trümmern. Auf dem Boden lag eine Decke. Alles war geplant, war vorbereitet. Oder sie hatten sich hier schon andere Mädchen vorgenommen. Und das Lachen, das hysterische, tierische Lachen der Männer. Mitleidslos, erniedrigend, Wut kompensierendes Lachen. Der Hass dieser Männer auf Deutsche, deren Verachtung der deutschen Frauen entlud sich in mir. Erst als die Sirenen der Militärpolizei wieder und wieder vorbeiheulten, fasste ich wieder etwas Mut. Die Männer wurden nervös.

Als ich die Pistole sah, schloss ich die Augen, zog die unglaublich schmerzenden Knie an und drehte mich auf die Seite. So zu sterben musste schrecklich sein.

Irgendwann wachte ich auf, nur leises Knacken und Rascheln von Ratten   hörte ich. Völlige Dunkelheit umgab mich. Stunden später krabbelte ich auf allen Vieren einem schwachen Lichtschein entgegen. Als ich zwischen den Trümmern hervorkroch, endlich frische Luft atmen konnte, erkannte ich den Fischmarkt. Es war nicht sehr weit zu meinem Cousin Carlo. Ich brauchte aber viel Zeit, der Weg kam mir unendlich lang vor.

Und, die Hafentreppe hoch zu kriechen erforderte meine ganze Kraft.

Andrea ließ die Kladde auf ihren Schoß sinken.

Tränen tropften auf die Schrift ihrer Mutter. Blau verschwommene kleine Seen bedeckten das Blatt. Die abschließende Bemerkung ihrer Mutter machte sie sehr nachdenklich.

25. Februar 1946

Diese Nacht am Fischmarkt hat mich zur Mutter werden lassen. Ich weiß es, weil ich es fühle. Meine Regel ist seit zwei Wochen ausgeblieben.

Carlo habe ich gebeten, sich um die Männer zu kümmern. Mein zukünftiges Kind bitte ich, niemals zu vergessen, wie ich Mutter geworden bin.

 Andrea konnte nicht weiterlesen, Sie sah ihre Tante an. „Ich weiß alles", wiederholte die alte Dame. „Und trotzdem, wir hatten schöne Jahre miteinander. Deine Mutter war eine wunderbare Frau. Vergiss sie nicht."

Nach einigen Tagen konnte Andrea in den Tagebüchern ihrer Mutter weiterlesen. Carlo hatte seine Aufgabe erfüllt. Die vier Bestien hat man entmannt im Hafen, in der Nähe des Fischmarktes, gefunden. Die Militärpolizei vertuschte alles. Doch Andreas Geist hatte sich gespalten. Sie hatte Wahnvorstellungen, konnte nur noch von den Aufzeichnungen ihrer Mutter träumen. Etwas war in ihr zerstört worden. Sie, ein Soldatenkind unvorstellbar, hatte vier Väter, die das Leben ihrer Mutter zerstörten. Sie zerfraß sich selbst in blindem Hass und Wut auf englische Soldaten. Sie selbst musste die Taten an ihrer Mutter sühnen. Sie war sich ganz sicher, nur dann würde sie ihren eigenen Frieden finden. Der Plan, ihren Mann Jens einzuschalten, ihn zu zwingen in England auf seinen Sado-Maso-Reisen nach geeigneten Kandidaten Ausschau zu halten, war schnell gefasst. Ehemalige Soldaten sollten es sein. Sie hatte ihn völlig in der Hand. Er führte das widerspruchslos aus, was sie plante.

Sie wurde gnadenloser. Ihr Cousin Carlo hatte seine Rache sofort befriedigt. Er ermordete die vier Soldaten. Blutrache. Er war Sizilianer.

Jahre später, als wieder vermehrt britische Manöver in der Lüneburger Heide durchgeführt wurden, musste er von krankhaftem Hass erfüllt nochmals tätig werden. Er wollte Blutrache. Alle Mitglieder der Familien der damaligen Soldaten, auch deren Kinder und Kindeskinder, wollte er ausgelöscht wissen.

Es war die Aufgabe von Dr. Jens Basedow, diese Männer in England zu finden. Vier weitere Soldaten starben im Laufe der Jahre während der britischen Manöver in einem Heidedorf bei Musterlager. Zweimal war Carlo, bevor er aus Altersgründen mit über achtzig Jahren starb, nach England geflogen. Ohne viele Worte berichtete er jeweils, noch vom Flughafen London Heathrow, seiner Andrea: „Alles erledigt, Ave Maria!"

Andrea klappte das Tagebuch ihrer Mutter zu. Im Jahr 1946 war ihre Familie zerstört worden. Jetzt war es an ihr zu handeln. Das Feuer des Hasses in ihr brannte unglaublich stark. Sie war es, die sich die Idee mit der Folterkammer am Fischmarkt ausgedacht hatte. Es sollte sich so abspielen, wie bei ihrer Mutter damals. Sie wollte quälen und foltern.

Wollte Engländer leiden sehen. Genau an demselben Ort, an dem ihrer Mutter das größte Leid ihres Lebens widerfahren war. Es ging ihr nicht um die eigene sexuelle Befriedigung. Andrea empfand nur eisige

Kälte, wenn sie diese Männer unerkannt hinter ihrer Latexmaske quälen konnte. Ihre Praktiken wurden immer diffiziler, immer dichter an der Grenze zum Tod der Männer. Als sie dann eines Tages erschreckend bemerkte, dass die durchtrainierten, ehemaligen Soldaten bei ihr die eigene Lust bis zur äußersten Grenze auslebten und genossen, stand für sie fest, dass sie den endgültigen Schritt tun musste. Sie empfand es als erlösende Aufgabe, die ihr die Mutter persönlich übertragen hatte. Die Männer lustvoll in den Tod hinüber zu begleiten.

Sie hatte genau erkannt, wo deren Lust in Todesangst überging und sie hatte es in der Hand, den letzten Schritt zu tun. Ihre Mutter würde stolz auf sie sein. Andrea war schizophren geworden, konnte immer weniger Realität und Phantasie unterscheiden. Sie lebte in zwei Persönlichkeiten.

Für sie war die größte Befriedigung mit der Zurschaustellung der toten Körper am Hamburger Fischmarkt verbunden. Es fiel ihr leicht die jungen Männer ihrer italienischen Familie überzeugen zu können, für sie die Leichen an markanten Punkten rund um den Fischmarkt auf zu hängen. Alle Einzelheiten, jeden Knoten, jedes Detail hatte sie sorgfältig geplant. Auf Blutrache verstanden sich diese Männer ihrer Familie.

Und ihr eigener Mann, den hatte sie fest im Griff, der zitterte und bangte nur noch um seine gesellschaftliche

Position. Es machte ihr sogar Spaß, ihn zu beherrschen. Alle Beteiligten taten, was sie wollte. Sie war unfehlbar, das war leicht durch die öffentliche Präsentation der toten Männer zu beweisen. Die Polizei konnte ihr nichts anhaben. Es stand absolut fest, die Engländer waren ihr Eigentum. Das hatte ihr der Geist ihrer toten Mutter oft genug mitgeteilt.

Sie war davon vollkommen überzeugt, durch diese Behandlung der Männer ihre eigene Identität wieder zu finden. Schließlich werde sie nie erfahren, welcher der Vergewaltiger ihr Vater war. Nur die vier Dienstmarken und Militärausweise, die ihr Cousin Carlo damals den Soldaten abgenommen hatte, verwahrte sie wie einen Schatz, zusammeen mit dem Tagebuch ihrer Mutter Sofia. Seit zwei Stunden wechselte sich Oberkommissar Gerd Happel mit Kollegen ab. In dicken Gummistiefeln, eine weiße Gummischürze umgehängt, standen sie zu dritt auf der Rampe der Fischmarkthalle. Sie spülten die weißen, stinkenden Fischkisten aus. Hansen saß im Büro des Chefs des Hanseatischen Fischhandels Gebr. Schlüter, beobachtete die Einfahrt auf den Hinterhof von einem Fenster zur Hauptstraße aus.

Er hatte veranlasst, dass der Hof, die umliegenden Gebäude von seinen Kripokollegen, sowie von Polizei in Zivil, umstellt waren. Die Ermittlungen waren ein Kinderspiel. Man kannte das Ärztepaar, sein Labor hier an den Fischverkaufshallen unterhalb des hohen Elbufers. Man wusste auch, dass die Mieter oft bis spät in der Nacht dort arbeiteten. Natürlich war nichts bewiesen, war nicht klar, ob die Ärzte mit den Tötungen der Engländer in Verbindung standen. Nicola Köhner, seine Profilerin, hatte ihn mehr und mehr auf diesen Gedankenweg hingeleitet.

Er konnte sich nicht vorstellen, dass eine Frau dahinterstecken solle. War eine Frau zu solch schrecklichen Taten fähig? Ihn quälte diese Frage unentwegt. Seine Ermittlungen in der Schwulenszene, den Domina, den Transvestiten in der Hamburger Rotlichtszene auf St. Pauli, in Sankt Georg sowie anderen Stadtteilen Hamburgs, zogen sich hin wie ein Latex-Kondom. Über diesen Gedanken grimmig lächelnd, versuchte er, seine Nerven zu ordnen. Warum war er Nicola so weit gefolgt. Heute konnte er sich ungeheuer blamieren. Seine männliche Zuneigung, seine heimliche Bewunderung für diese junge Frau hatte ihn unvorsichtig werden lassen. Er wollte ihr glauben. Ihre Eigenmächtigkeit, ihr Psychogerede ging ihm schon auf den Geist, aber sie war eine bemerkenswerte Frau. Genau sein Typ. Erfolgreich in ihrem Job. International verknüpft. Eine Netzwerkerin. Der besagte Arzt aus der Pathologie galt als suspekt. Das war klar. Seine Frau war irgendwann unfähig geworden, die Operationen in der Altonaer Klinik durchzuführen. Man hatte sich einvernehmlich von ihr getrennt. Als Nicola den Arzt in seinem Adenauer-Mercedes auf dem Fischmarkt erkannt hatte, verdichtete sich der Verdacht gegen ihn. Mit der

Aussage der Prostituierten wurde das Bild dieses seltsamen Paares immer klarer. Seine Mitarbeiter sowie die Profilerin beharrten darauf, das Ärztepaar als sexuell ungewöhnlich einzustufen. Sie sprachen von sexueller Abhängigkeit, von gegenseitiger Verachtung.

Aber was bedeutete das schon. Der Mann, ein angesehener Pathologe, fährt über den nächtlichen Fischmarkt, na und?

Dann die dubiose, unbewiesene Aussage der kleinen Nutte, die mit seiner verdeckten Ermittlerin einen Kaffee auf dem Hamburger Straßenstrich am Fischmarkt getrunken hatte. Klar hatte das Ärztepaar das kleine Haus hier am Fischmarkt gemietet, als Labor. Und, was heißt das?

In Wahrheit nichts. Er sah zu Nicola hinüber. Sie saß, von draußen nicht einsehbar, in der Telefonzentrale der Fischgroßhandlung, behielt den Hof im Blick.

Kurz vor einundzwanzig Uhr tat sich etwas. Ein schwarzer Mercedes-Jeep bog vom Fischmarkt aus in den Hof ein. Dr. Basedow und seine zierliche Frau parkten, routiniert hinten rechts vor dem hohen Elbufer.

Gemächlich schlenderten sie über den Parkplatz, grüßten zu den vermeintlichen Arbeitern auf der Rampe herüber. Die hellen Halogenscheinwerfer beleuchteten die Fischverladerampe mit seinen Fischkisten fast taghell. Der Hof, das hintere Gebäude verschwammen im Dunst, der von der Elbe herüber schwappte. Dr. Jens Basedow schüttelte sich lachend. Er winkte, räkelte sich in seinem dicken Fellmantel zurecht. Man sah ihn nur schemenhaft. Er wollte wohl andeuten, dass es für die Arbeiter zu kalt auf der Rampe sei. Mit erhobener Hand grüßte Gerd Happel freundlich zurück, die Schiffermütze tief ins Gesicht gezogen.

Das ungleiche, ganz in schwarz gekleidete Paar, ging zielstrebig auf das alte Fachwerkhaus zu. Ohne sich nochmals umzudrehen, verschwanden sie hinter der schwarzen Eingangstür des kleinen, etwas windschiefen Hauses, das sich so eng an den Elbhang schmiegte. Die braunen Außenjalousien ließen keinen Lichtschein hinaus dringen. Per Funk gab Hansen die Anweisung, nichts zu unternehmen, man solle warten, hoffend, dass etwas Dramatisches geschehe. In der Rechtsmedizin, in der Spurensicherung und Pathologie hatte sich der Arzt Dr. Basedow abgemeldet, er sei heute ganztägig nicht im Hause, hieß es dort in der Telefonzentrale. Das war merkwürdig. Sein Chef war über diesen freien Tag seines Kollegen nicht informiert. Dr. Werner von Schimmelmann tat am Telefon sehr überrascht.

Am Vormittag dieses äußerst wichtigen Tages hatte Stefanie Gentz alle Einzelheiten für den abendlichen Einsatz vorbereitet. Alle Beteiligten verharrten jetzt auf ihren Positionen fast unbeweglich. Lediglich vom Hafen hörte man Schiffsgeräusche, auf dem Hof klapperten Happel und ein Polizeikollege mit den

Fischkisten. Ihre Hände waren von der ungewohnten Arbeit trotz der dunkelroten Gummihandschuhe fast tiefgefrorenen. Der Fischgeruch verfing sich in ihren Nasen, kroch vermutlich durch die dicken Jacken bis in die Pullover, auf die Haut. Mehr und mehr sehnten sich alle Kripo- und Polizeibeamten nach einer heißen Dusche und viel Bodylotion.

Wenige Minuten später betrat ein Mann mittleren Alters den Hof der Fischverkaufshalle. Er sah sich um, blickte auf seine Uhr. Als er auf Gerd Happel zuging, reagierte der sofort. Mit seinem weißen Schrubber zeigte er auf das kleine Fachwerkhaus. Der Mann dankte mit erhobenem Arm, ging federnden Schrittes auf die schwarze Haustür zu. In seiner Hand schaukelte eine dunkle Reisetasche mit dem Aufdruck RALEIGH-RACING TEAM, LONDON.

Dr. Basedow öffnete lächelnd die Tür. Er streckte dem Mann freundlich die Hand entgegen. Hansen rollte leise fluchend nach hinten, rief nach Happel und Nicola. „Macht euch fertig. Wir benötigen vier Mann zusätzlich. Lasst den Hinterausgang, die Fenster gesondert bewachen. Steht der Einsatzwagen, der Notarzt mit dem Krankenwagen bereit? In dreißig Minuten gehen wir rüber. Wer hat den Zweitschlüssel?"

Happel zog ihn aus der weißen Gummihose. „Halten Sie bitte ihre Leute in der Halle zurück. Auch noch vielen Dank für den Schlüssel und ihre Unterstützung."

Hansen rollte um den Chef der Fischfirma herum. Der nickte, gab ruhig, sehr bestimmt Anweisungen an seine Mitarbeiter in der Fischhalle zu verschwinden, sich vollkommen ruhig zu verhalten. Happel und die Beamten des Sonderkommandos der Polizei zogen sich blitzschnell um. Die weißen, nach Fisch stinkenden Sachen flogen in die bereitstehenden Container. An der Hauswand auf der Rampe, im Schatten des

vorspringenden Daches, hatte Hansen seinen Rollstuhl festgestellt, wie ein Adler, wie ein roter Milan, starrte er mit sehr scharfem Blick auf das im Dunkeln liegende Haus am Elbhang. Kein Lichtschimmer kam aus dem kleinen Gebäude auf der anderen Seite des Hofes. In diesem Moment hasste er seinen Skiunfall besonders. Immer wieder schlug er mit der rechten Hand auf die Armlehne seines Rollstuhls, fluchte leise in sich hinein. Er kam sich überflüssig vor. Er kniff die Augen zusammen, um noch besser sehen zu können.

Vorsichtig schob sein Assistent den Schlüssel in die Haustür, hinter der die drei Verdächtigen verschwunden waren. Sie hatten genau dreißig Minuten gewartet. Das Klicken des Schlosses wurde durch ein lautes Stöhnen aus dem Inneren des Raumes übertönt.

Plötzlich ging auf dem Hof das Halogenlicht an und durchbrach den Hafendunst. Seltsam, dachte Happel, die Tür ist unglaublich massiv und schwer. Der völlig dunkle Korridor wurde durch das Licht von Draußen schwach erleuchtet. Vollkommen schwarz gestrichen, tat sich ein lichtloser Tunnel auf. Unter der rechten hinteren Tür zeichnete sich ein dünner Strich weißen Lichts messerscharf ab. Aus diesem Raum drang das Stöhnen ganz leise zu ihnen durch. Happel trat zurück. Mit einer

Handbewegungen und seiner Pistole gab er Anweisung die Tür aufzureißen. Das plötzlich grelle, weiße Licht blendete sie ein wenig. Mit einem schnellen Blick erfassten sie die Situation. Sie standen in einer Folterkammer. Überall hingen diese ekeligen, unheimlichen Werkzeuge zur Folterung von Menschen an den Wänden. Lähmendes Entsetzen!

Unter einer hellstrahlenden Operationslampe, auf einem urologischen Behandlungsstuhl, wand sich mit hoch erhobenen Beinen ein gefesselter nackter Mann. Eine schwarze Gesichtsmaske bedeckte seinen von einem Stirnband festgezurrten Kopf. Blut lief in kleinen leuchtendroten Rinnsalen von seiner Brust. In seinen Innenschenkeln taten sich breite Einschnitte auf, die die Haut aufklappen ließen. Er versuchte keuchend unter der Maske zu atmen. Sein muskulöser Brustkorb hob und senkte sich pumpend. Plötzlich, völlig unerwartet sprang eine kleine, in schwarzes Gummi gezwängte Figur, schreiend auf Happel zu. Erst als er einen stechenden Schmerz in seinem linken Oberarm spürte, sah er das blitzende Skalpell. Ein Kollege griff beherzt nach der Angreiferin, packte ihre Arme von hinten. Das Skalpell fiel klirrend auf den Boden. Die Frau schrie

340

hysterisch, trat nach allen Seiten wütend aus. Dr. Basedow stand völlig gelähmt hinter dem blutenden Mann. Er ließ sich widerstandslos festnehmen. Als einer der Polizisten dem Gefesselten auf dem Stuhl die Maske vom Gesicht riss, war der bereits ohne Bewusstsein. Er atmete.

Nicola hielt es nicht auf der Rampe. Sie starrte mit weit aufgerissenen Augen in den sterilen Raum. Unfähig sich zu bewegen. Sie musste die Szene langsam in sich aufnehmen, konnte nicht reagieren. Sie hatte recht gehabt. Hinter allem steckte eine Frau. Entsetzen schüttelte sie. Eine unglaubliche Kälte kroch an ihr hoch. Der ekelhafte Geruch nach Schweiß, Desinfektionsmittel, Blut und Urin ließ sie würgen. Blitzschnell griff sie an einem Polizisten vorbei. Etwas Glitzerndes hing an einem Haken des Folterstuhls. Sie drängte sich nach draußen. Tief einatmend bemerkte sie erst jetzt den Hauch vom Fischmarkt, der immer über dieser Gegend Hamburgs liegt. Komisch dachte sie, Fische fangen immer vom Kopf her an zu stinken. Immer vom Kopf her. Warum sie gerade jetzt daran dachte, das wusste sie nicht. Später im Krankenhaus in einer ersten Untersuchung stellte der Polizeiarzt keine wesentlichen Verletzungen des gefesselten jungen Mannes fest. Lediglich einige saubere oberflächliche Hautschnitte in der Leistengegend, unter der linken Brustwarze hatten ihn heftig bluten lassen. In einigen Tagen würde das wieder OK sein. Seine Erstickungsmaske war so eingestellt, dass er für einige

Sekunden keine Luft bekommen sollte, dann würde sie sich wieder öffnen. Er wäre dann wieder zu sich gekommen. Immer und immer wieder Ihm war ein langsamer, qualvoller Tod erspart geblieben. Hansen wartete im Hof. Man hatte ihn von der Rampe hinuntergeschoben. Nervös ruckelte er mit seinem Rollstuhl hin und her. Als Happel aus dem kleinen Mordhaus kam, winkte er gespannt zu ihm herüber. „Alles erledigt, seid ihr klargekommen?" Sein Kollege blickte ihn aus leeren Augen ungläubig, wie geistesabwesend, an. Es würde dauern! Das, was er dort drinnen soeben gesehen hatte, konnte er nicht in wenigen Minuten verarbeiten. Der Sanitäter neben ihm drückte eine Kompresse auf seinen verletzten Oberarm. Als er auf der Trage des Krankenwagens lag, sah er das ängstliche Gesicht seiner neuen Freundin Stefanie vor sich. „Ist nicht schlimm." Murmelte er vor sich hin und sah in den Hamburger Himmel über dem Fischmarkt, dann verlor er seine Besinnung. Zwei Polizeibeamte führten Dr. Basedow in Handschellen heraus. Der Mann lief wie betäubt, fast bewegungslos neben den Beamten her.

Als die Sanitäter die schreiende, auf eine Krankentrage gefesselte Frau heraustrugen, hatte man ihr die Maske vom Kopf geschoben. Ein irr verzerrtes Gesicht starrte den Hauptkommissar lüstern an. Selbstverständlich erkannte er Frau Dr. Andrea Pollinie. Die Ehefrau von Dr. Jens Basedow schien wahnsinnig geworden zu sein.

Plötzlich war der ganze Spuk vorbei. Mit heulendem Martinshorn verschwanden die Krankenwagen in Richtung Hafenkrankenhaus. Die Peterwagen mit dem Einsatzkommando der Polizei verzogen sich ebenso schnell. Nicola ging bedächtig, tief atmend auf Hauptkommissar Gunnar Hansen zu. Er streckte ihr die Hand entgegen. „Danke, du hattest recht. Ihr Frauen denkt einfach anders. Es war eine Frau, die hinter allem steckte."

„Glaube ich nicht", entgegnete Nicola mühsam lächelnd. „Hinter allem stecken immer Männer!" Sie wandte sich um, ging langsam Richtung Garage der Fischfirma. Ihr Motorrad stand dort versteckt. „Mit der Spurensicherung will ich da nicht wieder rein. Die kommt ohne mich klar," murmelte sie vor sich hin.

Dann, ohne sich umzudrehen, rief sie Hansen zu: „Ich fahr' jetzt nach Hause. Ich muss schlafen. Allein. Jetzt, in Zukunft auch. Wir sehen uns."

„Übrigens", Nicola hielt plötzlich ihren rechten Arm hoch, drehte sich um, ging die wenigen Schritte zu Hansen zurück an die Rampe. „Hier, das habt ihr immer gesucht." Sie streckte ihm ihre geschlossene Hand hin: „Nimm hin. Die hing an dem Gynostuhl!" Als Hansen seine Hand öffnete, zuckte er förmlich zusammen. Die Halskette des Toten vom Museumshafen lag in seiner Hand. Mit offenem Mund starrte er dieser Frau, seiner Profilerin, nach. Er hatte verstanden. Nach einigen Minuten hörte er ein sich langsam entfernendes tiefes Brummen eines schweren Motorrades. „Fahr vorsichtig", murmelte er vor sich hin. „Ich brauche dich bestimmt bald wieder." Erst jetzt bemerkte er den ekeligen Gestank von Hafen und vergammelndem Fisch, der über dem Hamburger Fischmarkt lag.

Handelnde Hauptpersonen

Gunnar Hansen,

Einer der jüngsten *Hauptkommissare* in der Mordkommission Hamburgs. Mit seinen 32 Jahren setzt er die Tradition seiner Familie fort. Bereits sein Großvater, Walter Hansen, war über die Grenzen Hamburgs hinaus bekannt für seine investigative Arbeit bei der Polizei, in der NS-Zeit im Untergrund für seine Partei, der SPD.

Als Rentner entschlüsselte Walter Hansen ungeklärte Mordfälle aus der Nachkriegszeit. Gerade diese Arbeit beeinflusste den Enkel Gunnar, der sehr oft mit seinem Opa auf der Gartenparzelle alte Akten durchging. Vater Knud Hansen übte seine Tätigkeit als Kriminalwissenschaftler in erster Linie als Helfer der Hamburger Polizei aus. Und das aus großer Überzeugung, nicht zuletzt deshalb, weil er längst verloren geglaubte Ermittlungen wieder beleben und Pflanzen, Tiere oder Gegenstände zu „Zeugen" werden lassen konnte, die Auskunft darüber geben, wer für ein Verbrechen verantwortlich ist. Das hatte der von seinem Vater, Walter Hansen, mit in die Wiege gelegt bekommen.

„Immer…", hatte Vater Hansen seinem Sohn Gunnar, kurz vor seinem Ableben am Krankenbett mitgegeben, bevor er seinem Krebsleiden erlag, „Immer ist der Sachbeweis ein Mosaikstein, der nur gemeinsam mit den weiteren Ermittlungen ein Bild ergibt."

Dr. Nicola Köhner,

*U*nabhängige, selbständig arbeitende forensische *Profilerin*.

Studierte biologische Anthropologie und Rechtspsychologie.

Nicola Köhner wohnt am Weiher, dem kleinen gemütlichen Park mit Teich, in Hamburg Eimsbüttel. Als junge Frau im Alter von fünfunddreißig Jahren, genoss sie ihr unabhängiges Leben. Ihr schweres Motorrad half ihr dabei die Freiheit zu genießen.

„Wenn ich Motorrad fahre, kann ich die Landschaft riechen..."

So begründete sie ihre Leidenschaft zu kraftvollen Maschinen.

Als Studentin hatte sie, Biologe und Rechtsmedizin als Zusatzqualifikation in ihr Studium eingebunden. Ihre Eltern, die beide als Ärzte arbeiten, hatten sie immer unterstützt, das Studiennebenfach der Forensischen Anthropologie in ihre Ausbildung einzuschließen. Denn sie sahen für ihre Tochter in diesem Berufsfeld eine bessere Zukunft, als in der Allgemeinmedizin. Nach diversen Praktika und Ausbildungsstufen in der

Rechtsmedizin in Hamburg und Berlin, in Bremen und Frankfurt am Main, nicht zuletzt nach einem über zwei Jahre dauernden Aufenthalt in Kalifornien, hatte sie sich als rechtsmedizinische Profilerin selbstständig gemacht.

Als sie damals nach Hamburg zurückkehrte, erkannten ihre Eltern sie kaum wieder. Ihre Tochter hatte sich äußerlich so stark verändert, dass es Tage der Annäherung bedurfte, um Nicola als ihr "Hamburger Mädchen" wieder zu erkennen. Die kurzen, wild geschnittenen, weißblond gefärbten Haare, im linken Ohr einen silbernen Schweinekopf gepierct, acht Silberringe klimperten in ihrem rechten Ohr. Aus grufti-schwarz gefärbten Augenhöhlen blitzten jedoch immer noch die blauen Augen ihrer Tochter hervor. Nicht zuletzt die engen, schwarzen Lederhosen, der lange, bis auf die Knöchel reichende Ledermantel, erstaunten die Eltern sehr.

„Ich habe mein Master", strahlte Nicola eines Tages ihre Eltern an.

„Wenn ihr das selbst hättet miterleben können, wie die Amerikaner arbeiten, ihr wärt begeistert."

Dabei schob sie ein Merkblatt über den Küchentisch und griff zur Kaffeetasse:

California State University - Los Angeles (Cal State LA) Forensic Science, 5151 State University Dr, Los Angeles, CA 90032

A program that focuses on the application of the physical, biomedical, and social sciences to the analysis and evaluation of physical evidence, human testimony and criminal suspects. Includes instruction in forensic medicine, forensic dentistry, anthropology, psychology, pathology, forensic laboratory technology, crime scene analysis, fingerprint technology, document analysis, pattern analysis, examination procedures, applicable law and regulations, and professional standards and ethics.

Courses offered in a forensic science program include:
• Statistics
• Criminology
• Crime Scene Investigation
• Anatomy and Physiology
• Court Procedure
• Criminal Psychology

„Und hier ist mein Diplom! Jetzt mache ich noch meinen Doktor!"

Ihre internationalen Kontakte unterstützten sie bei dieser Entscheidung, sich selbständig zu machen.

Freundschaften aus der Studienzeit in Berlin, in Montreal, Los Angeles und Miami, aus den vielen Praktika bewahrte und pflegte sie gewissenhaft.

„Heute muss man vernetzt sein. Überall gibt es interessante und interessierte Menschen."

Dieser Wahlspruch war zu Ihrer Maxime geworden.

Gerd Happel,

Österreicher ,

Oberkommissar, Kollege des Hauptkommissars des 3. Kommissariats der Hamburger Mordkommission.

Seine Ausbildung zum leitenden Beamten, zum Offizier, hatte Happel überwiegend in Wien absolviert. Durch seinen Matura-Schulabschluss (Abitur) hatte er lediglich eine einjährige Dienstzeit als dienstführender Beamter abzuschließen. Das bundesweite, in Österreich sehr selektive, Auswahlverfahren, die Prüfungen im Wiener Assessmentcenter der Polizei und einen sehr harten, ermüdenden Sporttest hatte er mit Auszeichnung bestanden. Das anschließende, dreijährige Studium der „Polizeilichen Führung" an der Wiener Fachhochschule schloss er mit dem akademischen Grad BACHELOR OF ART IN POLICE LEADERSHIP ab.

Dieses Examen erlaubte ihm den Dienstrang eines Gruppeninspektors zu führen. Zwei Jahre tat er in verschiedenen Bundesländern, auch in Tirol, Dienst.

Dort lernte er in Gerlos, im Zillertal, den damaligen Oberkommissar Gunnar Hansen aus Hamburg kennen. Dieser verbrachte dort mit seiner Freundin seinen Winterurlaub mit Skifahren. Gemeinsam überwanden sie alle bürokratischen Hindernisse, um Gerd Happel in den Hamburger Kriminaldienst einstellen zu können. Der Oberkommissar bestand darauf, diesen Mann als seinen Assistenten zu bekommen.

„Mit Happel haben wir immer Erfolge gefeiert, wenn auch beim Fußball...", war sein Spruch bei Vorgesetzten.

Ernst Happel, als Fußballtrainer des HSV, genoss in Hamburg noch immer Anerkennung.

Nicht nur seine Eltern, auch seine damalige Freundin zeigten auf einer großen Feier, wie stolz sie auf Gerd Happel waren. Seinen Hochschulabschluss hatten sie ausgiebig gefeiert.

Nur sein einige Jahre später aufkommender Gedanke, dass er nach Hamburg gehen wolle, enttäuschte sie ein wenig.

Aber, sein Entschluss stand fest.

Stefanie Gentz,

Sekretärin im Kommissariat 3 der Hamburger Mordkommission.

Im monatlichen Fachblatt der Hamburger Verwaltung las die junge Frau mehr zufällig als gesucht, ein Stellenangebot, das seinerzeit ihr Interesse weckte:

Aus-schreibung:

Laufbahn:	Allgemeiner nichttechnischer Verwaltungsdienst
Bezeichnung:	Polizeisekretärin /Polizeisekretär
Besoldungs-gruppe:	A 6
Besetzbar:	sofort
Kennzahl:	K/3 HH 512
Vollzeit/ Teilzeit?	Vollzeit
Arbeitsgebiet:	Sachbearbeiterin/Sachbearbeiter im Kommissariat 3
	(Anforderungsprofil 010-4711-U)

Zum Aufgabengebiet gehören:

• die Planung und Terminierung der für die Gewährleistung der fristgerechten investigativen Arbeiten.

- das Erstellen, Bearbeiten und Ablegen von Karteien, Listen, Fahrtenbüchern und Übersichten im Zusammenhang mit den Ermittlungen.
- die Unterstützung des Stützpunktkommissare im täglichen Dienst.

An-forderungen: Erfüllung der laufbahnrechtlichen Voraussetzungen für den mittleren nichttechnischen Verwaltungsdienst.

Es können sich auch Beamte / Beamtinnen des einfachen nichttechnischen Dienstes der allgemeinen Verwaltung bewerben, die gemäß § 13 Abs. 1 VLVO,

1. geeignet sind (Beurteilung der Leistungen in den letzten vier Jahren mit mindestens Buchstabe B),

2. mindestens ein Amt der Besoldungsgruppe A 4 erreicht haben,

3. sich in einer Dienstzeit (§ 15 Abs. 5 Laufbahngesetz) von mindestens acht

Jahren seit der Anstellung bewährt haben und

4. zu Beginn der Einführung das 32. Lebensjahr vollendet haben und

somit die Voraussetzungen zum Aufstieg erfüllen.

Anforderungs-profil: Für die Wahrnehmung des Aufgabengebietes sind fundierte Kenntnisse über die Polizei im täglichen Dienst unabdingbar. Kenntnisse über die Aufbau- und Ablauforganisation, insbesondere der internen Kommunikationswege, sind, wie die grundlegenden Kenntnisse im Umgang mit dem PC hinsichtlich der Standardprogramme (MS Office, Word, Excel) und der DV-Anwendung ZAMIK sehr wichtig. Darüber hinaus werden Vorschriften- und Gesetzeskenntnisse im Rahmen des Aufgabengebietes erwartet.

Die außerfachlichen Anforderungen an die Bewerber/innen bitte ich dem Anforderungsprofil zu entnehmen, das bei Bedarf in der polizeiinternen Anforderungsprofil-Datenbank (PABS) eingesehen oder bei ZSE I B

311, Tel. 991378, eingesehen und angefordert werden kann.

| Bewerbungs-unterlagen: | Ich bin gehalten, im Rahmen des Auswahlverfahrens auch die aktuelle dienstliche Beurteilung (nicht älter als ein Jahr) zu berücksichtigen. Ich bitte daher die Bewerberinnen/Bewerber dafür Sorge zu tragen, dass eine entsprechende Beurteilung gefertigt wird. |

Bewerberinnen/Bewerber, die bereits im öffentlichen Dienst tätig sind, bitte ich zudem um die Einverständniserklärung zur Personalakteneinsicht und um Angabe ihres eigenen, sowie des Stellenzeichens der zuständigen Personalstelle.

Aus Kostengründen können Bewerberunterlagen nur per Fachpost oder bei Beifügung eines Freiumschlags zurückgesandt werden.

Hinweise:	Überdies möchte ich darauf hinweisen, dass ich die Erhöhung des Frauenanteils anstrebe und somit an der Förderung qualifizierter Bewerberinnen besonders interessiert bin. Personalüberhangkräfte und Schwerbehinderte werden bei gleicher fachlicher und persönlicher Eignung bei der Auswahlentscheidung vorrangig berücksichtigt.

Stefanie Gentz bewarb sich und vergaß den Vorgang bald wieder.

Umso mehr überraschte sie die Einladung zu einem Vorstellungs-gespräch in das Kommissariat 3.

In der Hamburger U-Bahn fühlte sie sich bereits als Siegerin. Den Job bekam sie. Sie hatte es gewusst. Ihre Eltern wunderten sich sehr. Die Tochter bei der Mordkommission, das passte zu wenig in das hanseatische Bild einer jungen Frau aus gutem Hause.

„Hoffentlich wird das nicht zu viel für dich. Immer diese Verbrechen und dann noch in der Mordkommission?!", hörte sie ihre Mutter oft sagen. Vater Friedrich Gentz, ihre Brüder Kevin und Marvin ermunterten sie. Die beiden jüngeren Brüder fanden es toll eine große Schwester bei der Kripo zu haben.

Karl Bach,

pensionierter Kripo-Beamter, lebt auf Mallorca.

Dr. Werner von Schimmelmann,
Chef der forensischen Pathologie und Gerichtsmedizin.

In der offiziellen Website seines Institutes für Rechtsmedizin an der Hamburger Universitätsklinik (UKE) schrieb er:

Forensische Pathologie

Sektionen für hoheitliche Auftraggeber, Sektionen für private Auftraggeber, wissenschaftliches Sektionswesen, forensisch-histologische Begutachtungen, Krematoriumsleichenschauen, äußere Leichenschauen bei unklaren und nicht- natürlichen Todesfällen, rechtsmedizinische Tatortarbeit, Todeszeitbestimmungen, anthropologische Begutachtungen, odontologische Begutachtungen, biomechanische Begutachtungen, kriminalistische Begutachtungen / operative Fallanalysen aus rechtsmedizinischer Perspektive, entomologisch-rechtsmedizinische Begutachtungen, allgemeine forensische Zusammenhangsbegutachtungen, Verkehrs- und Versicherungsmedizinische Begutachtungen, forensisch-pathologische Sachverständigentätigkeit vor Gericht.

Wer Gerichtsmediziner oder Rechtsmediziner werden will, hat einen langen Weg vor sich. Wie jeder andere Mediziner auch, absolviert man zuerst ein Studium der Medizin; die Mindeststudienzeit beträgt hier 12 Semester, also 6 Jahre. Eine Facharztausbildung in Rechtsmedizin mit einer Dauer von durchschnittlich sechs Jahren folgt. Wer diesen Wunsch hat, sollte sich also gut überlegen, ob er die Disziplin und Ausdauer hat, diesen langen und auch harten Weg zu gehen.

Einsatzgebiete des Gerichtsmediziners

Der Gerichtsmediziner im wirklichen Leben ist nicht mit Quincy, dem Gerichtsmediziner aus dem Fernsehen, zu vergleichen, der tagtäglich spannende und ungewöhnliche Todesfälle klären musste. Natürlich ist dies ein Tätigkeitsbereich, aber eben nur einer von vielen. Drogendiagnostik, Drogenforschung, Toxikologie, Molekularbiologie, Verkehrspsychologie und -medizin sowie das Erstellen von Gutachten sind weitere Einsatzgebiete. Der Rechtsmediziner arbeitet meistens an gerichtsmedizinischen Instituten.

Der Weg zum Beruf des speziellen Mediziners

1. Medizinstudium: Um Gerichtsmediziner zu werden, steht an erster Stelle das Medizinstudium. Das Studienfach ist zulassungsbeschränkt. Das heißt, man bekommt nur unter bestimmten Voraussetzungen einen Studienplatz. Wer eine sehr gute Abiturnote erlangt, bewirbt sich bei der Zentralstelle für die Vergabe von Studienplätzen (ZVS). Entscheidend ist in diesem Fall der Numerus Clausus. Viele Universitäten setzen aber mittlerweile auf Auswahlgespräche. In solchen Gesprächen erklärt der Bewerber, warum er Medizin studieren will, seinen Werdegang und nimmt Stellung zu aktuellen medizinrelevanten Themen. Wer eine Ausbildung oder mehrere Praktika im medizinischen Bereich vorweist, kann zumindest im Werdegang Pluspunkte sammeln. Auch ohne Abitur ist es in einigen Bundesländern möglich, Medizin zu studieren. Dazu braucht der Bewerber eine fachgebundene Hochschulreife, also eine abgeschlossene Berufsausbildung plus Einstufungstest. Die Note beim Einstufungstest ist der Abiturnote gleichgesetzt. Das Zulassungsverfahren variiert eventuell von Universität zu Universität – wer sich für ein Medizinstudium an einer bestimmten Universität interessiert, fragt dort am Besten direkt nach. Die ersten fünf Jahre des Medizinstudiums sind eher theoretisch gehalten. Im sechsten Jahr findet das „Praktische Jahr" (PJ) statt, in dem man direkt am und mit dem Patienten arbeitet. Der Abschluss „Approbation als Arzt" ist Voraussetzung für den weiteren Weg zum Rechtsmediziner beziehungsweise Gerichtsmediziner.

2.Facharzt Rechtsmedizin: Im Anschluss an das erfolgreich absolvierte Medizinstudium folgt die Weiterbildung zum Facharzt, in diesem Fall Richtung Rechtsmedizin. Sie dauert meistens sechs Jahre. Sie setzt sich zusammen aus einer Ausbildung in einem Institut für Pathologie, sowie einer Ausbildung in einer psychiatrischen Einrichtung; beide mit einer Dauer von je mindestens sechs Monaten. Außerdem muss der werdende Gerichtsmediziner mindestens 48 Monate in einem Institut für Rechtsmedizin eine weitere Ausbildung absolvieren. Während dieser Zeit ist eine Reihe von bestimmten Untersuchungen nötig, die in einem Katalog festgelegt sind. Erbringt der Kandidat diese Untersuchungen nicht, kann er nicht an der abschließenden Facharztprüfung teilnehmen.

Dr. Jens Basedow,

Pathologe

Pathologe - nicht nur die Toten sind sein Beruf

• Entgegen der landläufigen Meinung hat der Pathologe nicht nur mit Toten zu tun. Aufgrund dieses weitverbreiteten Bildes ist die Ausbildung als Pathologe nicht sehr gefragt. Schließlich wird hier dem Menschen einiges abverlangt.

• Der Pathologe obduziert nicht nur Leichen. Er untersucht auch Gewebe und Zellproben von Patienten, die durch eine Biopsie entnommen wurden. Nur er kann Aufschluss über die Art und Schwere der Erkrankung geben.

• Mit der Rechtsmedizin hat die Pathologie nichts zu tun. Während die Rechtsmedizin nur Menschen obduziert, die eines unnatürlichen Todes gestorben sind, ist die Pathologie für die Obduktion von natürlich verstorbenen Menschen zuständig.

Ausbildung zum Pathologen

• Es gibt keinen Studiengang für Pathologie. Wer sich für den Beruf des Pathologen entscheidet, muss mindestens zwölf Jahre Ausbildung einplanen.

• Grundvoraussetzung für den Beruf des Pathologen ist das Abitur. Mit dem Abitur können Sie - gesetzt dem Fall, Sie haben die Noten dafür und werden zum Medizinstudium zugelassen - Medizin studieren.

• Nach dem erfolgreichen Abschluss des Medizinstudiums (circa sechs Jahre) müssen Sie eine Weiterbildung zum Pathologen absolvieren. Diese Ausbildung dauert noch einmal sechs Jahre.

• Ein angehender Pathologe ist also zuerst ein Facharzt, der später eine Weiterbildung macht und somit zum Facharzt für Pathologie wird. Die Ausbildung als Pathologe ist sehr langwierig und erfordert viel Durchhaltevermögen und eine robuste Natur. Bevor Sie sich in diese Ausbildung stürzen, sollten Sie sich wirklich darüber im Klaren sein, ob Sie sich für diesen Beruf eignen.

John Taylor,
Superintendent
London

Vanessa Fagin,

PhD, Profilerin des FBI

Forensische Pathologin

Santa Monica/USA

Antonio Altamar,

Mordkommission Santa Monica/USA

Sofia Pollinie,

italienische Arbeiterin bei Beiersdorf, Hamburg-Eimsbüttel.

Sie schrieb Ende 1945 in ihr Tagebuch:

Wieder beginnt ein Jahr, nachdem das Alte mit all seinen Schicksalen schon Vergangenheit ist und wir, die Menschen hoffen, dass das Neue uns mehr Glück bringen wird.

Denn was wären wir ohne Hoffnungen und Träume.

Der Schrecken in mir fand ein Ende. Die Zeit der Nazis tot.

Meine Familie und ich hatten gelitten, waren froh, nach so langer Zeit, endlich die Masken abnehmen zu können.

Hinter unseren Gesichtern versteckten wir Zorn und Angst.

Januar…

Obwohl er ein trauriger und unfreundlicher Monat ist, weil alles tot zu sein scheint, habe ich ein Zuhause und Arbeit gefunden. Ich hoffe, dass es ein Anfang für eine bessere Existenz ohne Ängste sein wird.

Wir alle hier im Haus und auf meiner Arbeit mögen keine Gedanken an die Vergangenheit verschwenden, sondern erwarteten eine bessere Zukunft und beginnen Pläne dafür zu schmieden. Alles wird zurückgezahlt.

Margarethe von Lehne,
spätere Lebensgefährtin von Sofia Pollinie.

Andrea Pollinie,
Tochter von Sofia Pollinie.

Carlo Pollinie,
Cousin der Sofia Pollinie.

Dem untersetzten, sehr muskulösem Neapolitaner wurde seine Liebe zum Kochen sprichwörtlich in die Wiege gelegt. Seine Mama war es, die seine künstlerischen Ambitionen treffsicher in die richtigen Bahnen lenkte: "Carlo, mein Junge, du musst jeden Tag aufpassen, was ich in der Küche mache. Und wenn du groß bist, geh' hinaus in die Welt und koche für die Menschen, wie du es von mir gelernt hast."

Kochen verbindet nach Carlos Ansicht Tradition und Philosophie. Kochen ist tägliche Kreativität und erhebt den Anspruch, stets überraschend neu aber immer authentisch zu sein.

Doch über allem stand seine Familie und deren Ehre.

Diese zu schützen und zu verteidigen, füllte ihn aus.

John Dreyfuss,

englischer Homosexueller, in Hamburg lebend.

Roger Pauls,

Wirt des Schwulenlokals "Laubfrosch" auf St. Pauli.

Marion Fritsche,

Freundin und Lebensgefährtin des Kommissars Gunnar Hansen.

In einem Brief an ihre Mutter schrieb sie einmal: „Auf einmal war er da, stand in meiner Türe. Zuvor haben wir noch kurz telefoniert und ich habe ihm meine Adresse durchgegeben. Ich habe ihn gesehen und die Sonne ging für mich auf. Doch was bleibt, sind nur die Erinnerungen an eine Zeit, die ich noch immer für die schönste Zeit in meinem Leben halte.

Es hätte alles so einfach sein können, hätte ich mich nicht so unsterblich in ihn verliebt. Er fühlte sich neben mir sicher und geborgen, als könnte ihm niemand etwas anhaben. Eines Tages, als er bereits schon über eine Woche bei mir wohnte, stand er in der Küche und sagte:

"Ich liebe dich so wie ich noch nie jemanden geliebt habe."

Ich holte tief Luft, umarmte ihn und dachte: „Mir geht es ja genauso, obwohl ich Angst davor habe. Angst vor Nähe und Angst mich zu verlieren." Es war ein starkes und intensives Gefühl, das mein Herz berührte und mich nicht mehr losließ. Meine Sehnsucht nach ihm wurde jeden Tag größer. Wenn er nicht hier war, dachte ich den ganzen Tag an ihn und freute mich auf den Augenblick ihn zu sehen. Wir konnten miteinander über alles reden und hatten jede Menge Spaß und Freude am Leben. „Soso, du bist also verliebt in mich!", war meine Antwort. Er nickte, kam mit leisen Schritten auf mich zu und küsste mich. Mir kamen die Tränen. „Ich bin so froh, dich zu haben, du bist der, den ich liebe.", flüsterte er mir zu. Von diesem Tag an bestand ein unsichtbares Band zwischen uns Beiden, das stärker war als Drahtseil. Jeden Abend kam er zu mir und wir verbrachten gemeinsam die Nacht und morgens trennten wir uns in der Hoffnung, es möge bald wieder Abend werden. Eigentlich sind wir immer noch nicht offiziell zusammen, keine Verlobung, keine Heirat, aber wir spüren, dass wir unzertrennlich sind. Jeder hat gesehen, dass wir beide füreinander bestimmt sind, obwohl wir oft eigene Wege gingen.

Bis zu diesem Tag, wo ich auf ihn vergebens gewartet habe. Die endlos lange Nacht nicht schlafen konnte und gehofft habe, dass er morgens wieder vor der Türe stehen wird. In dieser Nacht wusste ich, dass ich ohne ihn nicht leben kann.

Mit Tränen in den Augen wartete ich. Erst jetzt hatte ich begriffen, dass Gunnar bei der Hamburger Mordkommission arbeitet.

Mein Verstand schien für einen Moment still zu stehen.

Meine Angst ist geblieben."

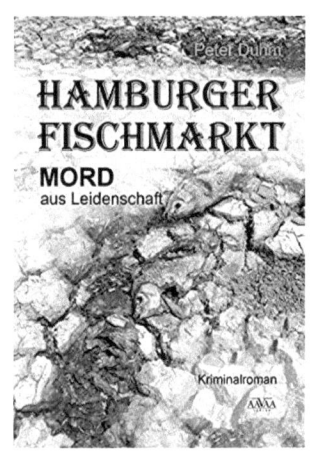

Hamburger Fischmarkt

Der Peitschenmörder

Schmuck der Erde

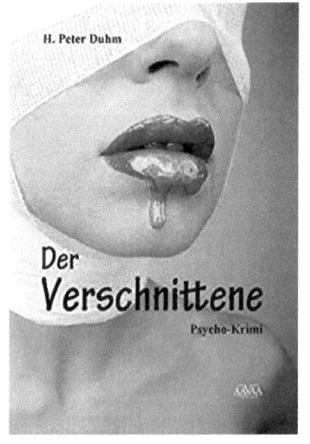

Der Verschnittene

Jugend-Stil

Der Prinz und sein Papagei

Gekämpft... und gewonnen

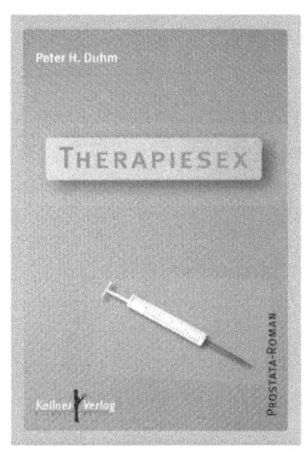

Therapiesex

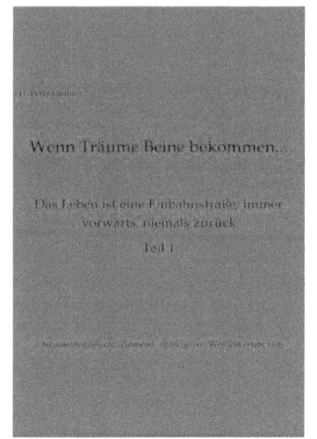

Wenn Träume Beine
bekommen...

Harburger Horror